En tus zapatos

Beth O'Leary se graduó en Lengua inglesa antes de dedicarse a la edición de libros infantiles. Su debut literario, el best seller internacional *Piso para dos*, se ha traducido a más de treinta idiomas y ha conquistado a miles de lectores en todo el mundo. Su segunda novela, *En tus zapatos*, será adaptada a la gran pantalla próximamente. *Rumbo a ti* es su tercer libro.

Beth vive en el campo, cerca de Londres, y ahora se dedica a la literatura a tiempo completo. Si no está sentada trabajando se la puede encontrar acurrucada en el sofá con un libro, una taza de té y varios jerséis de lana (no importa el tiempo que haga).

BETH O'LEARY

En tus zapatos

Traducción de
Eva Carballeira Díaz

DEBOLS!LLO

Papel certificado por el Forest Stewardship Council®

Título original: *The Switch*

Noviembre de 2022

© 2020, Beth O'Leary Ltd
© 2020, 2022, Penguin Random House Grupo Editorial, S. A. U.
Travessera de Gràcia, 47-49. 08021 Barcelona
© 2020, Eva Carballeira Díaz, por la traducción
Adaptación de la cubierta original de Studiohelen.co.uk /
Penguin Random House Grupo Editorial

Printed in Spain – Impreso en España

ISBN: 978-84-663-6336-5
Depósito legal: B-15.467-2022

Compuesto en Arca Edinet, S. L.
Impreso en Novoprint
Sant Andreu de la Barca (Barcelona)

P 3 6 3 3 6 5

Para Helena y Jeannine,
mis valientes, extraordinarias e inspiradoras abuelas.

1

Leena

Creo que sería mejor intercambiarnos —le propongo a Bee, levantándome y poniéndome en posición de media sentadilla para poder hablar con ella por encima de la pantalla del ordenador—. Estoy cagada de miedo. Tú deberías hacer el principio y yo el final, así cuando me toque a mí ya se me habrá pasado un poco… esto. —Sacudo las manos para transmitir mi estado mental.

—¿Se te habrá pasado un poco el baile de san Vito? —dice Bee, inclinando la cabeza hacia un lado.

—Venga ya. Por favor.

—Leena. Mi queridísima amiga. Mi gurú. Mi grano en el culo preferido. A ti se te da muchísimo mejor que a mí abrir las presentaciones y no vamos a cambiar el orden de las cosas ahora, diez minutos antes de que empiece la reunión para poner al día a nuestro accionista principal, como tampoco lo hicimos en la última junta directiva, ni en la anterior ni en la anterior a esa, porque eso sería una locura, y, además, no tengo ni puñetera idea de lo que pone en las primeras diapositivas.

Vuelvo a hundirme en la silla.

—Ya. Claro. —Me levanto de nuevo—. Pero es que te juro que esta vez estoy…

—Ajá —dice Bee, sin apartar la vista de la pantalla—. Ya me lo sé. Peor que nunca. Temblando, con las manos sudorosas y todo eso. Pero en cuanto entres ahí harás un despliegue de tu encanto e inteligencia habituales y nadie se dará cuenta de nada.

—Pero ¿y si…?

—Eso no va a pasar.

—Bee, en serio, creo que…

—Ya sé que lo crees.

—Pero esta vez…

—Solo faltan ocho minutos, Leena. Prueba con ese rollo de las respiraciones.

—¿Con qué rollo de las respiraciones?

Bee se queda callada.

—Ya sabes. Con el de respirar.

—¿Respirar normal? Creía que te referías a alguna técnica de meditación.

Ella se burla con un resoplido. Se hace el silencio.

—Te has enfrentado a cosas mucho peores que esta cientos de veces, Leena —asegura.

Hago una mueca mientras sostengo la taza de café entre las manos. Noto el miedo en el hueco que hay en la base de mis costillas; es tan real que casi parece algo físico, como una piedra, un nudo o algo así, imposible de cortar con un cuchillo.

—Ya lo sé —respondo—. Sé que lo he hecho.

—Solo tienes que volver a cogerle el punto —asegura Bee—. Y la única forma de hacerlo es quedándote en el cuadrilátero. ¿Entendido? Vamos. Eres Leena Cotton, la consultora más joven de la empresa, la mayor promesa de Consultores Selmount del año 2020. Y muy pronto, un día de estos, serás la codirectora de nuestra propia consultoría. ¿Cierto? —añade Bee, bajando la voz.

Cierto. Solo que yo no me siento como esa Leena Cotton.

Bee se me queda mirando, juntando con preocupación sus cejas perfiladas. Cierro los ojos e intento espantar el miedo, y por un momento funciona; vuelvo a sentirme instantáneamente como la persona que era hace un año y medio, la persona que despacharía una presentación como esta sin despeinarse.

—Bee, Leena, ¿estáis preparadas? —grita el asistente del director general mientras cruza las oficinas de Upgo.

En cuanto me pongo de pie, noto que la cabeza me da vueltas y siento náuseas. Inmediatamente, me agarro al borde de la mesa. Joder, eso es nuevo.

—¿Estás bien? —susurra Bee.

Trago saliva y me aferro con las manos a la mesa hasta que las muñecas empiezan a dolerme. Por un momento tengo la certeza de que no podré hacerlo (simplemente ya no soy capaz; Dios, estoy agotada), pero entonces, por fin, el valor empieza a aflorar.

—Perfectamente —aseguro—. Vamos allá.

Solo ha pasado media hora. No es mucho tiempo, la verdad. Ni siquiera es suficiente para ver un capítulo entero de *Buffy* ni…, ni para asar una patata grande. Pero basta para mandar a la mierda tu vida profesional.

Me daba pánico que esto pudiera suceder. Llevo ya más de un año trabajando a trancas y barrancas, cometiendo errores y descuidos por puro despiste, algo que no es nada propio de mí. Es como si desde la muerte de Carla hubiera cambiado la mano con la que escribo y de pronto lo hiciera todo con la mano izquierda, en vez de con la derecha. Pero me estaba esforzando mucho y estaba peleando tanto que estaba convencida de que lo estaba logrando.

Evidentemente, no.

Tuve la certeza de que iba a morir en esa reunión. Ya había sufrido un ataque de pánico una vez, en la universidad, pero no había sido tan fuerte como ese. Nunca me había sentido tan fuera de control. Era como si el miedo se desatara; ya no era un nudo apretado, ahora tenía tentáculos que me oprimían las muñecas y los tobillos y me estrangulaban. El corazón me latía rapidísimo, cada vez más, hasta que dejé de sentirlo como parte de mí y se convirtió en un pajarillo perverso que me molía a palos la caja torácica.

Equivocarse en una de las cifras de ingresos habría sido perdonable. Pero después llegaron las náuseas y me equivoqué en otra y en otra más, y entonces empecé a respirar demasiado rápido y la mente se me llenó de…, no de niebla, sino más bien de luz, de una luz intensa y demasiado brillante como para poder ver nada más.

Así que cuando Bee intervino y dijo: «Deja que yo…».

Y otra persona comentó: «Por favor, esto es ridículo…».

Y el director general de Finanzas Upgo añadió: «Creo que ya hemos visto suficiente, ¿no le…?».

Yo ya me había ido. Estaba doblada sobre mí misma, jadeando, convencida de que iba a morir.

—No pasa nada —me está diciendo ahora Bee mientras me estrecha con fuerza las manos entre las suyas. Nos hemos refugiado en una de las cabinas telefónicas que hay en la esquina de las oficinas de Upgo; Bee me ha llevado hasta allí y sigo hiperventilando y con la camisa toda sudada—. Estoy aquí. No pasa nada.

Cada respiración es como un jadeo entrecortado.

—Acabo de hacer que Selmount pierda el contrato con Upgo, ¿no? —logro preguntar.

—Rebecca está hablando por teléfono con el director general. Seguro que todo irá bien. Venga, tú respira.

—¡Leena! —grita alguien—. Leena, ¿estás bien?

Sigo con los ojos cerrados. Quizá, si me quedo así, la voz de la asistente de mi jefa dejará de ser su voz.

—¿Leena? Soy Ceci, la asistente de Rebecca.

Uf. ¿Cómo ha podido llegar tan rápido? Las oficinas de Upgo están al menos a veinte minutos en metro de la central de Selmount.

—¡Leena, qué desastre! —dice Ceci. Luego se mete con nosotras en la cabina y empieza a frotarme el hombro en movimientos circulares e irritantes—. Pobrecita mía. Eso es, llora, suéltalo todo.

No estoy llorando, en realidad. Exhalo lentamente y observo a Ceci, que luce un vestido hecho a medida y una sonrisa especialmente radiante, y me recuerdo por enésima vez lo importante que es apoyar a las demás mujeres en el mundo empresarial. Es algo en lo que creo a pies juntillas. Es el código por el que me guío y así pretendo llegar a lo más alto.

Pero las mujeres no dejan de ser personas. Y hay personas malísimas.

—¿Qué quieres, Ceci? —pregunta Bee, con los dientes apretados.

—Rebecca me ha pedido que venga para ver si estás bien. Ya sabes. Después del... —dice, sacudiendo los dedos—. Del pequeño telele que te ha dado. —Su iPhone suena—. ¡Anda! Acabo de recibir un correo suyo.

Bee y yo esperamos, con los hombros tensos. Ceci lee el correo electrónico con cruel parsimonia.

—¿Qué dice? —pregunta Bee.

—¿Eh? —dice Ceci.

—Rebecca. ¿Qué dice? ¿Ha…? ¿He perdido el cliente? —balbuceo.

Ceci ladea la cabeza con los ojos aún clavados en el móvil. Seguimos esperando. Noto que la ola de pánico también está en espera, preparada para volver a arrastrarme al fondo.

—Rebecca lo ha solucionado… ¿A que es lo más? Van a seguir confiando en Selmount para este proyecto y han sido muy comprensivos, dadas las circunstancias —comenta finalmente Ceci, esbozando una sonrisa—. Quiere verte cuanto antes, así que será mejor que salgas disparada hacia la oficina, ¿no te parece?

—¿Dónde? —murmuro—. ¿Dónde quiere verme?

—¿Eh? Ah. En la Sala 5C, la de Recursos Humanos. Obviamente. ¿Dónde si no iba a despedirme?

Rebecca y yo estamos sentadas una enfrente de la otra. Judy, la de Recursos Humanos, está a su lado. No me parece buena señal que Judy esté en su lado de la mesa y no en el mío.

Rebecca se aparta el pelo de la cara y me mira con pena y compasión, algo que no puede significar nada bueno. Estamos hablando de Rebecca, la reina de la mano dura, experta en dejarte en evidencia en medio de las reuniones. Una vez me dijo que esperar lo imposible era el único y verdadero camino para obtener los mejores resultados.

En resumen: si está siendo amable conmigo es porque ha tirado la toalla.

—Leena —dice por fin Rebecca—. ¿Estás bien?

—Sí, claro, de maravilla —aseguro—. Por favor, Rebecca, deja que te lo explique. Lo que me ha pasado en la reunión ha sido… —me quedo callada porque Rebecca ha empezado a agitar la mano con el ceño fruncido.

—Mira, Leena, sé que te gusta fingir que no ha pasado nada y quiero que sepas que eres mi puñetera heroína. —Rebecca mira a Judy—. Es decir, que Selmount valora tu… tu valentía y tu determinación… Mira, mejor vamos a dejarnos de chorradas. Tienes una pinta horrorosa, joder.

Judy tose discretamente.

—Lo que quiero decir es que creemos que estás un poquito agotada —explica Rebecca, sin pestañear—. Acabamos de revisar tu expediente. ¿Sabes cuándo fue la última vez que te tomaste unas vacaciones?

—¿Es… una pregunta trampa?

—Sí, sí lo es, Leena, porque en el último año no te has tomado ni un solo día libre. Algo que, por cierto, no debería ser posible —añade Rebecca, fulminando con la mirada a Judy.

—Ya te lo he dicho —susurra esta—. ¡No sé cómo se nos ha pasado!

Yo sí sé cómo se les ha pasado. Los de Recursos Humanos sacan pecho jactándose de que se aseguran de que todos los empleados disfruten anualmente de las vacaciones que les corresponden, pero lo único que hacen, en realidad, es enviarte un correo dos veces al año para comunicarte cuántos días libres te quedan y soltarte algún rollo motivador sobre «bienestar», «enfoque holístico» y «desconectar para aprovechar al máximo tu potencial».

—En serio, Rebecca, estoy perfectamente. Siento mucho que mi… Siento haber interrumpido la reunión de esta mañana, pero si me dejas…

Más ceño fruncido y zarandeo de manos.

—Leena, lo siento. Sé que está siendo una época durísima para ti. Este proyecto es extremadamente estresante y hace tiempo que creo que no ha sido buena idea involucrarte en él. Sé que solo suelo decir estas cosas de guasa, pero quiero que sepas que me preocupa mucho tu bienestar, ¿vale? Así que he hablado con los socios y vamos a apartarte del proyecto de Upgo.

De repente me estremezco y mi cuerpo se sacude con una intensidad grotesca y exagerada, recordándome que todavía no he recuperado el control. Abro la boca para hablar, pero Rebecca me toma la delantera.

—Además, hemos decidido no asignarte ningún proyecto en los próximos dos meses —añade—. Considéralo una excedencia. Dos meses de vacaciones. No te dejaremos volver a entrar en la central de Selmount hasta que hayas descansado, te hayas relajado y tengas menos pinta de haber estado un año en la guerra. ¿De acuerdo?

—Eso no es necesario —replico—. Rebecca, por favor. Dame la oportunidad de demostrar que…

—Es un puto regalo, Leena —interrumpe Rebecca, exasperada—. ¡Unas vacaciones pagadas! ¡De dos meses!

—Pues no lo quiero. Quiero trabajar.

—¿En serio? Porque tu cara dice que quieres dormir. ¿Crees que no sé que esta semana has estado trabajando hasta las dos de la mañana todos los días?

—Lo siento. Sé que debería ser capaz de ceñirme a las horas habituales de trabajo, pero… ha habido unos pequeños…

—No te estoy criticando por cómo gestionas tu carga de trabajo, te estoy preguntando cuándo coño descansas, chica.

Judy tose varias veces en voz baja al oír esto. Rebecca la mira, cabreada.

—Una semana —digo, desesperada—. Me tomaré una semana libre, descansaré un poco y cuando vuelva ya...

—Dos. Meses. Libres. Y punto. Esto no es negociable, Leena. Lo necesitas. No me hagas echarte encima a los de Recursos Humanos para demostrarlo —me advierte Rebecca, señalando con desprecio a Judy con la cabeza. Esta echa la barbilla hacia atrás como si le hubieran dado una bofetada o un capirotazo en la frente.

Siento que mi respiración vuelve a acelerarse. Es cierto que voy un poco con la lengua fuera, pero no puedo tomarme dos meses libres. No puedo. En Selmount la reputación es fundamental, si me quedo fuera de juego durante ocho semanas enteras después de lo de la reunión de Upgo, seré el hazmerreír de todos.

—Nada va a cambiar en ocho semanas, ¿de acuerdo? —me asegura Rebecca—. Seguiremos aquí cuando vuelvas. Y tú seguirás siendo Leena Cotton, la consultora más joven, la más trabajadora y la más espabilada. —Rebecca me mira fijamente—. Todos necesitamos un descanso de vez en cuando. Hasta tú.

Salgo de la reunión con el estómago revuelto. Creía que iban a despedirme; tenía un montón de frases preparadas sobre despidos improcedentes. Pero... ¿una excedencia?

—¿Qué ha dicho? —me pregunta Bee, apareciendo ante mí tan de repente que me obliga a frenar en seco—. Os estaba espiando —explica—. ¿Qué ha dicho Rebecca?

—Pues ha dicho… que tengo que irme de vacaciones.

Bee se queda perpleja unos instantes.

—Venga, vamos a comer ya.

Mientras esquivamos turistas y hombres de negocios por la calle principal, me suena el móvil en la mano. Miro la pantalla, doy un traspié y estoy a punto de chocar contra un hombre que lleva un cigarrillo electrónico colgado de la boca como si fuera una pipa.

Bee echa un vistazo a la pantalla del móvil por encima de mi hombro.

—No tienes por qué contestar en este momento. Déjalo sonar.

Mi dedo planea sobre el icono verde de la pantalla. Me doy un golpe en el hombro con el de otro hombre que pasa vestido de traje; él se tambalea y yo voy dando tumbos por la acera, hasta que Bee me sujeta.

—¿Tú qué me dirías ahora mismo si estuviera en tu situación? —pregunta Bee, a ver si cuela.

Respondo a la llamada. Bee suspira y abre la puerta de la cafetería Watson's, nuestro lugar favorito para las raras ocasiones especiales en las que abandonamos las oficinas de Selmount para salir a comer.

—Hola, mamá —saludo.

—¡Hola, Leena!

Hago una mueca. Su voz suena despreocupada y falsamente trivial, como si hubiera practicado el saludo antes de llamar.

—Quería hablarte de la hipnoterapia —dice.

Me siento enfrente de Bee.

—¿Qué?

—De la hipnoterapia —repite mi madre, esta vez con bastante menos confianza—. ¿Te suena? Hay un experto en Leeds y creo que podría venirnos fenomenal, Leena. Había pensado que podríamos ir juntas la próxima vez que vengas de visita, ¿qué te parece?

—Yo no necesito hipnoterapia, mamá.

—No hipnotiza a la gente como Derren Brown ni nada por el estilo, sino…

—Que no necesito hipnoterapia, mamá —le espeto. Percibo su irritación en el silencio subsiguiente—. Tú pruébalo si quieres, pero yo paso.

—Es que creo que… quizá, quizá nos vendría bien hacer algo juntas, no tiene por qué ser una terapia, pero…

Parece que ya se ha olvidado de la hipnosis. Me aliso el pelo hacia atrás, siento la rigidez familiar de la laca bajo los dedos y evito la mirada de Bee, que me observa desde el otro lado de la mesa.

—Creo que quizá deberíamos intentar hablar en algún lugar donde…, donde no pueda decirse nada hiriente. Solamente tener un diálogo positivo.

Detrás de esas palabras puedo percibir la presencia del último libro de autoayuda de mi madre. Lo noto en el cuidado con el que usa las oraciones impersonales, en su tono comedido, en lo del «diálogo positivo» y en lo de las «cosas hirientes». Pero cuando empiezo a flaquear, cuando me entran ganas de decir: «Vale, mamá, si así te vas a sentir mejor…», me viene a la cabeza que ella apoyó a Carla en su decisión. Que ella permitió que mi hermana dejara el tratamiento, que se…, que se rindiera.

Creo que ni la hipnoterapia de Derren Brown podría hacerme superar eso.

—Me lo pensaré —digo—. Adiós, mamá.

—Adiós, Leena.

Bee me mira desde el otro lado de la mesa y espera a que me reponga.

—¿Bien? —pregunta finalmente. Bee ha estado trabajando conmigo todo este último año en el proyecto de Upgo; ella me ha visto a diario desde la muerte de Carla. Conoce tan bien mi relación con mi madre como mi novio, o mejor que él. A Ethan solo lo veo los fines de semana y alguna que otra noche entre semana, si ambos podemos salir del trabajo a nuestra hora, mientras que Bee y yo pasamos juntas unas dieciséis horas al día.

Me froto los ojos con fuerza y me mancho las manos de rímel grumoso. Debo de tener una pinta terrible.

—Tenías razón. No debería haber contestado. Lo he hecho fatal.

—Pues a mí me ha parecido que lo has hecho fenomenal —dice Bee.

—Por favor, háblame de otra cosa. De algo que no sea mi familia. Ni el trabajo. Ni de ningún drama parecido. Háblame de tu cita de anoche.

—Si no quieres hablar de dramas, tendrás que elegir otro tema —declara Bee, acomodándose en la silla.

—Vaya, ¿no salió bien? —pregunto.

Aunque estoy a punto de echarme a llorar, Bee tiene el detalle de fingir que no me ha visto y de seguir hablando del tema.

—No. Fatal. Supe que no era para mí en cuanto se acercó para darme un beso en la mejilla y me di cuenta de que olía a la toalla asquerosa y mohosa con la que seguramente se lavó la cara.

Eso funciona; es lo suficientemente repugnante como para hacerme volver de golpe al presente.

—Puaj —digo.

—También tenía unas legañas enormes en los lagrimales. Como si tuviera mocos en los ojos.

—Bee… —Intento encontrar la mejor forma de decirle que no debería descartar a las personas tan rápidamente, pero parece que los poderes para dar charlas motivacionales me han abandonado y, en cualquier caso, eso de la toalla es bastante asqueroso.

—Estoy a punto de rendirme y seguir siendo madre soltera toda la vida —asegura Bee mientras intenta captar la atención del camarero—. He llegado a la conclusión de que es muchísimo peor tener citas que estar sola. Al menos cuando estás sola no hay esperanza, ¿no?

—¿Que no hay esperanza?

—No. No hay esperanza. Es perfecto. Todos sabemos dónde estamos: solos, como llegamos al mundo y como lo dejaremos, etcétera, etcétera. Mientras que, cuando tienes citas, te llenas de esperanza. De hecho, tener citas es en realidad una forma lenta y dolorosa de descubrir lo decepcionantes que son el resto de los humanos. Cada vez que empiezas a creer que has encontrado a un hombre bueno y encantador —Bee mueve los dedos—, aparecen los problemas con mamá, los egos delicados y los fetiches raros con el queso.

El camarero por fin nos hace caso.

—¿Lo de siempre? —grita desde el otro extremo de la cafetería.

—¡Sí! Con doble de sirope en las tortitas —responde Bee a gritos, señalándome.

—¿Has dicho «fetiches con el queso»? —pregunto.

—Digamos que he visto algunas fotos que han hecho que deje de gustarme el *brie*.

—¿El *brie*? —digo horrorizada—. ¡Pero si el *brie* está buenísimo! ¿Cómo es posible que alguien te haga odiar el *brie*?

Bee me da unas palmaditas en la mano.

—Creo que tú nunca tendrás que averiguarlo, amiga mía. De hecho, se supone que debería estar animándote, así que ¿por qué no estamos hablando de tu pluscuamperfecta vida amorosa? Seguro que ya ha empezado la cuenta atrás para que Ethan te haga la pregunta. —Bee capta mi expresión—. ¿No? ¿Tampoco quieres hablar de eso?

—Es que… —Agito la mano mientras se me vuelven a llenar los ojos de lágrimas—. He vuelto a recordar ese horror. Madre mía. Madre mía. Madre mía.

—Solo por saber: ¿por qué crisis existencial estás «madremiando» ahora? —pregunta Bee.

—Por la del trabajo. —Aprieto los nudillos contra los ojos hasta que me duelen—. No puedo creer que no vayan a asignarme ningún proyecto durante dos meses. Es como… Como un minidespido.

—En realidad son unas vacaciones de dos meses —declara Bee con un tono de voz que me hace apartar las manos y abrir los ojos.

—Ya, pero…

—Leena, te quiero y sé que ahora mismo muchos aspectos de tu vida son una mierda, pero ¿podrías, por favor, intentar ver esto como algo positivo? Porque va a ser muy difícil seguir queriéndote si te vas a pasar las próximas ocho semanas quejándote por tener dos meses de vacaciones pagadas.

—Pues…

—¡Podrías irte a Bali! ¡O explorar la selva amazónica! ¡O dar la vuelta al mundo en barco! —Bee arquea las cejas—. ¿Sabes lo que daría yo por tener esa libertad?

Trago saliva.

—Sí. Perdona. Lo siento, Bee.

—No pasa nada. Sé que para ti esto significa más que estar un tiempo sin trabajar. Pero piensa un poco en las que nos pasamos las vacaciones en museos de dinosaurios llenos de niños de nueve años, ¿quieres?

Inspiro y exhalo lentamente, intentando asimilar lo que acaba de decir.

—Gracias —digo mientras el camarero se acerca a nuestra mesa—. Necesitaba oír eso.

Bee me sonríe antes de bajar la vista hacia el plato.

—¿Sabes? Podrías aprovechar el tiempo libre para retomar nuestro plan de negocio.

Hago una mueca. Bee y yo llevamos dos años pensando en montar nuestra propia consultoría. De hecho, estábamos a punto de hacerlo cuando Carla enfermó. Y ahora las cosas están un poco… estancadas.

—¡Sí! —exclamo lo más alegremente posible—. Claro.

Bee levanta una ceja y yo me vengo abajo.

—Lo siento mucho, Bee. Quiero hacerlo, de verdad que sí, pero es que ahora mismo… me parece imposible. ¿Cómo vamos a montar nuestra propia empresa si me cuesta tanto conservar mi puesto en Selmount?

Bee mastica un bocado de tortitas, pensativa.

—Vale. Sé que últimamente has tenido problemas de autoestima y lo entiendo. Puedo esperar. Pero, aunque no inviertas este tiempo en trabajar en el plan de negocio, deberías invertirlo en trabajar en ti misma. Mi Leena Cotton no habla de «conservar un puesto» como si no pudiera hacer nada mejor, y mucho menos utiliza la palabra «imposible». Y yo quiero recuperar a mi Leena Cotton. Así que tienes dos meses para encontrarla y traérmela de vuelta —me advierte Bee, señalándome con el tenedor.

—¿Y cómo voy a hacerlo?

Bee se encoge de hombros.

—Eso de encontrarse a uno mismo no es mi fuerte, la verdad. Yo soy la de las estrategias... La de las metas eres tú.

Eso me arranca una sonrisa.

—Gracias, Bee —digo de repente, extendiendo una mano para agarrar la suya—. Eres genial. De verdad. Maravillosa.

—Mmm, ya. Pues díselo a los solteros de Londres, amiga mía —replica ella, dándome una palmadita en la mano antes de volver a coger el tenedor.

2

Eileen

Hace ya cuatro largos y maravillosos meses que mi marido se fugó con nuestra profesora de baile y hasta este preciso instante no lo había echado de menos ni una sola vez.

Observo el tarro que hay sobre el aparador con los ojos entornados. Todavía me duele la muñeca por haberme pasado un cuarto de hora intentando abrir la tapa, pero no pienso rendirme. Muchas mujeres viven solas toda la vida y son capaces de comer alimentos que vienen en botes.

Le lanzo una mirada asesina al tarro y me canto las cuarenta a mí misma. Soy una mujer de setenta y nueve años. He dado a luz. Me he encadenado a una excavadora para salvar un bosque. Me he enfrentado a Betsy por las normas nuevas de aparcamiento en Lower Lane.

Puedo abrir este condenado tarro de salsa para pasta.

Dec me mira desde el alféizar de la ventana mientras revuelvo el cajón del menaje de cocina en busca de algo que sustituya a mis dedos, cada vez más inservibles.

—Estás pensando que soy una vieja inútil, ¿verdad? —le digo al gato.

Dec da un coletazo. Es un coletazo sarcástico. «Todos los humanos son unos inútiles» es lo que dice ese coletazo. «Deberías seguir mi ejemplo. Yo hago que otros me abran los tarros».

—Tú da gracias que tu cena de esta noche venga en una bolsita —le digo, amenazándolo con la cuchara de los espaguetis. Ni siquiera me gustan los gatos. Fue idea de Wade que nos hiciéramos con unos gatitos el año pasado, pero perdió el interés por Ant y Dec en cuanto conoció a doña Chachachá y decidió que Hamleigh se le quedaba demasiado pequeño y que solo los viejos tenían gatos. «Puedes quedarte con los dos», me dijo con gran magnanimidad. «Encajan mejor con tu estilo de vida».

Cabrón engreído. ¡Si él es mayor que yo! En septiembre cumplirá ochenta y uno. Y en cuanto a mi estilo de vida… Bueno. Espera y verás, Wade Cotton. Te vas a caer de culo.

—Las cosas van a cambiar por aquí, Declan —le digo al gato mientras cojo el cuchillo del pan que está al fondo del cajón. Dec parpadea lentamente con indiferencia y luego abre los ojos de par en par y salta por la ventana mientras yo levanto el cuchillo con ambas manos para apuñalar la tapa del tarro. Dejo escapar un escueto «¡Ja!» mientras lo perforo; tengo que asestarle varias puñaladas, como si fuera una asesina novata de una obra de Agatha Christie, pero esta vez cuando giro la tapa se abre sin problema. Tarareo en voz baja mientras vacío triunfante el contenido en la sartén.

Hala. Cuando la salsa está suficientemente caliente y la pasta hervida, me instalo de nuevo en la mesa del comedor con la cena y reviso la lista.

Basil Wallingham

Pros:
– *Vive en mi misma calle: no hay que andar mucho.*
– *Aún tiene los dientes de verdad.*
– *Todavía tiene energía suficiente para echar a las ardillas de los comederos de los pájaros.*
Contras:
– *No puede ser más aburrido.*
– *Siempre lleva ropa de «tweed».*
– *No me extrañaría que fuera fascista.*

Señor Rogers

Pros:
– *Solo tiene 67 años.*
– *Tiene una buena mata de pelo en la cabeza (realmente increíble).*
– *Baila como Pasha, el de «Mira quién baila» (aún más increíble).*
– *Es amable con todo el mundo, hasta con Basil (lo más increíble de todo).*
Contras:
– *Es un hombre muy religioso. Un meapilas. Seguro que es un soso en la cama.*
– *Solo viene a Hamleigh una vez al mes.*
– *Parece que solo le interesa Jesús.*

Doctor Piotr Nowak

Pros:
– *Es polaco. ¡Qué emocionante!*
– *Es médico. Muy útil para los achaques.*

– Puede mantener conversaciones muy interesantes y se
le da fenomenal el Scrabble.
Contras:
– Demasiado joven para mí (59).
– Casi seguro que sigue enamorado de su exmujer.
– Se parece un poco a Wade (no es culpa suya, pero me
echa para atrás).

Mastico con lentitud y cojo el bolígrafo. Llevo dándole vueltas a esto todo el día, pero... Debería incluir en la
lista a todos los hombres solteros de edad adecuada. Al fin
y al cabo, también he puesto a Basil, ¿no?

Arnold Macintyre

Pros:
– Es el vecino de al lado.
– Tiene la edad perfecta (72).
Contras:
– Es un ser humano repulsivo.
– Envenenó a mi conejo (vale, aún está por demostrar,
pero estoy segura de que fue él).
– Podó mi árbol lleno de nidos de pájaros.
– Es un aguafiestas.
– Seguro que come gatitos para desayunar.
– Probablemente sea descendiente de ogros.
– Me odia casi tanto como yo a él.

Tacho «Probablemente sea descendiente de ogros» al
cabo de un rato, porque no quiero meter a sus padres en
esto; a lo mejor eran encantadores, yo qué sé. Pero lo de los
gatitos lo dejo.

Ya está. He completado la lista. Ladeo la cabeza, pero resulta tan desalentadora desde este ángulo como con la cabeza recta. Tengo que aceptar la realidad: no hay muchas opciones en Hamleigh-in-Harksdale, con una población de ciento sesenta y ocho habitantes. Si quiero encontrar el amor a estas alturas de mi vida, necesito ampliar horizontes. Hasta Tautingham, por ejemplo. En Tautingham hay al menos doscientas personas y solo está a treinta minutos en bus.

Suena el teléfono; llego al salón justo a tiempo.

—¿Sí?

—¿Abuela? Soy Leena.

Sonrío.

—Espera, deja que me siente.

Me acomodo en mi sillón favorito; el verde con estampado de rosas. Esta llamada siempre es la mejor parte del día. Hasta cuando era amargamente triste, cuando solo hablábamos sobre la muerte de Carla (o de cualquier cosa menos de eso, porque era demasiado doloroso). Incluso entonces, las llamadas de Leena me hacían seguir adelante.

—¿Cómo estás, cielo? —le pregunto.

—Bien, ¿y tú?

Entrecierro los ojos.

—Tú no estás bien.

—Ya, me ha salido solo, perdona. Como cuando alguien estornuda y dices «Salud». —La oigo tragar saliva—. Abuela, he tenido un…, un ataque de pánico en el trabajo. Me han mandado a casa dos meses, de excedencia.

—¡Ay, Leena! —Me llevo la mano al corazón—. Aunque no te viene mal tener algo de tiempo libre —añado rápidamente—. Descansar un poco de todo eso te hará bien.

—Me están dejando de lado. No he estado dando la talla, abuela.

—Bueno, es entendible, dado…

—No —replica ella con voz quebrada—. No lo es. Dios, se lo…, se lo prometí a Carla, le dije que no permitiría que el hecho de perderla me frenara y ella siempre decía… Decía que se sentía muy orgullosa, pero ahora he…

Está llorando. Me aferro con la mano a la chaqueta de punto, como hacen Ant o Dec con sus garras cuando se sientan en mi regazo. Incluso cuando era niña, Leena apenas lloraba. No como Carla. Cuando Carla se enfadaba levantaba los brazos como si fuera la tristeza personificada, como una actriz melodramática en una obra de teatro; era difícil no reírse. Pero Leena se limitaba a fruncir el ceño, agachar la cabeza y mirarte con reproche a través de esas pestañas largas y oscuras.

—Vamos, cielo. A Carla le habría gustado que te tomaras unas vacaciones —le aseguro.

—Sé que debería tomármelo como unas vacaciones, pero no puedo. Es que… no soporto haberla fastidiado —dice en tono ahogado, como si estuviera tapando el auricular con las manos.

Me quito las gafas y me froto el puente de la nariz.

—No la has fastidiado, cielo. Estás estresada, eso es todo. ¿Por qué no vienes a pasar el fin de semana? Todo parece mejor con una taza de chocolate caliente; podremos hablar como es debido y tú podrás olvidarte un poco de todo eso, aquí en Hamleigh…

Se hace un largo silencio.

—Hace muchísimo tiempo que no vienes a visitarme —añado, vacilante.

—Ya lo sé. Lo siento mucho, abuela.

—No pasa nada. Viniste cuando Wade se marchó y siempre te lo agradeceré. Y soy muy afortunada por tener una nieta que me llama tan a menudo.

—Pero sé que hablar por teléfono no es lo mismo. Y no es que… Sabes que me encantaría verte.

No menciona a su madre. Antes de la muerte de Carla, Leena venía a ver a Marian una vez al mes, por lo menos. ¿Cuándo terminará esto, esta triste contienda entre ambas? Yo me cuido mucho de no mencionarlo nunca; no quiero interferir, no es cosa mía. Pero…

—¿Te ha llamado tu madre?

Otro largo silencio.

—Sí.

—Para hablarte de… —¿Qué era lo que había decidido al final?—. ¿La «hipoterapia»?

—Hipnoterapia.

—Eso, sí.

Leena no dice nada. Qué dura es nuestra Leena. ¿Cómo van a superar esto si las dos son condenadamente tercas?

—Eso. Mejor no me meto —digo, rompiendo el silencio.

—Lo siento, abuela. Sé que es duro para ti.

—No, no, no te preocupes por mí. Pero ¿te pensarás lo de venir a pasar el fin de semana? Es difícil ayudar desde tan lejos, cielo.

Oigo cómo se sorbe la nariz.

—¿Sabes qué, abuela? Sí que voy a ir. Hace tiempo que me apetece y…, y me encantaría verte.

—¡Bien! —exclamo sonriendo—. Será maravilloso. Te haré uno de tus platos favoritos para cenar y te pondré al día de todos los cotilleos del pueblo. Roland está a dieta, ¿sabes? Y Betsy intentó teñirse el pelo, pero le salió mal y tuve que llevarla en coche a la peluquería con un trapo de cocina en la cabeza.

Leena resopla, riéndose.

—Gracias, abuela —dice al cabo de un rato—. Siempre sabes cómo hacerme sentir mejor.

—Es lo que hacen las Eileens —digo—. Cuidar unas de otras. —Solía decirle eso cuando era pequeña; el nombre completo de Leena también es Eileen. Marian le puso ese nombre por mí cuando todos creímos que me iba a morir de neumonía a principios de los años noventa, pero cuando nos dimos cuenta de que, después de todo, no estaba a las puertas de la muerte, empezó a ser un lío y Leena se convirtió en Leena.

—Te quiero, abuela —dice.

—Y yo a ti, cielo.

Cuando cuelga el teléfono, me doy cuenta de que no le he contado lo de mi nuevo proyecto. Hago una mueca. Me había prometido contárselo la próxima vez que llamara. No es que me dé vergüenza estar buscando el amor, la verdad. Pero a los jóvenes suele hacerles mucha gracia que los viejos quieran enamorarse. No con mala intención, es algo que hacen sin pensar, como quien se ríe de los niños que se comportan como adultos o de los maridos que intentan hacer la compra semanal.

Vuelvo al comedor y, cuando llego, bajo la vista hacia mi triste listita de hombres disponibles en Hamleigh. Ahora todo eso me parece insignificante. Carla ocupa todos mis pensamientos. Intento pensar en otras cosas (las chaquetas de *tweed* de Basil, la exmujer de Piotr…) pero no sirve de nada, así que me acomodo y me doy carta blanca para recordar.

Pienso en Carla de niña, con su mata de rizos y las rodillas llenas de arañazos, de la mano de su hermana. Pienso en ella cuando era una jovencita con una camiseta gastada de Greenpeace demasiado delgada, pero sonriente, llena de pasión. Y luego pienso en la Carla que yacía en la sala de estar de Marian. Demacrada, ojerosa y luchando contra el cáncer con las pocas fuerzas que le quedaban.

No es justo que la pinte así, como si pareciera débil; seguía siendo muy Carla, muy apasionada. Hasta cuando Leena vino a verla por última vez, solo unos días antes de que ella muriera, Carla seguía sin tolerar las tonterías de su hermana mayor.

Estaba en su cama especial de hospital que un grupo de amables empleados del Servicio Nacional de Salud habían instalado en la sala de Marian una noche con una eficiencia asombrosa, antes de irse sin que a mí me diera tiempo siquiera a prepararles una taza de té. Marian y yo estábamos de pie en la puerta. Leena estaba al lado de la cama, en el sillón que habíamos movido allí una vez y que nunca había vuelto a su sitio. El centro de la sala de estar ya no era la televisión, sino esa cama, con sus barrotes de color magnolia a ambos lados del colchón y aquel mando a distancia gris, que siempre se perdía entre las mantas, para ajustar la altura de la cama y mover a Carla cuando quería sentarse.

—Eres increíble —le estaba diciendo Leena a su hermana, con los ojos llenos de lágrimas—. Creo que eres... Creo que eres increíble, tan valiente y...

Carla extendió una mano, más rápido de lo que yo la creía capaz en esos momentos, y pellizcó a su hermana en el brazo.

—Cállate. Nunca dirías algo así si no me estuviera muriendo —replicó ella. Aun con la voz débil y seca, podías captar su sentido del humor—. Ahora eres mucho más amable conmigo. Se me hace raro. Echo de menos que me regañes por desperdiciar mi vida.

Leena hizo un gesto de dolor.

—Yo no...

—Leena, no pasa nada, era broma.

Leena se revolvió en el sillón, incómoda, y Carla levantó la vista hacia el techo, como diciendo: «Por el amor de Dios». Para entonces yo ya me había acostumbrado a su cara sin cejas, pero recuerdo lo raro que se me hacía al principio, en cierto modo, más raro que cuando perdió sus largos rizos castaños.

—Vale, vale. Me pondré seria —dijo.

Nos miró a Marian y a mí y extendió la mano hacia la de Leena, con unos dedos demasiado pálidos en contraste con la piel bronceada de esta.

—¿Vale? Pondré cara seria. —Carla cerró los ojos un momento—. Quería comentaros algo, la verdad. Algo serio. —Luego abrió los ojos y miró fijamente a Leena—. ¿Recuerdas cuando nos fuimos juntas de acampada un verano, cuando volviste de la uni y me dijiste que creías que la consultoría de gestión era la forma de cambiar el mundo y yo me eché a reír? ¿Y que luego nos pusimos a discutir sobre el capitalismo?

—Sí, me acuerdo —dijo Leena.

—Pues no debería haberme reído. —Carla tragó saliva; el dolor tiñó sus facciones, hizo que los bordes de sus ojos se tensaran y que sus labios secos temblaran—. Debería haberte escuchado y decirte que me sentía orgullosa. En cierto modo, tú estás transformando el mundo; lo estás mejorando y necesita gente como tú. Quiero que largues a todos esos viejos estirados y que dirijas tú el cotarro. Monta esa empresa. Ayuda a la gente. Y prométeme que no permitirás que el hecho de perderme te frene.

Para entonces Leena ya estaba llorando, con los hombros encorvados y temblorosos. Carla sacudió la cabeza.

—Leena, ¿quieres parar? ¡Joder, si lo sé no me pongo seria! ¿Quieres que vuelva a pellizcarte?

—No —respondió Leena, riéndose entre lágrimas—. No, por favor. Me ha dolido bastante, la verdad.

—Vale. Pues que sepas que, cada vez que dejes escapar una oportunidad, cada vez que dudes de si eres capaz de hacer algo o cada vez que te plantees renunciar a algo que deseas..., yo te pellizcaré desde el más allá.

Con ustedes, Carla Cotton.

Era valiente, graciosa y sabía que no seríamos capaces de vivir sin ella.

3

Leena

Me despierto a las seis y veintidós, veintidós minutos después de la hora habitual, y me incorporo de golpe, jadeando. Creo que la razón por la que estoy asustada es ese silencio extraño, la ausencia del alegre pitido terrorífico de la alarma del móvil. Tardo un rato en darme cuenta de que no voy a llegar tarde: no tengo que levantarme para ir a la oficina. De hecho, no se me permite volver a la oficina.

Me dejo caer sobre la almohada mientras el horror y la vergüenza vuelven a apoderarse de mí. He dormido fatal, no he dejado de darle vueltas a la reunión en un estado de duermevela y luego, cuando he conseguido dormirme, he soñado con Carla, con una de las últimas noches que pasé en casa de mi madre, cuando me metí en la cama de mi hermana y estreché contra mí su frágil cuerpo, que se acurrucaba contra el mío como el de una niña. Al cabo de un rato, ella me echó de un codazo. «Deja de mojarme la almohada», me dijo, pero luego me dio un beso en la mejilla y me mandó a hacer un chocolate caliente en plena noche, antes de que nos pusiéramos a charlar un rato, riéndonos en la oscuridad como si volviéramos a ser pequeñas.

Hacía bastantes meses que no soñaba con Carla. Ahora, ya despierta, al revivir ese sueño, echo tanto de menos a mi hermana que musito un «Joder» y me pongo a llorar mientras recuerdo los devastadores golpes de dolor que, a traición, me derribaban esos primeros meses. Vuelvo a sentirlos por un instante descorazonador y me pregunto cómo fui capaz siquiera de sobrevivir a esa época.

Qué mal. Necesito moverme. Correr un poco. Eso me ayudará. Me pongo las mallas de Lululemon que Ethan me regaló por mi cumpleaños y una camiseta vieja y salgo por la puerta. Corro por las calles de Shoreditch hasta que los ladrillos oscuros y el arte callejero dan paso a los almacenes reconvertidos de Clerkenwell, a los bares y restaurantes cerrados de Upper Street y a la opulencia arbolada de Islington; hasta que estoy empapada en sudor y lo único en lo que puedo pensar es en el centímetro de acera que tengo delante. Siguiente paso, siguiente paso, siguiente paso.

Cuando vuelvo, Martha está en la cocina, intentando encajar su cuerpo embarazadísimo en uno de los absurdos taburetes *art déco* que ha elegido para el piso. Tiene el pelo castaño oscuro recogido en dos coletas; Martha siempre ha tenido cara de niña y encima con ese peinado no parece que tenga edad legal para parir un hijo.

Le ofrezco un brazo para que se apoye mientras trepa, pero ella lo rechaza sacudiendo una mano.

—Es todo un detalle —dice—, pero estás demasiado sudada para que te toque otro ser humano, bonita.

Me limpio la cara con la parte baja de la camiseta y voy al fregadero a beber un vaso de agua.

—Necesitamos sillas de verdad —comento, girando la cabeza.

—¡De eso nada! Estas son perfectas —replica Martha, culebreando hacia atrás para intentar encajar el culo en el asiento.

Pongo los ojos en blanco.

Martha es diseñadora de interiores de lujo. Es un trabajo deslumbrante, agotador e irregular; sus clientes son quisquillosos hasta decir basta y siempre la están llamando a deshoras para sufrir ataques de nervios interminables por el tejido de las cortinas. El lado bueno es que consigue descuentos en muebles de diseño y ha llenado nuestro piso de piezas muy estilosas que, o no sirven para nada (como el jarrón en forma de uve doble del alféizar o la lámpara de hierro forjado que apenas emite un leve resplandor cuando la enciendes), o no cumplen en absoluto su función: véanse los taburetes altos en los que es casi imposible sentarse o la mesita de café de superficie convexa.

Pero parece que eso la hace feliz y yo estoy tan pocas veces en el piso que tampoco me importa mucho. La verdad es que nunca debí dejar que Martha me convenciera para alquilar esta casa con ella, pero, cuando llegué de nuevas a Londres, la novedad de vivir en una antigua imprenta era demasiado tentadora como para resistirse. Ahora esto no es más que un espacio carísimo en el que puedo derrumbarme sobre la cama y ni me entero de que lo que estamos haciendo, al parecer, es «vivir en el taller de un artesano». Cuando Martha se vaya, tengo que hablar con Fitz para mudarnos a un lugar más sensato. Aparte de la mujer rara que vive al lado con su gato, el resto de las personas del edificio tienen barba de moderno o una empresa emergente, así que no tengo muy claro que encajemos en Shoreditch.

—¿Ayer por la noche pudiste hablar con Yaz? —le pregunto mientras me sirvo otro vaso de agua.

Yaz es la novia de Martha y actualmente está de gira en Estados Unidos con una obra de teatro, durante seis meses. La relación de Yaz y Martha me causa altos niveles de estrés indirecto. Parece que todo exige una logística complicadísima. Siempre están en diferentes zonas horarias, enviándose documentos importantes de un lado a otro del mundo y tomando decisiones vitales decisivas en llamadas de WhatsApp con una cobertura pésima. La situación actual es el ejemplo perfecto de su forma de vida: Yaz vuelve dentro de ocho semanas para tomar posesión de una casa (que aún no ha comprado) y para trasladar allí a su novia embarazada antes de que el bebé llegue solo unos días después. Me pongo a sudar otra vez solo de pensarlo.

—Sí, Yaz está bien —responde Martha mientras se frota la tripa distraídamente—. No para de hablar a cuatrocientos kilómetros por hora de Chéjov y de partidos de béisbol. Ya sabes cómo es. —Su sonrisa indulgente se expande mientras bosteza con todas sus ganas—. Aunque se está quedando muy flaca. Necesita comer bien.

Reprimo una sonrisa. Puede que Martha aún no sea madre, pero ha estado cuidando de todos los que están a su alrededor desde que la conozco. Alimentar a la gente es uno de sus ataques de bondad favoritos. También sigue insistiendo en traer a amigos de su clase de pilates a cenar con la descarada esperanza de que logren llevar por el buen camino a Fitz, nuestro otro compañero de piso.

Hablando de Fitz… Consulto la hora en mi Fitbit. Este es su cuarto trabajo este año, no le conviene llegar tarde.

—¿Fitz se ha levantado ya? —pregunto.

Él entra justo en ese momento, subiéndose el cuello de la camisa para ponerse la corbata. Como es habitual, parece que se ha recortado el vello facial con una regla; llevo tres años viviendo con él y todavía no logro entender cómo lo consigue. Fitz siempre tiene un aspecto engañosamente pulcro. Su vida es un caos absoluto, pero sus calcetines están siempre perfectamente planchados (en su defensa he de decir que siempre se le ven porque lleva los pantalones un centímetro más cortos de lo normal y son mucho más interesantes que los calcetines de la mayoría de la gente: tiene unos de Bob Esponja, otros a manchas como los cuadros de Van Gogh y sus favoritos, los «calcetines políticos», en los que pone «El Brexit es una mierda» alrededor de los tobillos).

—Ya me he levantado. La pregunta es qué haces tú levantada si estás de vacaciones —pregunta Fitz mientras termina de anudar su escuálida corbata.

—Ay, Leena —dice Martha—. Perdona, me había olvidado de que esta mañana no ibas a trabajar —comenta con los ojos abiertos de par en par, con pena—. ¿Cómo te encuentras?

—Fatal —confieso—. Y enfadada conmigo misma por sentirme fatal, porque ¿quién se siente fatal teniendo dos meses de vacaciones pagadas? Pero no dejo de recordar el momento de la reunión. Y entonces lo único que me apetece es acurrucarme en posición fetal.

—La posición fetal no es tan estática como la gente cree —comenta Martha, sonriendo y frotándose un lado de la barriga—. Pero sí, es completamente normal, cielo. Necesitas descansar, eso es lo que te está diciendo tu cuerpo. Y también perdonarte. Solo has cometido un pequeño error.

—Leena nunca había cometido uno de esos —dice Fitz mientras va hacia la licuadora—. Dale tiempo para que se acostumbre.

Yo frunzo el ceño.

—Sí he cometido errores.

—Por favor, doña Perfecta, dime uno —me pide Fitz, mirando hacia atrás para guiñarme un ojo.

Martha capta mi cara de cabreo y extiende la mano para darme un apretón en el brazo, hasta que recuerda lo sudada que estoy y en lugar de ello me da unas palmaditas suaves en el hombro.

—¿Tienes planes para el fin de semana? —me pregunta.

—Pues voy a subir a Hamleigh, de hecho —respondo mientras miro el móvil. Espero un mensaje de Ethan. La noche anterior trabajó hasta tarde, pero espero que esta esté libre. Necesito uno de sus abrazos, maravillosos y largos, en los que hundo la cara en su cuello mientras él me envuelve totalmente con sus brazos.

—Ah, ¿sí? —dice Fitz, poniendo cara rara—. ¿Seguro que irte al norte a ver a tu madre es lo que más te apetece ahora mismo?

—¡Fitz! —le reprende Martha—. A mí me parece una gran idea, Leena. Ver a tu abuela te hará sentirte muchísimo mejor y no tienes por qué estar con tu madre si no te sientes preparada. ¿Ethan va a acompañarte?

—No creo, está con lo del proyecto de Swindon. Tiene que entregarlo el jueves que viene y se tira todo el rato en la oficina.

Fitz aprieta el botón de la licuadora con saña al oír eso. No hace falta que diga nada; sé que piensa que Ethan y yo no nos damos la suficiente prioridad. Es cierto que no nos vemos tanto como nos gustaría; aunque trabajemos para la misma empresa, siempre nos asignan proyectos distintos, normalmente en diferentes polígonos industriales perdidos de la mano de Dios. Pero en parte esa es la razón por la que Ethan es tan increíble. Él entiende lo importante que es el trabajo. Cuando Carla murió y a mí me costaba tanto mantenerme a flote, fue Ethan quien hizo que me centrara en el trabajo, recordándome lo que me encantaba de él, empujándome para que siguiera adelante y no tuviera la oportunidad de hundirme.

Solo que ahora no tengo ningún trabajo para poder seguir adelante, al menos durante las próximas ocho semanas. Me esperan dos larguísimos meses vacíos. Al pensar en todas esas horas de calma y tranquilidad y tiempo para pensar, me entra vértigo. Necesito un objetivo, un proyecto, algo. Si me detengo, las aguas se cerrarán sobre mi cabeza, y solo de pensarlo siento un hormigueo de pánico en la piel.

Compruebo la hora en el teléfono. Ethan lleva más de una hora y media de retraso; seguramente lo habrá arrinconado uno de los socios justo cuando se iba. Llevo toda la tarde limpiando el piso y había acabado a tiempo, antes de que llegara, pero ahora han pasado dos horas más, durante las cuales he estado apartando muebles, limpiando el polvo de las patas de las sillas y desinfectando con la clase de exhaustividad que te garantiza un hueco en un programa de DKISS.

Cuando por fin oigo la llave en la puerta, salgo arrastrándome de debajo del sofá y me sacudo la sudadera gigantesca de hacer la limpieza. Es de *Buffy*, y en la parte delantera tiene una foto enorme suya con cara de tía dura. Quitando los trajes, la mayoría de mi vestuario se compone de sudaderas gigantes frikis. Puede que últimamente no tenga mucho tiempo para disfrutar de series de culto, pero eso no me impide dejar claras mis preferencias. Y, sinceramente, creo que es el único tipo de ropa en la que merece la pena gastarse el dinero.

Ethan coge aire con dramatismo al entrar en la habitación mientras gira sobre sí mismo, viendo la transformación. Ha quedado genial. La verdad es que solemos tener la casa bastante ordenada, pero ahora está como los chorros del oro.

—Debí imaginar que no serías capaz de pasar un solo día sin una actividad frenética —comenta Ethan, bajando la cabeza para besarme. Huele a una colonia fuerte y cítrica y tiene la nariz fría por la lluvia fresca de marzo—. La casa ha quedado genial. ¿Quieres darle un repaso a la mía?

Le doy una palmada en el brazo y él se ríe mientras se aparta el cabello oscuro de la frente sacudiéndolo hacia un lado en un gesto muy típico de él. Luego se agacha, vuelve a besarme y siento cierta envidia al darme cuenta de que está eufórico por el trabajo. Echo de menos esa sensación.

—Siento llegar tarde —dice mientras se aleja para ir hacia la cocina—. Li me ha secuestrado para hablar de las cifras de investigación y desarrollo para la evaluación de Webster y ya sabes cómo es: no capta una indirecta ni aunque lo maten. ¿Tú cómo lo llevas, amor? —grita, mirando hacia atrás.

El corazón me da un vuelco. «¿Cómo lo llevas, amor?». Ethan me decía eso por teléfono cada noche, cuando Carla ya casi no podía más; me lo dijo cuando apareció en la puerta en el momento en que más lo necesitaba, con una botella de vino y un abrazo; me lo dijo mientras avanzaba tambaleándome en el funeral de Carla, aferrándome con tal fuerza a su mano que debí de hacerle daño. No habría superado todo aquello sin él. No creo que puedas llegar a demostrarle a alguien lo agradecida que estás por haber estado a tu lado en el momento más duro de tu vida.

—Estoy… bien —digo.

Ethan vuelve a entrar, esta vez en calcetines, lo que no pega mucho con su traje.

—A mí esto me parece positivo —comenta—. Lo de la excedencia.

—Ah, ¿sí? —pregunto mientras me apoltrono en el sofá. Él se acomoda a mi lado y me coloca las piernas sobre las suyas.

—Por supuesto. Además, puedes seguir en la brecha; ya sabes que puedes involucrarte en mis proyectos cuando quieras y puedo dejarle caer a Rebecca que me estás ayudando mucho, para que sepa que no pierdes facultades mientras estás fuera.

Pongo la espalda más recta.

—¿En serio?

—Claro. —Ethan me besa—. Sabes que puedes contar conmigo.

Me muevo para poder verlo bien: su boca fina y expresiva, su sedoso pelo negro, la pequeña hilera de pecas sobre sus prominentes pómulos… Es muy guapo y está aquí, en este momento, cuando más lo necesito. Tengo mucha suerte de haber encontrado a este hombre.

Él se inclina hacia un lado para coger la bolsa del portátil, que está colgada en el brazo del sofá.

—¿Quieres repasar las diapositivas de la presentación de mañana conmigo? ¿Las de la evaluación de Webster?

Vacilo, pero él ya está abriendo el portátil, me lo pone sobre las piernas y yo me recuesto y lo escucho mientras empieza a hablar.

Me doy cuenta de que tiene razón, eso me ayuda.

Así, con Ethan, escuchándolo hablar con su voz grave y suave acerca de ingresos y pronósticos, casi me siento yo misma.

4

Eileen

El viernes por la tarde voy a cien por hora. Dec ha dejado vísceras de ratones sobre el felpudo y, aunque seguro que es todo un detalle en términos gatunos, ha sido un engorro limpiar las suelas de mis zapatos favoritos. Llego al ayuntamiento un poco sofocada y justo a tiempo para la reunión de la Guardia Vecinal.

La Guardia Vecinal de Hamleigh es una asociación extraoficial, pero que funciona muy bien. La delincuencia es algo que preocupa mucho a los habitantes de Hamleigh-in-Harksdale, a pesar de que en los últimos cinco años el único delito que recuerdo que haya habido es el robo del cortacésped de Basil y al final resultó que se lo había llevado prestado Betsy, que sigue jurando haberle pedido permiso antes. Creas a quien creas, eso difícilmente se puede considerar una epidemia de actividad ilegal, y una reunión semanal de dos horas es, casi con total seguridad, un poco demasiado.

Por suerte, yo soy ahora la encargada de la Guardia Vecinal, con Betsy como vigilante suplente (se acordó que

Betsy no podía ser vigilante principal, dado su historial delictivo previamente mencionado). Hemos conseguido que las reuniones sean mucho más interesantes; ya que, técnicamente, no somos una guardia vecinal, sino solo un grupo de personas a las que nos gusta vigilar a nuestros vecinos, no es necesario seguir ninguna norma o reglamento, así que hemos dejado de fingir que hablamos sobre delincuencia y ahora simplemente nos centramos en el cotilleo, en los escándalos del pueblo y en las quejas sobre aldeas rivales. Lo siguiente que hemos hecho ha sido empezar a repartir un montón de galletas gratis y cojines para las sillas, además de diseñar un cartel que dice «Solo para socios» para colgarlo en la puerta del ayuntamiento cuando tenemos reunión y con el que hemos conseguido que todos los que no son socios de la Guardia Vecinal se pongan celosos y que los que sí lo son presuman de estar «en el club», por así decirlo.

Betsy llama al orden a los presentes golpeando con el mazo la mesita de café del ayuntamiento (sabe Dios de dónde habrá sacado Betsy el mazo, pero aprovecha cualquier oportunidad para usarlo. El otro día, Basil se estaba poniendo demasiado agresivo con el bingo y ella le dio con el mazo en la frente. Eso le hizo cerrar el pico. Si bien es cierto que después el doctor Piotr se fue aparte con Betsy para explicarle que, como Basil había tenido un infarto cerebral hacía poco, era mejor evitarle lesiones en la cabeza).

—¿Cuál es el primer punto del orden del día? —pregunta Betsy.

Le paso la agenda.

Reunión de la Guardia Vecinal del 20 de marzo
1. Bienvenida.
2. Ronda de té y galletas.

3. *Doctor Piotr: aparcamiento delante de la consulta del médico de cabecera.*
4. *Roland: ¿seguimos haciendo boicot a Julie's? Argumentos a favor de la reconsideración: no hay otros sitios buenos para comprar sándwiches de beicon.*
5. *Betsy: aclaración sobre si la falda pantalón realmente ha vuelto.*
6. *Té y galletas.*
7. *Eileen: noche de cine de la vieja escuela. Propuesta de prohibición de todas las películas en las que sale Jack Nicholson porque no lo soporto más (estoy segura de que hay otros señores mayores que saben actuar).*
8. *Basil: últimas noticias sobre la Guerra contra las Ardillas.*
9. *¿Algún delito?*
10. *Té y galletas.*
11. *Otros asuntos.*

Le toca a Basil preparar los tés, lo que significa que son todos flojísimos y que la mitad de nosotros aún tenemos bolsitas flotando en la taza porque es medio cegato y no se entera de cuáles no ha pescado. Sin embargo, Betsy ha traído una estupenda variedad de galletas. Me pongo a roer una pasta de jengibre mientras Piotr habla con mucha seriedad de «los que aparcan su escúter eléctrico ocupando dos plazas de aparcamiento» (se refiere a Roland) y de «las consecuencias para otros pacientes» (se refiere a Basil, que siempre se queja de lo mismo).

Pienso en la lista que tengo en la mesa del comedor y me distraigo intentando imaginarme haciendo el amor con el doctor Piotr, lo que hace que un trozo de la galleta de jengibre se me vaya por donde no debe y la reunión de la Guardia Vecinal entre en pánico momentáneamente mientras todos me aporrean la espalda. Betsy se está preparando ya para hacer la maniobra de Heimlich cuando recupero la voz y les informo de que estoy perfectamente. Y de que, en caso de que llegara el momento en el que me estuviera ahogando de verdad, preferiría que fuera Piotr el que hiciera la maniobra. Mientras lo digo, él y yo nos miramos divertidos por encima de la cabeza de Betsy. Con un atisbo de esperanza, me pregunto si su mirada habrá sido un poco insinuante, aunque ha pasado tanto tiempo que no tengo muy claro cómo se supone que se sabe eso.

Como era de esperar, a Betsy le mosquea mi comentario, pero pronto se distrae con el debate sobre si las faldas pantalón vuelven a estar de moda. El tema ha surgido porque la semana pasada Kathleen le dijo a Betsy que eran lo último y Betsy se compró seis en la teletienda. (Kathleen, con sus treinta y cinco años, hace descender considerablemente la media de edad de la Guardia Vecinal. Tiene tres hijos menores de seis años y está tan desesperada por salir de casa que se ha apuntado a todas las actividades que hay en el pueblo). Betsy ha tenido una crisis de confianza por sus nuevas compras y necesita someterlo a votación. Es su forma preferida de asegurarse de que nadie pueda juzgarla por hacer algo: si se ha decidido democráticamente, es culpa de todos.

La Guardia Vecinal decide que, efectivamente, las faldas pantalón vuelven a estar de moda, aunque yo creo que Basil, que tuvo el voto decisivo, no ha visto una en su vida.

Tras la segunda ronda de galletas, expongo mi caso en relación con las películas de Jack Nicholson, pero fallan en mi contra; resulta que Penelope es su más ferviente admiradora.

Después, Basil despotrica un rato sobre las ardillas, lo que es siempre un buen momento de la reunión para echar una cabezadita si lo necesitas, y después llegan más galletas y el punto más importante de la agenda: «¿Algún delito?». También conocido como «el cotilleo del día».

—Eileen, Betsy dice que has vendido el coche —dice Penelope mientras me mira desde el otro lado del círculo, parpadeando como un búho. Penelope parece un pajarillo; tiene un aspecto tan frágil que siempre me preocupa que se rompa algo, aunque en realidad es dura como una piedra. El otro día vi cómo disparaba con una pistola de agua a un gato que iba a por su nido de herrerillos comunes: le dio en todo el ojo.

—Creo que haces muy bien en dejar de conducir, Eileen —opina Betsy.

—Aún sigo conduciendo —replico, sentándome más recta—. Lo que pasa es que comparto el coche con Marian.

—Ah, ¿sigues conduciendo? —pregunta Betsy—. Caray. ¡Sí que eres valiente, después del accidente de Sniddle Road!

Betsy es buena persona y una gran amiga, pero también se le da fenomenal soltar groserías en un tono de voz que impide cualquier objeción. En cuanto a mi «accidente» en Sniddle Road, no merece la pena ni comentarlo. Reconozco que no fue mi mejor aparcamiento, pero ¿quién iba a pensar que el todoterreno de aquel hombre iba a abollarse con tanta facilidad? Si aquella cosa parecía un condenado tanque.

—Entonces habrás abandonado tu último proyecto, ¿no? —pregunta Basil mientras se sacude las migas del bigote—. ¿No era el coche que usabas para llevar perros abandonados de aquí para allá?

—Era para ayudar a la gente del refugio canino de Da-redale, que es muy simpática —aclaro con dignidad—. Pero ahora ya tienen transporte propio.

—¡Seguro que te metes en otra cosa en menos de lo que canta un gallo! —exclama Basil riéndose.

Lo miro con los ojos entrecerrados.

—¿Ya has dejado de buscarnos patrocinador para el Primero de Mayo? —insiste—. ¿Ninguna gran empresa quiere que relacionen su nombre con las fiestas patronales de un pueblo enano?

Aprieto los dientes. Da la casualidad de que me he roto los cuernos intentando buscar un patrocinador para el Festival del Primero de Mayo. Esperaba que pudiéramos usar los fondos recaudados para la organización benéfica contra el cáncer que tanto hizo por Carla, en lugar de para cubrir los gastos, como solemos hacer. Pero hoy en día es difícil incluso encontrar a alguien que te reciba en las empresas importantes de Leeds, y todos los negocios locales con los que he hablado se están apretando el cinturón y no tienen dinero de sobra.

—¡Qué curioso! —se burla Basil.

—No pienso disculparme por querer cambiar el mundo, Basil —replico con frialdad.

—Haces bien, haces bien —dice Basil—. Y eres muy valiente por seguir intentándolo contra viento y marea, la verdad.

Afortunadamente, cambiamos de tema. Penelope se vuelve hacia Piotr para hablar del último achaque de Roland y yo aprovecho la oportunidad para charlar con Betsy.

—¿Has vuelto a hablar con tu hija, querida? —le pregunto en voz baja—. De lo de venir a verte.

Betsy frunce los labios.

—Lo he intentado —responde—. Pero nada.

El problema es el marido de Betsy. Su hija no quiere volver a coincidir con él nunca más. Y no se lo reprocho: Cliff es un desgraciado y no sé cómo Betsy ha podido aguantarlo todos estos años. Ni siquiera Wade lo soportaba. Pero, sin duda, alejar a Betsy de su familia solo va a empeorar las cosas. Aun así, eso no me incumbe. Le aprieto la mano.

—Vendrá cuando esté preparada —le aseguro.

—Pues será mejor que no se lo piense demasiado —replica Betsy—. ¡Tengo ochenta años!

Sonrío al escucharla. En realidad, tiene ochenta y cinco. Ni cuando intenta hacerse la anciana puede evitar mentir sobre su edad.

—... han reducido los buses de Knargill a uno al día —le está diciendo Basil a Roland, al otro lado de mí—. Obviamente, eso tiene mucho que ver.

De lo que más le gusta quejarse a Basil es de las ardillas, del transporte público, del clima y del estado del país, por ese orden. Es mejor no hacerle hablar de ninguno de esos temas, pero sobre todo conviene evitar el último, porque resulta muy difícil que te caiga bien Basil cuando empieza a hablar de inmigración.

—¡Allí estaba, ahogada en la sopa de puerro y patata! —está diciendo Basil—. Una imagen macabra, supongo. La pobre muchacha que la descubrió, que solo había ido a preguntarle si quería poner ventanas nuevas de doble cristal, vio que estaba la puerta abierta y se la encontró. ¡Llevaba muerta una semana y nadie se había dado cuenta!

—¿De qué hablas, Basil? —pregunto—. ¿Otra vez contando historias de terror?

—Una mujer de Knargill —dice este antes de beber un sorbo de té con satisfacción—. Se ahogó en su cuenco de sopa.

—¡Qué horror! —exclama Betsy.

—¿Ya había moscas y gusanos cuando la encontraron? —pregunta Penelope con interés.

—¡Penelope! —gritamos todos a coro, antes de girarnos de inmediato hacia Basil para escuchar la respuesta.

—Probablemente —responde este asintiendo con aire experto—. Muy probablemente. La pobre mujer tenía solo setenta y nueve años. Su marido había muerto el año anterior. No tenía a nadie en el mundo que se preocupara por ella. Los vecinos decían que llevaba meses sin hablar con nadie, salvo con los pájaros.

De pronto me siento rara, quizá un poco mareada, y mientras cojo otra galleta de jengibre me doy cuenta de que me tiembla la mano más de lo normal.

Supongo que es porque estoy pensando que esa pobre mujer tenía la misma edad que yo. Pero ahí acaban las similitudes, me digo con firmeza. Para empezar, yo nunca tomaría sopa de puerro y patata, es demasiado insípida.

Trago saliva. El incidente de ayer con el tarro fue un recordatorio desagradable de lo fácil que puede llegar a ser dejar de apañártelas sola. Y lo de no apañártelas sola se vuelve un tanto peliagudo rapidísimamente cuando no vives con nadie.

—Deberíamos ayudar más a ese tipo de personas —digo de pronto—. Ahora que han recortado los horarios de los autobuses y que los del Transporte para Mayores de los Dales tienen problemas de financiación, es difícil para ellos ir a cualquier sitio, aunque quieran.

Parecen todos bastante sorprendidos. Normalmente, si alguien menciona a los habitantes de Knargill en una reunión de la Guardia Vecinal, Betsy suelta una carcajada perversa antes de declarar que «les está bien empleado por vivir en Knargill».

—Ya, bueno, supongo que sí —dice Penelope con voz cansina, rompiendo el silencio.

—Vamos a incluirlo en el próximo orden del día —digo y lo apunto en mi fotocopia.

Hay un paréntesis un poco incómodo.

—Bueno, en Firs Blandon están pensando en organizar una fiesta el Primero de Mayo para hacernos la competencia —declara Basil, mirándome con perspicacia, como si estuviera poniendo a prueba mi lealtad.

—¡Ni hablar! —exclamo. Chasco la lengua. Basil debería tener claro que nunca me uniría a Firs Blandon. Hace una década o dos, cuando Hamleigh se quedó sin luz durante tres días después de una tormenta enorme, los otros pueblos recaudaron fondos y nos cedieron habitaciones que tenían libres para ayudar a los que se quedaron sin calefacción. Pero en Firs Blandon nadie movió un dedo—. El Primero de Mayo de Firs Blandon nunca estará tan bien como el nuestro —aseguro, convencida.

—¡Pues claro que no! —señala Betsy y todo el mundo se relaja ahora que hemos vuelto a pisar tierra firme—. ¿Quién quiere más galletas?

El resto de la reunión transcurre con normalidad, pero aquella molesta sensación tan rara me mortifica todo el día. Me alegro de que Leena venga mañana. Estoy agotada y es muchísimo más fácil ser independiente cuando hay alguien contigo.

5

Leena

Hamleigh-in-Harksdale es tan bonito como suena. El pueblo está agazapado entre dos colinas en el sur de los Yorkshire Dales. Mientras el bus va traqueteando por la carretera del valle, solo consigo ver sus tejados y sus chimeneas torcidas entre los peñascos de color ocre.

Yo no me crie en Hamleigh, pero mi madre se mudó allí cuando Carla enfermó. Hay dos versiones del pueblo en mi mente: la mitad de mis recuerdos están bañados por una dulce nostalgia infantil en tonos sepia y la otra mitad son oscuros y dolorosos, fruto de una pérdida desgarradora. Se me pone un nudo en el estómago. Intento recordar cómo me sentía aquí de niña, la alegría que me invadía cuando tomábamos esta curva del camino y veíamos ante nosotras los tejados de Hamleigh.

Hasta cuando éramos adolescentes, que siempre estábamos como el perro y el gato, Carla y yo hacíamos las paces mientras estábamos de visita en casa de los abuelos. Mientras salíamos de Leeds en coche con mamá, nos quejábamos de las fiestas que íbamos a perdernos, pero en cuanto llegábamos a Hamleigh recordábamos quiénes éramos. Las sidras clandestinas y los besuqueos con chicos del instituto se convertían en algo un tanto absurdo, como si pertenecieran a la vida de otras personas. Nos pasábamos el día fuera, recogiendo moras juntas en táperes viejos con la tapa rajada, sin preocuparnos por los arañazos en las piernas recién depiladas, hasta que volvíamos a casa y se nos veían por debajo de la falda del uniforme, que llevábamos a la cintura.

Veo pasar los colores de los Dales por la ventana sucia del autobús: rojizos, verdes, el gris arenoso de los muros de piedra seca… Las ovejas levantan sus ojos amodorrados a nuestro paso. Está lloviznando; ya casi puedo percibir el olor a fresco que la lluvia da a la tierra, como si esta acabara de levantarse. Aquí el aire es más frío.

En el autobús no, claro. El aire del autobús huele a cerrado y al sándwich de pollo *tikka* de algún pasajero. Pero, en cuanto me baje, sé que la primera inspiración será maravillosa.

Hamleigh en sí consta solo de tres calles: Lower Lane (la calle de abajo), Middling Lane (la calle de en medio) y Peewit Street, que en realidad debería llamarse Upper Lane (la calle de arriba), pero, bueno, la vida rural tiene esas extravagancias. La mayoría de las viviendas son casitas de piedra caliza con tejados de pizarra desordenados, aunque al final de Middling Lane hay una urbanización nueva que emerge como un herpes labial en un extremo del pueblo, hecha con llamativos ladrillos de color naranja y ventanas con los marcos negros. A la abuela le espanta. Cada vez que le recuerdo que Gran Bretaña necesita urgentemente más viviendas asequibles, replica: «Eso es porque hay tontainas como tú que siguen pagando una fortuna por una caja de zapatos en Londres», lo cual he de reconocer que es un argumento bastante sólido, económicamente hablando. Ojalá yo fuera uno de los tontainas que hacen eso, en lugar de optar por gastarme decenas de miles de libras para vivir de alquiler en «el taller de un artesano».

Voy directamente desde la parada del autobús a la casa de la abuela. Me sorprendo apartando la vista al pasar por delante de la desviación que va a la calle de mi madre, como cuando pasas al lado de un accidente de tráfico en la autopista y compruebas, horrorizada, que estás intentando verlo por el rabillo del ojo.

La casa de mi abuela es la más bonita del pueblo: Clearwater Cottage, Middling Lane, número cinco. Tiene un tejado viejo desordenado, de pizarra; una glicinia que trepa por la fachada, una puerta de color fresa... Es una casa de cuento de hadas. El nudo de ansiedad que noto entre las costillas se afloja mientras recorro el sendero del jardín.

Levanto la aldaba.

—¡Leena! —exclama mi abuela.

Frunzo el ceño. Miro hacia la derecha, luego hacia la izquierda y luego hacia arriba.

—¡Abuela! —grito.

Está en lo alto del manzano que se encuentra a la izquierda de la puerta principal. Está casi a la altura de las ventanas del piso de arriba, con un pie en cada rama, vestida con unos pantalones de color caqui y una camisa marrón que se funden a la perfección con el follaje. De no ser porque su pelo blanco desentona, tal vez no la habría visto.

—¿Qué demonios haces en lo alto de ese árbol?

—¡Podarlo! —grita la abuela, agitando una herramienta grande y afilada hacia mí. Pongo mala cara. Eso no me tranquiliza.

—¡Estás muy… arriba! —digo intentando tener tacto. No quiero decirle que es demasiado mayor para eso, pero solo puedo pensar en aquel episodio de *Emergencias* en el que una anciana se cae de una silla y se rompe seis huesos. Este árbol es bastante más alto que una silla.

La abuela empieza a bajar, tambaleándose. Tambaleándose literalmente.

—¡Ve con cuidado! ¡No corras por mí! —grito mientras me clavo las uñas en las palmas de las manos.

—¡Listo! —La abuela incluso baja la última parte de un salto y se frota las manos en los muslos—. Si quieres que algo se haga bien, hazlo tú misma —dice—. Llevo meses esperando a que venga el hombre que poda los árboles.

La inspecciono. Parece que ha salido ilesa. De hecho, aunque parece un poco cansada, tiene buen aspecto: hay color en sus mejillas y sus ojos castaños brillan tras las gafas de montura verde. Estiro el brazo para quitarle una hoja del pelo y se lo vuelvo a colocar en esa melena corta ondulada que siempre lleva. Ella me coge la mano y me la aprieta.

—Hola, cielo —saluda mientras en su cara se dibuja una sonrisa—. ¿Un chocolate caliente?

La abuela prepara el chocolate caliente como es debido: en el fogón, con nata y chocolate de verdad. Es la perdición dentro de una taza. Carla decía que si te tomabas más de uno no tenías sitio para el resto de las comidas del día, y a mí es lo que más me gusta del mundo.

Para hacer algo útil, recojo los platos del escurridor que hay al lado del fregadero mientras ella remueve el chocolate. Hace meses que no vengo (la última vez fue cuando el abuelo Wade se marchó, a finales del año pasado), pero todo sigue exactamente igual: la madera naranja de los rodapiés y los armarios de la cocina, las alfombras estampadas descoloridas, las fotos familiares torcidas en los marcos de las paredes…

Ni siquiera se nota que el abuelo Wade se haya ido…, o, mejor dicho, no se nota que haya estado aquí nunca. No creo que se llevara nada, salvo su ropa. Para mí, Clearwater Cottage siempre ha sido la casa de la abuela, no la suya. Él se limitaba a sentarse en el sillón de la esquina de la sala de estar, escuchando la radio e ignorando a todo el mundo. Me quedé alucinada cuando me enteré de que se había marchado con esa profesora de bailes de salón; no porque creyera que quería a la abuela, sino porque nunca me lo habría imaginado fugándose con nadie. Es el tipo de persona al que le gusta tener algo de lo que quejarse, pero que en realidad nunca hace nada. No me quedó más remedio que concluir que, seguramente, la profesora de baile había hecho la mayor parte del trabajo sucio en lo que a seducción se refería.

—Cómo me alegro de que estés aquí, cielo —dice la abuela mirando hacia atrás mientras remueve el chocolate caliente en su olla especial.

—Lo siento. Tendría que haber vuelto antes —me excuso mientras jugueteo con los imanes de la nevera.

—Es normal que quieras estar en Londres —dice la abuela—. A tu edad, a mí también me habría gustado si hubiera podido.

Levanto la vista hacia ella. La abuela no suele hablar del pasado; siempre dice que prefiere mirar hacia delante que hacia atrás. Sé que le ofrecieron trabajo en Londres antes de conocer al abuelo, cuando era una veinteañera. Pero luego se casó, se instalaron aquí y se acabó. Así era como lo contaba ella siempre: «Se acabó».

Pero ahora se me ocurre que eso no tiene por qué ser así.

—Aún puedes irte a Londres —comento—. Hasta podrías mudarte allí, si quisieras, ahora que el abuelo no está aquí para impedírtelo.

La abuela sirve el chocolate caliente en las tazas.

—No seas boba —replica—, no puedo marcharme a Londres, tu madre me necesita.

Hago una mueca.

—Ella se las arreglaría, abuela. No es tan frágil como crees.

Ella se me queda mirando, como diciendo: «¿Qué sabrás tú?».

Doy media vuelta y veo la agenda de proyectos de la abuela abierta sobre la mesa. Esa agenda va con ella a todas partes; la trata como yo trato a mi teléfono y siempre se pega unos sustos tremendos si se da cuenta de que no la lleva en el bolso, aunque solo haya ido un momento a la tienda a comprar leche.

—A ver, ¿qué tenemos hoy en el orden del día? —pregunto antes de fruncir el ceño—. ¿«Aún tiene los dientes de verdad»? —murmuro—. ¿«Seguro que es un soso en la cama»? ¿Qué es esto?

Mi abuela me quita la agenda.

—¡Nada!

—¿Te estás poniendo roja? —Creo que nunca había visto ruborizarse a mi abuela.

Ella se lleva la mano a la mejilla.

—No digas tonterías —exclama—. Dejamos de ruborizarnos en los años sesenta.

Me río y le aparto la mano de la cara.

—No, definitivamente estás como un tomate —le comunico—. ¿No vas a contarme de qué va esto? ¿Es un proyecto nuevo? No suelen ser tan raros.

Ella aprieta los labios y el carmín de color melocotón se acumula en sus arrugas.

—Ay, lo siento, abuela. —La acompaño hasta la mesa para que se siente—. ¿Es algo importante y estoy haciendo el idiota?

—No, no —asegura la abuela, de forma muy poco convincente.

Intento quitarle la agenda de las manos; al cabo de un rato, acaba soltándola a regañadientes.

Miro por encima la lista que ha hecho. Ahora está clarísimo de qué se trata. Me invade un sentimiento de ternura agridulce al leerlo, porque, aunque por una parte me parece algo precioso y muy típico de la abuela, la lista también me resulta un poco triste.

La abuela tiene los hombros tensos; me está mirando con cautela y me arrepiento de haber sido tan insensible.

—Que sepas que esto no te va a servir de nada —aseguro mientras vuelvo a bajar la vista hacia el listado—. Basil es el del bigote y la pegatina de «Gran Bretaña es lo primero» en el parachoques, ¿no?

—Sí —responde la abuela, todavía recelosa.

—¿Te gusta?

—Pues… —La abuela se queda callada—. La verdad es que no —confiesa—. Es un poco fascista.

Cojo un bolígrafo y tacho a Basil de la lista.

—¡Espera! —grita la abuela—. Puede que a lo mejor… acabe gustándome…

Su tono de voz me hace poner mala cara. Parece tan desanimada… Es como si Basil fuera lo mejor a lo que pudiera aspirar. Ella no es así; Eileen Cotton nunca se conformaría con un hombre como Basil. Vale, es cierto que se conformó con el abuelo Wade, pero siempre he tenido la impresión de que ella sabía que era un error y que siguió con él por una especie de terca lealtad: su relación era más bien una sociedad que habían creado, no un matrimonio. Cuando él la dejó, ella lo consideró más un acto supremo de mala educación que una traición.

—Regla número uno en el mundo de las citas: no se puede cambiar a un hombre —le explico a la abuela con el mismo tono de voz que uso cuando Bee flaquea y se plantea volver a quedar con uno de los tíos chungos de la semana anterior—. Por muchos dientes de verdad que tenga. Siguiente: el señor Rogers. ¿Ese no es el padre del cura?

—Es un hombre encantador —asegura la abuela, bastante optimista. Me alegra ver que ha relajado un poco los hombros.

Analizo sus pros y sus contras. No puedo evitar soltar entre una carcajada y un bufido cuando leo los comentarios sobre el señor Rogers. Pero, cuando veo la cara de mi abuela, me corto un poco.

—Vale. Está claro que buscas algo más... físico de lo que te puede ofrecer el señor Rogers.

—Dios santo, esta es una conversación muy rara para tener con tu nieta —dice ella.

—Y una vez al mes no es suficiente ni de broma. Si solo lo ves cada cuatro semanas, tardarías toda la vida en conocerlo. —Tacho al señor Rogers de la lista—. Siguiente. ¡Ay, me acuerdo del doctor Piotr! Pero te saltarías la regla número dos del mundo de las citas, abuela: nunca vayas a por un hombre que no está emocionalmente disponible. Si el doctor Piotr sigue queriendo a su exmujer, tienes todos los boletos para que te rompa el corazón.

La abuela se frota la barbilla.

—Bueno, el hombre puede...

Levanto un dedo.

—Espero, de verdad, que no estés a punto de decir «cambiar».

—Pues… —comienza a decir la abuela mientras observa cómo tacho a Piotr de la lista.

—Y el último… —digo y sigo leyendo—. Venga ya, abuela. No, no, no. ¿Arnold, el vecino de al lado? ¿El padrastro de Jackson Greenwood?

—Expadrastro —me corrige la abuela, con el malicioso y discreto movimiento de cejas que usa cuando está en modo cotilleo.

—¿El hombre más cascarrabias del mundo? —insisto con firmeza, para que quede bien claro—. Te mereces algo muchísimo mejor.

—Tenía que ser justa y apuntarlos a todos —me explica la abuela mientras tacho el nombre de Arnold—. Es el otro único soltero de Hamleigh que tiene más de setenta años.

Nos quedamos mirando la lista de nombres tachados.

—Bueno —digo—, siempre está bien hacer borrón y cuenta nueva.

Los hombros de la abuela vuelven a hundirse, así que le estrecho las manos.

—Abuela, me alegro muchísimo de que intentes buscar a alguien nuevo. El matrimonio con el abuelo fue un horror y mereces conocer a alguien maravilloso. Haré todo lo que pueda para ayudarte.

—Eres un amor, pero no tiene mucho remedio. La verdad es que no conozco a ningún hombre adecuado —dice la abuela mientras se saca el pañuelo de la manga para sonarse la nariz—. Se me había ocurrido que a lo mejor… podría ir a Tauntingham a ver si allí había alguien…

Me imagino a la abuela deambulando por las aletargadas calles de Tauntingham con la agenda en la mano, tomando notas mientras va a la caza de ancianos.

—No sé si será el método más eficaz —opino con cautela—. ¿Has pensado en las citas por internet?

Mi abuela pone cara rara.

—No sabría por dónde empezar.

Me pongo de pie. Hace siglos que no me siento tan bien.

—Voy a buscar el portátil —digo, yendo ya hacia la puerta.

Hago una investigación rápida de media hora antes de ponerme con el perfil de la abuela para la página de citas. Al parecer, lo que hace que un perfil triunfe es la sinceridad, la precisión, el humor y (más que cualquiera de esas otras cosas que acabo de nombrar) una buena foto de perfil. Pero en cuanto está listo me doy cuenta de que tenemos un problema.

No hay ni una sola persona de su edad registrada en la página que esté a menos de una hora en coche de aquí. No es solo que la abuela no conozca a ningún hombre adecuado en la zona, es que no hay ninguno. Bee se queja de que en Londres no hay hombres adecuados, pero no tiene ni idea de la suerte que tiene. En una ciudad de ocho millones de personas, siempre hay alguien soltero.

Me doy la vuelta lentamente en la silla para mirar a mi abuela.

Cuando pienso en ella, siempre me la imagino como una auténtica fuerza de la naturaleza, sometiendo al mundo a su voluntad. No creo que exista una anciana con un espíritu más joven. Su energía sin límites nunca ha dado muestras de agotarse y, aunque ya casi tiene ochenta años, está estupendísima para su edad.

Pero ahora mismo no parece la abuela.

Ha tenido un año horrible. La muerte de una de sus dos únicas nietas, apoyar a mi madre por la muerte de su hija, luego el abuelo Wade la abandona... De repente, me doy cuenta de que suelo pensar que mi abuela es invencible, pero eso es absurdo; nadie podría pasar por lo que ella ha pasado y salir ileso. Y aquí está ella, sentada, planteándose salir con Basil el fascista.

Las cosas no van bien en Clearwater Cottage. Algo que yo ya sabría si hubiera vuelto a casa de vez en cuando.

Me pongo de nuevo delante del portátil. Cada vez que recuerdo que no puedo ir a trabajar el lunes me siento fatal, inútil, asustada. Necesito tener algo que hacer, ayudar a alguien, dejar de pensar en las mil maneras en las que la he cagado.

Cambio la zona de búsqueda de la página de citas y de repente... ¡Tachán! Cuatrocientos hombres de entre setenta y ochenta y cinco años buscando amor.

—Tengo una idea —le digo—. Escúchame, ¿vale? Hay un montón de hombres solteros en Londres.

La abuela hace girar la taza vacía entre las manos.

—Ya te lo he dicho, Leena: ahora mismo tu madre me necesita aquí. No puedo irme a Londres.

—Mamá se las arreglará.

—Ah, ¿sí? ¿No me digas? —replica la abuela.

—Necesitas un descanso, abuela. Te mereces un descanso. Venga. Dime, ¿por qué querías ir a Londres cuando eras joven?

—Quería cambiar el mundo —reconoce la abuela, esbozando una sonrisa—. Supongo que creía que Londres era el lugar donde…, donde pasaban las cosas importantes. Y quería vivir una aventura. Quería… —La abuela agita los brazos con grandilocuencia—. Quería subirme a un taxi con un perfecto desconocido y dejar que me llevara a casa. Cruzar el puente de Londres con un objetivo y el viento en el pelo. Supongo que quería ser alguien importante.

—¡Abuela! ¡Tú eres importante! Hamleigh se vendría abajo sin ti, para empezar. ¿Cuántas veces has salvado ya la tienda del pueblo? ¿Cinco?

Ella sonríe.

—No estoy diciendo que nunca haya hecho algo útil. Hice a tu madre y ella os hizo a ti y a Carla, y eso me basta.

Le aprieto la mano.

—¿De qué era el trabajo? El que rechazaste por el abuelo.

La abuela baja la vista hacia la mesa.

—Era en una organización benéfica. Tenían centros comunitarios para jóvenes en barrios desfavorecidos. Supongo que sería para escribir a máquina y hacer cafés. Pero parecía un buen comienzo. Hasta había elegido un piso, no muy lejos de donde tú vives ahora, aunque entonces el barrio era muy diferente.

—¿Ibas a vivir en Shoreditch? —exclamo fascinada—. Es realmente… —No me imagino cómo sería mi abuela si hubiera aceptado ese trabajo. Se me hace muy raro pensarlo.

—¿Increíble? —me pregunta con ironía.

—¡No! Es realmente genial, abuela. ¡Tienes que venir y quedarte en mi casa! Podemos vivir una aventura en Shoreditch, como tú querías.

—No pienso dejar a tu madre ahora —declara la abuela con firmeza—. Ya tengo demasiado con esto como para irme. Se acabó, Leena.

Ya empieza otra vez con ese rollo del «Se acabó». Estoy un poco de subidón, como me pasaba antes con el trabajo; hacía siglos que no sentía esta energía. Sé que esto es lo mejor para la abuela, justo lo que necesita.

De repente, me viene a la cabeza lo que me dijo Bee de encontrarme a mí misma, de volver a ser yo. Me he estado escondiendo en Londres, enterrada en el trabajo. He estado evitando a mi madre. Lo he estado evitando todo, en realidad. Pero tengo dos meses para recuperarme. Y teniendo en cuenta que ni siquiera soy capaz de ver la casa en la que Carla murió…

Parece que este podría ser el lugar ideal para empezar.

—Abuela, ¿y si nos intercambiamos? —propongo—. ¿Y si yo me vengo para aquí y me ocupo de todos tus proyectos y tú te quedas en mi piso de Londres?

La abuela levanta la vista hacia mí.

—¿Intercambiarnos?

—Intercambiar las casas. ¡Vete a Londres! Intenta conocer a alguien en la ciudad, vive tu aventura… Recuerda quién eras antes de que apareciera el abuelo Wade. Y yo me vengo aquí. Para desconectar un poco en el campo e intentar… superar todo lo que ha pasado, ocuparme de tus pequeños proyectos y… ayudar a mamá, si lo necesita. Haré lo que sea que tú haces por ella, ya sabes, los recados y esas cosas. —De repente siento un poco de vértigo. ¿Será buena idea? Es bastante radical, incluso para mí.

La abuela me mira, pensativa.

—¿Tú te quedarías aquí? ¿Y ayudarías a Marian cuando te necesitara?

Sé lo que está pensando. No suele hablar del tema, pero sé que, desde que Carla murió, está desesperada por hacer que mi madre y yo volvamos a hablar. En realidad, yo creo que mamá lo está llevando muchísimo mejor de lo que la abuela piensa (desde luego no necesita que la tengan en palmitas), pero, si la abuela necesita saber que haré todo lo que ella hace por mi madre, pues…

—Sí, claro, por supuesto. —Giro el portátil hacia ella—. Mira, abuela. Hay cuatrocientos hombres deseando conocerte en Londres.

La abuela vuelve a ponerse las gafas.

—¡Caray! —exclama mirando las fotos de la pantalla. Luego vuelve a quitárselas y baja la vista hacia la mesa—. Pero aquí tengo otras responsabilidades. Están la Guardia Vecinal, Ant y Dec, conducir la furgoneta para ir al bingo… No puedo pedirte que te ocupes de todo eso.

Disimulo una sonrisa al escuchar la enorme lista de responsabilidades de la abuela.

—No me lo estás pidiendo. Me estoy ofreciendo —declaro.

Se hace un largo silencio.

—Es un poco de locos —opina por fin.

—Ya. Sí, un poco. Pero también es genial —digo sonriendo—. No aceptaré un no por respuesta y sabes que cuando digo eso lo digo muy en serio.

A la abuela le hace gracia el comentario.

—Y que lo digas —replica. Luego exhala lentamente—. Dios mío. ¿Crees que podré con Londres?

—Por favor. La pregunta, abuela, es si Londres podrá contigo.

6

Eileen

Leena volvió a Londres al día siguiente, hizo las maletas y regresó a Hamleigh. Es imposible que hubiera estado allí más de una hora. No puedo evitar preguntarme si le daría miedo recapacitar y cambiar de idea si lo hacía.

Porque está claro que este intercambio es una insensatez. Una locura.

Pero también es genial; es el tipo de idea que se me podría haber ocurrido a mí hace años. Antes de que me acostumbrara a mi asiento favorito de las reuniones de la Guardia Vecinal, a mi sillón verde de la sala de estar y a la comodidad de ver a la misma gente día tras día. Antes de que Wade me extirpara todas mis locuras e ideas geniales.

Cuanto más me habla Leena de pasear por Hyde Park y de visitar sus cafeterías favoritas de Shoreditch, más ilusión me hace. Y saber que Leena estará aquí, en Hamleigh, con su madre… Bueno, sería capaz de ir mucho más lejos que Londres para que las dos pasaran por fin algún tiempo juntas.

Aliso con la mano una página nueva de mi agenda de proyectos y me recuesto en el sillón. La clave de todo esto será asegurarse de que Leena se mantenga ocupada mientras esté aquí. Puede que su jefa crea que necesita bajar un poco el ritmo, pero la última vez que Leena hizo algo despacio fue en 1995 (tardó mucho en aprender a montar en bici) y sin nada que hacer podría venirse abajo. Así que voy a dejarle una lista con algunos de mis proyectos para que se ocupe de ellos en mi ausencia.

Proyectos
1. *Pasear al perro de Jackson Greenwood los miércoles a las siete de la mañana.*
2. *Conducir la furgoneta para ir al bingo el lunes de Pascua a las cinco de la tarde. Más detalles en la página dos.*
3. *Asistir a las reuniones de la Guardia Vecinal los viernes a las cinco de la tarde. (Toma notas o la semana siguiente nadie recordará de qué habéis hablado. Y lleva galletas si es el turno de Basil; él siempre lleva bolsas rotas de galletas digestivas revenidas del todo a cien que no se pueden mojar).*
4. *Ayudar a organizar el Festival del Primero de Mayo. (Soy la directora del Comité, pero mejor habla con Betsy para participar, le gusta controlar ese tipo de cosas).*
5. *Hacer la limpieza de primavera en el jardín. (Por favor, empieza por el cobertizo. Está en algún lugar debajo de la hiedra).*

Listo. Eso será suficiente para empezar.

Miro el reloj del comedor: son las seis en punto de la mañana y hoy salgo hacia Londres. Leena dice que no tiene sentido esperar y darle más vueltas. Que es mejor que me lance de cabeza.

Estoy emocionada, pero también nerviosa. He pasado mucho miedo durante este último año, pero hace mucho mucho tiempo que no siento la excitación de no saber qué va a pasar.

Trago saliva mientras me tiemblan las manos sobre el regazo. Espero que Marian entienda que pasar un tiempo a solas con Leena es lo mejor para las dos. Y si vuelve a tener otro momento difícil, sé que Leena cuidará de ella. Tengo que confiar en que lo hará.

—¿Has acabado de hacer las maletas? —pregunta esta, asomándose a la puerta en pijama.

Parecía agotada cuando llegó el sábado: su piel, normalmente cálida y dorada, estaba amarillenta y grasa, y había perdido peso. Pero hoy las manchas oscuras que tenía bajo los ojos se han suavizado y, para variar, lleva el pelo suelto, lo que le da un aspecto más relajado. Tiene una melena larga castaña preciosa, pero siempre se la recoge en una coleta muy tensa, llena de potingues. Desde aquí, los cabellos encrespados que traen a Leena de cabeza reflejan la luz, creando una especie de aureola que enmarca su carita, su nariz de botón y sus rotundas cejas oscuras (lo único bueno que su padre le dio).

Sé que no soy objetiva, pero me parece que la de Leena es una belleza impresionante.

—Sí, ya he acabado —respondo con la voz un poco trémula.

Leena cruza el comedor para sentarse a mi lado y me rodea con un brazo.

—¿Esta es mi lista de tareas? —pregunta, divertida, mientras le echa un vistazo al papel que tengo delante—. Abuela, ¿hay…? ¿Cuántas páginas son?

—Solo es un poco de información adicional —señalo.

—¿Esto es un croquis explicativo del mando de la tele?

—Sí. Es complicado.

—Y…, abuela, ¿estas son todas tus contraseñas? ¿Este es tu PIN?

—Por si necesitas mi tarjeta bancaria de emergencia. Está en el tocador. Puedo apuntarlo también, si quieres.

—No, no, yo diría que aquí ya hay datos personales más que suficientes —comenta Leena mientras saca su móvil del bolsillo del pijama para mirar la pantalla—. Gracias, abuela.

—Una cosa más —digo—. Necesito eso.

—¿Perdona? —pregunta ella antes de ver lo que estoy señalando con el dedo—. ¿Mi teléfono? ¿Quieres que te lo deje?

—Quiero quedármelo durante estos dos meses. Tú puedes usar el mío. Y voy a llevarme también ese estupendo portátil pequeñito. Utiliza mi ordenador. Este intercambio no es solo para que yo me beneficie, ¿sabes? Necesitas olvidarte de tu vida en Londres y para eso tienes que librarte de esos cachivaches a los que siempre estás pegada.

Leena se queda con la boca abierta.

—¿Que te deje mi portátil y mi móvil durante dos meses? Pero… No podría…

—¿No puedes hacerlo? ¿No puedes vivir sin ellos?

—Claro que puedo —responde de inmediato—, pero no creo que… Vale que me tome un descanso, pero no quiero aislarme de toda la humanidad, abuela.

—¿Con qué personas quieres hablar de verdad? Puedes mandarles un mensaje diciéndoles que tendrás un número de teléfono diferente durante dos meses, ¿no? Venga, podemos hacerlo ahora mismo y elegir a la gente a la que quieres decírselo.

—Pero... ¿Qué pasa con...? ¿Y los correos electrónicos? ¿Y el trabajo...?

Arqueo las cejas. Ella exhala lentamente, hinchando las mejillas.

—Es un teléfono, Leena, no una extremidad —digo—. Vamos. Dámelo.

Yo tiro de él. Ella lo agarra con más fuerza y, entonces, quizá dándose cuenta de lo ridícula que está siendo, lo suelta. Mira fijamente el teléfono mientras yo saco mi móvil del cajón del tocador y lo enciendo.

—Parece del Neolítico —comenta.

—Con él puedes llamar y mandar mensajes. Es lo único que necesitas.

Vuelvo a mirar el reloj mientras el móvil se enciende. Solo faltan tres horas para el tren. ¿Qué me pongo? Ahora lamento no haberme planteado más seriamente la cuestión de si las faldas pantalón vuelven a llevarse. Me gusta mucho la que me ha dejado Betsy, pero no quiero ponerme algo que parezca de hace diez años.

—¿Han llamado a la puerta? —pregunta Leena, sorprendida.

Nos quedamos sentadas en silencio por un momento, con los dos teléfonos móviles sobre la mesa, entre nosotras. Se oye un golpeteo insistente en algún lugar, pero no es en la puerta principal.

Resoplo.

—Debe de ser Arnold. Siempre llama a la ventana de la cocina.

Leena arruga la nariz.

—¿Por qué?

—No lo sé —respondo irritada mientras me levanto—. Hay una puerta en el seto entre mi jardín y el suyo y debe de creer que eso le da derecho a colarse cuando le apetece.

—Menudo gilipollas —declara Leena tranquilamente mientras vamos hacia la cocina.

—¡Chist!

—¿Arnold no se está quedando sordo?

—No, ese es Roland, el marido de Penelope.

—Ah. Vale. En ese caso, menudo gilipollas —repite Leena susurrando, lo que me hace soltar una risilla.

Cuando volvemos la esquina para entrar en la cocina, vemos la cara de un Arnold muy cabreado en la ventana. El cristal está empañado por su aliento, pero aun así puedo ver su nariz aguileña, sus greñas al viento y sus gafas de culo de vaso. Entorno los ojos.

—¿Sí, Arnold? —pregunto, negándome rotundamente a abrir la ventana. Con este hombre, cada conversación es una lucha de egos. Tienes que mantenerte firme en cada punto, hasta en los más insignificantes y que te importan un bledo.

—¡Los gatos! —berrea.

—Te oigo perfectamente a un volumen normal, gracias —replico con la mayor frialdad posible—. Sabes perfectamente que estas ventanas no tienen doble cristal.

También me está dando siempre el coñazo con eso.

—¡Tus gatos se han comido todos mis pensamientos!

—No digas tonterías —digo—. Los gatos no comen pensamientos.

—¡Los tuyos sí! —exclama Arnold, furioso—. ¿Podrías al menos abrir la ventana o invitarme a entrar, para que podamos tener una conversación de verdad, como adultos civilizados?

—Claro —digo con una sonrisa amable—. Da la vuelta hasta la puerta principal, llama y ya veremos si estoy. Como adultos civilizados.

Por el rabillo del ojo puedo ver a Leena mirándome con la boca entreabierta.

—Ya estoy viendo que estás —dice Arnold, cuyas cejas se juntan mientras frunce el ceño, enfurecido, lo que significa que lo estoy fastidiando de verdad—. Déjame entrar por la puerta lateral, ¿quieres?

Sigo sonriendo con amabilidad.

—Está atascada.

—¡Si te he visto entrar y salir por ella esta misma mañana para sacar la basura!

Levanto las cejas.

—¿Ahora me espías, Arnold?

Él se indigna.

—No —dice—. Claro que no. Es que... el suelo de fuera resbala cuando llueve. Deberías poner un asidero al lado de la puerta.

Yo me enfurezco. Los asideros son para las viejas que no se aguantan de pie. Cuando llegue a esa fase, espero iniciarme con elegancia en los horrores de las sillas salvaescaleras y los sistemas de apoyo, pero por ahora soy capaz de nadar veinte largos en la piscina de Daredale e incluso de echar una carrerita si llego tarde al autobús, así que no me gusta que insinúe que camino tan insegura que necesito un asidero.

Pero, por supuesto, eso es precisamente lo que Arnold ha insinuado. Viejo cabrón.

—Bueno, está siendo una conversación muy constructiva, pero tenemos muchas cosas que hacer esta mañana, así que será mejor seguir en otro momento —comenta Leena, alegremente—. ¿De verdad has visto a los gatos comerse tus pensamientos, Arnold?

A Arnold se le pasa por la cabeza mentir. Pero miente fatal: no es capaz de contar una bola sin hacer una pausa enorme antes.

—No —admite por fin—. Pero sé que han sido ellos. Siempre hacen lo mismo, se comen mis plantas cuando están en flor.

Leena asiente juiciosamente.

—Bueno, Arnold, en cuanto tengas alguna prueba de ello, llámanos. Estaré cuidando la casa de mi abuela durante los próximos dos meses, así que tendrás que tratar conmigo.

Arnold parpadea unas cuantas veces. Intento no sonreír. Leena está poniendo su voz de trabajo y suena maravillosamente intimidante.

—¿De acuerdo? —pregunta Leena.

—Pues vigila a esos gatos —replica Arnold antes de irse de nuevo a toda prisa hacia la puerta que separa nuestros jardines.

—Deberías cambiar esa puerta por una reja bien grande —me recomienda Leena, poniendo los ojos en blanco a espaldas de Arnold—. Casi me muero de la risa, abuela. Nunca te había visto ser así de malvada.

Abro la boca para protestar, pero en vez de eso esbozo una sonrisa.

—Te va a ir muy bien en Londres —asegura Leena, abrazándome—. Y ahora vamos a buscar el modelito perfecto para tu debut como dama londinense, ¿te parece?

Me quedo en el pasillo de la casa de mi hija y la abrazo con demasiada fuerza. Puedo ver el salón por encima de su hombro; la cama de Carla ya no está, pero las sillas todavía rodean el espacio donde se encontraba. En realidad, esa habitación nunca ha recuperado su antigua disposición.

—Todo irá perfectamente, no te preocupes —asegura Marian con firmeza mientras nos separamos—. Es una idea maravillosa. Te mereces más que nadie un descanso, mamá.

Pero ya está llorando otra vez. Hace mucho tiempo que no veo esos ojos castaños limpios; ahora tienen unas manchas oscuras por debajo, como pequeños moratones. Marian siempre ha sido guapísima; los chicos la perseguían por la calle, las chicas copiaban su peinado y los padres nos miraban a Wade y a mí, preguntándose de dónde había salido. Tiene el mismo tono de piel dorado que Leena y su pelo ondulado con mechones de color miel siempre ha sido la envidia de todos los peluqueros a los que va. Pero le han salido arrugas nuevas en la cara que tiran hacia abajo de las comisuras de sus labios, y a través de las mallas ajustadas de yoga que lleva puestas puedo ver cuánto ha adelgazado. No quiero abandonarla durante dos meses. ¿Cómo se me puede haber pasado por la cabeza?

—No, ni se te ocurra —dice Marian, sacudiendo un dedo delante de mí—. Estoy bien. Me las apañaré. ¡Y Leena estará aquí! —Me dedica una sonrisa burlona y en ella veo un atisbo de la antigua Marian, traviesa e impulsiva—. La verdad es que nunca pensé que fueras capaz de convencer a Leena para que viniera y se quedara a menos de un kilómetro de su horrible madre durante dos meses enteritos, mamá.

—No cree que seas una madre horrible. ¡Y ha sido idea suya!

—No me digas.

—¡Pues sí! —insisto—. Pero estoy convencida de que os vendrá bien a las dos.

Marian sonríe, esta vez con menos entusiasmo.

—Es maravilloso, mamá. Seguro que cuando vuelvas ella y yo ya nos habremos arreglado y todo irá mejor.

Marian, la eterna optimista, incluso en los momentos de profundo dolor. Le doy un abrazo y un beso en la mejilla. Esto es lo correcto. Las Cotton estamos estancadas. Si pretendemos llegar a algún sitio, necesitamos darle la vuelta a la tortilla.

Para mi sorpresa, la mayoría de los miembros de la Guardia Vecinal están esperando en el andén cuando llegamos a la estación de Daredale. El doctor Piotr, que es un encanto, los ha llevado en la furgoneta del colegio. Es un viaje largo para todos desde Hamleigh y me emociono. Cuando Betsy, con los ojos anegados en lágrimas, me pone en la mano un papel con el número de teléfono de su casa («por si no lo tienes apuntado por ahí»), me pregunto por qué demonios voy a marcharme de Hamleigh-in-Harksdale. Luego miro al doctor Piotr; a Basil, con su pin de la bandera británica en la solapa de la chaqueta de *tweed,* y a Leena, que está allí de pie sola, flaca y exhausta, y recupero la determinación.

Esto es lo mejor para mi familia. Y, además, este año cumplo ochenta. Si quiero vivir una aventura, tiene que ser ahora.

Leena me ayuda a subir al tren, coloca la maleta en el portaequipajes y hace prometer a varios de mis compañeros de viaje que me ayudarán a bajarla cuando lleguemos a Londres. Nos damos un abrazo de despedida y se cuela entre las puertas del tren en el último segundo.

Les digo adiós a mis amigos por la ventana, observando cómo se va alejando Yorkshire, y, mientras atravesamos la campiña en dirección a Londres, siento un soplo repentino de vida, un despertar, una esperanza nueva, como si fuera un galgo al que le acaban de abrir por fin la portezuela.

7

Leena

La casa de mi madre está en Lower Lane; es un semiadosado con una puerta de color gris claro y un llamador de bronce. Espero en la puerta un rato y luego saco la llave que la abuela me ha dado, porque me he dejado la mía en Londres. Sin duda, un despiste de lo más freudiano.

Se me hace raro entrar en la casa de mi madre, pero más raro aún sería llamar a la puerta. Hace un año y medio habría entrado sin miramientos.

Me quedo en el umbral, intentando normalizar la respiración. Me sobrecoge ver que el vestíbulo sigue como siempre: el tufillo a productos de limpieza, la vieja consola de madera, la alfombra tan mullida que parece que estás caminando sobre un sofá… A mamá siempre le han gustado las casas (es agente inmobiliaria), pero ahora caigo en la cuenta de que este lugar está un poco anticuado; nunca ha llegado a cambiar la decoración del antiguo dueño y el cálido color crema amarillento de las paredes no tiene nada que ver con el atrevido papel de la casa en la que me crie. Mi madre compró esta casa por practicidad: la compró para Carla, no para ella.

Es horrible volver a estar aquí. Noto el mismo nudo en la garganta que se te pone cuando ves a tu exnovio en una fiesta y sientes la terrible colisión de vuestra vida en el presente.

Y, al fondo del pasillo, ahí está: la puerta del salón. Trago saliva. No puedo verla. En lugar de ello, me centro en la fotografía gigante enmarcada de Carla que hay sobre la mesa que está al pie de las escaleras. Mamá la puso ahí cuando murió y yo no la soporto, hace que ir a su casa sea como llegar al velatorio. Carla no parece ella misma ni de lejos: está arreglada para su graduación, con el pelo recogido y dos mechones lisos que le caen hacia delante a lo Keira Knightley en *Love Actually*. Se había quitado el piercing de la nariz y la foto es de antes de que se hiciera los otros de la ceja; está rara sin ellos. Ella siempre decía que su cara necesitaba unos cuantos pendientes aquí y allá. «Sería como si tú salieras sin cinco capas de laca», decía para burlarse de mí, antes de tirarme de la coleta.

Mamá aparece en lo alto de las escaleras. Lleva puesto un jersey flojo y unos vaqueros y, mientras baja, me fijo en que parece un poco alterada, como si acabara de pillarla en plena preparación de un banquete con demasiados platos o a punto de salir por la puerta para quedar con alguien importante.

—Leena, hola —dice, frenando en seco al pie de las escaleras. Está mucho más delgada que antes, es todo hombros y rodillas. Trago saliva y aparto la mirada.

—Hola, mamá.

Yo no me muevo del felpudo. Ella se acerca con cuidado, como si yo fuera a salir corriendo. Veo dos versiones de mi madre a la vez, como papel cebolla superpuesto. Está la versión frenética y frágil, la que está a punto de romperse;

la mujer que ayudó a mi hermana a morir y que no me escuchó cuando le dije que podíamos elegir, que había opciones, medicación experimental y tratamientos privados. Y la otra, la madre que me crio, un torbellino con una melena con reflejos de color miel y grandes ideas. Impulsiva, radiante, imparable y siempre siempre a mi lado.

Me asusta la rabia que siento nada más verla. Odio esa sensación, la forma en que se extiende por mi garganta como la tinta en el agua, y me doy cuenta de que ha sido una estupidez obligarme a volver aquí durante ocho semanas enteras. Quiero dejar de sentir esa rabia, quiero perdonarla, pero cada vez que la veo recuerdo lo que pasó y las emociones simplemente resurgen.

Fitz tenía razón: esto era lo último que necesitaba después del ataque de pánico de la semana pasada.

—La verdad es que no sé cómo hacer esto, para serte sincera —dice mi madre antes de que sus labios se curven en una sonrisa triste—. Pero me alegro mucho de que estés aquí. Por algo se empieza.

—Sí. Solo venía a decirte que, como dijo la abuela, te ayudaré en lo que necesites. Con los recados o con lo que sea.

Mamá me mira con una cara un poco rara.

—¿La abuela te ha dicho que necesito que me ayudes con los recados?

La verdad es que la abuela nunca ha sido demasiado clara acerca de lo que implica ayudar a mi madre, aunque siempre hace que parezca una labor muy importante.

—Con lo que necesites —digo, moviéndome incómoda. Vuelvo a sentir el nudo de la ansiedad entre las costillas.

Mamá ladea la cabeza.

—¿No vas a entrar?

Aún no lo sé. Creí que sería capaz de hacerlo, pero ahora que estoy aquí ya no lo tengo tan claro. Busco una distracción, algo que decir, y mi mirada se posa sobre el cuadro favorito de mi madre, un templo indonesio con una yogui muy flexible haciendo la postura del árbol en primer plano. Creo que le ha cambiado el marco... Es curioso que sea lo único que ha actualizado. Señalaba ese cuadro cuando había tenido un mal día en el trabajo o cuando Carla y yo le estábamos poniendo la cabeza como un bombo y decía: «Bueno, chicas: me voy ahí durante diez respiraciones». Entonces cerraba los ojos, se lo imaginaba y, cuando volvía a abrirlos, decía: «Ya estoy aquí. Mucho mejor».

Me fijo ahora en la superficie de la mesa. Está completamente llena de... ¿piedrecitas? ¿Cristales?

—¿Para qué son todas esas piedras? —pregunto.

Eso capta de inmediato la atención de mi madre.

—¡Ah, son mis cristales! Me han venido fenomenal. Los he comprado por internet. Esta es obsidiana nevada, es buena para la tristeza, te purifica, y esa de ahí es aguamarina, para el coraje, y...

—Mamá...

Me trago la frase. No debería decirle que eso son patrañas, pero, por favor, es que resulta frustrante verla pasar por todas esas fases. Al principio está así, emocionadísima, convencida de que es la solución a todos sus problemas. Luego, cuando la obsidiana (sorpresa, sorpresa) no aleje por arte de magia el dolor de haber perdido a una hija, volverá a derrumbarse. La abuela no le da importancia, pero yo creo que es una crueldad dejar que se haga ilusiones una y otra vez. No hay elixires para esto. Lo único que puedes hacer es seguir adelante, aunque te mueras de dolor.

—Te he comprado esta, por cierto —dice cogiendo una piedra que está en el fondo del montón—. Piedra lunar. Potencia la intuición y hace aflorar las emociones bloqueadas. Es para los nuevos comienzos.

—No creo que nadie quiera que mis emociones afloren en este momento —bromeo, pero no suena a broma.

—Al principio parece que van a acabar contigo —comenta mi madre—. Pero no es así. A mí estas piedras me han ayudado en todas mis crisis, a su manera. Estoy convencida.

La miro, sorprendida.

—¿Qué crisis?

Mi madre frunce un poco el ceño y me mira de refilón.

—Perdona —dice acercándose a mí—. Daba por hecho que tu abuela te habría comentado algo. Da igual. Coge la piedra, Leena, ¿quieres?

—No necesito ninguna piedra lunar. ¿Qué crisis?

—Toma —insiste ella, extendiendo más aún el brazo para darme la piedra—. Cógela.

—Que no la quiero. ¿Qué iba a hacer con ella?

—Ponerla al lado de la cama.

—No pienso cogerla.

—¿Quieres cogerla? ¡Deja de ser tan cerrada de mente!

Me la pone en las manos y yo retrocedo. La piedra cae sobre el felpudo con un golpecito sordo y decepcionante. Nos quedamos allí un rato, mirando la ridícula piedrecita que está a nuestros pies.

Mamá se aclara la garganta y se inclina para recogerla.

—Mejor volvemos a empezar —dice más amablemente—. Entra. Vamos a tomar un té.

Señala la sala de estar y yo retrocedo.

—No, tengo que irme. La abuela me ha dejado una lista enorme de tareas y… debería empezar a hacer cosas.

Se hace un largo silencio.

—Bueno. ¿Al menos me das un abrazo de despedida? —pregunta mi madre finalmente.

Dudo un momento y luego abro los brazos. Me da la sensación de que está muy frágil, tiene los omóplatos demasiado puntiagudos. Es un abrazo raro: no es de verdad, sino más bien una colocación de extremidades, un formalismo.

Una vez fuera, respiro profundamente, como si ahí dentro hubiera estado aguantando la respiración. Vuelvo a casa de la abuela caminando a toda prisa, cada vez más rápido, hasta que empiezo a correr, paso por delante de la puerta y sigo por la carretera principal. Por fin noto que la tinta de rabia empieza a diluirse y que el dolor y la tristeza empiezan a remitir.

Hasta que vuelvo a casa, no me doy cuenta de que mi madre me ha metido la piedra lunar en el bolsillo de la chaqueta. Hay que reconocer que cuando se le mete algo en la cabeza, cuando está convencida de que tiene razón, no da su brazo a torcer. Es algo que he heredado de ella.

Supongo que, en parte, ese es el problema.

Normalmente, cuando me siento así, me pongo a trabajar un rato. La mejor opción sería centrarme en algo con muchos datos; los números son mejores para aclarar la mente que las palabras. Es por su nitidez, como la de un lápiz fino comparada con la del carboncillo.

Pero, como no tengo trabajo que hacer, la solución ha sido coger la lista de la abuela. Estoy probando con la jardinería.

Por ahora, no soy nada fan.

Es demasiado… interminable. Ya había llenado dos bolsas de hiedra cuando me he dado cuenta de que también cubre el otro lado del cobertizo de la abuela: trepa por los árboles e introduce sus asquerosos tentáculos de color verde oscuro bajo el cobertizo, y ahora he descubierto que, en realidad, hay más hiedra que cobertizo, así que, si la quito, ¿qué va a quedar?

Me masajeo el hombro mientras observo las colinas que hay detrás del viejo muro de piedra del fondo del jardín; las nubes son de un color gris realmente amenazador. Una excusa excelente para dejar de pelearme con esta labor hercúlea.

Vuelvo a entrar en casa. Es raro estar en Clearwater Cottage sin la abuela, preparando té en sus tazas de porcelana decoradas y comportándome como si fuera mi hogar. Pero Ethan va a venir a pasar conmigo los fines de semana, así que eso impedirá que me sienta demasiado sola. De hecho, creo que esto nos va a venir de lujo después de este año tan duro: pasar los fines de semana juntos, acurrucados al lado del fuego, diciéndonos ñoñerías y sin mencionar siquiera Selmount...

Puaj, Selmount. Palabra prohibida. Cualquier pensamiento sobre Selmount debe quedarse en la puerta de Clearwater Cottage, no puede cruzar el umbral. Como los vampiros. Y como Arnold, según las notas de la abuela.

Oigo unos golpes; definitivamente, esta vez son en la puerta principal, no en la ventana de la cocina. Me miro. Mi sudadera favorita, la de *Buffy*, está llena de tierra y trocitos de... lo que sea eso, hojas muertas o algo así. La verdad es que no estoy en condiciones de recibir visitas. Me planteo la posibilidad de fingir que no estoy, pero esto es Hamleigh: sea quien sea, seguramente habrá recibido una llamada de Arnold confirmando que estoy fuera, en el jardín. Me sacudo los restos más gordos de la cabeza y voy hacia la puerta.

La persona que está al otro lado es la típica abuelita que resultaría ser una alienígena en un capítulo de *Doctor*

Who. Es una anciana demasiado perfecta. Lleva el pelo gris con permanente, un pañuelito pulcro al cuello, las gafas con cadena y sujeta su bolsito frente al cuerpo con ambas manos. Recuerdo que formaba parte de la pandilla de personas mayores que vino a despedir a la abuela a la estación de Daredale y me suena haberla visto por casa de los abuelos cuando era niña. Creo que se llama Betsy.

—Hola, querida —dice—. ¿Qué tal te va sin Eileen?

Yo parpadeo.

—Bueno, pues… Solo llevo un día, así que… bien. Gracias —respondo.

—Ocupándote de todos sus proyectos, ¿no?

—Sí, sí, creo que lo tengo todo controlado. Si la abuela puede hacerlo, seguro que yo también.

Betsy me mira muy seria.

—No hay nadie como Eileen.

—No, claro que no. Solo digo que… ¡Ah!

No sé cómo, sin que yo me haya apartado siquiera, Betsy está ya en el pasillo y va muy decidida hacia el salón. La observo un momento, confusa, antes de recuperar los modales.

—¿Le apetece una taza de té? —pregunto, cerrando la puerta detrás de nosotras.

—¡Solo, con dos azucarillos! —grita Betsy mientras se acomoda en un sillón.

Niego con la cabeza mientras entro en la cocina. Pienso en qué pasaría si uno de mis vecinos se autoinvitara así a mi piso de Londres. Seguramente llamaría a la policía.

Una vez que Betsy y yo estamos sentadas con nuestro té, se hace el silencio. Ella me mira expectante, pero yo no tengo ni la menor idea de qué espera que diga. Es fácil hablar con la abuela porque es la abuela, pero la verdad es que hasta ahí llegan mis conocimientos de charlas con ancianos. La otra persona mayor que conozco es el abuelo Wade y es un capullo, así que básicamente me dedicaba a ignorarlo.

Intento imaginar que es una reunión con un cliente nuevo y trato de recurrir a las técnicas de conversación que suelo utilizar en momentos de extrema necesidad, pero Betsy me toma la delantera.

—Entonces, ¿cómo estás, Leena, querida? —pregunta antes de beber un sorbito de té.

—Muy bien, gracias —respondo.

—No, en serio —pregunta mientras me perfora con esos ojos azules acuosos que rebosan sinceridad e intensidad.

Me revuelvo en mi asiento.

—De verdad que estoy bien.

—Ya ha pasado... Dios santo, más de un año desde que perdisteis a Carla, ¿no?

Odio esa frase: «Perdisteis a Carla». Como si no la hubiéramos cuidado lo suficiente y la hubiésemos dejado escapar. No hay palabras adecuadas para hablar de la muerte, son todas demasiado insignificantes.

—Sí. Un año y dos meses.

—Era una niña encantadora.

Miro fijamente mi taza de té. La verdad es que dudo que a Betsy le gustara mucho Carla; mi hermana era demasiado atrevida y descarada para ser el tipo de chica que Betsy aprobaría. Aprieto los dientes, sorprendida al sentir ese ardor alrededor de los ojos que precede a las lágrimas.

—Y tu madre... Ha sido muy duro para ella, ¿verdad?

¿Cómo se ha vuelto tan personal esta conversación tan rápidamente? Bebo un poco más de té, que está demasiado caliente y me escalda la lengua.

—Cada uno procesa el dolor de forma distinta. —Esa es una frase que me parece muy útil para conversaciones como esta. Suele servir para zanjar el tema.

—Sí, pero ella prácticamente... se ha venido abajo, ¿no? Me pregunto si lo estará superando.

Me quedo mirando a Betsy. ¿En serio? Eso es tan personal que roza la grosería.

—¿No podríamos hacer algo por ella? —se ofrece Betsy mientras posa la taza de té—. ¿Por qué no dejas que te ayudemos?

—¿Y qué iba a hacer usted? —pregunto con demasiada aspereza, poniendo un énfasis no intencionado en el «usted», y veo que Betsy retrocede ofendida—. Quiero decir que... no veo cómo...

—Lo entiendo perfectamente —replica Betsy con frialdad—. No sería de ninguna utilidad, estoy segura.

—No, me refiero a...

Me quedo callada a media frase y su teléfono suena atronador en el silencio. Betsy tarda una eternidad en contestar porque se hace un lío con la funda de piel.

—¿Sí?

Una voz metálica repiquetea a través del teléfono, ahogada, pero definitivamente muy chillona.

—Hay jamón y queso en la nevera si quieres un sándwich —dice Betsy.

Más repiqueteo metálico.

—A ver, yo pongo la mayonesa en un lado y... Sí. Seguro que tú... Vale, Cliff, cariño. Ahora vuelvo a casa. Sí. Por supuesto. Estaré ahí lo más rápido que pueda.

Hago una mueca. ¿De verdad le ha pedido que vuelva a casa para hacerle un sándwich? Es demasiado absurdo. Si a Ethan le diera por hacer eso, a mí seguramente me daría la risa, la verdad, porque me parecería tan ridículo que creería que es una broma. Pero está claro que para la generación de Betsy es diferente; supongo que hace cincuenta años no era raro que una mujer le preparara todas las comidas a su marido.

Betsy guarda de nuevo el teléfono en el bolso y luego intenta levantarse demasiado rápido, pero no tiene ni de lejos el ímpetu necesario para hacerlo. Se balancea hacia atrás y vuelve a hundirse en el sillón, indefensa, como una de esas muñecas que tienen un peso en la base.

—Quédese —la animo, consciente de que he metido la pata—. Seguro que su marido puede esperar, ¿quiere tomar un...?

—Mi marido no puede esperar —replica Betsy bruscamente—. Tengo que irme.

Me dispongo a ayudarla a levantarse.

—No, no, estoy perfectamente —asegura. Una vez de pie, me vuelve a mirar con la cara muy seria—. Espero que entiendas de lo que te estás haciendo cargo aquí en Hamleigh, Leena.

No puedo evitar disimular una sonrisa. Betsy se pone aún más seria.

—Seguro que todo parece muy fácil para alguien como tú, pero Eileen hace muchísimas cosas por aquí y necesitamos que estés a la altura. Supongo que asumirás sus responsabilidades en el Comité de Organización del Primero de Mayo, ¿no?

—Sí, por supuesto —respondo, y esta vez he conseguido ponerme seria.

—Bien. Vale. Te pasaré tu lista de tareas a su debido tiempo. Adiós, Leena —dice, y entonces, con lo que yo describiría sin duda como un aspaviento, va hacia la puerta.

8

Eileen

E s un milagro que siga aquí, a decir verdad. Hasta ahora, desde que he llegado a Londres, he estado al borde de la muerte cinco veces.

1. Casi me arrolla un trasto que al parecer se llama «bicibús»: un vehículo rarísimo propulsado por un montón de muchachos que pedalean y beben cerveza al mismo tiempo. Literalmente, he tenido que cruzar corriendo la calle para evitarlos. Me preocupa un poco cómo se encontrarán mañana mis rodillas, pero al menos siguen pegadas al resto del cuerpo.

2. Me he quedado plantada en el lado izquierdo de las escaleras mecánicas (y he aprendido que no es nada recomendable).

3. Me he comido un «wok» que ha hecho Fitz (que es un pésimo cocinero. Horroroso. Intentaré enseñarle un par de cosas mientras estoy aquí).

4. He cambiado de tren en la estación de Monument (en el mapa pone que es la misma estación que Bank, pero yo no lo tengo tan claro. He tardado siglos en ir andando de un tren a otro. Como ya tenía las piernas destrozadas por la carrera con el bicibús, tuve que sentarme al lado de un músico callejero que tocaba el ukelele. Fue muy comprensivo. Me dejó sentarme en su amplificador).

5. He conocido a la gata de la vecina de al lado, una feroz minina atigrada a la que le falta media oreja. Se ha lanzado escaleras abajo hacia mí, bufando, y de repente se ha empotrado contra el pasamanos. A Dios gracias.

Me cuesta admitirlo, pero estoy agotada y bastante alterada. En Londres va todo tan rápido y todo el mundo es tan infeliz... Un hombre me ha gritado en el metro por subir demasiado despacio; cuando me he parado a coger un mapa delante de la estación de Oxford Street, una señora ha chocado conmigo y ni siquiera me ha pedido disculpas. Luego, al volver al edificio de Leena, me he encontrado a los vecinos de abajo, una pareja de artistoides jóvenes que llevan calcetines con sandalias, y cuando he intentado entablar conversación con ellos he visto que la mujer miraba a su marido poniendo los ojos en blanco.

Me siento muy fuera de lugar aquí. Solo he visto a tres personas que parecían tener más de setenta años en todo el día y una de ellas ha resultado ser un artista callejero que llevaba puesto un disfraz de Einstein.

He de reconocer que se me ha pasado por la cabeza que esto sería un poco más fácil si no estuviera sola (si Wade estuviera conmigo, por ejemplo), pero Wade nunca habría venido a Oxford Street. No lo echo de menos a él, pero a veces sí echo de menos tener un marido, alguien a cuyo brazo poder agarrarme para que me resulte más fácil bajar del autobús o que me sujete el paraguas mientras pago una taza de té.

Aun así, debo ser positiva. Mi aventura acaba de empezar y estaba claro que al principio iba a ser difícil. Solo tengo que mantenerme ocupada. Mañana por la noche, Bee, la amiga de Leena, va a venir al piso a ayudarme con mis «citas por internet». Leena dice que Bee es toda una experta. Quién sabe, quizá el jueves quede ya con alguien.

La leche de la nevera de Leena ha empezado a cuajarse; la tiro por el fregadero con un suspiro y cojo el bolso para hacer otra incursión al exterior. Esta vez, sin la distracción de vecinos maleducados con calcetines y sandalias, echo un vistazo como es debido cuando llego al pie de las escaleras. Hay un gran espacio abierto entre estas y la puerta del edificio. En él hay tres sofás en posiciones extrañas; uno está manchado de algo sospechosamente oscuro y los otros dos de algo sospechosamente claro. La moqueta está raída, pero hay dos ventanales preciosos por los que entra la luz del sol a raudales. La intención es que fuera una zona común, supongo... Qué lástima que nadie la use para nada.

Cuando vuelvo de hacer la compra, la feroz gata atigrada salta del sofá manchado de oscuro y se acerca a mí para frotar la cabeza contra mis piernas. No camina muy en línea recta. Espero que el incidente del pasamanos no le haya causado ninguna lesión cerebral. Esta mañana he visto a la dueña de la gata; salía del edificio con una maleta de ruedas. Es una anciana cheposa que se está quedando calva. Titubeo mientras observo cómo el gato va hacia las escaleras haciendo eses.

Si fuera Ant o Dec, me gustaría que alguien me avisara. Puede que por aquí las cosas se hagan de forma distinta, pero un buen vecino es un buen vecino, estés donde estés.

Subo las escaleras y llamo a la puerta de la dueña del gato mientras dejo la bolsa de la compra entre los pies.

—¿Sí? —pregunta una voz.

—¡Hola! —exclamo—. Soy la abuela de Leena.

—¿Quién?

—La abuela de Leena.

—¿La abuela de quién?

—De Leena. Vive al lado —explico pacientemente. Puede que la señora chochee un poco. Ha empezado a pasarle a Penelope; resulta muy triste, pero lo bueno es que parece haber olvidado que no soporta a Roland. Están viviendo como una especie de segunda luna de miel.

—¿Y quién es? —pregunta la mujer. Tiene la voz ronca, como si necesitara aclararse la garganta—. ¿La lesbiana, el que va hecho un pincel o la otra?

Me quedo perpleja. Definitivamente, Martha es la lesbiana; me habló de su novia después de que yo metiera la pata hasta el fondo preguntándole quién era el padre del bebé. Y aunque yo adoro a mi nieta, a no ser que lleve puesto un traje, siempre va con cosas que tienen pegada la foto de una estrella de televisión en la parte delantera. No suele ir precisamente hecha un pincel. Así que solo nos queda…

—La otra —me aventuro a decir.

—¿La de la mata de pelo castaño soso, recogido hacia atrás? ¿Bajita, que va corriendo a todas partes, siempre con el ceño fruncido?

—Leena tiene un pelo precioso —replico con aspereza antes de morderme la lengua—. Pero… sí. Debe de ser esa.

—Ah. Vale. Gracias, pero no estoy interesada —dice la señora y la oigo alejarse de la puerta arrastrando los pies.

—¿En qué? —pregunto sorprendida.

—En lo que sea que quiera usted —me espeta la mujer.

Frunzo el ceño.

—Yo no quiero nada. —Estoy empezando a entender por qué Arnold se cabrea tanto cuando no lo dejo entrar en casa. Esta no es una forma cómoda de tener una conversación—. Venía a hablarle de su gato.

—Ah —exclama con más recelo, si cabe, pero aun así oigo que vuelve arrastrando los pies hacia la puerta, antes de abrirla un par de centímetros con un chasquido. Dos ojos castaños enormes me miran parpadeando a través de la rendija.

—Me temo que ha tenido un encontronazo con el pasamanos —le comunico con pesar—. Es decir, que ha chocado contra él, vaya.

La mujer entorna los ojos.

—Le ha dado una patada, ¿verdad? —pregunta.

—¿Qué? ¡No! ¡Yo nunca le daría una patada a un gato! —aseguro espantada—. Yo misma tengo dos, ¿sabe? Dos gatos negros llamados Ant y Dec.

La mujer pone los ojos como platos y abre la puerta un poquito más.

—Me encantan los gatos negros —declara.

Sonrío.

—Pues entonces estoy segura de que seremos muy buenas amigas —digo antes de meter la mano por la rendija de la puerta para estrechar la suya—. Me llamo Eileen.

Tarda tanto tiempo en aceptar la mano que le tiendo que estoy a punto de bajarla, pero entonces, por fin, sus dedos se cierran alrededor de los míos.

—Letitia —dice—. ¿Quiere…? ¿No le apetecerá…?
—La anciana se aclara la garganta—. No le apetecerá entrar,
¿verdad? Solo para hablarme de la gata —añade rápidamente.

—Me encantaría —aseguro y, acto seguido, entro en su
casa.

La casa de Letitia resulta tan peculiar como ella misma,
pero no es en absoluto como cabría esperar. Aunque ella
tiene cierta pinta de indigente, el interior de su piso es otra
historia. Está lleno de antigüedades y curiosidades. Mone-
das viejas colocadas en espiral sobre mesas de roble; plumas
de color dorado brillante y azul pavo real colgadas con pin-
zas a lo largo de una cuerda de tender la ropa; delicados
cuencos de porcelana apilados con cuidado dentro de armarios con patas larguiruchas y manillas de hierro forjado. Es
realmente extraordinario. Una mezcla entre una tienda de
antigüedades, un museo atestado de cosas… y quizá un dormitorio infantil.

Sujeto entre las manos la tercera taza de té que me tomo
desde que he cruzado la puerta de Letitia y le sonrío por encima de la colección de tiestos y jarrones que ocupan la mayor
parte de su mesa de comedor. Me siento mejor de lo que me
he sentido en todo el día. ¡Qué mujer tan fascinante! ¡Y vive
justo en la puerta de al lado! Resulta sorprendente que Leena
nunca la haya mencionado, aunque parece que sus caminos
no se cruzan muy a menudo. Me cuesta creerlo, porque su
vida solo está separada por una fina pared, pero, por lo que
deduzco, Letitia no habla con ninguno de sus vecinos. O, mejor dicho, ninguno de los vecinos habla con Letitia.

—¿Ninguno? —pregunto—. ¿Ni una sola persona
vino a presentarse al mudarse al edificio?

Letitia niega con la cabeza, lo que hace tintinear sus largos pendientes. Estos tiran de los lóbulos de sus orejas hacia abajo y le dan un aspecto verdaderamente místico.

—Nadie habla conmigo —asegura sin especial rencor—. Creo que eres la primera persona con la que cruzo una palabra desde... —Letitia hace una pausa—. El viernes pasado, cuando me entregaron el pedido del supermercado.

—Pobrecita mía. ¿Y la zona común de abajo? ¿Has probado a sentarte allí? Así la gente te saludaría al pasar.

—Lo intenté una vez —dice Letitia—. Pero alguien se quejó. Dijeron que daba mala imagen al edificio. Así que ahora me siento aquí, donde no molesto a nadie.

—¡Eso es terrible! ¿No te sientes sola? —pregunto, pero me arrepiento inmediatamente—. Perdón, eso es demasiado personal.

—Claro que me siento sola —responde Letitia, al cabo de un rato—. Aunque tengo a Solstice. La gata. Que siempre ha caminado de una forma un poco rara, por cierto —añade. Aunque hemos empezado hablando de su gata, luego nos hemos puesto a hablar de otras cosas y han pasado ya tres horas.

—Vaya. Siento mucho que Leena no haya venido nunca por aquí.

Letitia se encoge de hombros. Me fijo en las manchas de su vestido tipo túnica y hago una pequeña mueca.

—Casi nunca está en casa, creo yo, y cuando está es con ese novio suyo. El del pelo brillante. No me cae bien. Me parece... —Letitia agita una mano y hace girar un atrapasueños que cuelga sobre su cabeza, que a su vez hace tintinear un carillón morado y plateado—. Me parece patético.

Uy, uy, uy, me encanta Letitia.

Esta se asoma al interior de mi taza. Estamos bebiendo té sin bolsita y tengo un montón de hojas negras en el fondo de la taza.

—¿Quieres que te las lea? —pregunta.

—¿Sabes leer las hojas de té?

—Antes era pitonisa —revela Letitia—. Me sentaba en Trafalgar Square y le leía a la gente la palma de la mano.

Creo que Letitia es la mujer más interesante que he conocido jamás. ¡Y pensar que está allí encerrada día tras día, sin que nadie vaya a hablar con ella! Me pregunto cuántas personas más así de fascinantes habrá escondidas en estos pequeños pisos por toda la ciudad.

—¡Qué emocionante! Por favor, léelas —le pido, acercándole la taza de té.

Ella me la devuelve, empujándola con la mano.

—Levántala con la mano izquierda y hazla girar al menos tres veces —dice.

Hago lo que me dice mientras veo cómo las hojas se arremolinan en el último sorbo de té que queda en el fondo de la taza.

—¿Así?

—Sí, eso es. —Letitia coge la taza y vierte con cuidado el líquido sobrante en el platito, para que queden solo las hojas. La gira adelante y atrás muy despacio, respirando hondo, absorta, y me doy cuenta de que estoy conteniendo el aliento. No sé si me creo que se pueda leer el futuro de alguien en su taza de té, pero ¿qué sabré yo? Me pregunto por un instante qué diría Wade (algo muy sarcástico, seguro) y luego alejo ese pensamiento de mi mente. Me importa un bledo lo que pensara ese viejo cabrón.

—Mmm —dice Letitia.

—¿Qué ves? —pregunto esperanzada.

Letitia aprieta los labios, vuelve a decir «Mmm» y luego levanta la vista hacia mí con pesar.

—¿No consigues ver nada? —pregunto, intentando echar un vistazo dentro de la taza.

—Sí, sí, claro que lo veo —dice Letitia frotándose la barbilla—. Está bastante… claro.

Empuja de nuevo la taza hacia mí y la gira de manera que el asa apunta hacia ella.

Bajo la vista hacia las hojas de té. Letitia empieza a sacudir los hombros antes de que yo pueda ver lo que ella ve; me echo a reír y ella se pone a chillar con todas sus fuerzas, llorando de la risa, mientras su túnica sucia rebota con cada carcajada.

Las hojas de té tienen forma de… genitales. De genitales masculinos. Si hubiera intentado ponerlas así aposta, no estaría más claro.

—¿Y qué significa eso? —pregunto cuando por fin recupero el aliento.

—Creo que significa que te van a pasar cosas buenas —contesta Letitia, secándose los ojos—. O eso o me está diciendo que el juego de las hojas de té es una gilipollez de cojones.

Me tapo la boca con la mano al oír aquella ordinariez y vuelvo a reírme a carcajadas. No me sentía tan bien desde… Bueno. No recuerdo ni desde cuándo.

—¿Volverás otro día? —pregunta Letitia.

Busco su mano por encima de la mesa, esquivando los jarrones.

—Tantas veces como quieras —respondo antes de señalar la tacita de té—. Supongo que querrás seguir de cerca la evolución de ese pequeño vaticinio, ¿no?

—De pequeño nada —dice Letitia y las dos nos empezamos a reír de nuevo.

9

Leena

Son las seis y veintidós y estoy despierta. Parece que se ha convertido en una costumbre. Voy al baño y luego intento volver a quedarme dormida, pero he dejado la puerta del cuarto entreabierta y Ant, el gato, tarda aproximadamente veinte segundos en abrirse paso y encontrar mi cara para sentarse encima.

Lo aparto con un gruñido y me levanto. Anda, era Dec, no Ant. Llamar a sus dos gatos idénticos «Ant» y «Dec», como el dúo de presentadores de la televisión, es la típica broma eterna que le gusta a mi abuela, aunque sospecho que si le pregunto se hará la inocente y asegurará que fue idea del abuelo Wade.

Una vez abajo, después de dar de comer a Ant/Dec (que no deja de maullar mientras baja las escaleras y solo se calla para tomar aire entre un gemido lastimero y otro parpadeo, somnolienta, mientras observo el despliegue de tés que hay detrás de la tetera, todos ellos almacenados en viejas latas de galletas cuidadosamente etiquetadas. Dios, cómo echo de menos la cafetera de Fitz. Hay cierta desazón que ni el té ni el café instantáneo consiguen aliviar.

Hoy es miércoles, lo que significa que tengo que pasear al perro de Jackson Greenwood. Ayer me quedé despierta hasta tarde, horneando premios caseros para perros con lo que encontré en la nevera de la abuela. Investigué un poco sobre los paseos perrunos y, al parecer, los premios son parte fundamental del proceso. Pero cuando lo descubrí ya habían cerrado las tiendas (o, mejor dicho, la tienda en singular), así que tuve que ponerme las pilas y buscar una solución. Y ahora hay unos cuantos cubitos blandos de carne picada, huevo y Weetabix machacados en una bolsa para sándwiches en el aparador. Tienen una pinta asquerosa.

Mientras hierve la tetera, observo fijamente los premios para perros, dedico unos instantes a pensar qué demonios estoy haciendo con mi vida en estos momentos y luego (dado que raras veces saco algo en limpio de esas maquinaciones y ya es un poco tarde para cambiar de plan) me preparo una taza de té.

Salgo al pasillo con el té y veo una carta en el felpudo. Está dirigida a Leena Cotton, con una caligrafía grande y temblorosa. Dentro hay una lista escrita a mano:

Responsabilidades del Comité de Organización del Primero de Mayo traspasadas a Leena Cotton mientras Eileen Cotton, codirectora de toda la vida del Comité, se encuentra de baja.

¡De baja! Casi me atraganto con el té.

1. Purpurina.
2. Farolillos.

3. *Poda de arbustos – organizar.*
4. *Puestos de comida.*
5. ~~*Conseguir patrocinador.*~~
6. *Guirnaldas.*
7. *Aseos portátiles.*
8. *Carteles.*
9. *Aparcamiento.*
10. *Disfraces para el desfile.*

Es oficial: estoy intrigada. La verdad es que parece un proyecto muy divertido; nunca antes he organizado un evento y, por la pinta de la lista, la abuela se ocupa de gran parte de la logística: aparcamiento, carteles, puestos de comida y… purpurina. Sea para lo que sea. Tendré que preguntarle a Betsy.

Noto ese hormigueo en el estómago, el cosquilleo de emoción que se desataba cuando me adjudicaban un proyecto nuevo en el trabajo, y de pronto me viene a la cabeza el maravilloso plan de negocio que había hecho para la consultora Boutique B&L, con sus colores a juego y todo. Los archivos están en Dropbox, podría descargármelos después en el ordenador de la abuela. El hormigueo se vuelve más intenso y me acabo el té de un trago mientras echo otro vistazo a la lista.

«Conseguir patrocinador» está tachado. Recuerdo que la abuela me había comentado que estaba intentando conseguir patrocinador para el Festival del Primero de Mayo, para que los beneficios obtenidos con las entradas pudieran destinarse a la organización benéfica contra el cáncer que tanto nos ayudó cuando Carla estaba enferma. ¿Se habría dado por vencida? Frunzo el ceño, cojo un bolígrafo de la mesa del pasillo y lo marco con un asterisco en la lista de Betsy.

Una taza más de té y salgo por la puerta. Me pica la curiosidad por volver a ver a Jackson Greenwood. Cuando visitaba a los abuelos de niña lo veía bastante porque vivía con Arnold; era un niño tranquilo y callado que siempre andaba correteando por el jardín con su perro viejo pisándole los talones. Jackson era el típico niño al que todos consideraban problemático, aunque en realidad nunca había hecho nada malo en concreto. Simplemente tenía mala leche.

Por lo visto, ahora Jackson es profesor en la escuela de primaria del pueblo. Y simplemente… no encaja. En mi cabeza, los profesores de primaria son risueños y alegres y dicen cosas como «¡Muy bien, así se hace!», mientras que Jackson era más de fulminar a la gente con la mirada.

Ahora vive en uno de los edificios nuevos que hay en las afueras de Hamleigh. A medida que me voy acercando a la urbanización, me sorprende lo extrañamente bidimensional que parece, recortada sobre el sombrío telón de fondo de los Dales, como si fuera una imagen generada por ordenador del aspecto que tendrá un bloque de pisos al estar terminado. Los jardines parecen grises y uniformes bajo la luz de las farolas, cubiertos de césped achaparrado y grava, aunque el jardín delantero de Jackson es una maraña caótica de vegetación. Lo ha convertido en un huerto de verduras. Quién sabe lo que pensarán sus vecinos de al lado, cuyos jardines están mucho más acordes con el edificio, con sus plantas de romero en tiestos de barro y sus pequeñas parras domesticadas trepando por espalderas al lado de la entrada.

Llamo a la puerta y me responden unos fuertes ladridos de emoción que se interrumpen de repente. Hago una mueca. Sospecho que alguien acaba de recibir un rapapolvo.

Cuando Jackson abre la puerta no me da tiempo ni a mirarlo, porque un enorme fardo de pelo negro (que ha salido volando de entre sus piernas) me golpea en la barriga y me deja despatarrada en el suelo.

—¡Ay! —Acabo de destrozarme la rabadilla y al caerme he apoyado todo el peso sobre una muñeca, pero lo peor es el perro que tengo encima lamiéndome la cara con entusiasmo—. Hola, ¿podrías…, podrías…? Madre mía…

Está sentado sobre mí y tiene mi colgante entre los dientes. Vaya, ahora le ha dado por empezar a jugar a tirar de él. Genial, justo lo que…

—Joder, mierda, perdona. —Alguien extiende una mano enorme hacia abajo y sujeta al perro por el collar—. Hank. Siéntate.

Hank se revuelve para salir de encima de mí y aterriza sobre su trasero. Por desgracia, se lleva con él mi colgante; lo tiene entre los dientes y cuelga bamboleante de la cadena rota. Levanto la vista para ver a quién mira Hank con tanta adoración y me encuentro a su dueño.

Se me hace raro ver a Jackson. Sin duda se trata del niño que conocí, pero antes tenía siempre el ceño fruncido y es como si ahora alguien se lo hubiera alisado; su mandíbula tensa se ha aflojado, sus hombros encorvados se han relajado y se ha convertido en un hombre gigantesco de ojos adormilados y el pelo castaño revuelto. Tiene la parte delantera de la camiseta manchada de algo que parece café y un agujero tremendo en la rodilla izquierda de los vaqueros. En el brazo con el que ahora está sujetando a Hank tiene una marca blanca donde debería ir el reloj; sus antebrazos están ligeramente bronceados, todo un logro en la primavera inglesa.

Aventurándome a adivinar cómo ha reaccionado al verme, yo diría que está entre sorprendido y cortado, aunque tiene una de esas expresiones inescrutables que implican o bien profundidad y misterio, o bien que no tienes mucho que decir, así que no estoy del todo segura.

—Tú no eres Eileen Cotton —dice. Tiene más acento de Yorkshire que cuando era niño. O puede que yo haya estado fuera demasiado tiempo.

—Pues en cierto modo sí, la verdad. Soy Leena. ¿Te acuerdas de mí?

Se me queda mirando. Al cabo de un rato abre los ojos de par en par.

—¿Leena Cotton?

—¡Sí!

—Ah. —Al cabo de unos segundos eternos, Jackson mira hacia el horizonte y se aclara la garganta—. Mmm. Has cambiado. Estás diferente.

—¡Y tú! —exclamo—. Estás mucho más… —Me ruborizo. ¿Adónde voy con esa frase? La primera palabra que viene a la cabeza es «masculino», algo que no pienso decir en voz alta—. Me han dicho que ahora eres profesor de primaria —digo rápidamente.

—Pues sí. —Él se pasa una mano por el pelo. Ahora se le queda medio de punta.

—¡Bueno! —digo, bajando la vista hacia Hank, que ha soltado mi colgante y ahora trata de acometer la frustrante tarea de intentar volver a cogerlo sin pulgares oponibles que le ayuden—. ¡Supongo que este es el perro!

Estoy siendo demasiado efusiva. ¿Por qué estoy siendo tan efusiva?

—Sí —responde Jackson antes de volver a aclararse la garganta—. Este es Hank.

Me quedo callada.

—¡Genial! —digo por fin—. Bueno. ¿Lo saco a pasear, entonces?

Jackson se queda en silencio, todavía con una mano sobre la cabeza.

—¿Qué?

—Al perro. ¿Lo saco a pasear?

Jackson baja la vista hacia Hank. Este le devuelve la mirada, esta vez barriendo metódicamente mi colgante con la cola de un lado a otro del umbral de la puerta.

—¿Dónde está Eileen? —pregunta Jackson, tras otra larga pausa de asombro.

—Ah, ¿no te ha dicho nada? Se ha ido a Londres dos meses. Yo le estoy cuidando la casa y ocupándome de todos sus proyectos; de las cositas que hace por el pueblo y todo eso.

—Pues te vas a poner las botas —dice Jackson, rascándose la nuca. Es un gesto que cualquier otro tío usaría como excusa para presumir de bíceps, pero en su caso de verdad parece natural. Lo cierto es que Jackson tiene un punto desaliñado muy atractivo, algo que potencian sus ojos azules y la típica nariz de jugador de rugby rota, torcida hacia un lado.

—¡Seguro que me las apañaré! —exclamo.

—¿Has paseado alguna vez a un perro?

—No, pero tranquilo, vengo muy bien preparada. —No es necesario que le cuente la investigación a fondo que he realizado sobre cómo se pasea a los perros y acerca de los labradores, ni tampoco que la abuela me ha dejado instrucciones de la ruta exacta que debo seguir durante el paseo.

—Solo tiene ocho meses —me advierte Jackson, volviendo a tocarse el pelo—. Todavía es un poco difícil. En verdad solo le pido a Eileen que lo saque los miércoles porque se lleva muy bien con él y así yo puedo entrar pronto y preparar las clases antes de que lleguen los niños...

Cuando extiendo la mano para recoger mi colgante, Hank suelta un pequeño ladrido e inmediatamente trata de cogerme la mano con la boca. Doy un grito, muy a mi pesar; retiro la mano y digo una palabrota. Justo lo que no hay que hacer, ya lo sé. Primero debería haber extendido el dorso de la mano hacia él.

—¡Hank! Qué maleducado. Siéntate.

Hank se sienta, avergonzado y abatido, con la cabeza gacha. Aunque no estoy muy convencida de que se arrepienta de verdad. Todavía sigue mirando el colgante con esos ojos tristones.

Me aclaro la garganta.

—¿Entonces lo traigo de vuelta en una hora?

—Sí, por favor. Si lo tienes tan claro… Yo estaré en la escuela. Toma —dice Jackson, dándome una llave—. Métalo en la galería y cierra la puerta con llave.

Me quedo mirando la llave que tengo en la mano. Sé que no somos unos perfectos desconocidos, pero hace diez años que no tengo una conversación con Jackson y me sorprende un poco que esté dispuesto a darme acceso permanente a su casa. Sin embargo, no tengo mucho tiempo para pensar en ello, porque Hank se plantea de inmediato la posibilidad de que la llave sea un premio y empieza a saltar hacia mí para investigar.

Jackson hace retroceder a Hank y lo obliga a sentarse.

—Qué coñazo de perro. Nunca he visto a un chucho tan difícil de adiestrar —se lamenta, negando con la cabeza, pero a la vez acariciando a Hank detrás de las orejas.

Genial. Un perro diabólico.

—¿Seguro que quieres hacer esto? —pregunta Jackson, consciente quizá de la cara que he puesto. Parece que duda.

Después del incidente del seudomordisco ya no me hace tanta ilusión pasear a este perro, pero, como Jackson cree que no puedo hacerlo, no me queda más remedio que demostrarle que sí, así que no hay más que hablar.

—Nos las arreglaremos, ¿verdad, Hank?

Hank salta hacia mí, entusiasmado. Doy un chillido y pierdo el equilibrio. Empiezo a pensar que Google no me ha preparado del todo bien para esto.

—¡Venga, vamos allá! —exclamo con la mayor confianza posible—. ¡Adiós!

—¡Hasta ahora! —grita Jackson mientras nos alejamos por el camino—. Si tienes algún problema…

Creo que Jackson sigue hablando, pero a partir de ese momento no oigo nada más, porque Hank tiene muchas ganas de ponerse en marcha. Madre mía, apenas tengo que esforzarme durante el paseo, porque es Hank quien me arrastra a mí; mierda, está en la carretera, está en… Vale, ya vuelve a… ¿Qué está comiendo? ¿De dónde lo ha sacado?

El trayecto por el pueblo hasta el campo son los diez minutos más largos de mi vida. Además, nos cruzamos literalmente con todo Hamleigh-in-Harksdale; parece que todos han elegido justo este momento para salir de casa y ver cómo me arrastra por el suelo un labrador demasiado entusiasmado.

Un anciano intenta adelantarme con su escúter eléctrico durante todo Middling Lane. Va oculto casi por completo por una gran capa impermeable para no mojarse con la llovizna y me grita a través del plástico.

—¡Deberías decirle a Hank que se esté quieto!

—¡Sí! —grito—. ¡Gracias!

—¡Es lo que hace Eileen! —exclama el anciano, que ya está a mi lado.

—¡Está bien saberlo! —respondo alegremente mientras Hank intenta dislocarme el hombro—. ¡Quieto, Hank! —pruebo a decir con brío, con el tono de voz que se usa para hablar con un perro o con un bebé. Hank ni se molesta en mirarme.

—¡Soy Roland! —grita el hombre del escúter—. Supongo que tú eres Leena.

—Sí, soy yo. ¡Quieto, Hank! ¡Quieto!

Hank se para de repente para olfatear algo interesante y me caigo sobre él *ipso facto*. Me lame la cara mientras estoy en el suelo. Entretanto, Roland aprovecha la oportunidad para acabar de adelantarme triunfante, algo que me molesta sobremanera, porque, aunque yo no había consentido que eso fuera una carrera, obviamente he perdido.

Cuando por fin cruzamos el pueblo y estamos fuera del alcance de las miradas indiscretas, hago que Hank se detenga y me recuesto contra un árbol. Joder, en vez de pasear parece que estamos haciendo marcha. ¿Cómo es posible que mi abuela pueda con esta bestia?

Echo un vistazo al prado; recuerdo este sitio. Parece diferente con mal tiempo, pero Carla y yo veníamos aquí de niñas a hacer pícnics. Una vez se quedó atrapada en la copa de este árbol y se puso a llorar a moco tendido; no conseguí que parara ni cuando la convencí de que fuera bajando poco a poco.

Hank me devuelve al presente con un tirón de la correa. Está tirando tan fuerte que ha conseguido levantar las patas delanteras del suelo. Tengo bastante claro que en internet ponía que no había que dejar que el perro tirara de la correa, así que supuestamente debería hacerle volver a mi lado, ¿no?

Saco uno de los premios caseros y digo su nombre; él viene disparado, se zampa el premio y vuelve a ponerse a tirar de la correa. Eso sucede tres veces más. Los premios caseros se han hecho papilla en la bolsa para sándwiches; noto los restos de carne picada con huevo bajo las uñas.

Derrotada, vuelvo al ataque y camino con decisión alrededor del campo. De vez en cuando intento que Hank vuelva a mi lado con un «Quieto» o con un tirón, pero, seamos sinceros, básicamente es el perro el que me está paseando a mí.

Irónicamente, dado el comentario de Jackson —«Te vas a poner las botas»—, ahora mismo llevo puestas las botas de agua de la abuela; no tengo ningunas y ella y yo calzamos el mismo número. Las botas me hacen daño en los talones desde que salí de Clearwater Cottage y ahora, encima, tengo una piedra enorme dentro de una de ellas, justo en un dedo. Intento sin éxito hacer que Hank se detenga para agacharme y quitarme la puñetera bota.

Por supuesto, sigo sujetando la correa. Claro que lo estoy haciendo. No se puede soltar la correa de un perro como Hank. Pero…, no sé cómo, con tanto lío, entre que salto a la pata coja, se me cae la bota e intento no meter el pie con el calcetín en el barro, se me cae sin querer.

Hank sale disparado como una bala. Corre a toda velocidad, tanto que sus patas traseras y delanteras casi se juntan en el medio; sale huyendo con un único objetivo en mente: los campos que hay a lo lejos.

—¡Mierda! ¡Mierda! —Echo a correr de inmediato, pero solo llevo puesta una katiuska y correr con una sola bota es muy complicado (más o menos como hacer una carrera de tres piernas tú solo), así que al cabo de unos cuantos pasos tropiezo y vuelvo a caerme. Hank se aleja de mí como un rayo. Me pongo de pie como puedo, presa del pánico y sin aliento. Ay, Dios, ya no lo veo, ha desaparecido, está, está… ¿Dónde está?

Vuelvo a buscar la bota, me la pongo y salgo corriendo. No había corrido tanto en toda mi vida. Cuando llevo unos cuantos minutos trotando sin rumbo a toda velocidad, mi instinto de control de crisis se activa y me doy cuenta de que es mejor que me ponga a correr al menos de forma un poco más metódica, así que recorro los campos en zigzag, asfixiada. En algún momento me echo a llorar, lo que no facilita la tarea de correr rápido, y finalmente, al cabo casi de una hora, me desplomo bajo un árbol, sollozando.

He perdido el perro de Jackson. Se suponía que sustituir a mi abuela iba a ser una tarea fácil y tranquila y que era imposible cagarla. Pero esto es terrible. Quién sabe lo que podría pasarle a Hank por ahí. ¿Y si llega a una carretera general? ¿Y si…? ¿Y si algo se lo come? ¿Hay algo en los Yorkshire Dales que coma cachorritos? Dios, ¿se puede saber por qué estoy llorando tanto?

Vuelvo a levantarme al cabo de un rato, porque quedarme sentada sin hacer nada es aún peor que correr. Grito su nombre una y otra vez, pero hace tanto viento que ni siquiera me oigo a mí misma. Hace una semana, estaba en una sala de reuniones presentando un plan de dieciséis puntos con el fin de garantizar que los accionistas colaboraran para facilitar una iniciativa de cambio empresarial. Y ahora estoy llorando en un prado y gritando «Hank» una y otra vez al viento, con los pies en carne viva y el pelo (que a estas alturas seguro que parece un condenado nido de pájaros) golpeándome en la cara. No puedo evitar pensar que lo estoy haciendo fatal. Normalmente se me dan bien las emergencias, ¿no? ¿Seguro que fue eso lo que dijo Rebecca en mi última valoración?

Me aferro a esa idea. Respiro lo más rítmicamente posible. No hay más remedio: debo volver a Hamleigh. No tengo el número de Jackson (fallo garrafal; ¿en qué estaría pensando?) y necesito contarle lo que ha pasado.

Me encuentro fatal. Va a odiarme. Obviamente. Yo también me odio ahora mismo. Pobre Hank, perdido en la campiña; seguro que no tiene ni idea de qué hacer él solo, ahora que se habrá dado cuenta de que se ha perdido. Estoy llorando tanto que me cuesta muchísimo respirar. Tengo que controlarme. Venga. Vamos, ¿qué es lo que me pasa?

Creía que cruzar Hamleigh a la ida había sido una pesadilla, pero esto es cien veces peor. Varios ojos silenciosos me observan desde las ventanas y las puertas. Un niño me señala desde el otro lado de la calle y grita: «¡Mira, mamá, un cavernícola!». Roland vuelve a pasar zumbando en su escúter eléctrico y me mira sorprendido cuando me alcanza.

—¿Dónde está Hank? —grita.

—Lo he perdido —respondo sofocada.

Él se queda boquiabierto.

—¡Dios santo!

Yo aprieto los dientes y sigo andando.

—¡Hay que organizar una partida de búsqueda! —declara Roland—. ¡Hay que convocar una reunión del Comité del pueblo ahora mismo! Hablaré con Betsy.

No, por favor, con Betsy no.

—Tengo que contárselo a Jackson —digo antes de limpiarme la cara con la manga—. Por favor. Déjeme hablar con él antes de decírselo a Betsy.

Pero Roland está ocupado maniobrando para dar media vuelta y parece que no me ha oído.

—¡Déjeme hablar antes con Jackson! —grito.

—¡No te preocupes, Leena, encontraremos a Hank! —exclama Roland, mirando hacia atrás, antes de largarse por donde ha venido.

Yo maldigo y sigo adelante. Estoy intentando ensayar exactamente lo que le voy a decir a Jackson, pero resulta que no hay una forma buena de contarle a alguien que has perdido a su perro, y cuantas más veces me imagino la conversación, más se me revuelve el estómago. Cuando llego a la puerta de su casa, me encuentro exactamente en el mismo estado de tensión nerviosa que se apodera de mí antes de una presentación importante, lo cual, basándonos en los últimos acontecimientos, probablemente significa que estoy a punto de sufrir un ataque de pánico.

Llamo al timbre antes de recordar que tengo la llave en el bolsillo. Mierda, seguro que Jackson ya se ha ido a trabajar. ¿Voy a tener que ir a la escuela del pueblo a decirle que he perdido a su perro? No quiero tener esa conversación en una clase llena de niños pequeños.

Pero, para mi sorpresa, Jackson abre la puerta.

Tengo un *déjà vu* en toda regla. Unas patas me arañan y me tiran de espaldas, un perro me lame la cara, el dueño se inclina sobre nosotros…

—¡Hank! —exclamo antes de hundir la cara en su pelo y abrazarlo lo más fuerte que puedo, teniendo en cuenta que se mueve como un caballo desbocado—. ¡Hank! Dios mío, creía que…

Me doy cuenta de que Jackson me está mirando. Levanto la vista.

Lo veo enorme. Ya era grande antes, pero ahora… se me antoja descomunal. Aunque ya no parece un gigante bonachón, sino más bien un hombre capaz de poner fin a una pelea en un bar con una única palabra de advertencia.

—Lo siento muchísimo, Jackson —me excuso mientras Hank pasa por encima de mí y sus patas dejan nuevas manchas de barro en mis pantalones ya asquerosos—. Por favor, créeme. No lo solté a propósito, se me escapó. Lo siento. Creía que estaba preparada, pero... Lo siento mucho. ¿Te he hecho llegar tarde a trabajar?

—Avisé al colegio en cuanto el cura me llamó para decirme que había visto a Hank corriendo por Peewit Street. La directora se está ocupando de mi clase.

Entierro la cara en el pelo de Hank.

—¿Te encuentras bien? —pregunta Jackson.

—¿Que si me encuentro bien? —repito con voz ahogada.

—Parece que estás... un poco... Bueno...

—¿Hecha una puñetera mierda?

Jackson abre los ojos de par en par.

—No iba a decir eso.

Levanto la vista; su expresión se ha suavizado y está apoyado en el marco de la puerta.

—Estoy bien —digo, secándome las mejillas—. En serio, me siento fatal. Debería haber tenido más cuidado.

—Oye, no ha pasado nada —dice Jackson—. ¿Seguro que estás bien?

Hank se pone a investigar a fondo mis katiuskas, olisqueándolas como un loco y golpeándome de forma intermitente con el rabo.

—No tienes por qué ser amable —digo mientras esquivo la cola—. Puedes enfadarte conmigo. Me lo merezco.

Jackson parece confuso.

—Estaba enfadado, pero... me has pedido perdón, ¿no?

—Bueno, sí, pero...

Jackson me mira mientras me pongo de pie y hago un vago intento de sacudirme el barro de los pantalones.

—Estás perdonada si es eso lo que te preocupa —declara—. De todos modos, Hank es un sinvergüenza, no debería haberle dejado ir contigo.

—Te lo compensaré —aseguro, intentando recobrar la calma.

—No tienes por qué hacerlo.

—No —insisto con determinación—. Lo haré. Dime qué quieres que haga y lo haré—. ¿Quieres que limpie las clases de la escuela? ¿O necesitas ayuda con la contabilidad? La contabilidad se me da fenomenal.

—¿Quieres que te ponga una especie de… castigo? —pregunta él, ladeando la cabeza, desconcertado.

—He metido la pata hasta el fondo —reconozco, esta vez con frustración—. Solo intento arreglarlo.

—Ya está arreglado. —Jackson hace una pausa—. Pero, si de verdad quieres hacer algo, la verdad es que una de las clases necesita una mano de pintura. No me vendría mal algo de ayuda.

—Eso está hecho —aseguro—. Tú dime una hora y allí estaré.

—Vale. Ya te avisaré. —Se agacha para ponerse en cuclillas al lado de Hank, le rasca las orejas y levanta la vista hacia mí—. Tranquila, Leena. No pasa nada. Ya vuelve a estar bajo control, ¿lo ves?

Puede que Hank vuelva a estar bajo control, pero yo no. ¿Qué me ha pasado en la campiña para ponerme a llorar así, gritando al viento y corriendo en círculos? Bee tiene razón: las cosas no son como deberían. Esta no soy yo.

10

Eileen

Cuando Bee entra tan campante en el piso, me quedo sin habla. Es sencillamente la persona más glamurosa que he visto nunca. Su cara es espectacular, aunque (o tal vez porque) es asimétrica, con un ojo más alto que el otro y una de las comisuras de los labios más curvada que la otra. Tiene la piel de un bello marrón cremoso y su pelo es extraordinariamente liso y brillante, como una cascada de agua oscura cayendo sobre una presa. Por un momento trato de imaginar cómo será la vida de una persona tan joven y guapa. Supongo que conseguirá todo lo que quiere.

Después de pasar media hora con Bee, me sorprende descubrir que, al parecer, no es así en absoluto.

—Es imposible encontrar un hombre en esta puñetera ciudad —se lamenta mientras rellena las copas de vino—. Son todos una mierda. Perdón por el lenguaje. Leena no deja de decirme que hay hombres buenos ahí fuera, que hay que besar unas cuantas ranas, pero yo ya llevo besuqueando anfibios casi un año y se me están quitando las ganas. —Bee enfatiza esa última parte dándole a la copa unos cuantos tragos largos—. Perdón, no pretendo desanimarla. Puede que el mercado de los de más de setenta esté mejor.

—Lo dudo. —Se me cae el alma a los pies. Esto es ridículo. Hasta me avergüenza hablar de mi vida amorosa con alguien como Bee; si ella no puede encontrar a un hombre, ¿cómo demonios voy a encontrarlo yo? Ni siquiera he sido capaz de conservar a mi propio marido.

Bee se fija en mi expresión y posa la copa.

—Bah, no me haga caso. Es que estoy agotada y harta de tener citas asquerosas. ¡Pero usted tiene por delante todo un mundo de diversión! Vamos a echar un vistazo a su perfil, ¿vale?

—Ah, no, no te molestes —susurro, recordando todas las cosas bochornosas que escribió Leena en él: «¡Amante del campo! ¡Joven de espíritu! ¡En busca de amor!».

Bee ignora mis quejas y abre su portátil.

—Leena me ha dado su contraseña —comenta mientras teclea—. ¡Anda, ya le han escrito unos cuantos tíos!

—Ah, ¿sí? —Me inclino hacia delante y me subo las gafas sobre la nariz—. Madre mía, pero ¿eso…? ¡Santo cielo!

Bee cierra de golpe el portátil.

—Vaya —dice, abriendo los ojos de par en par—. Bueno. Este es un momento histórico para usted. Su primera fotopolla.

—¿Mi primera qué?

Bee hace una mueca.

—Caray, esto es peor que contarle a mi hija de dónde vienen los niños. A ver.

Me echo a reír.

—No pasa nada —la tranquilizo—. Tengo setenta y nueve años. Puede que te parezca una ancianita inocente, pero eso significa que he tenido cincuenta años más para ver los horrores que hay en el mundo. Sea lo que sea eso, no será peor que el trasero verrugoso de mi exmarido.

Bee se ríe. No me da tiempo a reflexionar sobre el hecho de que es la primera vez que digo en voz alta «exmarido» porque Bee ya ha vuelto a abrir el portátil y hay una imagen enorme en la pantalla.

Ladeo la cabeza.

—Dios santo —digo.

—Qué potencia para un hombre de ochenta años —comenta Bee, inclinando la cabeza hacia el lado contrario al mío.

—¿Y qué pretende al enviar esta foto?

—Excelente pregunta —dice Bee—. Creo que pretende que quiera acostarse con él.

—¿En serio? —pregunto fascinada—. ¿Y eso funciona alguna vez?

—Es un gran misterio. Parece mentira, pero, si no, ¿por qué iban a seguir mandándolas? Hasta las ratas saben que hay que renunciar a las técnicas ineficaces de apareamiento, ¿no?

—A lo mejor es como los exhibicionistas del parque —sugiero, mirando la pantalla con los ojos entornados—. No lo hacen porque a ti te guste; es que a ellos les gusta enseñar la chorra.

Bee vuelve a reírse a carcajadas.

—¡La chorra! —repite, enjugándose las lágrimas—. Ay, Leena tenía razón, es usted una joya. Vale. ¿Quiere que bloquee a este hombre en concreto para que no pueda volver a comunicarse con usted?

—Sí, por favor —digo, pensando en las hojas de té de Letitia de ayer—. Creo que ya he tenido suficientes chorras por el momento.

—¿Y este tío? —pregunta Bee.

Miro hacia la pantalla con cierto recelo, pero esta vez es una cara sonriente quien me devuelve la mirada. Es un hombre muy guapo, la verdad, con el pelo plateado retirado de una frente grande y ancha y unos dientes estupendos. La foto parece profesional.

—¿Es de verdad? —pregunto. Se oyen muchas cosas sobre personas en internet que al final resultan ser señoras raras de Texas.

—Buena pregunta, sobre todo con una foto como esta. —Bee se pone a teclear durante un rato—. Vale, he buscado la imagen en Google y el único otro sitio donde sale esta foto es aquí. Mismo nombre, las biografías coinciden… ¡Creo que es actor! —Bee me enseña la página web de un teatro; la foto aparece al lado de una descripción de Tod Malone, que al parecer hace el papel de *sir* Toby Belch en *Noche de reyes*, en el teatro St. John's—. Mmm, parece divertido. ¿Le contestamos al mensaje?

—¿Qué dice? —pregunto, fisgando sobre el hombro de Bee.

—«¡Hola, Eileen! Veo que estás en Londres viviendo una emocionante aventura, tengo mucha curiosidad por saber qué te ha traído aquí…» —lee Bee.

—¿Puedo?

Bee empuja el portátil hacia mí; yo empiezo a escribir.

—«Mi nieta quería tomarse un descanso en el campo y yo quería un poco de emoción en la ciudad» —escribo—. «Así que nos hemos intercambiado…».

—Ay, me encanta —dice Bee, dando el visto bueno—. ¡Y los puntos suspensivos! Todo muy misterioso.

Sonrío.

—Vaya, gracias.

Bee pulsa para enviar el mensaje.

—Y ahora, a esperar —dice, cogiendo otra vez el vino.

—¿Por qué no miramos tu perfil, mientras tanto?

—¿El mío? Por Dios, no, mejor no.

—¡Yo te he enseñado el mío! —señalo antes de beber un sorbito de mi copa. Hace muchísimo tiempo que no bebo vino, pero parece que en el piso de Leena es algo imprescindible. Hay un montón de botellas debajo de la televisión y, como mínimo, una de vino blanco siempre en la nevera.

—En realidad yo uso una aplicación, no una página como esta —explica Bee señalando el portátil con la barbilla—. Así que la tengo en el móvil.

—Puedo soportar mirar un teléfono —digo pacientemente.

Bee me mira con culpabilidad.

—Ya, lo siento. —Se muerde el labio inferior y luego, al cabo de un instante, coge el teléfono que está sobre la encimera e introduce una serie de números—. Aquí está. —Bee me enseña sus fotos. Hay una breve descripción debajo: «Mamá trabajadora muy ocupada. Poco tiempo, poca paciencia, mucha cafeína».

Santo Dios. El glamur de Bee ya me había intimidado en persona, pero eso no es nada comparado con su aspecto en estas fotos. Todas las instantáneas parecen sacadas de una revista.

—Ah, sí, hice algunos trabajos de modelo el año pasado, como complemento —comenta sin darse importancia. Y la descripción de sí misma no podría ser menos atractiva.

Me enseña a pasar hacia la izquierda y hacia la derecha, y la página desde la que enviar mensajes a cualquier hombre.

—¡Hay muchísimos! —exclamo acercándome más—. ¿Por qué no les has respondido? Ese es muy guapo.

—Bah, ese tío era uno de esos directivos supertriunfadores —comenta con desdén—. No es mi rollo.

Frunzo el ceño.

—¿Por qué no?

—No me gusta salir con hombres que ganen más que yo —explica, levantando un hombro—. Es una de mis reglas.

—¿Qué otras reglas tienes? —pregunto, cavilando.

Ella las cuenta con los dedos.

—Tiene que ser deportista, no puede trabajar en consultoría ni finanzas, debe bailar bien, tiene que estar buenísimo, no puede tener un apellido raro, tienen que gustarle los gatos, no puede ser pijo ni tener padres ricos, no debe tener aficiones aburridas de hombres, como los coches o jugar a los dardos; tiene que ser feminista y me refiero a feminista de verdad, no solo cuando le convenga; debe tener la mente abierta en relación a Jamie, mi hija…

—¡Ay! Háblame de tu hija —le pido, distrayéndome muy a mi pesar.

—Jamie —dice Bee mientras rebusca en el móvil tan rápido que no logro seguirla—. Esta noche está con su padre. —Bee está pasando fotos y por fin se para en una imagen de una niña pequeña con el pelo corto castaño oscuro, que sonríe a la cámara a través de unas gafas de pasta—. Aquí está —dice Bee con orgullo.

—¡Es una niña preciosa! —Me conmuevo, no tanto por la niña, aunque es una verdadera monada, sino por la expresión de Bee. Se le cae la baba. Quiere a esta niña más que a nada en el mundo, se nota al instante.

—Va a ser campeona del mundo de tenis —asegura Bee—. Ya es la mejor de su categoría en el club.

—Caray.

—También le gustan los dinosaurios y leer cosas sobre el cerebro —añade—. Y es vegana. Lo que resulta un auténtico coñazo.

—Uy, sí —comento compadeciéndola—. Mi amiga Kathleen también tiene eso.

—¿Qué es lo que tiene?

—Veganismo.

Bee se ríe. Tiene una risa realmente maravillosa; después de haberla oído y de haberle visto la cara cuando miraba a Jamie, de pronto tengo la sensación de que la conozco muchísimo más y también de que me cae mucho mejor. Supongo que ese es el problema de las citas por internet. La gente no puede escuchar tu risa ni ver tu mirada soñadora cuando hablas de algo que adoras.

Observo a Bee mientras pasa algunas fotos más de su hija y pienso para mis adentros que, aunque quizá sea una ignorante en lo que a citas se refiere, seguro que soy más capaz de buscarle un hombre a Bee que ella misma.

Cojo mi nueva agenda de proyectos. Me compré una ayer en Smith's porque Leena tiene la mía en Hamleigh.

«Zona común: mejorar» es el número uno de mi lista. He hablado de eso con Martha esta mañana; se ha entusiasmado bastante y ha empezado a enseñarme cartas de colores de pintura de camino a la puerta. Sé que aquí las cosas son diferentes, pero no puedo evitar pensar que a este edificio no le vendría mal un poco de conciencia comunitaria.

Debajo de esa nota, escribo con esmero: «Buscar un hombre para Bee».

—¡Vaya, su artista de pelo plateado ha contestado! —anuncia Bee girando el ordenador hacia mí.

TodEntreBambalinas: Hola, Eileen. Ahora estoy más intrigado que nunca. ¡Qué idea más emocionante! ¿Qué le está pareciendo a tu nieta la vida en el campo? ¿Y cómo te va a ti en Londres? ¿Ha sido demasiado cambio?

Sonrío y empiezo a escribir.

EileenCotton79: Pues mi nieta está muy callada últimamente, lo cual quiere decir o que las cosas van muy bien, o que ha quemado la casa. Y Londres me abruma un poco. ¡Es difícil saber por dónde empezar!

—Vaya, señora Cotton —dice Bee—. Muy inteligente por su parte.

TodEntreBambalinas: Bueno, yo vivo en Londres desde hace sesenta y cinco años… Así que, si quieres algunas recomendaciones de un veterano, podría enseñarte unos cuantos sitios que merece la pena visitar. ¿Qué te parecería empezar por un café?

Extiendo la mano hacia el teclado, pero Bee me la aparta.
—¡Deje que se ponga un poco nervioso! —dice.
Pongo los ojos en blanco.
—Esas tonterías son para los jóvenes —replico.

EileenCotton79: Me encantaría. ¿Qué tal el viernes?

11

Leena

El viernes por la tarde, con la casa en silencio y Ant y Dec enredándose en mis pies, me siento delante del ordenador de la abuela y entro en mi Dropbox. Está todo ahí. *Consultora Boutique B&L. Estrategias de precios. Estudios de mercado. Operaciones y logística.* Me acomodo, pero no toco nada todavía, simplemente vuelvo a leerlo todo. Al final me enfrasco tanto en el tema que pierdo la noción del tiempo. A las cinco es la reunión de la Guardia Vecinal, así que tengo que salir pitando en la bici que he desenterrado del cobertizo de hiedra de la abuela y casi salgo volando al girar en Lower Lane.

Hasta que estoy entrando por la puerta del ayuntamiento, no me doy cuenta de que no tengo del todo claro de qué va eso de la Guardia Vecinal. ¿Nos dedicamos a... luchar contra el crimen? ¿Es una asociación para luchar contra la delincuencia?

Echo un vistazo al variopinto grupito que está reunido en el centro de la sala y llego a la conclusión de que o esas personas llevan los mejores disfraces de superhéroes del mundo, o es imposible que eso sea una asociación para luchar contra el crimen. Están Roland, el organizador de fiestas con exceso de entusiasmo; Betsy, que lleva puesto un llamativo pañuelo de color rosa a juego con su barra de labios y una falda pantalón; y el doctor Piotr, mucho más rechoncho que cuando yo era niña, aunque sigo reconociendo claramente en él al hombre que me dio puntos en la rodilla cuando tenía nueve años y que una vez le extrajo a Carla un guisante seco del oído.

También están una mujer menuda que parece hecha de cerillas, un hombre bizco con bigote que debe de ser Basil el fascista y una mujer joven con pinta de estar muy estresada y la manga manchada de algo que parece vómito de bebé.

—Vaya, creía que lo había limpiado —comenta esta última mientras mira hacia donde yo estoy mirando.

—Leena —digo, tendiéndole la mano para que me la estreche.

—Kathleen —dice ella. Sus mechas necesitan un retoque y tiene una mancha escamosa de pasta de dientes en la barbilla; lleva las palabras «madre agotada» escritas en la frente. No puedo evitar preguntarme por qué demonios se ha molestado en venir a esta reunión en vez de, no sé, echarse una siesta.

—Yo soy Penelope —dice la mujer menudita. Extiende la mano como si fuera un miembro de la realeza: con el dorso por delante, como si yo tuviera que besárselo. Como no sé muy bien qué hacer, se la estrecho.

Betsy se queda de piedra al verme. Tarda demasiado en sonreír como para estar haciéndolo con sinceridad.

—Hola, Leena —dice—. No sabía si vendrías.

—¡Por supuesto! —replico—. He traído el cartel para la puerta.

—¿Hay sitio para uno más? —pregunta alguien desde la entrada.

—¡Vaya, qué sorpresa! —exclama con alegría Betsy—. ¡Jackson, no sabía que hoy podías venir!

Levanto la vista y me ruborizo. Jackson se acerca dando zancadas, con una camiseta de rugby y una gorra vieja raída. Yo estaba hecha un desastre la última vez que me vio; cada vez que me recuerdo a mí misma sudando y moqueando delante de su puerta, me entran ganas de volver arrastrándome a Londres inmediatamente. Intento que nuestras miradas se crucen, pero está distraído: todas las ancianas han gravitado hacia él y ahora lleva una mujer colgada de cada brazo a lo Hugh Hefner, solo que con la edad de los personajes principales cambiados. Basil le entrega rápidamente una taza de té. Caigo en la cuenta de que a mí nadie me ha ofrecido ninguna todavía. Eso no es buena señal, ¿me equivoco?

—Bueno, ahora que Leena por fin ha llegado, ¿podemos empezar? —pregunta Betsy. Resisto el impulso de señalar que yo no he sido la última en llegar, sino Jackson, pero todo el mundo está demasiado ocupado ofreciéndole galletas como para darse cuenta de eso—. ¡Sentaos, por favor!

Es difícil no sentir lástima mientras los ancianos de la sala vuelven arrastrando los pies hasta su silla y luego (primero despacio y luego cogiendo velocidad) doblan las rodillas todo lo que pueden antes de aterrizar en algún lugar de su asiento con un ruido sordo.

—Jackson siempre se sienta aquí —dice Roland justo cuando me estoy inclinando para sentarme.

—Ah. —Miro a mi alrededor, todavía agachada—. Jackson, ¿te importa que…?

Jackson sacude una mano larga y afable.

—Qué va, siéntate.

—No —dice Roland con brusquedad justo cuando mi trasero toca el asiento—. No, no, este es el sitio de Jackson.

Este se ríe.

—Roland, no pasa nada.

—¡Pero es tu sitio favorito! —protesta Roland.

—No me importa que Leena se siente ahí.

—Es un joven encantador —le dice Penelope a Betsy.

—Ajá. Y fue muy considerado con lo del incidente del perro, ¿verdad? —comenta Betsy, entrelazando las manos sobre el regazo.

Yo aprieto los dientes y pongo la espalda recta.

—Tengo una idea. ¿Y si todos intercambiamos nuestro sitio y comprobamos cómo cambia nuestra perspectiva? —sugiero—. Les sorprendería lo diferente que se ven las cosas.

Me miran todos con cara de póker menos Jackson, que me mira como un hombre que está haciendo todo lo posible para no reírse.

—Yo me quedo aquí —declara Basil con firmeza—. No quiero cambiar de perspectiva, muchas gracias. Me gusta este sitio.

—Pero…

—¿Sabes lo difícil que ha sido llegar hasta esta silla, jovencita? —pregunta Roland.

—Pero yo puedo ayudarle a ir…

—Además, esta está más cerca del baño de hombres —señala Basil.

—Eso —dice Penelope—. Y cuando Basil necesita cambiarle el agua al canario, necesita cambiarle el agua al canario, querida, así son las cosas.

—Vale. Muy bien —accedo.

Parecen encantados. Han frustrado el ejercicio básico de gestión de cambios que les proponía con su perorata sobre el control de la vejiga.

—Mejor siéntate tú aquí, Jackson —digo mientras me cambio de silla. Es preferible elegir tus propias batallas; esta no me parece la colina adecuada para morir.

—De verdad que no me importa —insiste Jackson amablemente.

—No, no —replico con más aspereza de la debida—. Disfruta de tu silla favorita. Yo estoy perfectamente aquí.

Cuando empezamos, me paso la mayor parte de la reunión preguntándome qué tipo de asamblea es, algo que no me resulta del todo ajeno (yo diría que el ochenta por ciento de las reuniones que tengo con los clientes son así), pero eso hace que me cueste mucho involucrarme.

Lo que más me está confundiendo es que aquí nadie ha mencionado la delincuencia. Hasta ahora hemos hablado de sándwiches de beicon (Roland ha descubierto que Mabel, la del número cinco de Peewit Street, los hace riquísimos, así que ha vuelto a boicotear a Julie's, que supongo que será un café de Knargill), ardillas (a Basil no le caen nada bien) y de si las patatas engordan (aunque yo creo que lo que de verdad debería preocuparles son los sándwiches de beicon). Luego todos se pasan veinte minutos poniendo verde a Firs Blandon, una aldea de la zona que al parecer ha sembrado la discordia al mover la cerca de un granjero medio metro hacia la izquierda para que haga las veces de lo que ellos consideran que es la frontera entre parroquias. En esa parte pierdo un poco el hilo y me dedico a comer galletas.

Bajo la vista hacia la agenda. Solo queda un punto que tratar antes de llegar a «¿Algún delito?», que será, supongo, cuando hablemos por fin de algún delito de verdad.

—Ah, sí, este era el último proyectito de Eileen, ¿no? —dice Betsy—. Así que te encargarás tú de él, ¿no, Leena?

—¿Perdón? —pregunto, a mitad de la que debe de ser mi galleta número cien.

—Ayudar a los ancianos y a las personas que están aisladas en Knargill proporcionándoles transporte —lee Betsy—. No sé cómo pensaba hacerlo, pero... —Betsy me observa, expectante.

Estudio el tema. Parece bastante sencillo.

—¿Cuántos de ustedes tienen coche? —pregunto—. Sin contar con Jackson, Piotr y Kathleen, que, obviamente, no tiene tiempo para nada... Pero los demás están jubilados, ¿no? ¿Podrían encargarse de llevar a alguien de vez en cuando?

Todos parecen realmente alarmados. Salvo Jackson, que parece que se lo está pasando pipa.

—¿Dónde les parecería bien recogerlos para los viajes? Leeds está demasiado lejos —opino mientras vuelvo a mirar a Betsy—. ¿Qué tal Daredale?

Se hace un largo silencio. Por fin, el doctor Piotr se apiada de mí.

—Leena, la mayoría de la gente de este grupo está... Aunque muchos de ellos sí tienen coche —explica el doctor con cierta resignación—, no todos deberían usarlo para ir a un sitio tan alejado como Daredale.

—Nadie nos lo prohíbe —replica Betsy—. Yo todavía tengo carné, por si no lo sabías.

—Y a mí el doctor Piotr no puede impedirme conducir hasta que esté oficialmente chocha —añade Penelope, encantada.

—Ah. Vale —digo—. Bueno, la verdad es que hace tiempo que quiero hacerme con un coche y ahora que la abuela está...

—¿Fuera de servicio? —propone Betsy.

—¿Desaparecida en combate? —dice Basil al mismo tiempo.

—¿Alguno de ustedes puede dejarme un coche mientras estoy aquí?

Silencio absoluto.

—¡Penelope! —exclamo alegremente. Me da la sensación de que es la mejor opción. Los hombres no van a ceder y está claro que Betsy no piensa ayudarme—. ¿Podría usar su coche de vez en cuando?

—Es que… Bueno, yo aún… —Penelope se queda callada—. Supongo que sí —añade finalmente con desgana.

—¡Genial, gracias, Penelope! —exclamo. Espero a que ella mire para otro lado antes de guiñarle un ojo al doctor Piotr. Él levanta el pulgar a modo de respuesta.

Ahora al menos tengo al doctor Piotr de mi lado. Y un coche.

—¡Eso es todo, entonces! —grita Betsy, con una palmada—. Y ahora…, ¡el Primero de Mayo! Sé que esta no es una reunión oficial del Comité, pero, como todo el Comité está presente y hay asuntos urgentes que no pueden esperar hasta la próxima reunión, he pensado que podríamos hablar aquí de un par de temas.

Todos asienten. Estoy convencida de que el Comité del Primero de Mayo está formado exactamente por las mismas personas que el Comité de la Guardia Vecinal, así que podría señalar que hacer dos reuniones distintas no es del todo necesario. Pero, pensándolo mejor, no voy a hacerlo.

—¡Temática! Supongo que a todos nos parece bien la sugerencia de Jackson. ¿Tropical, entonces?

—¿Tropical? —pregunto, incapaz de contenerme.

Betsy se gira en la silla para mirarme.

—Sí, Leena, tropical. Es perfecta para un alegre festival de primavera. ¿No te parece?

—Bueno...

Echo un vistazo al círculo y luego miro a Jackson, que tiene las cejas levantadas como diciendo: «Por mí no te cortes».

—Es que no creo que realce nuestros puntos fuertes. La gente querrá venir a una feria a un pueblo pintoresco a la que puedan traer también a sus hijos. La temática tropical suena un poco... a noche de juerga en Clapham.

Me enfrento a un círculo de miradas inexpresivas.

—Puedes sugerir otro tema si quieres, Leena —propone Betsy con frialdad.

Vuelvo a mirar a Jackson. Está recostado en la silla, con los brazos cruzados, en una postura que me resulta tan arrogante que mi plan de ser paciente y convencer a la gente antes de proponer ningún cambio se va directamente al traste.

—¿Qué tal una temática medieval? —pregunto pensando en *Juego de tronos*, una serie que me estoy volviendo a tragar enterita desde que he llegado a Hamleigh. Ethan siempre se ríe de mí porque colecciono mis series favoritas en DVD, pero ¿quién se ríe ahora que estoy en un lugar sin banda ancha superrápida?—. Podríamos servir hidromiel y traer bardos que contaran cuentos a los niños, y el Rey y la Reina de Mayo podrían llevar túnicas maravillosas con mangas anchas y coronas de flores, como el rey Arturo y la reina Ginebra. —La verdad es que no tengo muy claro si el rey Arturo era de la época medieval, pero no es momento para ponerse pedante—. Y podría haber cetrería y justas, y música de arpas y laúdes. Me imagino guirnaldas de flores colgadas entre las farolas, puestos llenos de fruta fresca y golosinas, hogueras, cerdo al espeto...

—Mmm. Vale. ¿Votamos, entonces? —pregunta Betsy—. ¿El plan de Leena para hacernos retroceder a todos a la Edad Media o la idea de Jackson que aprobamos por mayoría aplastante la semana pasada?

Me río con incredulidad.

—Esa pregunta es un poco tendenciosa, Betsy.

—Que levante la mano quien apoye la idea de Leena —ordena Betsy directamente.

Se miran todos unos a otros. Nadie levanta la mano.

—Y que levante la mano quien apoye la idea de Jackson —dice Betsy.

Todos levantan la mano.

—¡Bien! Buen intento, Leena —dice ella con una sonrisa.

—Solo necesito un par de semanas —pido—. Haré una lluvia de ideas como es debido, presentaré algunas propuestas concretas y reuniré algo para enseñarles. Podemos hacer una votación como debe ser en la próxima reunión oficial del Primero de Mayo. A ver, ¿cuándo se ha visto que se decida algo relacionado con el Primero de Mayo en una reunión de la Guardia Vecinal?

La sonrisa de Betsy flaquea.

—Es cierto —dice Roland—. No sería adecuado.

—No sería adecuado —repito yo—. Tiene razón, Roland.

—Bueno, vale. Dos semanas —accede Betsy.

Miro a Jackson. Esto no se trata de marcar tantos, obviamente, pero está claro que acabo de marcar uno y me encantaría que se hubiera dado cuenta. Él me devuelve la mirada, todavía recostado en la silla con las piernas separadas como van algunos hombres marcando territorio en el metro, igual de entretenido e impasible que durante toda la sesión.

—Eso es todo, entonces —dice Betsy—. Y, Leena, recuerda que la próxima vez te toca a ti traer las galletas.

—Por supuesto. No hay problema.

—Y esa es tu silla —añade Roland, señalándome amablemente con la cabeza—. Recuerda eso también.

—Gracias, Roland. Lo haré.

—Ah, Leena —dice Betsy—. Creo que ayer olvidaste sacar los cubos de basura de Eileen.

Exhalo lentamente por la nariz.

Solo intentan ayudar. Probablemente.

—Gracias, Betsy —replico—. Está bien saberlo.

Se produce un estrépito generalizado de sillas y pies arrastrándose mientras todo el mundo se levanta y va hacia la puerta. A mi lado, Kathleen se despierta sobresaltada.

—Mierda —exclama mientras se revuelve para mirar el reloj—. ¿Por dónde vamos? ¿Hemos acabado con lo de la guerra de las ardillas? —Kathleen se fija en mi cara de malas pulgas—. Vaya —dice—, ¿las ardillas han ganado?

12

Eileen

Esto no va a funcionar. Voy a llamar a Leena para decirle que ha sido una tontería pensar que podríamos intercambiarnos así y luego me iré a mi casa. Podemos tomarnos un chocolate y reírnos de esto antes de volver al lugar donde deberíamos estar y ser las personas que deberíamos ser.

Estoy convencida de que voy a llevar a cabo ese plan hasta que Fitz entra en el salón.

—¡Caray! —exclama este, frenando en seco—. ¡Eileen! ¡Está espectacular!

—No pienso ir —digo con firmeza mientras me inclino para empezar a desatarme los zapatos—. Es una tontería.

—¡Vale, vale, vale! —Fitz me birla las zapatillas de casa que tengo debajo de la mesa de centro antes de que pueda ponérmelas—. No va a desperdiciar ese peinado espléndido que se ha hecho con el secador quedándose en casa toda la tarde —dice agitando un dedo amenazador hacia mi pelo—.

¡Está usted para caerse de culo, señora Cotton, y tiene que conocer a ese tal Tod!

Anoche le conté a Fitz lo de mi cita inminente. O, mejor dicho, esta mañana; yo me estaba levantando para empezar el día y él estaba llegando de una salida nocturna por la ciudad. Parecía un poco piripi (eran las cinco y media de la mañana), así que di por hecho que no recordaría la conversación, pero por desgracia tiene mejor memoria de lo que me gustaría.

Me revuelvo incómoda en el sofá mientras aplasto con las caderas mi mejor falda plisada. Noto una punzada en la espalda.

—Soy demasiado vieja para esto. No puedo con estas... —digo, señalando el estómago con la mano.

Fitz sonríe maliciosamente.

—¿Mariposas? —pregunta.

—No digas tonterías —replico, aunque no se me ocurre una alternativa mejor.

Él se sienta a mi lado en el sofá.

—A ver, yo no la conozco demasiado, Eileen, pero conozco a Leena y tengo la impresión de que ha heredado de usted muchas de sus cualidades. Y ella odia fracasar.

—¡Esto no es fracasar! —protesto.

—Tiene razón —comenta Fitz—. Para fracasar hace falta intentarlo. Y usted ni siquiera lo ha intentado.

Me enfurezco.

—Sé lo que estás haciendo —le digo.

—¿Y funciona?

—Pues claro, a las mil maravillas. Y ahora hazme el favor de pasarme esos zapatos.

Casi pierdo de nuevo los nervios de camino al café. Hasta estoy a punto de pedirle al taxista que dé la vuelta. Pero, mientras avanzamos lentamente entre el tráfico, pasa una mujer en bicicleta con unos rizos oscuros asomando bajo el casco y pienso en Carla. Le habría encantado ver a la vieja de su abuela yendo a una cita. Y seguro que me diría que sería una auténtica lástima dejar escapar a un actor tan guapo del West End.

Me preocupa no identificar a Tod en el café, pero al final no es difícil de localizar. Llama la atención, como suele hacerlo la gente rica en cualquier sitio: la ropa le queda demasiado perfecta y le brilla la piel como si llevara maquillaje.

De hecho, lleva maquillaje. La verdad es que nunca se me… Supongo que vendrá directo del teatro, pero aun así… ¿Qué diría Wade?

—¿Eileen? —pregunta. Me doy cuenta de que estoy mirándolo fijamente y noto que me ruborizo. Ya es la segunda vez que me ruborizo esta semana. Tengo que controlarme.

—Sí —digo, extendiendo la mano para estrechar la suya.

Él se levanta para apartarme la silla. Es bastante ágil para su edad y me viene un olor a colonia cuando pasa por delante de mí. El perfume, que huele a humo de leña y a naranjas, debe de ser exactamente igual de caro que su abrigo oscuro de lana.

—Eres tan guapa como en la foto —comenta mientras vuelve a sentarse sonriendo en la silla que está enfrente de mí. Tiene los dientes de un blanco deslumbrante.

—Bueno, sé que eso no es cierto porque fue mi nieta quien eligió esa foto y es al menos de hace diez años —digo. Hago una mueca al darme cuenta de que parezco una estirada, pero Tod se ríe.

—Pues no has envejecido nada —me asegura—. ¿Un café?

—Ya voy yo… —digo cogiendo el monedero, pero él me lo impide con un gesto de la mano y frunce el ceño.

—Yo invito. Por favor, insisto. ¿Un *flat white*?

—Un… Perdona, ¿qué has dicho?

—Que si quieres un *flat white*.

—No tengo ni idea de lo que es eso —reconozco.

Él se ríe a carcajadas.

—Creo que me vas a sentar muy bien, Eileen Cotton.

Yo no le veo la gracia, pero sonrío igualmente porque él está muy guapo cuando se ríe. Y el resto del tiempo también. Al principio lo del maquillaje era un poco desconcertante: se le ve la piel un poco rara, toda del mismo color. Pero parece que ya me voy acostumbrando.

—Un *flat white* es un tipo de café —explica Tod mientras llama con mano experta a un camarero—. Fíate de mí, te va a encantar.

—Le daré una oportunidad, entonces —digo y Tod pide las consumiciones. Es menos intimidante de lo que esperaba y me relajo cuando empieza a bromear con el camarero al tiempo que se atusa el pelo hacia atrás, apartándolo de la frente, mientras habla.

—Bueno —dice Tod, centrando su atención en mí. Tiene una sonrisa realmente espléndida—. Por lo que a mí respecta, creo que somos demasiado viejos para andarnos con tonterías. Voy a poner mis cartas sobre la mesa.

—Ah, vale —digo—. ¿Eso es bueno?

—No busco una relación seria —declara Tod—. Estuve casado una vez con una mujer realmente maravillosa y fueron los años más felices de mi vida; no tengo ningún interés en tratar de repetirlos porque son irrepetibles.

—Ah. Vaya, eso es muy romántico, la verdad —comento bastante conmovida, a pesar de su tono banal.

Tod vuelve a reírse.

—Lo que estoy buscando, Eileen, es un poco de diversión.

—¿Un poco de diversión? —pregunto entornando ligeramente los ojos—. Ya que estamos poniendo las cartas sobre la mesa… —digo mientras doy unos golpecitos en la mesa que nos separa—. ¿Podrías ser un poco más concreto?

Él extiende la mano para tomar la mía.

—¿Me permites? —pregunta en voz baja.

—Sí —respondo, aunque no tengo muy claro a qué estoy accediendo.

Él le da la vuelta a mi mano y presiona con el pulgar muy suavemente la fina piel que hay entre la muñeca y la palma, antes de empezar a acariciarla en unos círculos lentos y lánguidos.

Se me acelera la respiración.

—En concreto, me gustaría que disfrutáramos de un buen café, de una buena comida, de un buen vino y luego que nos fuéramos a la cama juntos.

—A… la cama —repito, con la boca seca—. Juntos.

Él inclina la cabeza.

—Que tengamos una aventura informal, por así decirlo. Sin exclusividad. Puramente sensual. Solo mientras estés en Londres. Y que luego nos despidamos sin mirar atrás. —Me suelta la mano lentamente—. ¿Qué te parece, Eileen?

—Pues… me parece… —Me aclaro la garganta y me froto la palma de la mano, en la que aún noto un hormigueo, con la otra mano. De hecho, siento ese hormigueo por todo el cuerpo. Me sorprende que no me oiga crujir como un radiador que empieza a calentarse—. Me parece divertido —digo por fin, antes de morderme el labio para no sonreír.

—La cita ha ido muy bien —le digo a Leena con mi voz más rotunda. Me acomodo en el sofá y pongo un cojín detrás de la espalda—. ¿Qué tal tu primera reunión de la Guardia Vecinal?

—Bah, todo bien, todo bien —dice Leena—. ¡Venga, háblame más de ese hombre misterioso!

—Una dama no comenta esas cosas —digo—. ¿Y Marian? ¿Qué tal le va?

—¡Abuela! ¿Te has acostado con él?

—¿Perdona? ¡No! ¿Te parece esa una pregunta para hacerle a tu abuela? —farfullo.

—Bueno, cuando alguien dice lo de que «Una dama no comenta esas cosas» suele querer decir eso —explica Leena, divertida—. ¿En serio no me vas a contar nada sobre ese tal Tod?

—No, creo que no —decido.

Se lo he contado todo a Fitz, pero le he hecho jurar que guardaría el secreto y él ha dicho que no le chivaría nada a Leena. Simplemente, no me apetece mucho hablar de mi nueva «aventura informal» con mi nieta.

—Bueno —dice Leena a regañadientes—. Supongo que a fin de cuentas fui yo quien te animó a irte y hacer algo por tu cuenta. —Hace una pausa—. Abuela..., ¿puedo hacerte una pregunta?

—Claro.

—¿Le ha pasado algo a mamá? ¿Algo que no me hayas contado?

—¿A qué te refieres? —pregunto con cautela.

—Ha comentado algo de unas «crisis».

Cierro los ojos.

—Ah.

—¿Qué ha pasado?

—Bueno…, lo está pasando mal.

—¿Mal como para ponerse a llorar en el autobús? ¿O mal como para ir al médico?

—Lo segundo, cielo.

—¿Cómo es posible que no me lo hayas contado?

—Siempre te digo que lo está pasando muy mal, Leena.

—Ya, pero creía que te referías a… Creía que estaba… No creí que estuviera sufriendo crisis nerviosas.

—Pensé que, si quisiera que lo supieras, te lo diría ella. No quería entrometerme.

—¿Y cuando me dejaste aquí para cuidar de mamá no se te ocurrió pensar que no estaría de más comentarme que podía tener una de esas crisis en cualquier momento? ¿Qué pasa? ¿Tengo que estar más pendiente de ella? ¿Cómo es de grave? ¿Qué ha dicho el médico?

Me froto el puente de la nariz.

—El doctor Piotr le recetó unas pastillas hace un par de meses.

—¿Antidepresivos?

—Creo que sí.

—¿Y los toma?

—Creo que sí.

—Vale. Muy bien. Por Dios, abuela. Esto es… Entiendo que no quisieras entrometerte, pero… ojalá me lo hubieras contado.

—¿Habría cambiado tu forma de ver las cosas? ¿Habrías vuelto a casa antes?

Nos quedamos en silencio un buen rato.

—Me gustaría pensar que sí, pero... Sé que he estado... un poco rara con mamá últimamente. Aunque quiero que las cosas mejoren. Bee dice que no estoy siendo yo misma y tiene razón, y en parte creo que es por eso, ¿sabes? Por el distanciamiento entre mamá y yo, por cómo me cabrea... Quiero solucionarlo. Tanto por mí como por ella.

Esbozo una pequeña sonrisa. Y, bueno, ya que está permitido entrometerse...

—Ella también quiere, cariño. Te echa muchísimo de menos.

Leena se sorbe la nariz.

—Tengo que dejarte, abuela, me está llamando un hombre a tu móvil para hablar de cetrería —dice al cabo de unos instantes de silencio.

—¿Perdona? —pregunto, pero Leena ya ha colgado.

Suspiro. Ahora estoy más preocupada que nunca por Marian.

Estoy a punto de apagar el móvil de Leena cuando aparece un mensaje en la parte de arriba de la pantalla. Es de una tal Ceci. Me suena que Leena me ha hablado de ella. ¿No es esa arpía repelente de su oficina?

¡Hola, Leena! Es solo para decirte que el proyecto de Upgo está yendo muy bien en tu ausencia; la verdad es que va todo viento en popa, ¡lo digo por si estabas preocupada! Avísame si bajas a Londres uno de estos días, C. Bss

Frunzo el ceño. Lo último que necesita Leena es que le recuerden el proyecto de Upgo, y, además, no le ha dado a Ceci su número de teléfono nuevo, lo que significa que no quiere saber nada de ella mientras está fuera. Creo recordar que Leena me describió a esta mujer como «ochenta por ciento piernas, veinte por ciento malas intenciones», así que algo me dice que no está verdaderamente preocupada por ella. Chasqueo la lengua y cierro el mensaje.

Hablar por teléfono con Leena me ha puesto nerviosa; busco a mi alrededor alguna tarea para entretenerme. Me quedo mirando los platos sucios de Fitz, pero veo el ordenador portátil de Leena sobre la barra de desayuno y se me ocurre una idea. Puede que Tod tenga tiempo para hablar.

Hay un mensaje esperándome en la página de citas, pero es de alguien nuevo.

ViejoHombredeCampo: Hola, Eileen. Espero que no te importe que te salude.

La foto de perfil de ViejoHombredeCampo es una instantánea suya de joven, vestido con una camiseta blanca floja sin mangas y un sombrero en la cabeza. Sin duda, por aquel entonces era guapo, pero eso no significa que siga siéndolo. Aunque lo de la belleza tampoco me importa demasiado. Al fin y al cabo, Wade era un verdadero monumento y mira cómo me salió.

EileenCotton79: ¡Claro que no! Estoy en esta web para conocer gente.

Vacilo y, después de pensármelo unos instantes, añado una cara sonriente, como hace Leena cuando envía mensajes. Es un poco insinuante (creo yo), pero ¿por qué no, eh? A fin de cuentas, lo mío con Tod es «sin exclusividad». Y la Eileen Cotton veinteañera, con su ambicioso plan de correr una aventura en Londres, seguramente esperaba que hubiera más de un hombre en la ecuación.

13

Leena

Seguro que no prefieres comprarles un bizcocho? —pregunta Ethan.

Dejo el teléfono en equilibrio sobre la amasadora retro de la abuela mientras intento hornear un soborno en forma de *brownies*. He decidido que Roland y Penelope serán mi primer objetivo para hacer que el Comité del Primero de Mayo se decante por la temática medieval que yo he propuesto. Cuando todo el equipo se pone en tu contra, la mejor estrategia es el «Divide y vencerás», y yo he captado cierta debilidad en Penelope. Lejos de la influencia de Betsy, creo que podría llegar a ser bastante amigable. Después de todo, me está dejando usar su coche.

—¡No! Estoy viviendo una experiencia bucólica y pastoril aquí en Hamleigh, ¿recuerdas? Y hornear pasteles es de lo más bucólico y pastoril. —Atravieso con el cuchillo el bloque frío de mantequilla y me lo clavo en el pulgar. Intento por todos los medios no cagarme en todo para no arruinar el perfecto ambiente casero que pretendo emular.

—Hornear pasteles no es fácil —comenta Ethan amablemente—, menos aún si es la primera vez que lo haces.

—Me estoy guiando por una entrada muy detallada de un blog —le digo mientras miro con los ojos entornados la hoja impresa que hay al lado del cuenco y me chupo el pulgar dolorido. Abro el paquete de harina con levadura, pero este se rompe y una avalancha de polvo blanco cae sobre mis vaqueros—. ¡Uf!

—Venga, amor. Compra unos *brownies*, ponlos en una bandeja y haz algo interesante en vez de eso. Mira, llevo horas dándole vueltas a esta matriz de rastreo de las exigencias del sistema y no he sacado nada en limpio. ¿Quieres hincarle el diente?

Me sacudo los vaqueros. La verdad es que no tengo ningunas ganas de hincarle el diente a eso; curiosamente, me está sentando genial olvidarme de Selmount mientras estoy aquí. Además, ni siquiera a mí me gustan las matrices de rastreo de exigencias del sistema.

—¿Te importa que no lo haga? —pregunto, vacilante—. Perdona, es que creo que necesito un descanso.

—¡Caray, tú rechazando una hoja de cálculo! Debe de ser la primera vez.

—¡Lo siento!

—Tranquila. Pero tengo que dejarte, me llevará horas hacerlo solo.

—Ah, vale. Perdona. Pero vas a venir el fin de semana, ¿no?

—Sí, claro, si puedo escaparme, sí. ¡Venga, amor, hablamos pronto!

—Buenas…

Vaya. Ya ha colgado.

Esa noche, Penelope me abre la puerta y se queda mirando la bandeja de *brownies* negros como un tizón que le entrego.

—Mmm. ¿Sí? —dice.

—¡Hola! ¡He hecho *brownies*!

Me estoy aferrando al principio de que «la intención es lo que cuenta», porque está claro que los *brownies* están quemados.

—La verdad es que se me da fatal la repostería —confieso—, pero quería traerle algo para agradecerle que me deje usar su coche.

Penelope me observa con cara de póker durante un rato.

—¡Roland! —grita con tal fuerza que suelto un gritito de sorpresa.

—Perdón —se excusa al darse cuenta—. Está como una tapia. ¡Roland! ¡Roland! ¡La niña de Marian está aquí, quiere hablar del coche!

—¿Puedo entrar y hablar con los dos? —pregunto mientras Penelope sigue gritando por encima del hombro. Tiene unos pulmones increíbles para ser una mujer tan pequeña y de aspecto tan frágil.

—Mmm —dice Penelope, cambiando de repente de actitud.

—¡Penelope, querida! —grita alguien dentro de la casa con una voz que me resulta familiar—. ¡Ven a ver estos cócteles tropicales que ha hecho Jackson, son divertidísimos!

No cabe duda de que es Betsy.

Me quedo con la boca abierta. Jackson aparece en el pasillo, detrás de Penelope.

—Ah. Hola —dice. Lleva en la mano un cóctel presentado en una especie de copa de helado. Hasta tiene una sombrillita amarilla encima.

Y una sombrillita amarilla implica premeditación y alevosía.

—¿Estás haciendo una cata para el Primero de Mayo sin mí? —pregunto, dedicándole mi mirada más glacial, la que suelo reservar para los hombres que pillo haciendo alguna cochinada en el metro.

Jackson retrocede un poco.

—No —dice—. No, no, de verdad que no. Solo he venido a hacerles la cena a Penelope y Roland, suelo hacerlo todas las semanas; a veces se pasan por aquí Basil y Betsy, y solo estábamos… hablando de cócteles.

—Conque solo estabais hablando, ¿no?

—¿Por qué no pasas, Leena? —dice Penelope.

Entro en la casa. Es como una cápsula del tiempo de los años sesenta: una alfombra de estampado otoñal en tonos anaranjados y marrones, pinturas al óleo oscuras y tres patos de porcelana alzando el vuelo en la pared del pasillo, que se elevan más allá de las escaleras. Hace un calor sofocante y huele a popurrí y a salsa de carne.

Roland, Betsy, Basil y Penelope están sentados alrededor de la mesa del comedor, todos ellos con copas de cócteles adornados con sombrillitas de diferentes colores y rodajas de piña.

—Hola —digo lo más amablemente que puedo—. Bueno. ¿Qué hay esta noche en el menú?

—Nada, solo carne asada —responde Jackson, escabulléndose a la cocina.

Ah, claro, «solo» carne asada.

—Y *brownies* de postre —añade.

Me alegra que ya no pueda verme la cara, porque estoy segura de que no he logrado disimular mi consternación ante tal noticia. Poso discretamente mi bandeja de *brownies* chamuscados sobre el aparador que hay al lado de la puerta del comedor mientras me pregunto si podré ocultarlos en algún sitio para que Jackson no los vea. Hay una planta de interior bastante grande allí al lado. Sin duda, los *brownies* se confundirían con la tierra si los pongo alrededor del tallo.

—¿De qué querías hablar, querida? —pregunta Penelope mientras vuelve a su sitio en la mesa.

—¡Del coche! —respondo al cabo de un rato, durante el que intento recordar cuál era la excusa para haberme presentado allí con los *brownies* de soborno.

—Ah, sí. Te está resultando útil, ¿no? —pregunta Roland.

—Sí, solo quería darles las gracias. Funciona de maravilla —miento.

Ese coche es una auténtica tartana. Durante la última semana conduciendo, he descubierto que el aire acondicionado pasa inexplicablemente del calor asfixiante al frío polar, y por mucho que lea las instrucciones en internet no consigo saber por qué. Obviamente, eso me convierte en una conductora mucho más peligrosa. Y es que ahora muchas veces tengo que ponerme o quitarme ropa mientras conduzco, entre otras cosas.

—Por el bien de Penelope, espero que se te dé mejor aparcar que a Eileen —comenta Basil con una risita ahogada.

Pongo mala cara al oír esto, pero Betsy le contesta antes de que a mí me dé tiempo.

—Al menos Eileen tiene la suficiente cabeza como para atarse los cordones de los zapatos antes de salir a pasear por la calle, Basil —replica con aspereza.

Él frunce el ceño y se frota la rodilla.

—Esa caída no fue ninguna broma, gracias. Y no fue por los cordones de los zapatos, fue por los baches que hay en Lower Lane. Van a acabar con nosotros, vaya si lo harán.

—Es verdad —dice Roland—. El otro día pasé por allí y casi se me vuelca el escúter.

—¿Un cóctel? —me pregunta Jackson, saliendo de nuevo de la cocina con los guantes del horno sobre el hombro y un combinado recién hecho en la mano.

Observo la copa. La verdad es que tiene una pinta excelente. Y está bien probar lo que hace la competencia.

—Sí, por favor. Aunque si en el futuro se van a hacer más catas para el Primero de Mayo agradecería que me invitarais —digo, levantando las cejas.

—No es… —Jackson suspira—. Vale. No volveremos a probar cócteles tropicales a tus espaldas. ¿Contenta?

—Mucho. —Se me ocurre una idea—. Por cierto, ya que estáis todos aquí, me gustaría haceros una pregunta. ¿La abuela había renunciado a conseguir un patrocinador para el Primero de Mayo por alguna razón?

—Ah —dice Basil—. El último proyecto de Eileen. Ese tampoco llegó a buen puerto, creo recordar.

—Y ahora que ella está en Londres, me ha parecido que lo mejor era quitártelo de encima —comenta Betsy antes de darle un trago a su cóctel.

Basil niega con la cabeza, incrédulo.

—Eileen tiene unas ideas muy raras, pero con lo de largarse a Londres se ha superado. ¿Sabes que está viviendo con una lesbiana? —le explica a Betsy—. Y encima embarazada. ¿Te lo puedes creer?

—Sí —interrumpo—. Resulta que esa lesbiana embarazada es mi compañera de piso y una de mis mejores amigas. ¿Tiene algún problema con las lesbianas, Basil?

Este se queda de piedra.

—¿Qué?

—¿O el problema es que las lesbianas tengan hijos?

—Bueno…

—Pues puede que le interese saber que los niños son igual de felices si los cría una pareja del mismo sexo en un ambiente estable que una pareja heterosexual. Lo que importa, Basil, es estar al lado de los hijos, quererlos y cuidarlos; eso es lo que convierte a las personas en padres.

Estoy a punto de continuar cuando Jackson se levanta bruscamente y abandona la mesa, lo que me deja muda de asombro.

Lo observo mientras se marcha. ¿Lo habré ofendido? ¿Será Jackson homófobo en secreto? ¿Es eso… decepcionante?

—Jackson no tiene el privilegio de poder estar con su hija —explica Betsy en voz baja, rompiendo el silencio.

Me giro hacia ella.

—¿Qué?

—La hija de Jackson. Vive en Estados Unidos.

—Vaya… No lo sabía. —Me arden las mejillas—. No pretendía insinuar que no puedes ser un buen padre si… Voy a… Debería ir a disculparme…

Penelope se levanta y me pone una mano sobre el brazo.

—Mejor no —dice sin mala intención—. Ya voy yo.

—¡Abuela! ¿Cómo no se te ha ocurrido contarme que Jackson tiene una hija? —pregunto mientras vuelvo a Clearwater Cottage andando desde la casa de Penelope, con las mejillas aún ardiendo.

—Ah, la familia Greenwood tuvo unos cuantos años muy interesantes —comenta la abuela, bajando la voz una octava, en ese tono que reserva para los mejores cotilleos del pueblo—. Cuando la madre de Jackson dejó a Arnold…

Perdón —se excusa—. Acabo de recibir un mensaje en el teléfono, deja que...

Me ha cortado. Suspiro, espero diez segundos y vuelvo a llamarla.

—¿Te he colgado, cielo?

—Sí, pero no pasa nada. Estabas diciendo que la madre de Jackson... —le recuerdo mientras giro hacia Lower Lane. La verdad es que Basil tiene razón, estos baches son peligrosos; tomo nota mentalmente para llamar al ayuntamiento y que los arreglen.

—Ah, sí. Pues dejó plantado al viejo gruñón de Arnold y se largó con Denley, el de Tauntingham. Ya sabes, el que tiene esa casa en España que seguramente compraría con el dinero sucio de la empresa de coches de segunda mano de su padre.

Me echo a reír.

—Abuela, aún estoy empezando a enterarme de algunos de los cotilleos de Hamleigh. Todavía es pronto para ampliar mi radio de acción al resto de los Dales.

—Bah, le pillarás el tranquillo en un pispás, invita a Betsy a tomar café una vez a la semana. Ella puede ponerte al corriente de todo lo que necesitas saber.

Hago una mueca, avergonzada. Dudo mucho que Betsy quiera pasarse a tomar café una vez por semana.

—Sigue, abuela. ¿Y la hija de Jackson?

—En ese momento, Jackson estaba viviendo con Arnold (nunca llegué al fondo de la cuestión, pero, curiosamente, parece que Jackson siempre le ha tenido mucho cariño a Arnold), así que me enteré de que estaba saliendo con una rubia exuberante de Daredale llamada Marigold que estaba convencida de que iba a ser una estrella de Hollywood. Yo sabía que no era trigo limpio —dice la abuela, que de repente habla igualito que Betsy—. Además, llevaba unos taconazos tremendos que siempre se le quedaban atascados en el barro de la entrada y chillaba todo el rato, hasta que Jackson la puso de patitas en la calle.

—Así que llevaba tacones altos, ¿eh? —digo—. Menuda descarada.

—Oye, no intentes hacerme quedar como una carca —protesta la abuela—. Que sepas que ayer Fitz me llevó de tiendas y me he comprado un montón de cosas modernas. Y después te cogí prestadas las botas de tacón para salir a tomar unas copas.

Abro los ojos de par en par, alarmada. ¿Mi abuela tiene el equilibrio necesario para ponerse mis botas de tacón?

—Pero esa chica iba a todas partes con tacones de aguja y llevaba unas faldas tan ajustadas que apenas podía moverse. Jackson siempre estaba abriéndole las puertas, ayudándole a subir a los coches y llevándole las bolsas, mientras que ella nunca movió un dedo por él. Luego lo dejaron, o al menos eso creo, porque ella dejó de venir y entonces apareció seis meses después, redonda como un barrilete.

Eso me hace reír.

—¿Como un barrilete?

—Tal cual —asegura la abuela con entusiasmo—. ¡Embarazada! Y de repente Jackson pasaba la mitad del tiempo en Daredale para cuidar al bebé. Esto debió de ser hace unos tres o cuatro años, más o menos. Luego, y este es el verdadero cotilleo, Marigold se mudó a Los Ángeles para probar suerte como actriz y se llevó con ella a la niña. Ahora Jackson apenas la ve.

Dios mío. Pobre Jackson. Me siento tan mal por lo que he dicho en casa de Penelope que ya ni estoy enfadada con él por haberse puesto a preparar cócteles a mis espaldas.

O al menos no tan enfadada.

Mi móvil emite un zumbido. Este teléfono es una reliquia de la época de los disquetes y las Game Boy y tardo un rato en darme cuenta de lo que sucede: me está llamando otra persona.

—Tengo que dejarte, abuela. Hablamos pronto, te quiero.

—Ah, hasta luego, cariño —se despide mi abuela antes de que yo cuelgue y responda a la llamada entrante.

—¿Hola? —saluda alguien con voz trémula al otro lado de la línea—. ¿Es usted Leena Cotton?

—Sí, soy yo. —No cabe duda de que acabo de usar la voz que pongo en el trabajo. Me siento un poco rara.

—Me llamo Nicola Alderson y la llamo por un anuncio que he visto en el supermercado, creo que lleva en coche a la gente, ¿no? —pregunta la señora.

—¡Ah! —Ayer fui a Knargill y repartí unos cuantos folletos (bueno, copias que imprimí con el ordenador de la abuela). No esperaba una respuesta tan rápida—. Hola, Nicola, gracias por llamar.

—¿Seguro que es gratis? —pregunta Nicola—. Me parece demasiado chollo. Mi nieto siempre me está advirtiendo que tenga cuidado con esos correos electrónicos que dicen que has ganado dinero, y un anuncio de transporte gratuito podría entrar en la misma categoría, creo yo. Nada es gratis en esta vida, ya sabe.

Asiento. Tiene razón. De hecho, a mí también me gustaría que mi abuela fuera así de desconfiada con esas cosas. Nos llevamos un susto hace unos años porque confundió un correo basura con una carta oficial del banco y estuvo a punto de transferir todos sus ahorros a una misteriosa cuenta bancaria rusa.

—La entiendo perfectamente. El caso es que a mi abuela se le ocurrió ayudar a la gente que vive aislada para que le resultara más fácil moverse y, como ahora yo me estoy quedando en su casa y haciéndome cargo de sus proyectos..., pues me ha parecido que esta era la forma más fácil de ayudar. Tengo coche y tiempo de sobra, así que...

—¿Hay alguna forma de comprobar que no va a llevarme al bosque para comerme?

Suelto una carcajada.

—Bueno, lo mismo podría preguntarle yo a usted, la verdad —respondo.

—Tiene toda la razón —cavila la anciana.

—Tengo un certificado de antecedentes penales, si eso le hace sentirse mejor.

—No tengo ni idea de lo que es eso —replica Nicola—. Pero creo que me bastaría con verla para calarla. ¿Quedamos en la iglesia? Tendría que ser muy mal bicho para matarme ahí.

—Genial —digo—. Usted dirá cuándo.

14

Eileen

Son las diez de la noche. Estoy besando a un hombre en la puerta de su casa. Llevo puestas unas botas de tacón alto. Tod desliza las manos bajo mi chaqueta y recorre con el pulgar la cremallera de mi vestido largo de lino, como si quisiera tener claro el camino para más tarde.

Desde que he conocido a Tod, tengo la sensación de haber abierto una puerta a una parte de mí que tenía completamente olvidada. Ayer me sorprendí riéndome como una boba, algo que no creo que hiciera ni cuando era joven.

Es maravilloso. De verdad que lo es. Pero, debajo de todo eso, en lo más hondo de mi ser, siento un lúgubre murmullo de culpabilidad. Ya estaba empezando a olvidarme de Wade, pero desde que Tod y yo hemos empezado a salir cada vez me cuesta más quitármelo de la cabeza.

Creo que solo es cuestión de desacostumbrarme. Al fin y al cabo, hacía cincuenta años que no besaba a un hombre que no fuera mi marido. Los labios de Tod son muy diferentes; hasta la forma de su cabeza, de su cuello y de sus hombros me resultan extraños bajo las palmas de las manos, después de tantos años estudiando los rasgos corporales de Wade. Besar a Tod es como probarse la ropa de otra persona. Extraño y desconcertante, sí, pero también divertido.

Me aparto de él a regañadientes.

—¿No vas a subir? —pregunta Tod.

—Todavía no —respondo con una sonrisa—. Solo es nuestra tercera cita.

Fui yo quien puso esa condición. Acepté todos los términos de Tod acerca de nuestra relación, pero le dije que no me acostaría con él hasta la quinta cita. Quería tener tiempo para decidir si era lo suficientemente bueno como para acostarme con él. Me apetece divertirme un rato, pero no me gustaría que… ¿Cómo dice Fitz? Que me la «metieran doblada». Para mí el sexo sí tiene un significado, a fin de cuentas, y no quiero practicarlo con un hombre que no me guste de verdad.

Sin embargo, da la casualidad de que Tod me gusta mucho. Tanto que esa regla me parece un poco…

Él levanta una ceja.

—Reconozco a una mujer indecisa en cuanto la veo —dice antes de darme otro largo beso en los labios—. Y ahora súbete a un taxi y vete a casa antes de que hagamos algo de lo que nos podamos arrepentir, ¿vale? Las reglas son las reglas —añade guiñándome un ojo.

Ay, Dios, qué guiño.

Será mejor que consiga un taxi.

La mañana siguiente duermo hasta tarde y no me levanto hasta las ocho. Cuando salgo del cuarto de Leena, me encuentro a Martha llorando en el sofá.

—¡Martha! —Me quedo en el umbral de la puerta, sin saber qué hacer. No quiero entrar y abochornarla. Pero ella me mira hecha un mar de lágrimas y me llama con la mano.

—Por favor, siéntese aquí conmigo —dice, frotándose la tripa—. Llorar sola es lo peor. Suelo desahogarme con Leena. —Martha se sorbe la nariz mientras yo me siento a su lado—. Tiene buena cara, señora Cotton. Uy, ¿anoche salió con su madurito guaperas?

Me pongo colorada. Martha sonríe.

—No se encariñe demasiado, acuérdese —me recomienda, secándose la nariz—. Aunque solo lo digo porque usted me pidió que se lo recordara. Personalmente, a mí me parece un partidazo.

—No te preocupes por mí. ¿Qué te pasa, cielo? Si es que puedo preguntártelo —añado insegura.

—Yaz y yo nos vamos a mudar de casa —explica—. A mí no me gusta, pero ella dice que ahora no tenemos tiempo para ponernos quisquillosas y yo le he dicho que es una decisión importantísima y que no quiero precipitarme, y... —Martha se echa a llorar de nuevo; las lágrimas le gotean por la barbilla—. Me preocupa un montón no ser capaz de hacer esto, no estar preparada para tener un bebé, y que Yaz se ponga en plan Yaz con lo otro no me ayuda nada. El bebé llegará pronto y ella está convencida de que podemos seguir como antes. Pero no podemos, ¿cómo vamos a poder? Todo va a ser distinto. Y da miedo. Y no tenemos todo listo ni de broma. Dios...

Trato de recordar el pánico agridulce que sentí cuando supe que estaba embarazada. Fue un momento complicado para Wade y para mí. No estábamos casados cuando concebimos a Marian. Ni siquiera prometidos, en realidad. Oculté tan bien la tripa de embarazada en las fotos de la boda que nadie se enteró (ni siquiera Marian lo sabe), y prefiero que sea así. Pero recuerdo esos momentos de auténtico pánico en medio del caos que me hacían perder el norte, como le pasa ahora a Martha.

Lo que más me alteraba era el cambio de planes. Podía ir olvidándome del trabajo en Londres, de cambiar el mundo y de las aventuras, o, mejor dicho, de la mayor de las aventuras, sin contar con la que iba a emprender en casa. Ya no podría irme de Hamleigh. Y en cuanto a los hombres… Pues, bueno, me quedaría con Wade para siempre. Él hizo lo más correcto y me pidió matrimonio y yo se lo agradecí. Quién sabe lo que mi madre y mi padre habrían hecho conmigo si él no me lo hubiera pedido.

Cojo a Martha de la mano.

—¿Sabes lo que necesitas, cielo? —le digo—. Necesitas una lista. Vamos a coger lápiz y papel para apuntar todos los proyectos que tienes que cerrar antes de que llegue el bebé y así podremos diseñar un plan A y un plan B.

Ella sonríe.

—Ya veo de dónde ha sacado Leena su «Leenedad», señora Cotton.

—Llámame Eileen, ¿quieres? Ya no me siento como una señora.

Saco mi nueva agenda de proyectos para empezar a hacer la lista de Martha.

—¡Ah! ¿Has hablado con el casero sobre la zona común? —pregunto al ver la palabra «actualizar» en mi última lista de tareas.

Martha se pone recta mientras se limpia la cara.

—Sí, iba a decírselo: le ha encantado la idea. Hasta va a aportar algo de dinero. Solo quinientos pavos, pero…

—¿Quinientas libras? —pregunto boquiabierta—. ¡Eso es muchísimo! —Miro a Martha en silencio. Tiene pinta de llevar un buen rato preocupada, aquí en el sofá —. Supongo que no te apetecerá ponerte con eso. Podríamos hacer tu lista más tarde.

—Pues la verdad es que sí. ¿Sabe qué le digo? Que vamos a ponernos manos a la obra. Ya está bien de llorar por las esquinas. —Martha se levanta, frotándose los ojos—. He pensado que podríamos pasarnos por la tienda de muebles de segunda mano que hay en esta calle, a ver si conseguimos algunas piezas bonitas sin gastar demasiado.

Yo sonrío.

—Tengo una idea mejor.

—¡Madre mía! —exclama Martha, echándose las manos al cuello—. Esta casa es una mina de oro. Eso... ¿Eso es un Chesterfield auténtico? ¿El que está detrás del otro sofá?

Martha trepa a una de las numerosas mesas de café de Letitia, en su afán por llegar hasta los sofás, y yo extiendo la mano para sujetarla, riendo.

—Cuidado, cielo. Vamos a necesitar ayuda para mover todo esto.

—¿Seguro que los podemos usar para poner abajo? —le pregunta Martha a Letitia, con los ojos abiertos de par en par.

Letitia se encoge de hombros.

—¿Por qué no? —responde—. Mientras no le pierda la pista, no me importa prestarlo. Sobre todo si... —Letitia traga saliva—. Me gusta la idea de tener una zona común. Podría ser una buena forma de conocer gente.

Me quedo en silencio, pensativa, mientras jugueteo con uno de los cuencos de baratijas de Letitia. Debe de haber mucha gente como ella por ahí. No creo que en el resto de bloques de apartamentos la gente se relacione más que en este. Debe de ser duro vivir solo en esta ciudad, sobre todo para la gente mayor.

—¿Crees que el casero nos dejaría usar el espacio para algo un poco… más ambicioso? —le pregunto a Martha.

—¿Por qué? ¿En qué está pensando?

—No estoy muy segura —digo—. Pero… Letitia, ¿por casualidad no tendrás unas cuantas mesas de comedor de sobra?

—Tengo algunas guardadas —dice ella—. En el sótano.

Martha parece a punto de desmayarse.

—¡Guardadas! —exclama—. ¡Hay más cosas guardadas!

—Llévanos allí —le pido a Letitia—. Y necesitamos conseguir algunos ayudantes por el camino. Tengo en mente a las personas perfectas.

Los maleducados con sandalias que me miraron poniendo los ojos en blanco se llaman Rupert y Aurora, según he descubierto (gracias a la delgadez de las paredes medianeras). Llamo con energía a su puerta, escoltada por Letitia y Martha.

Abre Rupert, cuya primera reacción es quedarse pasmado. Se da unas palmaditas distraídas en su oronda barriga y se sujeta el pelo detrás de las orejas.

—Ah, hola —dice—. Lo siento, pero no me acuerdo de su nombre. ¿Era Isla?

—Eileen —digo—. Eileen Cotton. Esta es Martha y esta es Letitia. ¿Y tú te llamas…?

—Rupert —responde él, tendiéndome la mano. Está llena de manchas de pintura.

Se la estrecho, pero solo le doy un par de sacudidas. Una cosa es ser amable y otra es pasarse.

—Oiga, Eileen, quería verla para disculparme —dice Rupert avergonzado—. A veces mi novia se pone un poco insoportable cuando está trabajando en una pieza nueva: es escultora. Se estaba peleando con un trabajo de forja bastante complicado la primera vez que la vimos, llevaba casi todo el día sin comer y... fue bastante maleducada. Lo siento mucho. Y ella también.

Mi sonrisa se vuelve un poco menos arrogante.

—Bueno. ¿Quién no se pone de mal humor cuando tiene hambre? —comento amablemente—. Pero si quieres compensarlo, tenemos el trabajo perfecto para ti. Ven.

—¿Qué? ¿Ahora?

Me giro para volver a mirarlo.

—¿Estás ocupado?

—No, no —dice él de inmediato—. Deje que vaya a ponerme unos zapatos. Soy todo suyo.

Estamos de pie, en círculo, en medio de nuestro futuro espacio común, con un batiburrillo de muebles por todas partes, mientras la luz del sol entra a raudales por las preciosas ventanas antiguas.

Ahora que todos me miran con tanta expectación, mi confianza flaquea. Por un momento, vuelvo a sentirme como mi antigua yo; me acuerdo del círculo de caras que me miran inexpresivas en el ayuntamiento del pueblo cada vez que propongo una idea nueva en la reunión de la Guardia Vecinal.

Trago saliva. Me recuerdo a mí misma que el que no arriesga no gana y todo eso. ¿Qué haría Leena?

—Se me ha ocurrido que podríamos hacer un club —digo, jugueteando con el asa del bolso—. Podría haber actividades: dominó, juegos de cartas, Scrabble y cosas así. Y comida caliente, si encontramos la forma de pagarla. Estar aquí en Londres, a mi edad, me ha hecho darme cuenta de que hay gente mayor que debe de sentirse muy sola.

Todos se quedan callados un buen rato.

—Seguramente es una idea pésima. Basil siempre me está diciendo que mis proyectos son demasiado ambiciosos. Pero... Yo... Una vez, cuando era joven, iba a venir a Londres a trabajar en algo un poco como esto, pero para gente joven. Y ahora creo que sería... Bueno, sería muy especial para mí poder crear una comunidad aquí, solo para gente mayor —explico encogiéndome de hombros con impotencia—. A lo mejor no se puede hacer. La verdad es que no sabría ni por dónde empezar.

—El suelo de madera —dice Martha de repente.

Todos la miramos.

—Perdón —dice, meciéndose ligeramente sobre los dedos de los pies—. Pero creo que debajo de esta moqueta cochambrosa hay un suelo de madera y se me acaba de ocurrir que sería un buen comienzo si queremos que este sitio resulte más acogedor. Y luego podemos poner unas cuantas mesas para jugar a diferentes juegos por allí y a las cartas por aquí, puede que al *bridge*, a mi abuelo le encanta el *bridge*. Y aquí una mesa larga, al fondo de la sala, para comer todos juntos. —Martha me sonríe—. Me encanta su idea, Eileen. Es genial. Y no me parece en absoluto demasiado ambiciosa.

—Eso no existe. O eso me dice siempre Leena cuando pongo excusas para no ir a una entrevista de trabajo —dice Fitz, guiñándome un ojo. Ha llegado justo cuando estábamos arrastrando una mesa enorme con caballetes desde el trastero de Letitia y ha dejado las bolsas, se ha remangado la camisa y se ha puesto manos a la obra de inmediato. Es un amor. Y todavía no ha parado de mover muebles.

—¿A ti qué te parece, Letitia? —pregunto bastante nerviosa—. ¿Crees que vendría alguien?

—Yo vendría —responde ella al cabo de unos segundos—. Y creo que hay otras personas como yo por ahí, aunque nunca he sabido muy bien cómo encontrarlas.

Ese es el siguiente reto, sin duda. Abro la cremallera del bolso y saco mi agenda de proyectos, deseando empezar una nueva lista.

—Volveré a hablar con el casero y mandaré un correo electrónico a todas las personas del edificio, a ver si les parece bien —propone Martha.

Letitia hace una mueca.

—¿Tenemos que preguntarle a todo el edificio? Pues a los que se quejaron de que yo estuviera aquí sentada seguro que no les hace ninguna gracia tener a un montón de vejestorios pasando el rato aquí abajo en un club, ¿no os parece?

Se me cae el alma a los pies.

—Ya.

—¿Se quejaron porque estaba sentada aquí abajo? —pregunta Fitz, que está agachado intentando levantar una esquina de la moqueta por orden de Martha, antes de ponerse en pie—. ¡Caray, qué bordes!

Letitia se encoge de hombros.

—Bueno —continúa Fitz—. Fuera quien fuera, probablemente ya se habrá mudado. Hoy por hoy, Leena, Martha y yo somos los inquilinos que más tiempo llevamos aquí, eso seguro.

—Yo llevo aquí treinta años —le informa Letitia amablemente.

Fitz la mira con la boca abierta.

—Ah. Vaya. Usted gana.

—Yo podría dar una clase de arte —dice Rupert de repente, observando la esquina de la sala a la que Martha no le ha buscado aún ningún propósito—. En el club. Aurora y yo podríamos darla juntos. Tenemos un montón de restos viejos, pinturas y tizas de sobras y ese tipo de cosas.

Le sonrío, volviendo a ilusionarme.

—¡Maravilloso!

—Y el tío del 17 es mago. Seguro que puede hacer algún espectáculo de vez en cuando o incluso impartir un taller —comenta Rupert.

Hago clic con el bolígrafo, sonriendo más que nunca.

—Vale —digo—. Primer paso: suelo de madera. Segundo paso…

Tras un día agotador y maravilloso de planificación, pintura y movimiento de muebles por toda la sala, caigo rendida en la cama y duermo más profundamente de lo que he dormido en años. Cuando me despierto, me doy cuenta de que no le he dado las gracias a Letitia por donar todos esos muebles. Ha sido de una generosidad increíble por su parte. Se apodera de mí una necesidad imperiosa de compensar esa generosidad y saco las piernas de la cama con tal entusiasmo que tengo que tomarme un momento para recuperarme antes de ponerme de pie.

—¿Quieres ir de compras? —pregunta Letitia con recelo cuando aparezco en su puerta con mis zapatos más cómodos y mi bolsa de la compra más grande—. ¿Para qué?

—¡Ropa nueva! ¡Invito yo, para darte las gracias!

—No, no quiero que te gastes dinero en mí —replica Letitia horrorizada.

Me acerco más a ella.

—Mi exmarido no tiene ni idea de los ahorros que he ido guardando a lo largo de estos años y estoy decidida a gastármelos antes de que se entere e intente ponerles las manos encima. Venga. Échame una mano.

Eso hace sonreír a Letitia.

—No me interesa mucho la moda —dice—. ¿Y adónde vamos a ir de compras? —Su sonrisa se desvanece; parece un poco nerviosa—. No iremos a Oxford Street ni nada por el estilo, ¿no?

No tengo ninguna intención de repetir la experiencia de visitar Oxford Street. La última vez me apuñaló un paraguas, una turista estadounidense cabreada me puso verde y, curiosamente, un guardia de seguridad me siguió por todo Primark.

—No, vamos a ir a las tiendas benéficas de segunda mano —le explico—. Hay cinco a menos de diez minutos andando del edificio y están hasta los topes de gangas que los londinenses pijos han desechado.

Letitia se anima. Sospechaba que las tiendas de segunda mano serían más de su gusto que las tiendas de las calles comerciales donde solo venden ropa para mujeres altas con pechos gigantes y cintura diminuta. Y aunque esta zona de Londres al principio me daba un poco de miedo (con tantos grafitis, tatuadores y motos), ahora lo prefiero mil veces antes que el ruido y el bullicio del centro de la ciudad.

Desde que Fitz me llevó de tiendas, soy toda una experta en «cambios radicales». Él me hizo probarme todo tipo de cosas absurdas: faldas por encima de las rodillas, zapatos con los que no te podías poner medias… Pero luego me di cuenta de que se trataba de un truco muy inteligente para que me volviera más atrevida. Después de probarme una minifalda vaquera, mi zona de confort se amplió tanto que no me pareció demasiado arriesgado comprarme el vestido de lino de manga larga que me puse para la tercera cita con Tod, por ejemplo, y, después de meter a presión los pies en unas sandalias de tacón alto, las maravillosas botas de piel que Fitz me convenció para que le cogiera prestadas a Leena me parecieron de lo más cómodas.

Intento hacer lo mismo con Letitia, aunque me paso un poco de la raya y ella casi sale corriendo de Save the Children cuando intento embutirla en una blusa rosa ajustada. Cambio de estrategia y decido hablar con ella de sus gustos, pero ella sigue empecinada en que no le interesa la ropa e insiste en que está encantada con su vestido tipo túnica azul marino y en que no necesita lavarlo tan a menudo como la gente cree.

Por fin, justo cuando estoy a punto de rendirme, la pillo mirando una chaqueta de encaje en Help the Aged. Se me enciende la bombilla. Pienso en la extraordinaria galería de curiosidades que es el piso de Letitia y la observo más de cerca.

—¿Qué miras? —pregunta con recelo.

—Tus pendientes —respondo—. Son preciosos. Y los últimos que te vi en casa también eran ideales.

—Ah, gracias —dice complacida—. Son de los años cuarenta; los encontré en un rastro y los limpié yo misma.

—¡Menudo hallazgo! —exclamo mientras le hago salir a trompicones de Help the Aged para ir hacia la tienda gigante de Oxfam donde Fitz se compró tres camisas de flores—. Anda —comento, intentando sonar lo más casual posible—, tienen una zona retro. ¡Caray, mira qué estampado tan curioso de hojas de hiedra tiene esta falda!

Si Letitia fuera un gato, habría levantado las orejas. Se acerca y extiende la mano para acariciar la tela.

Tengo que cambiar la forma de ver la ropa de Letitia. Ella es una urraca, colecciona cosas bonitas, así que ¿por qué no adornarse con ellas también? Si se prestara la mitad de atención a sí misma que a su casa, la cosa cambiaría. Puede que siguiera teniendo una pinta rara, pero al menos estaría orgullosa de su aspecto.

—¿Me la pruebo? —pregunta Letitia, nerviosa, con la falda de hojas de hiedra en la mano.

—¿Por qué no? —digo mientras la empujo hacia el probador.

15

Leena

Ant/Dec me despierta, algo que se ha convertido ya en una rutina, y la verdad es que le estoy pillando el gustillo a eso de notar una cabeza peluda en la cara a primera hora de la mañana. Es mucho más agradable que una alarma.

Al bajar de la cama de un salto, tira la piedra lunar de mi madre, que está en la mesilla de noche. La recojo lentamente, dándole vueltas entre los dedos. Tiene un tono azulado y parece como de otro mundo. Me pregunto quién decidiría que era adecuada para «los nuevos comienzos».

Cojo el teléfono con indecisión. Hay un mensaje de buenas noches de Ethan enviado a la una de la mañana, con cuatro besos en lugar de los tres habituales. Este fin de semana tampoco ha podido venir por culpa del trabajo; ya llevo aquí tres semanas y no ha venido a verme ni una sola vez. Lo entiendo, pero aun así me fastidia.

Busco entre mis contactos. Mamá madruga aún más que yo: suele levantarse sobre las cinco.

Marco su número. Le he enviado mensajes a mi madre casi todos los días para preguntarle si necesitaba algo, pero siempre dice que no. A estas alturas, obviamente debería haberla llamado ya o haber vuelto a pasar por allí, pero…

—¿Sí? ¿Leena? ¿Estás bien?

Su voz asustada me lleva de vuelta al pasado. Como mi teléfono suena tan a menudo, he espantado la sombra de ese miedo repentino que hacía que el corazón me diera un vuelco cada vez que sonaba cuando Carla se estaba muriendo, porque tenía la convicción de que esa vez me darían la peor noticia del mundo. Ahora, mientras oigo ese temor en la voz de mi madre, las emociones empiezan a bullir en mi estómago. Me levanto del borde de la cama y me pongo a pasear, sudorosa, mientras siento la necesidad imperiosa de colgar sin haber dicho siquiera una palabra.

—¡Hola! Perdona, mamá, estoy bien —digo rápidamente—. Solo llamaba para saludarte y para decirte que mañana es tarde de bingo, por si te apetece venir. Yo conduciré la furgoneta.

Se hace un breve silencio.

—Ah, bueno… Sí, ¿por qué no? Si tú quieres que vaya…

Mi madre se queda callada.

—¡Sí! —digo con voz demasiado chillona antes de apretar con el puño el punto entre las costillas donde las emociones se están arremolinando—. ¡Claro, vente! Es a las cinco de la tarde. Vale. ¡Genial!

Si cuelgo, esa sensación de pánico desaparecerá, pero aún no he dicho lo que quería decir, en realidad.

—Leena, respira hondo —dice mi madre.

Cierro los ojos e intento respirar más despacio. Los pinchazos que noto en el pecho y en la cara remiten un poco, hasta que se parecen menos a alfileres y agujas y más a una lluvia ligera sobre la piel.

Abro los ojos e inspiro profundamente una última vez.

—Mamá, la abuela me ha contado que has ido al médico y que te ha dado antidepresivos.

Se hace un largo silencio.

—Sí —reconoce ella.

—No sabía que la cosa estuviera... tan mal —digo—. Lo... Lo siento.

—No pasa nada, cielo —asegura con voz más tranquila.

—¿Y te están sentando bien?

—La verdad es que sí. Aunque es difícil saber si son los antidepresivos o las piedras, en realidad.

Pongo los ojos en blanco.

—¿Acabas de poner los ojos en blanco?

—No.

Noto que sonríe.

—Tú tienes las cosas muy claras, Leena. Pero yo no soy así. Tú sabes cuál es la mejor forma de recuperarte y es lo que has estado haciendo: trabajar duro y alejarte de mí y de tu abuela una temporada. Pero yo no sé cómo recuperarme. Así que lo estoy probando todo. Es mi forma de hacerlo.

Vuelvo a hacer girar la piedra lunar entre los dedos.

—Yo no tengo tan claro que sepa cómo recuperarme —digo en voz baja—. No creo que lo esté haciendo muy bien, la verdad.

—¿Por eso estás aquí? —pregunta mi madre—. ¿En Hamleigh?

—Puede. —Trago saliva—. Entonces, ¿nos vemos en el bingo?

—Nos vemos en el bingo.

Sacudo los brazos después de la llamada: están tensos, como si hubiera estado aferrándome al volante durante un viaje largo y complicado. Tengo demasiado calor. Decido salir a correr un poco; cuando vuelvo y me preparo el café, ya respiro con normalidad y siento que tengo más control sobre mí misma, pero aun así me paseo por el comedor con la taza entre las manos, incapaz de sentarme más de unos instantes. Necesito una distracción.

Oigo un golpeteo insistente en la ventana de la cocina.

Gruño mientras sujeto la taza de café. Ese tipo de distracción no, por favor. Solo son las siete y media de la mañana. ¿Qué querrá Arnold ahora? Podría hacerme la dormida.

—¿Hola? —grita Arnold—. ¡Veo las luces encendidas! ¿Hola?

A lo mejor es que duermo con las luces encendidas. Esta es una casa grande y vieja, podría tener miedo.

—¿Hola? La tetera todavía echa vapor, tienes que estar despierta. ¿Hola?

Bueno, puede que me haya hecho una taza de té y me haya vuelto a...

—¿Leena? ¿Hola? ¡Te he visto volver de correr! ¿Hola?

Dios, ¿por qué este hombre no está en la Guardia Vecinal? Ha nacido para eso. Aprieto los dientes y voy hacia la cocina.

—Hola, Arnold —digo lo más amablemente que puedo—. ¿Cuál es el problema?

—Tu coche —me informa él—. Está dentro del seto.

Parpadeo.

—Mi... Perdone, ¿qué?

—Tu coche —repite Arnold pacientemente—. El seto. Está dentro. ¿Quieres que te ayude a sacarlo?

—Ay, Dios —digo mientras me inclino para ver más allá de Arnold y me estiro para echar un vistazo al camino de entrada—. ¿Cómo se ha metido en el seto? ¿En qué seto?

—¿Has puesto el freno de mano? —pregunta Arnold.

—¡Pues claro! —replico mientras trato de recordar si lo he puesto. Hasta esta semana, hacía bastante que no conducía. Obviamente, no tengo coche en Londres porque en Londres solo tienes coche si quieres tener bronca al volante o para practicar aparcamientos en doble fila con un alto nivel de estrés—. Ay, Dios, ¿me he cargado el coche de Penelope?

Arnold se frota la barbilla mientras mira hacia el camino de acceso.

—Vamos a sacarlo del seto para comprobarlo, ¿vale?

Al parecer no he puesto el freno con la firmeza necesaria.

Arnold, que es mucho más fuerte de lo que parece, me ha ayudado a sacar el Ford Ka del seto lo suficiente como para colarme en el asiento del conductor. Doy marcha atrás poco a poco, mientras las ruedas chirrían, y Arnold levanta ambos pulgares cuando consigo pasar por encima del bordillo y aterrizo en la grava. Espero que a la abuela no le importe que ahora el seto del lado derecho tenga una calva enorme en forma de coche y que haya dos surcos largos y oscuros en medio del césped, por donde han pasado las ruedas.

—Ese coche se porta muy bien —comenta Arnold mientras yo salgo de él y cierro la puerta detrás de mí—. ¿Cómo se llama?

—¿Que cómo se llama?

—¿No le has puesto nombre? —pregunta Arnold limpiándose las manos en los pantalones. Parece revitalizado. Con la camiseta floja, la chaqueta de lana en lugar del jersey habitual comido por las polillas y la gorra que oculta su peinado estilo cortinilla, se ha quitado diez años de encima. Lo observo mientras frota la ventanilla del coche con un pañuelo de papel que tenía en el bolsillo.

—No —digo—. ¿Alguna idea?

—El mío se llama Wilkie —comenta.

—¿Cómo, por Wilkie Collins?

Arnold endereza la espalda y pone cara de satisfacción.

—¿Te gusta?

—La abuela me regaló *La piedra lunar* unas Navidades. Me encantó. Siempre me regalaba libros.

Arnold parece interesado.

—No sabía que le gustara leer.

—Sí, mucho. Su preferida es Agatha Christie. Le encantan las novelas policíacas.

—Como a la mayoría de las personas entrometidas —replica Arnold con frialdad—. Es una buena reafirmación.

Me río, sorprendida. Eso ha sido bastante gracioso, la verdad. ¿Quién iba a imaginarse que Arnold pudiera ser gracioso?

—Vamos a ponerle Agatha, entonces, en honor a la abuela —digo, dándole una palmadita en el capó—. Supongo que no le apetecerá entrar a tomar un café mañanero.

Arnold observa la casa de mi abuela.

—¿Entrar?

—Sí, para tomarse un café. O un té, si lo prefiere.

—Eileen nunca me ha invitado a entrar —dice Arnold.

Arrugo la nariz.

—¿Nunca? —Eso no es nada propio de mi abuela. Ella siempre invita a todos a entrar en su casa y si pertenecen a la categoría de «vecinos» es muy probable que hasta les dé una llave.

—Tu abuela y yo chocamos bastante —explica Arnold—. Empezamos con mal pie hace mucho tiempo y me odia desde entonces. —Se encoge de hombros—. Pero a mí me importa un bledo. Por lo que a mí respecta, los que me desprecian pueden irse a hacer puñetas.

—Esa suele ser una actitud muy loable —digo—. Pero a veces también es una excusa para ser un gruñón y un cabezota.

—¿Eh? —dice Arnold.

—Lo he visto cuidar las plantas de la abuela por las mañanas.

Arnold parece avergonzado.

—Ah, bueno, eso es solo…

—Y ha venido a ayudarme a pescar el coche y sacarlo del seto.

—Bueno, he pensado que… —El hombre frunce el ceño—. ¿Adónde quieres llegar?

—Es que no sé si creerme el numerito de las malas pulgas, solo eso. —Cierro el coche y voy hacia el banco que hay bajo el manzano de la abuela; poco después, Arnold me sigue—. Además, nunca es demasiado tarde para cambiar. Mire a mi abuela. El abuelo se ha marchado y ¿qué ha hecho ella? Irse a Londres a la aventura y empezar a buscar pareja por internet.

Arnold levanta las cejas por encima de las gafas.

—¿Buscar pareja por internet? ¿Tu abuela?

—Sí. Y a mí me parece genial. Se merece una historia propia, la verdad, y también descansar un poco de cuidarnos a todos.

Arnold parece un poco impresionado por la noticia.

—Así que busca pareja por internet —dice finalmente—. ¡Increíble! A esa mujer no se le resiste nada. —Arnold me mira—. Y parece que es cosa de familia.

Yo resoplo.

—No sé de dónde ha sacado eso. Desde que he llegado aquí no hago más que meter la pata. Mejor dicho: lo único que he hecho en el último año ha sido meter la pata.

Arnold me mira con los ojos entornados.

—Por lo que tengo entendido, mientras intentabas superar la muerte de tu hermana has logrado conservar un empleo en la ciudad trabajando día y noche, has apoyado a tu pareja, has puesto a Betsy en su lugar y has conseguido que Penelope deje de conducir.

Me quedo callada, sorprendida. Aquí la gente habla de la muerte de Carla con total naturalidad, como si nos hubiera afectado a todos. Creía que me molestaría, pero en cierto modo es mejor.

—No era mi intención poner a Betsy en su lugar —digo—. ¿Eso es lo que dice la gente?

Arnold se ríe.

—Es evidente que la has chinchado. Pero no te preocupes, no le viene mal un toque de atención de vez en cuando. Si buscas «metomentodo» en el diccionario, sale Betsy.

En realidad, creo que lo de Betsy va más allá de eso. Su mangoneo es una especie de defensa, como si quisiera adelantarse y decirte cómo debes vivir tu vida antes de que tú le digas cómo vivir la suya.

—¿Y qué hay de su marido, Cliff? —pregunto.

Arnold baja la vista hacia el suelo y escarba con un pie.

—Hum… Menuda pieza. No le desearía un hombre así a ninguna mujer —asegura.

—¿A qué se refiere? —pregunto frunciendo el ceño al recordar lo rápido que se levantó Betsy cuando Cliff la llamó mientras estaba en Clearwater Cottage y le pidió que volviera a casa—. ¿Es que… trata mal a Betsy?

—Eso no lo sé —responde Arnold de inmediato—. Yo no me meto en los matrimonios ajenos.

—Ya, pero… Eso está bien hasta cierto punto, ¿no? ¿Ha visto alguna vez algo preocupante?

—No debería… —Arnold me mira de reojo—. No es asunto mío.

—No es que quiera cotillear —digo—. Lo que quiero es asegurarme de que Betsy está bien.

Arnold se frota la barbilla.

—Alguna que otra cosilla. Cliff es un tiquismiquis con la forma de hacer las cosas. Se enfada si Betsy hace algo mal. Últimamente no sale mucho. Ella lo tiene en palmitas, por lo que yo sé, pero si pasas por delante de su casa en el momento menos oportuno y están las ventanas abiertas puedes oír cómo le habla él y no es… —Arnold niega con la cabeza—. Solo digo que así no se le habla a una mujer. La está destrozando. Ya no es la de antes. Pero todos hacemos lo que podemos por ella. Cualquier persona del pueblo la acogería si lo necesitara.

Me pregunto si ella lo sabrá. ¿Alguien lo habrá dicho claramente o estarán todos haciendo lo que hace mi abuela, quedarse callados, sin entrometerse? Tomo nota mentalmente de que tengo que esforzarme más con Betsy. No soy precisamente el tipo de persona en el que ella confiaría para contarle sus cosas, pero quizá pueda llegar a serlo.

De repente, Arnold se da una palmada en la frente.

—Mierda. Tenía que preguntarte una cosa. Para eso he venido. Esta mañana no estás ocupada, ¿no? Necesitamos que nos hagas un favor.

—¿Eh? —digo con recelo mientras me pregunto a quién se referirá con ese «nos».

—¿Sabes qué día es?

—Pues... —Para ser sincera, he perdido un poco la cuenta—. ¿Domingo?

—Es domingo de Pascua —declara Arnold, levantándose del banco—. Y necesitamos un conejo de Pascua.

—Jackson. Debí imaginar que tú estarías detrás de esto.

Jackson parece perplejo. Tiene los hombros del jersey salpicados de gotas de lluvia y lleva en la mano una cesta de mimbre llena de huevos de chocolate envueltos en papel de plata. Nos encontramos todos en el ayuntamiento, que está decorado con banderines especiales de Pascua y unos carteles enormes que informan de que este es el punto de partida de la caza anual de huevos de Pascua de Hamleigh-in-Harksdale, que arrancará exactamente en media hora.

—¿Detrás de esta... actividad gratuita para niños? —pregunta.

—Sí —respondo, con los ojos entrecerrados—. Sí, exactamente.

Jackson me mira parpadeando con inocencia, pero a mí no me la cuela. Sé perfectamente que está intentando tocarme las narices. El otro día hice un gran avance con el doctor Piotr en la cola de la tienda del pueblo, que me prometió por activa y por pasiva que votaría por mi temática para el Primero de Mayo. Luego vi que Jackson estaba detrás de nosotros, hojeando los periódicos, mientras ponía la oreja, sin duda.

Y, por supuesto, esta es su venganza.

—¿A que Leena va hecha un figurín? —pregunta Arnold, que está detrás de mí.

Llevo puestos unos pantalones blancos de forro polar que tienen cosida una colita de conejo; son como seis tallas más grandes que la mía y los sujeto con un cinturón de cuero que me ha dejado Arnold. También llevo un chaleco estampado con conejitos, por si la cosa no estuviera lo suficientemente clara. Y unas orejas de conejo. ¿No se supone que las orejas de conejo son provocativas? Pues yo me siento como una auténtica payasa.

—Cállese, Arnold —digo.

Jackson sonríe.

—Mucho mejor de lo que esperaba. Te queda muy bien.

Oigo un grito estridente y dramático detrás de mí. Me doy la vuelta y me encuentro a la niñita más mona del mundo. Es rubia y lleva el pelo recogido en dos coletas asimétricas, tiene una raya enorme en la mejilla que parece pintada con rotulador permanente y una de las perneras del pantalón doblada hacia arriba para dejar a la vista un calcetín largo de rayas. Parece el emoticono de la carita de sorpresa, con las dos manos en las mejillas, y sus enormes ojos azules me resultan familiares.

—El conejo de Pascua —dice sin aliento, levantando la vista hacia mí—. ¡Hala!

—Mi hija Samantha —dice Jackson a mi espalda—. Cree a pies juntillas en el conejo de Pascua.

Está claro que es una advertencia. ¿Por quién me toma, por un monstruo? Por mucho que odie ir disfrazada como un conejo ridículo, obviamente solo hay una forma adecuada de reaccionar ante esta situación.

—Vaya, hola, Samantha —la saludo, agachándome—. ¡Qué bien que te he encontrado!

—¿Encontrado? —pregunta la niña, con los ojos como platos.

—He salido de la madriguera a primera hora de la mañana para recorrer los Yorkshire Dales dando saltos en busca de alguien que pueda ayudarme y creo que es muy posible que tú seas esa persona, Samantha.

—¿Yo? —Samantha inhala bruscamente.

—Bueno, vamos a comprobarlo, ¿vale? ¿Te gustan los huevos de chocolate?

—¡Sí! —exclama Samantha, dando un saltito.

—¿Se te da bien esconder cosas?

—¡Sí! —asegura Samantha.

—Mi zapato izquierdo, por ejemplo —dice Jackson con frialdad detrás de mí, aunque noto que está sonriendo—. Esta mañana lo has escondido muy pero que muy bien.

—Muy pero que muy bien —repite Samantha, muy seria, mirándome fijamente.

—Y esto también es muy importante, Samantha. ¿Sabes guardar un secreto? Porque si vas a ser la ayudante del conejo de Pascua sabrás dónde están escondidos todos los huevos de chocolate. Y los otros niños te pedirán pistas.

—¡No se lo diré! —promete Samantha—. ¡No lo haré!

—Muy bien —digo poniéndome en pie antes de volverme hacia Jackson—. Creo que ya he encontrado a mi ayudante especial.

Jackson me sonríe. Es la primera vez que lo veo sonreír abiertamente. Y tiene hoyuelos de los de verdad, uno en cada mejilla. Se agacha, coge a Samantha por debajo de los brazos y la levanta para ponérsela en la cadera.

—Qué señorita más afortunada —dice antes de enterrar la cara en el cuello de la niña hasta que esta casi se atraganta de la risa.

Noto una sensación rara en la tripa al ver a Samantha en sus brazos; de repente me invade una especie de bruma, como si mi cerebro se hubiera vuelto también de forro polar, como mis pantalones.

—Gracias —susurra Jackson. Luego se inclina para coger la cesta de huevos y se la entrega a Samantha. Ella apoya la cabeza sobre su hombro con total confianza infantil—. ¿Preparada?

Samantha se zafa de sus brazos y corre hacia mí, extendiendo la mano que tiene libre para agarrar la mía. Jackson la deja marchar y su cara se suaviza con una expresión de vulnerabilidad absoluta, como si la quisiera tanto que resultara insoportable, y me parece algo tan puro y personal que aparto la mirada; no me parece algo que yo deba ver. Esa sensación rara en la tripa se intensifica mientras los deditos de Samantha me estrechan la mano.

Jackson se agacha para darle un beso rápido en la frente y luego abre la puerta del ayuntamiento.

—Será mejor que vayáis empezando —comenta—. Ah, Leena...

—¿Sí?

—El conejo de Pascua va saltando a todas partes. Balanceando la cesta. Es solo para que no lo olvides.

—¿Y ella lo sabe? —pregunto entre dientes.

Él vuelve a sonreírme, pero antes de que yo pueda decir nada más Samantha empieza a dar saltitos y me arrastra escaleras abajo para hacerme salir bajo la lluvia.

16

Eileen

Me siento como la mujer de uno de esos anuncios de perfumes de la televisión. Sí, de esas que se deslizan como cisnes con los pies a unos centímetros del suelo, envueltas en gasa, sonriendo extasiadas, mientras la gente que pasa se pone a cantar de forma espontánea.

He pasado la noche con Tod. Sin duda, es un hombre extraordinario. Yo no había practicado sexo (de ningún tipo) en casi veinte años y aunque, por supuesto, la cosa ha cambiado un poco, ahora que tengo setenta y nueve, sigue siendo increíblemente maravilloso. Cierto es que me costó un pelín volver a pillar el ritmo y que me duelen un poco algunas zonas un tanto peculiares, pero, madre mía, merece la pena.

Tod es, sin duda, un hombre con mucha experiencia. Me da igual que los cumplidos sobre mi precioso cuerpo y mi piel radiante fueran solo eso, meros cumplidos; el caso es que el truco funcionó. Hacía años que no me sentía tan bien.

Esta mañana voy a quedar con Bee para tomar un café. Dice que quiere que le cuente todos los cotilleos de Tod.

Creo que echa mucho de menos a Jamie, que está pasando la Pascua con la familia de su padre, pero aun así me ha hecho mucha ilusión recibir su mensaje.

La cafetería donde hemos quedado se llama Watson's Coffee y es muy moderna. Dos de las paredes están pintadas de verde y las otras dos de rosa. Hay cornamentas de ciervo falsas sobre la barra y un grupito de velas de color flúor, medio derretidas, en el centro de cada mesa de acero gris. En conjunto, el efecto es un tanto ridículo y el lugar está demasiado lleno de gente; es lunes de Pascua, así que, obviamente, nadie trabaja y por aquí, si no estás en una oficina, al parecer tienes que estar en una cafetería.

Bee ha conseguido una mesa. A medida que me acerco, ella levanta la vista y me sonríe con esa sonrisa cálida y amplia que pude entrever cuando me enseñó las fotos de su hija. Una sonrisa que tiene un efecto pasmoso, como si te iluminaran con un foco de luz cálida. Lleva el pelo recogido detrás de las orejas, lo que hace destacar una llamativa gargantilla de plata que luce sobre la clavícula, y se ha puesto un vestido precioso de color azul turquesa que, curiosamente, resulta más provocativo porque lo tapa casi todo.

—¡Buenos días! —exclama—. Te voy a traer un café. ¿Qué te apetece?

—Un *flat white*, por favor —digo, muy orgullosa de mí misma.

Bee arquea las cejas y sonríe.

—¡Muy bien! —dice—. Vuelvo en un segundo.

Saco el móvil del bolso mientras ella se levanta para pedir. He necesitado mi tiempo (y varias lecciones de Fitz) para acostumbrarme al teléfono de Leena, pero ya empiezo a cogerle el truco. Sé lo suficiente como para ver que tengo un mensaje nuevo de Tod, por ejemplo. Y ahí están de nuevo las mariposas…

Querida Eileen, qué noche tan maravillosa. Deberíamos repetirla pronto, ¿no crees? Atentamente, Tod. Bss

—Vale, sé que no está bien fisgonear, así que voy a ser sincera y reconocer directamente que acabo de leer ese mensaje enterito —confiesa Bee, volviendo a sentarse y dejando una bandeja sobre la mesa. También ha traído un *muffin* para cada una—. ¿Limón o chocolate? —pregunta.

Bee no es en absoluto como me esperaba. La verdad es que es muy atenta. No sé por qué había dado por hecho que no lo sería... Quizá porque es muy guapa, algo que es un poco cruel por mi parte.

—Chocolate —me aventuro a decir, imaginando que ella quiere el de limón. A Bee le parece bien y tira de la bandeja hacia ella—. Y te perdono por fisgonear. Yo lo hago todo el rato con el resto de la gente en el metro. Es la única ventaja de ir como sardinas en lata.

Bee se ríe.

—¿Qué tal? ¿Es Tod el elegido?

—Qué va —respondo con rotundidad—. Tenemos una relación informal. Sin exclusividad.

Bee me mira boquiabierta.

—¿En serio?

—¿Tanto te sorprende?

—Bueno, es que... —Bee se para a pensar mientras da un bocado al *muffin*—. Supongo que he dado por hecho que estarías buscando algo serio. Un compañero de viaje.

Yo intento encogerme de hombros, pero hago una mueca al notar una punzada en un músculo de la espalda que ahora tengo agarrotado.

—Tal vez. La verdad es que solo me he metido en esto por la aventura.

Bee suspira.

—Ojalá yo pudiera decir lo mismo. Buscar al futuro padre de tu hija le quita toda la diversión a las primeras citas.

—¿Aún no ha habido suerte?

Bee hace una mueca.

—Sabía que el mercado de los de más de setenta estaría mejor. Quizá debería buscarme uno madurito.

—No te metas en mi territorio amoroso, jovencita —le advierto—. Deja a los maduritos para las maduritas o nunca tendremos una oportunidad.

Bee se echa a reír.

—No, no, todos tuyos. Pero empiezo a preguntarme si seré un poco quisquillosa de más.

Me concentro en mi *muffin*. Lo cierto es que no debería interferir; Bee se conoce a sí misma, sabe qué es lo mejor para ella.

Pero yo llevo en este mundo mucho más tiempo que Bee. Y ella ha sido muy sincera conmigo. Puede que no esté de más que le diga lo que pienso.

—¿Te importa que te diga lo que pensé cuando oí tu lista de condiciones? —pregunto.

—Claro —dice Bee—. Hazlo, por favor.

—Me pareció la receta perfecta para acabar siendo una solterona.

Bee suelta una carcajada.

—Venga ya —dice—. Es una lista totalmente asequible. Como sociedad, tenemos el listón muy bajo en lo que a hombres se refiere, ¿sabes?

Pienso en Wade. Muy raras veces le pedía algo, sobre todo cuando Marian se hizo mayor. Lo único que le exigía era fidelidad, aunque resultó que hasta eso era esperar demasiado de él. Y al padre de Carla y Leena, ¿qué le pidió

Marian? Se pasaba el día sentado, en pantalón de chándal y viendo deportes incomprensibles o canales raros, y aun así ella tenía que deslomarse para que no la dejara. Cuando por fin se marchó, no volvió a echar la vista atrás; veía a las niñas una vez al año, como mucho, y ahora él y Leena ni siquiera siguen en contacto.

Puede que Bee tenga razón. Pero...

—Aunque no hay nada que me guste más que una buena lista, creo que puede que estés enfocando esto de forma equivocada. Tienes que dejar de pensar y empezar a actuar.

Acabo el café y me pongo de pie. La silla araña el suelo desnudo de hormigón. Esta cafetería parece un búnker de guerra pintado en color flúor. Empiezo a sentirme incómoda.

—¿Empezar a actuar? ¿Adónde vamos? —pregunta Bee mientras cojo las bolsas.

—A buscarte un tipo de hombre distinto —declaro con grandilocuencia mientras la saco de la cafetería.

—¿En la biblioteca? —Bee mira a su alrededor, pasmada—. Ni siquiera sabía que hubiera una biblioteca en Shoreditch.

—Deberías hacerte socia —le recomiendo muy seria—. Las bibliotecas están desapareciendo y es indignante.

Bee parece amedrentada.

—Vale —dice antes de echar un vistazo a la estantería más cercana, que resulta ser la de novelas románticas de bolsillo. Eso la hace reaccionar—. Halaaa, me quedo con este hombre. —Señala a un caballero sin camisa que aparece en una cubierta de Mills & Boon.

La agarro por los brazos y la guío hacia la sección de novela negra y suspense. Nunca encontrará un hombre si pierde el tiempo donde las novelas románticas; allí solo hay otra persona a la vista y es una mujer de aspecto furtivo que claramente le ha dado esquinazo a su marido un par de minutos y piensa exprimirlos al máximo. Bien: hay un hombre rubio con vaqueros y camisa echando un vistazo a las novelas de John Grisham. Sin duda es un aspirante a tener en cuenta.

—¿Qué te parece? —cuchicheo, escondiéndome detrás de unos libros de cocina mientras le hago gestos a Bee para que le eche un vistazo.

Ella se inclina por delante de mí para ver al hombre rubio.

—Bueno —dice al tiempo que ladea la cabeza pensativa—. ¡Sí, podría ser! Ay, no, espere, esos zapatos... Los náuticos son muy de niño pijo de Oxbridge —susurra con pena—. Vaticino un sueldo de seis cifras y un complejo de inferioridad tóxica alimentado por unos padres sobreprotectores.

—Amplitud de miras —le recuerdo—. ¿Confías en mí, Bee?

—Pues... la verdad es que sí.

Me aliso las mangas.

—En ese caso, allá voy —digo.

—¿Crees que una mujer debe adoptar el apellido de su marido al casarse?

—¿Eh? Bueno... Creo que esa es una decisión muy personal, así que...

—¿Y qué opinas de ayudar en las tareas domésticas? ¿Se te da bien pasar la aspiradora?

—Soy... bastante competente, diría yo. Perdone, ¿puedo preguntarle qué es lo que...?

—¿Te consideras un romántico?

—Sí, reconozco que lo soy, si no le…

—Y tu última relación, querido. ¿Cómo acabó?

El muchacho se me queda mirando ligeramente boquiabierto. Yo lo miro fijamente, expectante.

Cuando eres una mujer mayor, consigues salirte con la tuya en un montón de cosas.

—Pues ella… ya no estaba enamorada de mí.

—Dios santo, qué triste —digo dándole unas palmaditas en el brazo.

—Perdone, ¿cómo hemos…? —Parece desconcertado—. Estábamos hablando de las novelas de John Grisham y usted ha empezado a… hacerme preguntas… y ahora… esas preguntas se han vuelto… demasiado personales…

Titubeo mientras intento recordar la expresión. Fitz la dijo anoche durante la cena.

—Estoy echando el anzuelo —digo.

—Está…

—Para mi amiga Bee. ¡Bee!

Ella aparece al lado de las estanterías, haciéndome callar.

—¡Eileen! Madre mía, lo siento muchísimo, qué vergüenza —le dice al hombre—. Venga, Eileen, vamos, ya hemos entretenido bastante a este hombre…

Bee le dedica una versión reducida de su encantadora sonrisa. El hombre rubio abre los ojos de par en par y el libro que tiene en la mano se resbala unos centímetros, como si hubiera olvidado sujetarlo.

—Tranquila —dice—. Mmm.

—Bee, a este muchacho le gustaría invitarte a un café en esa cafetería tan mona que hay aquí al lado —declaro—. ¿Verdad, querido?

—Pues la verdad es que sí —dice el hombre rubio, empezando a ruborizarse de una forma bastante atractiva.

Cuando vuelvo a casa, Fitz se levanta del sofá con cara triste.

—Eileen, tengo una noticia pésima.

Me llevo las manos al pecho.

—¿Qué pasa? ¿Qué ha pasado?

—¡No, no, no tan mala! Es sobre el Club Social de Maduritos de Shoreditch.

Martha, Fitz y yo elegimos ese nombre para el club anoche, después de tomarnos una gran copa de vino. Me parece maravilloso. También decidimos que saldríamos a correr al día siguiente, una idea no tan maravillosa y que rápidamente desechamos por culpa de mis rodillas, el avanzado estado de embarazo de Martha y el «malestar general matutino» de Fitz, sea lo que sea eso.

—A casi todo el mundo le encanta la idea y también tenemos el beneplácito del casero, siempre y cuando no haya más de veinticinco personas y no rompamos nada. Pero hay una mujer en el 6 que no está de acuerdo —me cuenta Fitz mientras me ayuda a quitarme la chaqueta—. Dice que no le parece bien que tanta gente desconocida entre en el edificio.

Hago una mueca.

—Y me imagino que por esa misma regla de tres controlará las fiestas de cumpleaños de todo el mundo, ¿no?

Fitz resopla.

—Bien pensado. Voy a mandarle un correo electrónico y a explicarle por qué...

Hago un gesto con la mano para que lo deje.

—Nada de chorradas de correos. Voy a hablar con ella.

Fitz parpadea mientras sujeta mi chaqueta sin vida con ambas manos.

—Ah —dice—. Vale.

Pero la mujer no está en casa. Me planteo meterle una nota por debajo de la puerta, pero no, eso no es mucho mejor que un correo electrónico. Quiero que esa mujer me mire a los ojos y me explique exactamente por qué no quiere que unos cuantos ancianos y ancianas reciban una agradable clase de manualidades y puedan comer en un espacio que no está siquiera cerca de su piso.

Estoy cabreada. Vuelvo resoplando por el pasillo al piso de Leena. Fitz empuja el portátil de esta hacia mí sobre la barra de desayuno mientras me acomodo en mi asiento.

—Esto la animará —asegura—. Tiene un porrón de mensajes nuevos.

La página de citas ya está en la pantalla. La he visitado bastante a menudo últimamente, sobre todo para escribirme con ViejoHombredeCampo, que en realidad se llama Howard y parece muy majo. El otro día me puse a repasar la conversación y me sorprendí al darme cuenta de que ya habíamos intercambiado muchísimos mensajes.

ViejoHombredeCampo: ¿Cómo estás hoy, Eileen? Aquí ha sido un día muy tranquilo. No han pasado muchas cosas, la verdad.

ViejoHombredeCampo: No paro de releer nuestros mensajes y de pensar en ti. Aunque hace muy poco que nos conocemos, ¡es como si fuéramos viejos amigos!

ViejoHombredeCampo: ¡Espero que no suene demasiado atrevido por mi parte! Es que me siento muy afortunado por haberte conocido. En un día tranquilo como hoy, es maravilloso poder volver a nuestro chat.

Suspiro. Howard es un poco intenso, el pobre. No estoy acostumbrada a que los hombres hablen tanto de sus sentimientos. No tengo muy claro qué me parece.

Luego pienso en Letitia, encorvada en su mesa entre sus carrillones, esperando el pedido del supermercado Iceland, y pienso que a lo mejor lo que le pasa es que se siente muy solo. Y es muy bonito que valore tanto el tiempo que pasamos hablando.

> EileenCotton79: Hola, Howard. Siento que no tengas un buen día. ¿Tienes vecinos con los que hablar?
>
> ViejoHombredeCampo: ¡Son todos jóvenes y modernos! No les interesaría hablar conmigo.

Titubeo. ¿Sería demasiado atrevido comentarle lo del Club Social para Maduritos de Shoreditch?

¡Qué demonios! ¿Por qué no?

> EileenCoton79: Estoy intentando formar un club social que te podría interesar. Es para las personas de más de setenta años de mi barrio. Ahora mismo estamos teniendo algunos problemillas para conseguir que despegue, pero, en cuanto esté en marcha, ¿te gustaría pasarte? Sé que estás en la zona oeste de Londres, ¡pero serías más que bienvenido igualmente!

Howard tarda más de lo habitual en responder y empiezo a sentirme un poco estúpida. Puede que lo de «más que bienvenido» haya sido demasiado. Pero entonces, por fin…

> ViejoHombredeCampo: ¡Me encantaría! ¿Tú estarás allí?
>
> EileenCotton79: ¡Por supuesto!

ViejoHombredeCampo: Pues estoy deseando que nos conozcamos en persona. ☺

Yo sonrío, pero antes de que me dé tiempo a contestar aparecen otros tres puntos en la pantalla.

ViejoHombredeCampo: A lo mejor hasta puedo colaborar de alguna forma. Se me da bien hacer páginas web, era parte de mi trabajo. ¿Quieres que haga una para tu club social?
EileenCotton79: ¡Qué emocionante! Claro, me encantaría. Aún nos falta conseguir el permiso de una persona más del edificio, pero seguro que lo tendremos pronto.
ViejoHombredeCampo: ¡Estoy deseando participar!

Sonrío de nuevo. Suena una alerta que me sobresalta.

Un nuevo usuario ha visto su perfil.

Muevo el ratón sobre el aviso, distraída, hasta que recuerdo que Bee me ha enseñado a mantener una conversación abierta en otra caja. Hago clic.

Arnold1234. No tiene foto de perfil, ni descripción ni nada. Eso no es muy habitual en esta página web. En mi perfil cuento todo tipo de cosas, desde cuáles son mis lugares de vacaciones favoritos hasta mis libros preferidos.

Entorno los ojos con recelo. Por supuesto, hay montones de Arnolds por el mundo. No es un nombre tan raro.

Pero no puedo evitar pensar…

Pulso el botón de la pantalla para escribir un mensaje.

EileenCotton79: ¡Hola, Arnold! He visto que has entrado en mi página y se me ha ocurrido saludarte.

Vuelvo a mi conversación con ViejoHombredeCampo. En esta situación sería muy fácil confundirse y enviar un mensaje al hombre equivocado; y no es que me esté quejando por tener que jugar a tres bandas, ojo.

> ViejoHombredeCampo: ¡Creo que voy a pasar la noche con un buen libro! ¿Qué estás leyendo ahora mismo?
>
> EileenCotton79: Estoy releyendo las obras de teatro de Agatha Christie. ¡Nunca me canso de ella!

Entretanto, en la otra ventana:

> Arnold1234: ¿Eileen? Soy Arnold Macintyre, tu vecino.

¡Lo sabía! ¿Qué hace ese viejo cabrón en mi página de citas? Pulso en «Mi perfil» y vuelvo a leerlo, pero esta vez con los ojos de Arnold. Qué vergüenza. De pronto me parece superpresuntuoso y absurdísimo. ¿Cómo he podido poner que estoy «llena de vida» y «buscando una nueva aventura»?

> EileenCotton79: ¿¿¿Qué estás haciendo aquí, Arnold???

Me arrepiento de las triples interrogaciones nada más pulsar «Enviar». No transmite la actitud arrogante y de superioridad que suelo intentar adoptar para tratar con Arnold.

> Arnold1234: Lo mismo que tú.

Resoplo.

> EileenCotton79: ¡Pues me alegro por ti, pero no vuelvas a entrar en mi página!

Arnold1234: Lo siento, Eileen. Solo estaba buscando ideas para qué poner en la mía. No se me dan muy bien este tipo de cosas.

Me relajo un poco. No había pensado en eso.

EileenCotton79: A mí me ha ayudado una amiga de Leena. ¿Por qué no le pides ayuda a Jackson?

Arnold1234: ¿Que le pida consejo a Jackson? Sí, para acabar con alguna fulana llamada Petunia, Narcisa o algo así.

Me parto de risa.

EileenCotton79: ¡No caerá esa breva, Arnold Macintyre!

Ay, me había olvidado de Howard por un momento. Frunzo el ceño y pulso para volver a la conversación que me interesa. No quiero distraerme con vejestorios de Hamleigh.

ViejoHombredeCampo: ¡Nunca he leído nada de Agatha Christie, pero lo haré ahora que me la has recomendado! ¿Por qué libro debería empezar, Eileen?

Sonrío mientras tecleo. Vale, eso está mejor.

17

Leena

Miro el reloj mientras tamborileo con los dedos sobre el volante. Estoy sentada en el asiento del conductor de la furgoneta de la escuela, que al parecer le dejan a mi abuela de vez en cuando para que pueda llevar a toda la tropa al bingo. A mi lado está Nicola, mi nueva (y única) clienta del servicio de taxi gratuito para los ancianos de Knargill. Debe de tener como mínimo noventa y cinco años (nunca he visto a nadie con tantas arrugas), pero sus cabellos castaños solo están salpicados por unas cuantas canas y tiene unas cejas extraordinariamente espesas, erizadas como las de un profesor lunático. Hasta ahora, se ha pasado la mayor parte de los viajes que hemos hecho juntas inventándose teorías infundadas sobre cualquier conductor con el que nos cruzamos por la carretera; es muy borde y divertidísima. Ya he informado a Bee de que tengo una nueva mejor amiga.

Además de ser muy vieja y muy crítica, Nicola está muy aislada. Cuando nos conocimos, me contó que no sabía qué era la soledad hasta que su marido falleció hace cuatro años; ahora se pasa días, incluso semanas, sin ver a otra persona. Dice que es terrible. Que se vuelve loca.

Llevo días tratando de dar con una buena forma de sacarla de casa y por fin se me ha ocurrido una cuando mamá me ha pedido que la recoja para ir al bingo. El bingo es perfecto. Y, sinceramente, cuantos más, mejor, ahora que he tomado la decisión de invitar a mi madre, con la que no tengo una conversación como es debido desde hace un año y dos meses.

—¿Por qué estás tan nerviosa? —pregunta Nicola, mirándome con los ojos entrecerrados.

—No estoy nerviosa.

Ella se queda callada, pero es un silencio incisivo.

—Es por mi madre. Últimamente… no nos llevamos muy bien. Y llega tarde. —Vuelvo a mirar el reloj. Mamá tenía clase de yoga en Tauntingham y me ha pedido que la recoja ahí, que me queda bastante a desmano, pero estoy intentando con todas mis fuerzas no enfadarme por eso.

—¿Habéis discutido?

—Algo así.

—Sea lo que sea, está claro que no merece la pena que estés enfadada con tu madre. La vida es demasiado corta para eso.

—Bueno, me impidió convencer a mi hermana de que probara un tratamiento para el cáncer que podría haberle salvado la vida. Y ahora mi hermana está muerta.

Nicola se queda callada.

—Vale —dice—. Caray.

En ése momento, la puerta de la furgoneta se desliza y se sube mi madre. Me doy cuenta de que la ventanilla de Nicola está abierta de par en par y hago una mueca.

—¿Un tratamiento que podría haberle salvado la vida? —repite mi madre. Me da un vuelco el corazón al escuchar su tono de voz: está teñido de rabia. No me habla así desde que era niña—. ¿Qué tratamiento podría haberle salvado la vida?

—Te lo enseñé —respondo, aferrándome al volante y sin darme la vuelta—. Te enseñé la investigación, te di el panfleto del centro médico de Estados...

—Ah, el panfleto. Ya. El tratamiento que los médicos de Carla desaconsejaron. Sobre el que todos dijeron que no funcionaría y que no haría más que prolongar su dolor, y...

—No todos.

—Perdón, todos salvo ese médico estadounidense tuyo que quería cobrarnos decenas de miles de libras a cambio de darnos falsas esperanzas.

Le doy un manotazo al volante y me giro para mirarla. Está colorada por la emoción; el rubor motea la piel de su pecho y enciende sus mejillas. Noto que algo parecido al miedo se apodera de mí, porque por fin lo estamos haciendo, por fin estamos teniendo esta conversación, está sucediendo.

—Esperanza. Una oportunidad. Toda la vida me has dicho que las Cotton nunca nos rendimos, y entonces, cuando eso era más importante que nada en el mundo, dejaste que Carla hiciera precisamente eso.

Nicola se aclara la garganta. Avergonzadas, mi madre y yo la miramos con la boca abierta, como si nos hubiera dejado a medias.

—Hola —le dice Nicola a mi madre—. Nicola Alderson.

Como si ella hubiera pinchado la burbuja, ambas nos desinflamos.

—Ah, hola, lo siento —dice mi madre antes de sentarse en su asiento y abrocharse el cinturón—. Lo siento mucho. Qué maleducadas, habernos…, habernos… Lo siento mucho.

Me aclaro la garganta y vuelvo a mirar hacia la carretera. El corazón me late con tanta fuerza que casi no puedo respirar, es como si se me fuera a salir por la garganta. Ahora llegaré tarde a recoger al resto de la gente del bingo; giro la llave en el contacto y arranco.

Y me empotro directamente contra un bolardo.

Mierda. Joder. Sabía que ese bolardo estaba ahí, me había fijado en él. Me había dicho a mí misma: «Cuando salgas, acuérdate del bolardo que está fuera del ángulo de visión».

Me cago en todo.

Bajo de un salto de la furgoneta y hago una mueca antes de cubrirme la cara con las manos. El lado inferior derecho del capó tiene una buena abolladura.

—De eso nada —dice mamá, saltando de la furgoneta detrás de mí y cerrando la puerta de golpe—. Estoy harta de tener este tipo de conversaciones contigo a medias. Lo siento, Nicola, pero no hemos acabado.

—Tranquila —grita Nicola—. Voy a subir la ventanilla, ¿vale?

—¿Cómo te atreves a tratarme como si hubiera renunciado a mi propia hija? —dice mi madre, con los puños apretados a ambos lados del cuerpo.

Yo aún estoy procesando lo del capó abollado.

—Mamá…

—Tú no la veías en el día a día. —Mi madre empieza a subir el tono de voz—. Las visitas a urgencias, los vómitos constantes, brutales y desgarradores, las veces que estaba tan débil que no podía ir sola al baño… ¡Se hacía la valiente cuando venías a visitarla, nunca la viste en sus peores momentos!

Suelto un pequeño resoplido. Eso duele.

—Yo quería venir más —declaro. Me pican los ojos, voy a llorar—. Sabes que Carla no quería que dejara el trabajo y yo... Yo no podía estar aquí todo el tiempo, mamá, ya lo sabes.

—Pero yo sí estuve aquí todo el tiempo. Lo vi. Sentí lo que ella sintió. Soy su madre.

Mamá entorna los ojos como un gato, de una forma que me aterra. Antes de que yo pueda responder, ya está hablando de nuevo. Sus palabras brotan en un tono tan áspero y estridente que no parece ella.

—¿Por eso nos abandonaste y nos borraste de tu vida? ¿Para castigarme porque crees que no hice lo suficiente por Carla? Pues deja que te diga algo, Leena. No puedes imaginar cuánto me habría gustado que tu médico estadounidense tuviera razón. Ni te lo imaginas. Perder a Carla ha hecho que me pregunte para qué demonios vivo cada minuto de cada día, y si hubiera algo que creyera que podría haber salvado a mi pequeña, lo habría hecho. —Mi madre tiene las mejillas empapadas en lágrimas—. Pero no habría funcionado, Leena, y lo sabes.

—Podría haber funcionado —insisto, tapándome la cara con las manos—. Podría haberlo hecho.

—¿Y qué tipo de vida habría tenido Carla? Fue su decisión, Leena.

—Ah, ¿sí? ¡Pues entonces ella también se equivocaba! —grito, dejando caer las manos a los lados con los puños apretados—. No soporto que dejara de luchar. No soporto que tú dejaras de luchar por ella. Además, ¿quién eres tú para echarme en cara que os abandoné? ¿Quién eres tú para decirme que os borré de mi vida? —Mis emociones están hirviendo furibundas en mi estómago y esta vez no las reprimo—. Tú te derrumbaste, joder. Fui yo quien mantuvo el tipo, yo fui quien organizó el funeral, la que hizo todo el papeleo y tú te viniste abajo. Así que no digas que te abandoné. ¿Dónde coño estabas tú cuando perdí a mi hermana? ¿Dónde coño estabas?

Mi madre retrocede un poco. Estoy gritando a pleno pulmón. No le había gritado así a nadie en toda mi vida.

—Leena…

—No —digo secándome la cara con la manga antes de abrir la puerta del conductor violentamente—. No. Ya estoy harta.

—No estás en condiciones de conducir —dice Nicola.

Con dedos temblorosos, giro la llave en el contacto. La furgoneta chisporrotea y se acelera, volviendo a la vida. Me quedo allí sentada, mirando fijamente la carretera que tengo delante, sintiéndome total y absolutamente fuera de control.

Nicola abre la puerta.

La observo.

—¿Qué está haciendo? —pregunto con voz llorosa.

—Ni por todo el oro del mundo pienso dejar que me lleves a ningún sitio así —declara.

Entonces yo también abro la puerta, porque Nicola no puede salir de la furgoneta sin ayuda. Mi madre sigue de pie donde la he dejado, con los brazos cruzados sobre sí misma y los dedos enroscados alrededor de las costillas. Por un momento tengo ganas de correr hacia ella para dejar que me acaricie el pelo como hacía cuando era niña.

Pero en vez de eso le doy la espalda y ayudo a Nicola a bajar del asiento del copiloto. Estoy físicamente agotada, como si hubiera estado horas en el gimnasio. Nos quedamos las tres allí de pie mientras mi madre y yo miramos hacia aquí y hacia allá, hacia cualquier sitio salvo la una a la otra. El viento sopla a nuestro alrededor.

—Muy bien —dice Nicola—. ¿Y ahora?

Más silencio.

—¿No? —pregunta la anciana—. ¿Nadie va a decir nada?

La idea de decir algo me supera. Clavo la mirada en el asfalto mientras el pelo me dibuja rastros húmedos en las mejillas.

—Yo no sé nada de vuestra familia —dice Nicola—, pero lo que sí sé es que está a punto de empezar a llover a cántaros y nos vamos a tener que quedar aquí plantadas en medio de la carretera hasta que Leena esté lo suficientemente tranquila para conducir, así que cuanto antes solucionemos esto, mejor.

—Estoy tranquila —aseguro—. Estoy tranquila.

Nicola me mira con escepticismo.

—Estás temblando como un flan y tienes rímel en la barbilla —dice.

Mi madre decide moverse y extiende una mano.

—Dame las llaves. Ya conduzco yo.

—No tienes seguro. —No soporto mi tono de voz, temblorosa y débil.

Mi madre avanza hacia nosotras mientras un autobús coge la curva y viene en nuestra dirección.

—Bueno, pues entonces llamaré al seguro —dice.

—No sé si prefiero que conduzcas tú o ella —dice Nicola, mirando a mi madre de arriba abajo.

—Bus —digo.

—¿Qué? —pregunta Nicola.

Lo señalo, levanto una mano y luego los dos brazos. El autobús se detiene.

—Por los clavos de Cristo —exclama el conductor mientras se para a nuestro lado—. ¿Qué ha pasado aquí? ¿Se encuentran bien? ¿Han tenido un accidente?

—Solo en sentido figurado, querido —responde Nicola mientras sube—. Y usted será una persona estable, ¿no? ¿No se pondrá a lloriquear?

—No, estoy bien, gracias —asegura el conductor.

—Vale, vale. Pues arriba, señoras. Vamos allá.

Mi madre y yo acabamos sentándonos una a cada lado del pasillo, ambas mirando fijamente hacia delante. Me acomodo lentamente en el asiento de autobús mientras las lágrimas remiten. Sonarme la nariz me hace sentir mucho mejor, como si fuera el final formal del llanto, y, mientras vamos serpenteando hacia Hamleigh, esa sensación terrible de estar fuera de control va remitiendo, la tirantez de mis costillas se va aflojando y los latidos de mi garganta van desapareciendo.

No tengo muy claro lo que acaba de pasar, la verdad, pero ahora no hay mucho tiempo para profundizar en ello… El conductor del autobús ha tenido la amabilidad de desviarse de la ruta habitual para dejarnos en el pueblo, pero, aun así, vamos con retraso.

Los habituales del bingo están reunidos en la esquina de Peewit Street y Middling Lane, delante de la tienda del pueblo; ha empezado a llover hace unos minutos y la mayoría de los integrantes del grupo solo son visibles a medias dentro de sus enormes gabardinas y ponchos impermeables.

—¿Y ahora qué hacemos? —pregunta Nicola a mi lado mientras nos acercamos a la pandilla de bingueros—.

No tenemos furgoneta para llevarlos al bingo. ¿Les digo que no puede ser?

—¡Qué dice! —exclamo, limpiándome la cara—. Claro que puede ser. Lo único que necesitamos es un poco de ingenio.

—¿Seguro que quieres…? —Mi madre se queda callada al verme la cara—. Vale. ¿Qué necesitas?

—Rotuladores —respondo—. Sillas. Y una toallita húmeda para el rímel de la barbilla.

—¡Veintisiete! ¡Dos, siete! ¡Treinta y uno! ¡Tres, uno, el treinta y uno!

Estoy afónica de gritar después de tanto llorar. Gracias a Dios que la abuela tiene una impresora… Tras media hora de resoplidos lentos y dolorosos, al final ha impreso quince cartones de bingo. En algún momento, durante ese lapso de tiempo, mi madre ha desaparecido (tal vez sea lo mejor), pero el resto de los fanes del bingo de Hamleigh están sentados en todas las sillas disponibles de la casa de mi abuela, a las que hemos sumado tres de Arnold. Después de algunas quejas iniciales, los jugadores se han quedado impresionados con el despliegue, muy a su pesar, y, tras improvisar unas bandejas con aperitivos que la abuela tenía guardados en el congelador y de servirles un poco de sidra, los ánimos de la sala han mejorado notablemente.

Hemos reorganizado el salón para que yo pueda ponerme delante, donde está la tele, y que toda la pandilla del bingo pueda verme. Y, en teoría, oírme, aunque eso ya no está yendo tan bien.

—¿Eh? —brama Roland—. ¿Era el cuarenta y nueve?

—¡El treinta y nueve! —le contesta Penelope a gritos.

—¿Veintiuno?

—¡Treinta y uno! —grita ella.

—Quizá sea mejor que Penelope se siente al lado de Roland —sugiero—. Para que pueda repetirle lo que yo digo.

—En el bingo de verdad no tendríamos este problema —se apresura a señalar Betsy.

—En el bingo de verdad la sidra está malísima —dice Roland antes de beber alegremente un trago de la botella.

—Y esos minirrollitos de primavera están deliciosos —añade Penelope.

Disimulo una sonrisa y vuelvo a centrarme en el generador aleatorio de números del teléfono de Kathleen. Mi teléfono (anteriormente conocido como el teléfono de la abuela) es demasiado rudimentario para tener esas aplicaciones, pero Kathleen ha venido en mi rescate y me ha dejado su móvil.

—¡Cuarenta y nueve! —grito—. ¡Cuatro, nueve!

—¡Creía que ya habías dicho el cuarenta y nueve! —exclama Roland—. ¿No ha dicho ya el cuarenta y nueve?

—¡Era el treinta y uno! —le responde Penelope a voz en grito.

—¿Treinta y siete?

—¡Treinta y tres! —grita otra voz. Es Nicola. Está detrás de Roland y al ver su cara de cabreo pongo los ojos en blanco.

—Eso no ayuda —le susurro y ella se encoge de hombros con total indiferencia.

—¿Alguien ha dicho el treinta y tres? —pregunta Roland.

—¡El treinta y uno! —grita Penelope con entusiasmo.

—El cuarenta…

—¡Me cago en tus muelas, Roland, enciende el puto audífono! —brama Basil.

Se produce un silencio breve de horror al que le sigue un alboroto cacofónico de indignación procedente del grupo. Me froto los ojos; me escuecen de tanto llorar. Suena el timbre de la puerta y yo hago una mueca. Sé perfectamente quién es.

No he tenido el valor de contarle a Jackson por teléfono que la furgoneta de la escuela que tan amablemente me ha prestado tiene el capó abollado y que en estos momentos está abandonada a las afueras de Tauntingham. Me ha parecido más adecuado contárselo en persona.

Voy rápidamente hacia la puerta, una tarea que no resulta fácil cuando hay una pista de obstáculos llena de sillas y bastones que atravesar.

Jackson lleva puesto un gorro de lana gris gastado que le cubre a medias la oreja izquierda y la camisa que tiene por debajo de la chaqueta está tan arrugada que parece que ha hecho las arrugas aposta con la plancha. Me sonríe cuando le abro la puerta.

—¿Estás bien? —me pregunta.

—Mmm —respondo—. ¿Quieres pasar?

Él entra obedientemente en el vestíbulo y ladea la cabeza al oír el jaleo que viene del salón. Me mira con curiosidad.

—Ha habido un cambio de planes con lo del bingo —digo. Me siento violenta—. Precisamente… de eso quería hablarte. He tenido un pequeño accidente… con la furgoneta… que tú me has dejado.

Jackson intenta asimilar la noticia.

—¿Cómo de grave? —pregunta.

—Lo pagaré yo si no lo cubre el seguro, por supuesto. E iré andando hasta donde está aparcada para devolvértela, llevarla directamente al taller o lo que te venga mejor a ti en cuanto se haya ido toda la tropa. Y sé que ya voy a ir a ayudarte a pintar la clase este fin de semana, pero si hay algo más que pueda hacer para compensarte por..., por sembrar el caos en tu vida siempre que tengo oportunidad...

Me quedo callada. Parece que a él le hace gracia.

—No hay problema.

—¿En serio?

Jackson se quita el gorro y se revuelve el pelo.

—Bueno, no es que no haya ningún problema literalmente, pero eres más dura contigo misma de lo que nunca podría serlo yo y eso hace que pierda toda la gracia echarte la bronca.

—Vaya, lo siento —digo antes de echarme a reír—. No, no lo siento. Pero gracias. Por no cabrearte. Ha sido un día de mierda.

—Y encima tienes el salón lleno de jugadores de bingo.

—Sí. Un día de mierda que ha acabado siendo muy raro. ¿Quieres venir y unirte a nosotros? —pregunto—. Hay sidra. Y comida en miniatura envuelta en una masa que parece de cartón.

—Sidra —dice Jackson—. ¿Y el hidromiel?

—¿Eh?

Un hoyuelo hace acto de presencia en una de sus mejillas.

—Nada, es que me extraña que desaproveches la oportunidad de mostrar las maravillas de una velada de temática medieval.

—¡Yo nunca caería tan bajo! —exclamo.

—¿Y qué es eso, entonces? —pregunta, señalando un montón de muestras de tela que hay sobre la consola.

Mierda.

—Pues...

Jackson coge un par de retales. Se los he estado enseñando a Penelope mientras cocinaba los rollitos de primavera. Son preciosos, parecen salidos directamente de Invernalia. El que tiene él ahora mismo en la mano es de un color dorado precioso con un estampado de escudos de armas con un dragón.

—Estoy pensando en… cambiar la decoración —digo mientras lo acompaño al salón.

—¿Cambiar la decoración de la casa de tu abuela? ¿Con dragones?

—¡Ya conoces a la abuela! —comento—. ¡Le encanta la mitología!

Parece que esto le hace gracia, pero me devuelve el pedacito de tela. Caminamos uno al lado del otro hacia el salón; él se detiene en la puerta y echa un vistazo al caos, con una expresión insondable.

—¿Crees que a mi abuela le daría un ataque si viera que he puesto el salón patas arriba? —pregunto—. ¿Es eso lo que estás pensando?

—La verdad es que estaba pensando que esto es muy Eileen Cotton —declara esbozando una sonrisa.

Me da la sensación de que acabo de echar a la Guardia Vecinal de la casa de la abuela cuando vuelvo a verlos al día siguiente en el ayuntamiento. Es nuestra segunda reunión del Comité del Primero de Mayo. Es un encuentro importante.

He preparado unos folletos. He traído muestras de garrapiñadas, de frutas confitadas y de carne a la brasa. He determinado cuál es el público objetivo del Festival del Primero de Mayo y he explicado lo perfecta que es la temática medieval para la gente que asista a la feria.

—¿Quién está a favor de la idea de Leena? —pregunta Betsy.

Nadie levanta la mano.

—Lo siento, querida —dice Penelope—. Pero Jackson sabe lo que nos conviene.

Jackson tiene la decencia de parecer ligeramente avergonzado. Él no ha repartido folletos. Ni siquiera ha traído muestras de comida. Se ha limitado a levantarse con su encanto desaliñado y arrebatador para decir cuatro cosas sobre el tiro al coco, los sombreros de paja y el lanzamiento de aros con piñas. Y luego ha sacado la artillería pesada al comentar que a Samantha le haría muchísima ilusión disfrazarse de mandarina.

A ver, un momento…

¡Hay una mano levantada! ¡Una mano!

Arnold está de pie en el umbral de la puerta con el brazo en alto.

—Yo voto por la idea de Leena —dice—. Lo siento, hijo, pero en la suya hay halcones.

Le sonrío. Jackson, para variar, parece que encuentra divertido todo esto. ¿Qué hace falta para cabrear a este hombre?

—No sabía que formaras parte del Comité del Primero de Mayo, Arnold —dice Betsy.

—Ahora sí —replica él tranquilamente mientras entra dando zancadas y coge una silla.

—Bueno, sigue ganando la temática de Jackson por mayoría aplastante, como te habrás dado cuenta, Leena.

—Vale —digo tan amablemente como puedo—. Está bien. Temática tropical, entonces.

Estoy cabreada, por supuesto. Quería ganar. Pero recopilar toda esa información ha sido lo más divertido que he hecho en años y al menos tengo a Arnold en mi equipo, que además se ha presentado en una reunión del pueblo. Mi abuela va a alucinar cuando le diga que Arnold, el ermitaño de la villa, ha estado contribuyendo al bien común.

Le susurro un agradecimiento mientras la reunión sigue su curso y él me dedica una sonrisa fugaz. Cuando Basil empieza otra vez a soltar el rollo de las ardillas, me cambio de silla para sentarme al lado de Arnold, ignorando la visible consternación de Roland por haber alterado el plan de distribución de los asientos.

—¿Cómo es que le ha dado por venir? —le pregunto en voz baja.

Arnold se encoge de hombros.

—Me apetecía probar algo nuevo —dice.

—¡Ha decidido empezar de cero! —susurro—. ¿Verdad?

Él mete la mano en el bolsillo y saca un librito de tapa blanda: *Asesinato en el Orient Express*. Betsy lo mira horrorizada mientras él se recuesta en la silla y lo abre por la página donde lo había dejado, a pesar de que Basil está en pleno discurso.

—No te hagas ilusiones —me advierte Arnold, ajeno a las miradas del resto del Comité—. He venido sobre todo por las galletas.

Da igual. Arnold es básicamente como Shrek: un ogro verde gruñón que ha olvidado cómo ser amable con la gente. Y yo me he propuesto ser su Asno. Ya he vuelto a invitarlo esta semana a tomar el té y me ha dicho que vendría, así que está claro que vamos progresando.

Si Arnold el gruñón puede venir a una reunión del Comité del pueblo, cualquier cosa es posible. Cuando acaba la reunión, observo que Betsy va lentamente hacia el perchero, colocándose el pañuelo de seda sobre el cuello. Hemos empezado con mal pie. ¿Y qué? Nunca es demasiado tarde para cambiar las cosas, como le dije a Arnold.

Me acerco a ella con la barbilla levantada y me pongo a su lado mientras sale del ayuntamiento.

—¿Cómo le va, Betsy? —le pregunto—. Tienen que venir algún día a tomar el té. Usted y su marido. Me encantaría conocerlo.

Ella me mira con recelo.

—A Cliff no le gusta salir —replica mientras se pone la chaqueta.

—Ah, perdón… ¿No está bien?

—No —dice ella mientras da media vuelta.

Camino a su lado.

—Sé que debe de echar de menos a la abuela para hablar. Espero que si…, si alguna vez necesita ayuda, o alguien con quien hablar, acuda a mí.

Ella me mira con incredulidad.

—¿Me estás ofreciendo ayuda?

—Sí.

—¿Y qué ibas a hacer tú? —me pregunta. Tardo un rato en darme cuenta de que está repitiendo lo que yo le dije a ella la primera vez que fue a verme.

—Lo siento —digo con sinceridad—. Fui una maleducada al decirle eso. Es que no estoy acostumbrada a que nadie me ofrezca ayuda de corazón, sobre todo en lo que respecta a la muerte de Carla. Normalmente a la gente no le gusta hablar de ella tan directamente. Me pilló desprevenida.

Betsy se queda callada un buen rato. Caminamos en silencio por Lower Lane.

—Sé que fuiste tú quien le pidió al ayuntamiento que arreglaran los baches —dice finalmente, señalando con la cabeza el pavimento que tiene delante.

—Ah, sí, no ha sido nada. Deberían haberlo hecho hace siglos. Solo hice unas cuantas llamadas.

—No ha pasado desapercibido —comenta Betsy con frialdad mientras nos separamos.

18

Eileen

Tras cinco intentos, consigo acorralar a la insensible mujer que vive en el 6. Está tan poco en casa que no entiendo por qué demonios es tan quisquillosa con lo que hace la gente en el edificio.

La ventaja de haber tardado tanto tiempo en conocerla es que, cuando al fin nos vemos las caras, mi mal humor se ha enfriado y no me supone tanto esfuerzo hacerme la simpática.

—Hola —digo cuando me abre la puerta—. ¿Es usted Sally?

—Sí —responde esta con cierta agresividad. Va vestida de traje, sin maquillar y lleva la melena negra recogida en una cola de caballo torcida—. ¿Quién es usted?

—Eileen Cotton. Vivo con Fitz y Martha, en el 3.

Sally tarda un poco en reaccionar.

—Ah, ¿sí? —pregunta. Tengo la clara impresión de que cree que podría estar mintiendo.

—Estoy aquí porque he oído que se opone a nuestra idea de crear un pequeño club social en la zona desaprovechada del piso de abajo del edificio. ¿Puedo entrar para que hablemos del tema?

—Me temo que no. Estoy muy ocupada —responde ella, disponiéndose ya a cerrar la puerta.

—Disculpe —digo con aspereza—. ¿De verdad va a cerrarme la puerta en las narices?

Ella vacila, un tanto sorprendida. Mientras permanece allí de pie, con la puerta entreabierta, me fijo en que no solo tiene un cerrojo por dentro, sino tres.

Me calmo un poco.

—Entiendo que le preocupe que entren desconocidos en el edificio. Sé que puede dar miedo vivir en esta ciudad. Pero a los almuerzos del club solo asistirán ancianas y ancianos muy respetables y la puerta de la entrada seguirá estando cerrada mientras se celebren las reuniones, para que no pueda entrar ningún desconocido en el edificio. Solo gente mayor.

Sally guarda silencio. Puede que sea más joven de lo que había creído; últimamente me cuesta calcular la edad de la gente y su seriedad y el traje me han despistado.

—Mire —replica ella finalmente, en tono brusco y sin miramientos—. No es que no me guste la idea. Pero que una persona sea mayor no quiere decir que no pueda ser peligrosa. ¿Y si entra alguien y en vez de irse cuando se van todos se queda escondido en el edificio?

Yo asiento.

—Vale. ¿Y si prometemos apuntar los nombres y contar a la gente a la entrada y a la salida para que nadie pueda quedarse dentro?

Ella ladea la cabeza.

—Pues… gracias —dice fríamente—. Me parece sensato.

Se hace un silencio un tanto violento.

—Entonces ¿da su permiso para que sigamos adelante con lo del club? —pregunto—. Es la única persona que nos falta.

La mujer parpadea.

—Bueno. Sí. Vale, siempre y cuando contemos a las personas que entran y salen.

—Por supuesto. Tal y como hemos acordado. —Le estrecho la mano—. Ha sido un placer conocerla, Sally.

Lo de «un placer» es un poco exagerado, pero la necesidad apremia.

—Igualmente, Eileen.

Vuelvo directamente al piso de Leena.

—Todo solucionado con Sally, la del 6 —le digo a Fitz mientras paso por delante de él a toda prisa de camino al cuarto de Leena.

Él se me queda mirando boquiabierto.

—¿Cómo lo haces? —pregunta.

Unas cuantas noches después, Tod y yo estamos hombro con hombro en el dormitorio de su lujosísima casa, recostados sobre las almohadas. Estar tumbados y enredados el uno en los brazos del otro es un poquito menos práctico cuando las dos personas tienen problemas de espalda. Eso no quiere decir que esto no sea maravillosamente íntimo; Tod tiene el brazo pegado al mío, con la piel caliente de hacer el amor, y ha echado las mantas hacia mi lado porque sabe que se me enfrían los dedos de los pies.

Es peligrosamente íntimo, de hecho. Creo que podría acostumbrarme a esto.

Suena un teléfono; yo no me muevo porque siempre es el de Tod y suele haber alguien muy importante al otro lado de la línea, como un productor o un agente. Él coge el móvil que está en la mesilla de noche, pero la pantalla está en negro. Le echo un vistazo al mío: es Marian.

Me apresuro a contestar.

—¿Sí?

—¿Mamá? —dice Marian.

Se echa a llorar.

—Marian, cielo, ¿qué pasa?

—Lo siento —dice—. De verdad que he intentado dejarte un poco de espacio. Pero... es que... no puedo...

—Cielo, lo siento mucho. —Deslizo los pies fuera de las mantas para intentar coger mi ropa—. ¿No te has tomado...?

—No, no, no es eso, mamá. Y me estoy cuidando, te lo prometo: como bien, voy a clases de yoga...

Suspiro. Eso de ponerse a la pata coja y retorcerse no es para mí, pero el yoga ha ayudado muchísimo a Marian. Empezó a practicarlo cuando diagnosticaron a Carla y fue la única novedad que llegó para quedarse, no solo durante unos meses, sino durante años. Si Marian deja de hacer yoga, es que la cosa está fatal.

—Qué bien, cielo. ¿Te ha pasado algo con Leena, entonces?

—Tuvimos una tremenda discusión a gritos en medio de la carretera el lunes por la noche y no he sido capaz de quitarme de la cabeza en toda la semana lo..., lo enfadada que está. Mamá, me odia. No estuve ahí cuando me necesitaba y ahora..., ahora la he perdido.

—Ella no te odia, cielo, y tampoco la has perdido. Está dolida y enfadada y todavía no lo ha aceptado, pero lo hará. Esperaba que esta vez os viniera bien estar juntas, pero...

Me pongo a revolver el montón de ropa de Tod y mía como una loca, frustrada por mi propia lentitud, mientras trato de mantener el teléfono pegado a la oreja con la otra mano.

—Volveré a casa —digo.

—No, no, no quiero que hagas eso. —Se le nota en la voz que está llorando—. Estoy bien. No estoy teniendo… uno de esos momentos, ya me entiendes.

Pero ¿quién dice que no lo tendrá cualquier día de estos? Y si Leena le grita en la calle, ¿quién va a estar ahí para garantizar que Marian siga de una pieza?

—Voy a volver y se acabó. Hasta ahora, cielo. —Cuelgo el teléfono antes de que a ella le dé tiempo a protestar.

Cuando me doy la vuelta, Tod me está mirando con las cejas levantadas.

—No digas nada —le advierto.

Él se queda atónito.

—No pensaba interferir —dice.

—Nada de hablar de la familia —le recuerdo—. Fue lo que acordamos. Límites.

—Por supuesto. —Tod se queda callado y me mira fijamente mientras me visto. Ojalá pudiera moverme con más rapidez—. Pero…

Cojo el bolso de la silla que está al lado de la puerta.

—Ya te llamaré —le digo antes de cerrar la puerta detrás de mí.

Una vez fuera de la casa, busco un banco en el parque y me siento para respirar hondo. Tod vive en un barrio pijo de la ciudad llamado Bloomsbury, donde hay un montón de zonas verdes rodeadas de verjas negras de hierro y coches caros con los cristales tintados.

No soy capaz de imaginarme una versión de la familia Cotton que se pelee a gritos en la calle. Esa no es nuestra forma de hacer las cosas. ¿Cómo hemos llegado hasta aquí?

Nunca debí dejarlas solas. Este viaje a Londres ha sido por puro egoísmo y me alegro de que Marian me haya hecho entrar en razón antes de que se ponga peor sin que yo esté en Hamleigh.

Las palomas picotean alrededor de mis pies mientras yo hurgo en el bolso hasta que encuentro la agenda. A ver, Rupert nos ha invitado a tomar algo en el piso en el que vive con Aurora para celebrar que hemos conseguido el permiso para crear el Club Social de Maduritos de Shoreditch. Ahora no puedo echarme atrás, porque Letitia no irá a menos que vaya yo, y ella lo necesita. Me iré mañana. Está decidido. Llamaré a Leena a primera hora.

No creo que pudiera evitar perder los estribos si hablo con ella ahora.

Cuando Letitia abre la puerta, me doy cuenta al momento de lo nerviosa que está. Tiene los hombros a la altura de las orejas y la barbilla pegada al pecho.

—Vamos —digo con brío—. Yo tampoco estoy de humor para este evento, pero nos hemos comprometido y, además, estoy orgullosa de lo que estamos haciendo con el espacio de la planta baja, aunque no vaya a ver cómo se materializa el Club Social de Maduritos de Shoreditch.

—¿Tenemos que hacerlo? —pregunta compungida.

—¡Por supuesto! —digo—. Venga. Cuanto antes vayamos, antes podremos marcharnos.

Martha y Fitz también van a venir, aunque no sé yo cómo va a bajar Martha las escaleras con ese bombo gigante que tiene últimamente. Ya no puede ir a la oficina, así que suele apoltronarse en el sofá con los pies sobre la mesita de centro y el portátil en frágil equilibrio sobre su barriga. Y Yaz todavía no se ha pronunciado sobre cuándo volverá a casa. Frunzo los labios mientras bajamos hacia el piso de Rupert y Aurora. Me encantaría donarle a esa tal Yaz un pedazo de mi cerebro.

—¡*Signora* Cotton! —exclama Aurora mientras abre con energía la puerta del piso—. Le debo una disculpa enorme por cómo me comporté cuando la conocí. Estaba enfadada porque tenía un poco de gusa.

—Ah, hola —digo mientras la mujer me atrae hacia ella para abrazarme. Tiene un marcado acento italiano; puede que la palabra «gusa» sea un término de su país, aunque no me lo parece.

—Y usted debe de ser Letitia —dice Aurora, estrechando la cara de esta entre sus manos—. ¡Tiene unos pendientes preciosos!

Letitia me mira con un pánico evidente. Creo que lo de tocarle la cara ha sido un poco demasiado para ella. Tomo a Aurora del brazo y le doy un tironcito para azuzarla.

—¿Podrías enseñarme este piso tan bonito? —pregunto.

—¡Pues claro! Sus compañeros de piso ya están aquí —me informa señalando el elegante sofá gris en el que Martha ya está acomodada, con los pies sobre el regazo de Fitz. Siento una extraña punzada de cariño al verlos discutiendo entre ellos, distraídos. No hace mucho que los conozco. No debería haberme encariñado tanto con ellos; esta noche tendré que decirles que me voy.

—Esta es mi última escultura —señala Aurora. Doy un gritito al verla—. Es un pene gigante de mármol, con un loro también de mármol encima. O... en la punta, mejor dicho.

No puedo evitarlo y miro a Letitia.

—Una señal del más allá —le susurro; ella reprime una sonrisa y disimula una risilla con una tos.

—Maravilloso —le digo a Aurora—. Muy… evocador.

—¿A que sí? —dice con entusiasmo—. Acompáñenme a la cocina, les prepararé un cóctel…

—No —dice Fitz rotundamente—. Ni se te ocurra.

—¿Cómo que no?

—¡No puedes irte!

Me apunta con una aceituna clavada en un palillo. Aurora y Rupert preparan unos cócteles buenísimos, aunque al principio lo de las aceitunas en los palillos me ha parecido un poco raro. Fitz dice que son «irónicas». Ahora vuelvo a tener esa sensación flotante del perfume, mientras estoy encajada entre Martha y Fitz en el sofá, con una copa de martini en la mano.

—Señora Cotton… Eileen —dice Fitz—. ¿Has hecho lo que te habías propuesto?

—Bueno… —respondo, pero él me interrumpe con un gesto de la mano.

—¡No, no lo has hecho! ¡El Club Social de Maduritos de Shoreditch aún no está en marcha! ¡No has conocido a al tal ViejoHombredeCampo que te quita el aliento! ¡Y desde luego aún no has acabado de solucionarme la vida! —declara.

Mmm. No sabía que se hubiera dado cuenta de que estaba intentando hacerlo.

—¿Desde cuándo las Eileen Cotton se rinden? Porque las Eileen Cotton que yo conozco no tienen pinta de rendirse.

—No empieces otra vez —le pido sonriendo—. Tengo que irme, Fitz.

—¿Por qué? —pregunta ahora Martha.

Normalmente no respondería con sinceridad a una pregunta así. Al menos si fueran Betsy o Penelope quienes me lo preguntaran. Pero pienso en Martha llorando, haciéndome un gesto con la mano para que me acerque y contándome lo asustada que está por la llegada del bebé y no puedo evitar decirle la verdad.

—Marian me necesita. No es capaz de apañárselas sola y Leena no ha hecho más que empeorar las cosas. —Miro fijamente mi martini. Creo que estoy un poco achispada. Eso ha sido muy indiscreto—. Ha tenido una bronca con su madre. ¡Le ha gritado en plena calle! Nosotras no hacemos así las cosas.

—A lo mejor les ha venido bien —sugiere Martha suavemente, removiendo su cóctel de pega.

—Pues claro —dice Fitz—. Las dos necesitan aclarar las cosas. Gran parte del problema es que Leena lleva un año tragándoselo todo. ¿La has visto al teléfono con su madre? A los veinte segundos de hablar de trivialidades, se le pone cara de conejita aterrada. —Fitz la imita y le queda realmente bien—. Y luego se lanza por la borda de la conversación como un marinero con el barco agujereado. —Se queda callado—. ¿Esa metáfora funciona? —le pregunta a Martha.

Ella arruga la nariz.

—Leena está tan cabreada con Carla como con Marian —declara Fitz categóricamente—. Y más que con cualquiera de ellas, está cabreada consigo misma, porque ¿cuándo se ha topado Leena Cotton con un problema que no puede resolver con un esfuerzo sobrehumano y una lluvia de ideas, como ella dice?

—Está bien que expresen sus sentimientos —opina Martha—. Las peleas resultan catárticas, a veces.

—Pero Marian es frágil —les explico—. Está destrozada. ¿Cómo le va a ayudar que le griten?

—¿Es frágil? —pregunta Martha con tacto—. A mí siempre me ha parecido muy fuerte.

Yo niego con la cabeza.

—No sabes toda la historia. Durante este último año ha estado teniendo... problemas. Crisis. Es terrible. No me deja entrar en su casa. Llamo y llamo y finge que no está. La última vez fue la peor: no salió durante días. Al final usé mi llave para entrar y estaba sentada en la alfombra, escuchando una de esas cintas horribles en las que un hombre suelta una perorata sobre que el dolor es un prisma y que hay que dejar que la luz entre en nosotros, o alguna chorrada de esas. Fue como... —me quedo callada al ver la cara de dolor de Martha—. ¿Qué pasa? ¿He dicho algo malo?

—No, no —asegura Martha, con la mano sobre la tripa—. En absoluto.

—¿En absoluto qué? —pregunta Fitz.

—Dios mío —dice Letitia. Lleva tanto tiempo sin hablar que nos quedamos todos un poco sorprendidos; hasta ella parece asombrada. Señala la barriga de Martha—. ¿Eso ha sido una contracción?

—No pasa nada —dice Martha, respirando por la nariz—. Las tengo desde la hora de la comida. No son contracciones de verdad.

—¿No? —pregunta Letitia observándola—. ¿Cómo lo sabes?

—Porque Yaz aún no ha vuelto y no salgo de cuentas hasta dentro de tres semanas —responde Martha.

—Ya —dice Fitz, mirándome con las cejas arqueadas—. Solo que no sé si el bebé estará al tanto de tu agenda.

—Sí que lo está —asegura Martha con los dientes apretados—. Es... ¡Aaah, ayy, auu! —Se aferra a la mano de Letitia, que es la que le queda más cerca. Letitia da un grito—. Vale —dice volviendo a recostar la cabeza en el sofá—. Vale, bien. Ya está. ¿Por dónde íbamos? Ah, sí, Eileen, continúa: las crisis de Marian.

La miramos todos fijamente.

—¿Qué? —pregunta—. No pasa nada. Solo tengo que ir al hospital si las contracciones son..., si las contracciones son... —Martha se inclina hacia delante de nuevo, con la cara desencajada. Emite una especie de gemido inquietantemente animal. Reconozco ese sonido.

—Martha, cariño..., esas contracciones parecen muy reales —opino.

—Es demasiado pronto. —Martha jadea una vez que la contracción ha pasado—. No... No puedo...

—Martha —dice Fitz, poniéndole las manos sobre los hombros—, ¿sabes cuando dices que un cliente se porta como un idiota y no ve lo que tiene delante de las narices? ¿Como esa mujer que creía que su sala de estar era lo suficientemente grande como para poner un riel para colgar fotos?

—Sí —jadea Martha.

—Pues tú estás siendo esa mujer —declara Fitz.

Diez minutos después, los gemidos se han transformado en gritos.

—Tenemos que llevarla al hospital —les dice Fitz a Rupert y Aurora. La verdad es que ellos se han metido de lleno en el papel. Aurora va de aquí para allá cogiendo agua y tecleando preguntas en el buscador de Google; Rupert, que hizo sus pinitos como paramédico en su juventud, está recitando desesperadamente los consejos que recuerda sobre los partos, algo que no está tranquilizando a Martha, pero que está haciendo que el resto de nosotros nos sintamos un poco mejor.

—¿Cuál era el plan de Martha para cuando viniera el bebé? —le pregunto a Fitz.

—Yaz —responde él, haciendo una mueca—. Tiene coche e iba a llevarla al hospital.

—Pero ella no está aquí —digo—. ¿Cuál era el plan B? Todo el mundo se me queda mirando.

—Yo tengo una moto —se ofrece Rupert.

—Un escúter —lo corrige Aurora. Rupert se molesta.

—No creo que sea lo más adecuado —dice Fitz frotándole la espalda a Martha mientras ella se recuesta sobre el brazo del sofá, gimiendo—. ¿Cuánto tardaría en llegar un Uber?

Rupert lo consulta en el teléfono y silba entre dientes.

—Veinticinco minutos.

—¿¡Veintiqué!? —grita Martha con una voz que no se parece en nada a la suya—. ¡Eso es literalmente imposible! ¡Siempre hay un Uber a menos de cinco minutos! ¡Es una ley física! ¿Dónde está Yaz? ¡Se supone que debería estar aquí, joder!

—En Estados Unidos —responde Letitia—. ¿Qué pasa? —pregunta al ver cómo la miro—. ¿No es cierto?

—No contesta al teléfono —me dice Fitz en voz baja—. Seguiré intentándolo.

Martha se agacha, medio gimiendo, medio gritando. Fitz se estremece.

—Yo no debería estar viendo esto —dice—. Se supone que debería estar abajo, con un puro y un whisky, paseando por la sala, ¿no? ¿No es eso lo que hacen los hombres en estas situaciones?

Le doy una palmadita en la espalda.

—Déjame a mí. —Cojo un cojín del sofá para apoyar las rodillas y me agacho al lado de Martha—. Fitz, ve a hablar con los vecinos. Alguno habrá que tenga coche. Aurora, coge unas toallas. Por si acaso —le digo a Martha cuando ella se gira hacia mí presa del pánico—. Y tú, Rupert..., ve a esterilizarte las manos.

—¡Arriba! ¡Arriba! —grita Sally, la del 6.

Esta situación de emergencia ha sido maravillosa para unir al edificio. Por fin puedo decir que he conocido absolutamente a todos los vecinos. Me ha sorprendido que Sally haya respondido tan bien, aunque tampoco le quedaba más remedio: es la única del edificio que tiene coche y cuando llamamos a su puerta los gritos desgarradores de Martha rebotaban por las paredes.

—Lo único que sé de Sally es que gestiona fondos de cobertura y que vive en el 6, pero no tengo ningún reparo en subirme a su furgoneta gigante de asesina en serie —comenta Fitz, perplejo—. ¿Esto es espíritu de comunidad, Eileen? ¿Confiar en tus vecinos y todo ese rollo? Que Dios nos pille confesados...

Marta le aprieta la mano como si le fuera la vida en ello. Tiene la frente apoyada en el reposacabezas del asiento de delante; cuando vuelve a echarse hacia atrás, veo que ha dejado una tenue mancha oscura de sudor sobre la tapicería. No tiene buena cara. Este bebé no pierde el tiempo.

—¡Vamos! ¡Vamos! ¡Vamos! —grita Sally, aunque no sé muy bien a quién, porque es ella la que va en el asiento del conductor. Sale de su plaza de aparcamiento y toca varias veces el claxon, indignada—. ¡Emergencia! ¡Llevo a una mujer de parto! —grita por la ventanilla mientras amenaza con el brazo a un taxista cabreado—. ¡No hay tiempo para miramientos!

La definición de «miramientos» de Sally es bastante amplia y al parecer abarca gran parte de las normas de circulación. La mujer se salta todos los semáforos en rojo, golpea un espejo retrovisor, se sube a tres bordillos y le grita a un peatón por tener la desfachatez de cruzar por un paso de cebra en el momento menos oportuno. Me parece fascinante que una mujer tan preocupada por sentirse a salvo en su propia casa conduzca como si estuviera en los coches de choque. Aun así, me encanta que se haya involucrado. Aunque todavía tengo que averiguar por qué tiene una furgoneta tan grande, siendo una mujer que vive sola en el centro de Londres. Espero de corazón que Fitz no esté en lo cierto, me sentiría fatal si resultara ser una asesina en serie.

Martha me saca de mi ensimismamiento con un aullido largo, estridente y agonizante.

—Ya casi estamos —le digo para tranquilizarla, aunque no tengo ni idea de dónde nos encontramos—. En nada estarás en el hospital.

—Yaz —dice Martha como puede mientras se le marca una vena de la frente. Luego me agarra del brazo de esa forma urgente y animal que solo puede ser fruto del dolor.

—No consigo localizarla, cariño —dice Fitz—. Debe de tener función. Pero seguiré intentándolo.

—Dios santo, no puedo hacer esto —se lamenta Martha—. ¡No puedo hacerlo!

—Claro que puedes —digo—. Pero sé buena y no lo hagas hasta que lleguemos al hospital.

19

Leena

Voy por la quinta hornada de *brownies*. He descubierto cuatro formas totalmente distintas de hacerlos mal: quemarlos, dejarlos crudos, olvidarme de forrar la bandeja y sin harina (no se puede caer más bajo).

Pero estos están perfectos. Solo hace falta aplicarse. Y practicar. Y posiblemente un estado mental un poquitín más sereno. He iniciado el proceso turbada, echando de menos a Carla, enfadada con mi madre y preguntándome qué demonios estaba haciendo con mi vida, y he llegado a la conclusión de que a lo mejor los *brownies* son como los caballos y pueden percibir tu nivel de estrés.

Ahora, sin embargo, estoy tranquila, tengo *brownies* y…, finalmente, por fin, después de haber fallado tantos fines de semana…, Ethan está aquí.

Deja caer sus maletas y me abraza levantándome del suelo en cuanto abro la puerta principal.

—¡Bienvenido al idílico mundo rural! —le digo mientras me vuelve a bajar.

—¿Huele a algo quemado? —pregunta Ethan—. ¡Pero delicioso! ¡Deliciosamente quemado! ¿A la brasa? ¿A la barbacoa? Esas son formas geniales de quemar cosas —añade al ver mi cara.

—He hecho *brownies*. Unas cuantas veces. ¡Pero mira! —Lo guío con orgullo hasta la bandeja de cuadraditos perfectos de chocolate que hay sobre la mesa del comedor de la abuela.

Él coge uno, le da un mordisco enorme, luego cierra los ojos y gime.

—Vale —dice con la boca llena—. Está buenísimo.

—¡Sí! Lo sabía.

—Siempre tan humilde —dice Ethan cogiendo el paño de cocina que tengo sobre el hombro—. ¡Increíble! ¡Tú haciendo repostería! ¡Estás hecha toda un ama de casa!

Yo le quito el paño y le doy un azote con él.

—Cállate.

—¿Por qué? A mí me gusta —asegura él, acariciándome el cuello con la nariz—. Es sexy. Ya sabes que me encanta que te pongas en plan ama de casa de los cincuenta.

Me ruborizo y lo aparto de un empujón.

—¡Era un disfraz de personaje de novela de misterio y no hice absolutamente nada con él, y aunque lo hubiera hecho no habría sido para ti!

—¿No? —pregunta Ethan con una sonrisa pícara—. Porque recuerdo claramente que sí hiciste una cosita...

Me río, zafándome de sus manos, que no dejan de toquetearme, y me voy a la cocina.

—¿Te apetece un té?

Ethan me sigue.

—Me apetece una cosa —dice—. Pero no es té.

—¿Un café?

—Inténtalo de nuevo. —Él se pega a mí por detrás, recorriendo mi cintura con las manos.

Me doy la vuelta entre sus brazos.

—Lo siento… Ahora mismo no tengo ganas de hacerlo. Me he pasado casi todo el día llorando y ha sido una semana muy rara. Volver aquí me ha…

—¿Convertido en tu abuela? —pregunta Ethan levantando las cejas de forma burlona.

Doy un paso atrás.

—¿Qué?

—¡Es broma!

—¿Por qué dices eso?

—Te pasas el día haciendo pastelitos, no te interesa el sexo, hasta llevas un delantal de verdad… —Se da cuenta de que yo no me estoy riendo—. ¡Venga ya, Leena, te estoy tomando el pelo! —Ethan me agarra de la mano e intenta hacerme girar sobre mí misma—. Vamos a algún sitio. Llévame a un bar.

—Aquí no hay bares —replico, girando torpemente durante la pirueta.

—Tiene que haber un bar en algún sitio. ¿Cómo se llama ese pueblito que hay aquí cerca? ¿Divedale?

—Daredale. Está a más de una hora. Además, había pensado que esta noche podríamos quedarnos aquí e ir a visitar a Arnold, mi vecino; ha dicho que nos haría cordero para cenar. —Intento sonreír—. Tiene un poco de mala leche, pero en el fondo es un tipo encantador.

—La verdad es que esta noche debería trabajar un poco, amor —dice Ethan, soltándome la mano para ir hacia la nevera. Saca una cerveza.

—Vaya, pero…

Me da un beso en la mejilla y coge un abrebotellas del cajón.

—Puedes ayudarme, si quieres. Estoy identificando las oportunidades de los espacios en blanco del proyecto del que te hablé la semana pasada; sé que te encantan los retos...

—Ya tengo suficientes retos en estos momentos, gracias —digo y me quedo callada mientras Ethan enciende la televisión.

—Está jugando el Millwall —comenta—. Podemos ponerlo de fondo.

Le importaban un bledo las oportunidades de los espacios en blanco o el partido del Millwall cuando me pidió que lo llevara a un bar. Trago saliva y me recuerdo a mí misma que ha hecho un largo camino para venir a verme y tiene razón: estoy en un momento difícil ahora mismo, he... retrocedido un poco en lo del duelo. Entiendo que pueda resultar frustrante.

Aunque tampoco es que él se esté metiendo mucho en el espíritu de la escapada rural, ¿no?

Me mira desde el sofá, me ve la cara y se relaja un poco.

—Estoy siendo un capullo, perdona —reconoce, extendiendo los brazos para cogerme las manos—. No se me da bien este numerito de la vida rural, amor. Dame un poco de tiempo para acostumbrarme a la nueva tú.

—No hay ninguna nueva yo —protesto, yendo a sentarme a su lado en el sofá—. Y tampoco soy mi abuela.

Ethan me atrae hacia él y me hace inclinarme para que apoye la cabeza en su pecho. Es mi refugio favorito. Me sentía casi desesperada si el miedo y el dolor se apoderaban de mí cuando Ethan no estaba; necesitaba eso, que me rodeara con el brazo, escuchar los latidos de su corazón. Era la única forma en la que me sentía a salvo sin hacer nada.

Me tranquilizo a su lado. Él me da un beso en la coronilla.

—Le diré a Arnold que iremos a comer cordero la próxima vez —comento mientras Ethan me atrae más hacia él y me coloca en el lugar perfecto.

A la mañana siguiente, me levanto temprano para ir a correr y cuando salgo de la ducha me meto en la cama desnuda y estrecho mi cuerpo todavía húmedo contra el de Ethan. Él se despierta lentamente, con un gemido de satisfacción, al tiempo que busca mi cadera con la mano y mi cuello con los labios. Es maravilloso, tal y como debería ser, y la tensión rara de anoche me parece absurda; bromeamos sobre ello mientras volvemos a la cama con el café y él me peina el cabello con los dedos mientras yo estoy tumbada sobre su pecho, como siempre hacemos en casa.

Después de eso, Ethan es todo bondad y simpatía; dice que vendrá a la reunión del Comité del Primero de Mayo, aunque hoy empieza a las ocho de la mañana (¿por qué, Betsy?) y le facilito la retirada («Si tienes que trabajar...»).

Cuando entramos juntos en el ayuntamiento, todos giran la cabeza hacia nosotros. Ethan, un tanto desconcertado, susurra un «Ay, Dios» antes de poner su mejor sonrisa de captar clientes y cruzar la sala para presentarse.

—Hola, soy Ethan Coleman —le dice a Betsy.

Habla en voz alta y lenta, como si Betsy fuera sorda; siento cierta vergüenza mientras ella levanta las cejas. Ethan hace lo mismo con todos los ancianos de la sala. Penelope hasta se encoge ligeramente de miedo y eso que debe de estar acostumbrada a que la gente grite, teniendo en cuenta que vive con Roland. Mierda. Debería haberlo aleccionado un poco antes de ir.

Jackson es el último en llegar a la reunión, para variar. No aparece tan tarde como para retrasarse, pero siempre llega el último y los ancianos de la sala lo reciben indefectiblemente con un coro de saludos de adoración. Este mira a Ethan, que vuelve a levantarse al verlo y le tiende la mano para que se la estreche.

—Ethan Coleman.

—Jackson.

—Me alegra ver que hay alguien más de menos de cien años por aquí —comenta Ethan, bajando la voz y sonriéndole a Jackson.

Este lo observa unos instantes.

—Son buena gente —dice.

—¡Por supuesto! Por supuesto. Es que no me esperaba tantos abuelitos. Imaginaba que por aquí todo el mundo sería minero o granjero, ya sabes, de los de «Posí» y «¿Quihay, cielo?».

Qué vergüenza. Ethan hace una mueca al imitar el acento de Yorkshire, como si intentara parecer tonto. No sé si se habrá dado cuenta siquiera de que lo ha hecho, pero Jackson entorna ligeramente los ojos.

—Perdona —dice Jackson—, ¿quién has dicho que eres?

—Ethan Coleman —repite Ethan, que al ver la cara inexpresiva de Jackson pone la espalda un poco más recta—. El novio de Leena.

Jackson me mira.

—Ah —dice—. Así que por fin has venido a verla.

—Me gustaría haber venido antes, pero no me resulta fácil salir de Londres —comenta Ethan—. Hay gente que depende de mí, muchos millones en juego, ese tipo de cosas.

Lo dice sin ningún tipo de ironía. Ruborizándome, me pongo de pie y poso la mano sobre su brazo.

—Venga, Ethan, vamos a sentarnos.

—Recuérdame a qué te dedicabas, Jackson —dice Ethan, ignorándome.

—Soy profesor —responde Jackson—. No hay millones en juego. Solo futuros.

—No sé cómo lo haces. Yo no podría pasarme el día rodeado de niños sin volverme loco.

Ahora estamos en el centro de la sala y los miembros del Comité de Organización del Primero de Mayo nos observan desde su asiento, completamente absortos, como si estuvieran en un anfiteatro. Cojo a Ethan del brazo y él vuelve a desembarazarse de mí y me mira frunciendo el ceño.

—¿Quieres sentarte, por favor? —le pido bruscamente.

Ethan entorna los ojos.

—¿Qué? Jackson y yo solo nos estamos conociendo.

—Tienes razón, deberíamos empezar ya —dice Jackson, yendo hacia su silla.

Hasta que él no se sienta, Ethan no me deja volver a llevarlo hasta su asiento. Miro hacia el suelo, con el corazón desbocado por la vergüenza.

—¡Vale! —grita Betsy, claramente encantada—. ¡Bueno! Qué emocionante. Ejem. Hablemos de las hogueras. Leena, ¿estás preparada?

Respiro hondo.

—Por supuesto —respondo mientras saco el bolígrafo y el bloc de notas del bolso. Intento serenarme. Ethan no es mala persona, lo que pasa es que se pone un poco gallito y a la defensiva cuando cree que hay otro macho alfa en la sala, eso es todo. Todo el mundo lo entenderá cuando recupere la calma. Ya se los ganará a todos en otro momento. No pasa nada. No es ningún desastre.

—¿Vas a tomar notas? —pregunta Ethan.

Otra vez me arden las mejillas.

—Sí. Es lo que hace mi abuela.

Entonces Ethan suelta una carcajada demasiado estridente, que hace que todo el mundo lo mire.

—¿Cuándo fue la última vez que tomaste notas, Leena Cotton?

—Hace bastante —respondo en voz baja. Noto que Jackson nos está mirando desde el otro lado del círculo.

Betsy se aclara la garganta intencionadamente.

—Perdón —digo—. Hogueras. Estoy lista, Betsy.

Ignoro las miradas de Ethan y me centro en las notas. El hecho de que él esté aquí hace que la reunión parezca diferente: la estoy viendo desde su punto de vista, como cuando alguien ve tu serie de televisión favorita y de repente te das cuenta de lo mala que es técnicamente. Veo que Jackson también está mirando a Ethan fijamente, con expresión inescrutable.

Intento concentrarme en la reunión. Betsy está explicando «para los nuevos» (es decir, Ethan) que el Primero de Mayo es un festival tradicional de origen gaélico que se celebra en Hamleigh desde hace generaciones. Está profundizando demasiado en la mitología para estar hablando de algo que es, básicamente, la típica feria absurda británica para divertirse, pero con un mayo.

Es increíble lo poco que hemos avanzado en la reunión, pero, eso sí, me han endosado la búsqueda de la Reina y el Rey de Mayo para el desfile, algo que no va a ser fácil, porque las únicas personas de Hamleigh que conozco están aquí presentes y no les caigo bien. Pero no quiero decirle que no a Betsy, así que tendré que pensar en algo.

Recojo mis cosas y abandono la reunión en cuanto acaba.

—¿Leena? —dice Ethan mientras voy hacia la puerta esquivando a Piotr, que trata de impedir que Penelope intente levantar ella sola de la silla a Roland—. ¡Leena, espera!

—¿Qué es lo que has hecho ahí dentro? —susurro mientras salimos. Está cayendo uno de esos chaparrones con lluvia lateral que te calan en un instante.

Ethan maldice. Odia que se le moje el pelo.

—Puto pueblo —se queja, mirando hacia el cielo.

—¿Sabes? En Londres también llueve.

—¿Por qué estás tan enfadada conmigo? —pregunta Ethan, acelerando el paso para alcanzarme—. ¿Es por lo que he dicho de los del norte? Vamos, Leena, creía que Jackson era el tipo de tío que sabría encajar una broma. Además, ¿por qué te molesta tanto? Estás todo el rato diciendo que la gente siempre se pone de su lado y no del tuyo y lo mal que te ha hecho sentir por lo del perro...

—En realidad, no paro de decir lo mal que me siento yo por lo del perro. Jackson es muy buen tío y no me lo ha echado en cara nunca. Tú has sido superdesagradable y borde y yo me estoy esforzando por causar una buena impresión a esta gente y...

—¡No te pases! —Ethan me agarra del brazo para hacerme parar en la marquesina del autobús—. ¿Perdona? ¿Ahora yo soy desagradable y borde?

—Me refería...

—Se supone que tienes que estar de mi lado, ¿no? —Ethan parece dolido—. ¿Por qué te importa tanto lo que esta gente piense de ti?

Yo me hundo.

—No lo sé, la verdad.

¿Qué estoy haciendo? Primero le grito a mi madre y ahora a Ethan. Tengo que controlarme.

—Lo siento —digo, agarrándole las manos—. Estos últimos días…, o semanas, más bien, están siendo una locura.

Ethan suspira y luego se inclina hacia delante y me da un beso en la nariz.

—Venga. Vamos a casa para que puedas darte un baño, ¿vale?

Ethan tiene que volver a Londres casi en cuanto llegamos de la reunión y probablemente sea lo mejor; se supone que yo tengo que dedicar el día a ayudar a Jackson a decorar la clase de los niños de primer año como penitencia por haber perdido a Hank. Tenía la esperanza de que Ethan arrimara el hombro, pero ahora mismo no me apetece nada presenciar otro encuentro entre él y Jackson, al menos hasta que Ethan haya tenido tiempo para serenarse y darse cuenta de que tiene que disculparse.

Jackson entra con la furgoneta en el aparcamiento justo cuando me estoy bajando de Agatha, el Ford Ka, sudando ligeramente después de que el aire acondicionado decidiera achicharrarme. No he metido suficiente ropa de batalla en la maleta, así que llevo puestos unos pantalones negros ajustados y un forro polar que he tomado prestado de la abuela, que supongo que será adecuado para hacer bricolaje, porque ya tiene una mancha enorme de pintura morada sobre un pecho. (Curioso, porque en casa de la abuela no hay nada pintado de morado). Jackson lleva puestos unos vaqueros raídos y una camisa de franela. Me sonríe fugazmente mientras posa las latas de pintura y las brochas para abrir la puerta.

—Hola. ¿Se te da mejor el rodillo o los retoques? —pregunta.

—Pues… los retoques —respondo. Esperaba un saludo más frío después de lo de esta mañana; me ha pillado un poco desprevenida.

Lo sigo mientras entra en la clase con la pintura. Es raro ver una escuela sin niños corriendo por ahí; hace que te fijes en lo pequeño y endeble que parece todo, desde las sillitas de plástico hasta la librería de colores vivos, medio llena de libros de tapa blanda destrozados.

—Jackson —digo—, siento mucho que Ethan haya sido…

Jackson está preparando las cosas, colocando con calma todo lo que necesita; sus manos se detienen unos instantes. Sus ojos tienen un color azul intenso bajo el sol de última hora de la mañana que entra por la ventana de la clase y está recién afeitado, así que la sombra habitual de la barba de varios días ha desaparecido de su mandíbula.

—Intentaba hacerse el gracioso —digo—. Normalmente no es así.

Jackson utiliza un destornillador manchado de pintura para levantar la tapa de la lata.

—Yo también tengo que disculparme —dice él—. Podría haber sido un poco más… amable.

Ladeo la cabeza; eso también es verdad. Me relajo un poco y cojo una brocha. Empezamos a pintar la pared del fondo, codo con codo. El antebrazo de Jackson está parcialmente cubierto de pecas pálidas y cuando pasa a mi lado para encender la luz percibo su olor a campiña, a aire fresco con un toque terroso, similar al aroma de la lluvia.

—Nunca te he dado las gracias por ayudarme con Samantha cuando estuvo aquí en Pascua —dice él finalmente—. Después no paraba de hablar de ti.

Sonrío.

—Es una monada de niña.

—Se está volviendo demasiado lista para mí —dice Jackson, haciendo una mueca—. Hace más preguntas que toda mi clase junta. Y siempre está dándole vueltas a todo. Un poco como tú, la verdad.

Guardo silencio, sorprendida. Él me mira.

—No es nada malo. Solo es la impresión que tengo.

—No, tienes razón. Pero la mayoría de las veces, más que darle vueltas a todo, me preocupo, así que espero que Samantha no sea como yo, por su bien. Mi cerebro no sabe cuándo parar. Seguro que soy capaz de imaginarme veinte desgracias antes de que tú puedas imaginarte siquiera una.

—No suelo imaginarme desgracias —dice Jackson antes de agacharse para mojar el rodillo en la bandeja; tiene las muñecas manchadas de pintura, lo que hace que parezca que le han salido unas pecas nuevas, más marcadas—. Cuando suceden, te enfrentas a ellas. Además, normalmente te toca alguna que nunca habrías imaginado, así que ¿para qué preocuparse?

Dios, lo que daría por pensar así. Qué fácil parece.

—Solo quiero asegurarme de que estoy haciendo lo correcto —digo—. Me preocupa… No sé, ¿sabes esos libros que leías de niño que te dejaban elegir lo que pasaba después y saltabas a una página diferente dependiendo de lo que hubieras elegido?

Jackson asiente.

—Sí.

—Bueno, pues yo siempre estoy intentando adelantarme para poder elegir lo mejor.

—¿Lo mejor para qué?

Me quedo callada.

—¿Qué quieres decir?

—¿Lo mejor para ti?

—No, no, simplemente… lo mejor. Lo correcto.

—Ah —dice Jackson—. Qué interesante.

Cambio de tema para hablar de algo menos incómodo.

—¿Se puede saber quiénes fueron el Rey y la Reina de Mayo el año pasado? Tengo que buscar candidatos y no sé ni por dónde empezar.

Jackson se queda en silencio un buen rato.

—Fuimos Marigold y yo —revela finalmente.

Se me cae la brocha.

—¡Mierda! —Cojo el paño húmedo para limpiar el suelo de vinilo; he llegado justo a tiempo para evitar el desastre.

—¿Va todo bien? —pregunta Jackson, volviendo a centrarse en la pared.

—Sí, todo bien. Perdona… ¿Marigold y tú? ¿Tu ex? —Me doy cuenta con retraso de que probablemente no debería saber de la existencia de Marigold, dado que no fue Jackson quien me habló de ella. Pero él no parece sorprendido. Supongo que, viviendo en Hamleigh, estará acostumbrado a que los cotilleos circulen por ahí.

—Le gustaba hacerlo cuando estábamos juntos. —Jackson pinta con pulso firme y seguro, aunque le palpita un músculo en la mandíbula—. Volvió para eso.

—¿Con Samantha?

Deja de pintar con el rodillo un segundo.

—Sí.

—¿Y van a venir este año?

—Eso espero. Tengo suerte: Marigold tiene que rodar en Londres durante un tiempo, así que estará en Inglaterra unas semanas.

—Eso es genial. Me alegro. —Me muerdo por dentro la mejilla—. Cuando el otro día dije lo de Martha, mi compañera de piso, no me refería a... —digo con indecisión—. Sé que hay muchas formas de ser padre. Obviamente. Siento haberte ofendido.

Jackson vierte un poco más de pintura en la bandeja y yo espero, observando cómo vuelve a inclinar la lata con cuidado sin que caiga ni una gota de pintura en el suelo.

—Marigold no para de decir que van a mudarse a Londres —comenta, aclarándose la garganta—. Pero ya ha pasado más de un año. Y cada vez viene menos.

—Lo siento —repito.

—Tranquila. No pretendías hacerme daño. Solo eres un poco..., bueno..., clara a la hora de decir las cosas.

—Ajá. En las valoraciones que me hacen en el trabajo suele aparecer mucho la palabra «directa».

—¿Sí? —pregunta Jackson, algo más animado—. A mí me ponen: «Bueno en las crisis». Lo que traducido quiere decir: «No tiene sangre en las venas».

—Claro que «directa» es la palabra que usan ahora que no se puede llamar «mandona» a una mujer.

—Dudo que nadie te considere una mandona —dice Jackson—. Salvo Betsy.

Yo resoplo.

—Seguro que Betsy ha dicho cosas mucho peores que esa.

—Solo tienes que darles tiempo para que se acostumbren a ti —dice, lanzándome una mirada irónica—. ¿Qué esperabas? Has llegado a Hamleigh pavoneándote con tus zapatos de ciudad y tus grandes ideas, como si esto fuera el Estados Unidos profundo y tú una jefaza de Nueva York y estuviéramos todos en una de esas películas navideñas...

—¡Yo no me he pavoneado! Y he estado usando los zapatos de mi abuela desde que he llegado aquí. No como tú, don «Enmipueblomandoyo», con tu perro infame y tu camioneta enorme, espantando a mi novio…

—¿He espantado a tu novio?

—No, es broma. —No debería haber dicho eso; a Ethan no le gustaría—. Solo digo que tú también eres bastante intimidante. Aquí todo el mundo te obedece a pies juntillas. Y tu simpatía es insuperable.

Jackson sonríe ahora de oreja a oreja.

—¿Insuperable?

—Quería decir increíble, no insuperable.

Jackson sigue sonriendo, pero pasa por alto mi resbalón freudiano. Nos cambiamos de sitio para que yo pueda ponerme con los retoques de su lado.

—Oye —dice Jackson al cabo de un rato—. Tu temática para el Primero de Mayo era mejor que la mía.

—Qué va —empiezo a decir, pero cambio de idea—. Sí, la verdad es que lo era.

—Me siento un poco mal por cómo fueron las cosas. Es cierto que aproveché un poquito la baza de mi hija.

—También organizaste una cata secreta de cócteles tropicales sin mí. Y me hiciste disfrazarme de conejo de Pascua e ir saltando por ahí como una gilipollas.

Jackson se ríe.

—No era mi intención hacerte parecer gilipollas. Creí que te gustaría participar en una tradición tan importante para Hamleigh.

—Y pretendías vengarte de mí por haber convencido al doctor Piotr para que se uniera al equipo de la temática medieval. Aunque no duró mucho.

Jackson aparta la mirada.

—¡Tengo razón! ¡Lo sabía! —exclamo, dándole un golpe con la brocha; él lo esquiva con una agilidad sorprendente, sonriendo.

—No me siento orgulloso —dice, volviendo a esquivar mi brocha—. ¡Ay!

Le doy en el brazo y le pinto una mancha enorme de color verde claro. Él me amenaza con el rodillo y yo levanto una ceja, balanceándome sobre los dedos de los pies.

—Inténtalo y verás.

Él es mucho más rápido de lo que me esperaba. Me da justo en la nariz y yo chillo indignada.

—¡No esperaba que me dieras en la cara!

Jackson se encoge de hombros, todavía sonriendo.

—Entonces, ha sido el ataque perfecto.

Me levanto la camiseta para limpiarme la nariz; mientras vuelvo a bajármela, veo que él aparta la vista de la piel desnuda de mi barriga. Me aclaro la garganta. Esto se está saliendo un poco de madre; me giro de nuevo hacia la pared, serenándome.

—En fin —dice Jackson, siguiendo mi ejemplo—. Quería preguntarte qué te parecería unir las dos temáticas.

Me vuelvo hacia él y lo miro fijamente.

—¿Medieval tropical? Menudo disparate. ¿Qué vamos a hacer, cetrería con loros? ¿Justas con plátanos?

Él reflexiona.

—¡No! —digo—. ¡Es ridículo!

—Vale —dice—. ¿Y si hacemos la temática medieval pero con cócteles?

Empiezo a ponerme nerviosa. Nah. ¡Es demasiado anacrónico! ¡Un batiburrillo!

Parece que a Jackson le hace gracia.

—Solo es una fiesta de pueblo, ¿a quién va a importarle que no sea perfecta? Y es la única forma de que Basil se ponga de tu lado. Resulta que a ese hombre le encantan los daiquiris de mango. Además, ya hemos contratado a los bármanes.

—Vale. Pero tendrás que plantarte delante de todo el Comité y declarar que apoyas totalmente mi temática porque es mucho mejor —digo, levantando un dedo.

—Salvo por el detalle de que no tiene puestos de cócteles.

Yo refunfuño. Jackson sonríe y muestra sus hoyuelos.

—Trato hecho —dice, extendiendo la mano. Yo se la estrecho y noto la pintura húmeda entre nuestros dedos.

—Y para que lo sepas —añado—, vas a tener que ser el rey de mayo y me aseguraré de que el disfraz sea absolutamente ridículo. Como venganza por las orejas de conejo.

Él resopla.

—Venga ya, si te hice un favor al darte el trabajo de conejo de Pascua; es básicamente una tradición de la familia Cotton —asegura Jackson mientras empezamos con la otra pared.

Yo arrugo la nariz.

—No me digas que la abuela se ha puesto ese disfraz.

—Tu abuela no. Pero tu madre sí. Y Carla, una vez.

—¿Carla? ¿En serio? No lo sabía.

—Cuando tenía… ¿diecisiete, puede ser?

—Cuenta, cuenta —le pido, olvidándome de la pintura, porque de repente necesito más información sobre esa noticia acerca de mi hermana, como si ella siguiera en este mundo, sorprendiéndome.

—Creo que la lio tu abuela. Tú debías de estar en la universidad. Yo había vuelto por vacaciones y estaba haciendo las prácticas de Magisterio, y me la encontré por ahí, escondiendo los huevos. Me fulminó con la mirada. «Como se te ocurra contarle esto a alguien, le digo a todo el mundo que fumas detrás de los huertos».

Me río, fascinada. Jackson imita a Carla a la perfección. Él me sonríe y sus ojos azules vuelven a reflejar la luz del sol.

—Entonces empezó a decir que aquello era una apropiación cristiana de un ritual pagano, o algo así, ya sabes cómo era Carla con esas cosas, y en esto apareció Ursula, que entonces debía de tener unos seis años, y Carla se puso a dar saltitos, meneando la cola de conejo. Quería que la niña pensara que realmente era el conejo de Pascua. Para mantener la ilusión. Más o menos como tú hiciste por Samantha.

Exhalo lentamente, con la brocha suspendida en el aire. Es fácil olvidar, cuando has perdido a alguien, que no solo era la persona que tú recuerdas, sino que tenía caras que solo mostraba cuando estaba con otros.

En las últimas semanas, he hablado de mi hermana más que en todo el último año. En Hamleigh, la gente menciona a Carla sin inmutarse; en casa, mis amigos titubean al decir su nombre mientras me miran con cautela, temiendo meter la pata. Siempre he agradecido que Ethan haga que la gente cambie de tema cuando salimos a cenar; dice que sabe que hablar de Carla me hará daño.

Y sí, claro que me duele, pero no como creía que lo haría. Cuanto más hablo de ella, más quiero hacerlo, como si hubiera un dique en algún sitio de mi cerebro en el que se estuvieran formando grietas por las que se está filtrando el agua, y, cuanto más rápida es la corriente, más quiere romperse el dique.

20

Eileen

Es una noche larga, como cualquier noche en la sala de espera de un hospital. Me ha hecho rememorar el nacimiento de Marian, el de Leena y el de Carla. Pero, sobre todo, me ha recordado el día que Carla ingresó por primera vez en el hospital. El tacto con que el médico dictó sentencia: «Me temo que no tengo buenas noticias». El pánico profundo y terrible dibujado en el rostro de Marian, la forma en que sus manos se aferraron a mi brazo, como si se fuera a desmayar. Y Leena haciendo lo de siempre: apretar la mandíbula y formular todo tipo de preguntas. «¿Qué opciones tenemos? Díganos cuáles son los siguientes pasos. Con el debido respeto, doctor, me gustaría pedir una segunda opinión sobre ese escáner».

Alrededor de la una de la mañana, parece que Fitz recuerda de repente que soy vieja y que debería irme a casa a dormir, pero no me parece bien dejar a Martha. Así que duermo en el suelo, bajo un montón de jerséis y chaquetas de Rupert y Fitz. Hace mucho que no duermo en el suelo; me duele todo. Es como si alguien hubiera desarmado mi cuerpo y hubiera vuelto a montar todas las piezas. Tengo la cabeza como un bombo.

Fitz viene a buscarme sobre la hora de la comida; sigo dormitando, pero me he cambiado del suelo a una silla. Parece bastante turbado, pero feliz.

—¡El bebé ya está aquí! —exclama—. ¡Es una niña!

Intento levantarme demasiado rápido y me llevo una mano a la cabeza.

—¿Te encuentras bien, Cotton? —pregunta él, ayudándome a levantarme.

—Sí, estoy bien. No te preocupes por mí. ¿Has podido localizar a Yaz?

Fitz sonríe.

—He sujetado el teléfono para que pudiera ver a Martha y al bebé. Está en el avión de vuelta ahora mismo.

—Bien. —Aunque no del todo bien, en mi opinión, pero es lo que hay. Tengo la impresión de que los malabarismos siempre le habían dado buenos resultados a Yaz hasta ahora. Puede que le venga bien darse cuenta de que no siempre se puede vivir tan al límite.

Doblamos una esquina y yo inhalo bruscamente mientras me apoyo con una mano en la pared. Hay una muchacha en una cama. Tiene el pelo rizado y cara de cansancio.

—¿Cotton? —dice Fitz—. Martha está por aquí.

Me doy la vuelta y siento náuseas. Estar en este lugar no me está sentando nada bien.

—¿Ya está aquí su familia? —pregunto. Me tiembla la voz.

—Sí —responde Fitz, vacilante—. Su padre está dentro, con ella.

—Entonces no me necesita —digo—. Creo que es mejor que me vaya a casa.

Me da la sensación de que se está planteando acompañarme, pero me alegra que no se ofrezca a hacerlo mientras me marcho. Es imposible encontrar una salida en este lugar infinito. Por fin logro salir del hospital y tomar una bocanada de aire seco y contaminado.

Llamo a Leena. Me tiembla tanto la mano que casi no consigo encontrar su número en este maldito teléfono, pero es importante. Puedo hacerlo. Solo necesito… Maldito trasto… ¿Quieres…? Vale, por fin está sonando.

—¡Hola, abuela!

Parece más contenta de lo habitual, casi relajada. Anoche estaba enfadada con ella, pero ahora estoy agotada y han pasado tantas cosas desde ayer que no tengo energías para discutir. De todos modos, esa es la típica solución británica para las riñas familiares. Si actúas como si no pasara nada, finalmente el hecho de fingir que no estás enfadada hace que dejes de estarlo por el mero paso del tiempo.

—Hola, cielo —digo—. Solo te llamo para contarte que el bebé de Martha ya ha nacido. Es una niñita. Están las dos sanas y salvas y su familia está aquí.

—¡Qué mal! —Leena hace una pausa —. A ver, no es que no me alegre, ¡pero me lo he perdido! ¡Se supone que aún faltaban varias semanas! Voy a llamarla. ¡Tengo que ir a visitarla! Voy a consultar el horario de los trenes. —Puedo oírla teclear en el ordenador, de fondo. Se hace el silencio—. ¿Estás bien, abuela? —pregunta.

—Solo un poco alterada por volver a estar en un hospital. Me ha recordado a nuestra Carla. Es absurdo, la verdad.

—¡Pero abuela! —exclama Leena con voz más calmada, dejando de teclear.

Cierro los ojos un momento y luego vuelvo a abrirlos, porque no logro mantener el equilibrio con ellos cerrados.

—Creo que debería volver a casa, Leena. Estoy aquí, de brazos cruzados, como una estúpida.

—¡No! ¿No te lo estás pasando bien?

Doy un traspié; había echado a andar hacia los taxis que están aparcados delante del hospital, pero pierdo el equilibrio con el móvil en la oreja. Me apoyo en la pared con la mano libre y el corazón desbocado. Odio la sensación de que voy a caerme, aun cuando logro evitarlo.

—¿Estás bien, abuela? —pregunta Leena a través del teléfono.

—Sí, cielo. Claro. Estoy bien.

—Pareces un poco cansada. Descansa y ya hablaremos mañana. Puede que incluso en persona si bajo a Londres a ver a Martha.

Leena vuelve a Londres. Sí. Las cosas empiezan a enderezarse, están volviendo a su cauce. Me alegro. O eso creo. Estoy tan cansada que es difícil saberlo.

Cuando vuelvo al piso duermo unas cuantas horas y al despertar me encuentro fatal: estoy grogui y tengo el estómago revuelto, como si estuviera cocinando una gripe. Hay un mensaje de Bee en el móvil, invitándome a salir a cenar. «No creo que pueda», contesto, y vuelvo a quedarme dormida antes de poder explicar siquiera el porqué.

Al cabo de una hora más o menos, llaman a la puerta. Me levanto de la cama. En cuanto me pongo en posición vertical, empieza a dolerme la cabeza; hago una mueca de dolor y me llevo la palma de la mano a la frente. Por fin logro llegar hasta la puerta, aunque me lleva tanto tiempo que no creo que quien haya llamado siga ahí. Me siento viejísima. Creo que aún me acompaña la sensación de cuando me he tropezado delante del hospital.

Quien está en la puerta es Bee y lleva una bolsa enorme de papel en la mano. Con comida, a juzgar por el olor. Me quedo mirándola, parpadeando confusa.

—Eileen, ¿te encuentras bien? —me pregunta frunciendo el ceño.

—¿Tengo muy mala pinta? —pregunto, colocándome el pelo lo mejor que puedo sin un espejo.

—Bueno, estás un poco pálida —dice Bee, agarrándome del brazo mientras entramos—. ¿Cuándo ha sido la última vez que has comido o bebido algo?

Intento recordarlo.

—Cielo santo —digo.

—Siéntate —dice Bee, señalando la silla que me trajo Martha cuando le dije que no soportaba esos taburetes de bar ridículos en los que se sientan para comer—. He traído comida casera. Salchichas con puré de patata y salsa de carne.

—¿Hacen salchichas y puré de patata para llevar? —pregunto mientras observo atolondrada que empieza a sacar unos táperes humeantes de la bolsa de papel.

—Las maravillas de Deliveroo —dice Bee sonriendo y poniéndome delante un vaso grande de agua—. Bébetelo. Pero mejor no demasiado rápido. Jamie siempre vomita si bebe agua demasiado rápido cuando se encuentra mal. Leena me ha mandado un mensaje para contarme que Martha ha tenido el bebé; suponía que usted habría estado cuidando de ella y no de sí misma. Y ahora se siente un poco débil, ¿no?

Asiento, bastante avergonzada. Me he portado como una idiota, durmiendo en el suelo y olvidándome de comer como es debido. Tengo setenta y nueve años, no veintinueve, y haría bien en recordarlo.

—Conseguiremos que se recupere en un abrir y cerrar de ojos —asegura Bee—. ¿Cómo está Martha? ¿Sabemos algo de Yaz?

—Por ahora Martha sigue en el hospital y Yaz está a punto de llegar. —Bebo un trago de agua. No me había dado cuenta de la sed que tenía; noto la garganta tan seca que me duele—. Al parecer ha encontrado una casa que por fin le gusta a Martha, no para comprar, sino de alquiler. Les dan hoy las llaves.

Bee pone los ojos en blanco mientras saca unos platos de la alacena.

—Pues eso no es muy práctico —comenta—. No puedes mudarte el día que llevas a tu bebé a casa.

—Lo sé —digo con indiferencia—. Pero díselo a Martha. ¡Ah! —exclamo, poniendo la espalda recta—. ¿Qué tal la cita con el hombre de la biblioteca?

Bee se ríe.

—Medio vaso de agua y Eileen Cotton vuelve al ataque —dice, pasándome un plato humeante de puré y salchichas—. Cómete eso y te lo contaré todo.

Levanto el tenedor lleno de puré, mastico y la miro expectante. Ella mira hacia arriba con exasperación afectuosa, una expresión que suele usar solo cuando habla de Jamie.

—La cita fue maravillosa —declara, cogiendo su tenedor—. Es inteligente, divertido y… no es mi tipo en absoluto. En el buen sentido —añade al ver que abro la boca para protestar—. Pero cuando le hablé de Jamie se puso nerviosísimo y empezó a decir que no se llevaba nada bien con los niños. —Bee se encoge de hombros—. Creo que ambas estamos de acuerdo en que lo de que le gusten los niños es un punto de mi lista habitual que no deberíamos pasar por alto.

Qué decepción. Pero no importa. Era poco probable que lo consiguiera a la primera.

—Para la próxima deberías probar en una de esas vinotecas caras. Esa es mi recomendación.

Bee me mira con perspicacia.

—La semana pasada me dijiste que me ibas a llevar a una. Estás pensando en volver a casa, ¿verdad?

—Leena te lo ha contado, ¿no?

—Estaba preocupada por ti.

—Aún no he tomado una decisión —digo. Poso el tenedor un momento y hago unas cuantas respiraciones profundas; la comida me está haciendo sentir peor, aunque estoy segura de que a la larga me vendrá bien—. Y ella no debería preocuparse por mí.

—Claro, porque tú no te preocupas por ella, ¿no? —pregunta Bee, con las cejas levantadas.

—Claro que sí. Es mi nieta.

Bee mastica durante un rato, muy seria.

—¿Puedo contarte algo que me preocupa? —pregunta—. Sobre Leena.

Trago saliva.

—Claro.

—Creo que Ceci está tramando algo.

—¿Ceci? —pregunto, entornando los ojos. Es la que mandó el mensaje de texto al móvil de Leena diciendo que el proyecto iba «viento en popa».

—La he visto tomándose un café con Ethan en Borough Market. Él es consultor y ella asistente, así que probablemente solo esté ampliando su red de contactos —explica Bee, sirviéndome otro vaso de agua—. Aun así, me gustaría saber si Ethan se lo ha comentado a Leena.

—¿No pensarás que...?

Bee acaba de un trago su bebida.

—No sé lo que pienso. Pero bueno... ¿Tú te fías de verdad de Ethan?

—Ni una pizca —reconozco, posando el vaso con tanta fuerza que el agua salpica la encimera—. ¿Por qué tiene tres móviles? ¿Qué hace en realidad todas esas veces que dice que se va de pesca? ¿Cómo es posible que lleve siempre los zapatos tan brillantes?

Bee me mira extrañada.

—Eso es porque le paga a alguien para que se los limpie, Eileen —dice—. Pero en todo lo demás estoy de acuerdo. Es verdad que estuvo al lado de Leena cuando Carla murió. Eso hay que reconocerlo. Pero desde entonces está viviendo de las rentas; desde mi punto de vista, ha perdido fuelle. Es un momento crucial para ella y él está desaparecido en combate. Mientras que, si él tiene algún problema en el trabajo, ¿quién está ahí para solucionar el marrón y ayudarle con las presentaciones de PowerPoint?

Frunzo el ceño.

—No me digas que ella.

—Constantemente. El otro día propuso una idea genial para calmar a un cliente difícil que a todo el mundo le encantó. Después de la reunión recordé dónde había oído antes esa idea: Leena me lo había propuesto cuando estábamos en el proyecto de Upgo. Era su idea, no la de él, pero él ni lo mencionó siquiera. —Bee suspira—. Aunque eso no quiere decir que la esté engañando. Puede que signifique lo contrario. Es decir, que no valora a Leena, pero sabe que su vida sería mucho menos cómoda sin ella.

Según mi experiencia, los hombres no piensan así.

—Mmm —digo antes de intentar masticar otro bocado de comida mientras las náuseas remiten un poco.

—No sé. Supongo que... haber visto a Ethan en esa cafetería mirando a Ceci a los ojos...

—¿La estaba mirando a los ojos?

—Y no sabes cómo —dice Bee.

—¿Qué hacemos? —pregunto frotándome el cuello, que me está empezando a doler—. ¿Puedes hacer de señuelo?

—Creo que has estado viendo demasiadas películas policíacas con Martha —opina Bee, mirándome divertida—. No pienso ser el señuelo de nadie, gracias.

—Bueno, yo no soy la más adecuada, ¿no crees? Venga. Anímate.

Bee se ríe.

—¡Nada de señuelos! —exclama—. Pero estaré atenta, por si acaso.

Ojalá pudiera quedarme aquí y hacer lo mismo. No sospecharía si fuera yo quien lo vigilara. Nadie sospecha nunca de la ancianita.

—Vaya, qué bien —dice Bee contenta—. Veo que ya empiezas a sentirte mejor. Tienes cara de estar tramando algo.

Leena

He decidido bajar a Londres al día siguiente por la mañana, pero Yaz contesta al móvil de Martha y me explica (lo más amablemente posible) que necesitan unas cuantas semanas para solucionar sus mierdas antes de recibir visitas.

—Hasta le ha prohibido a su padre que se quede en nuestra casa —dice Yaz a modo de disculpa—. Lo siento, Leena.

Oigo a Martha de fondo.

—¡Pásame el teléfono! —grita.

—¡Hola! —exclamo. Tengo el teléfono en manos libres mientras limpio la cocina de la abuela, pero vuelvo al modo normal. Necesito sentir la voz de Martha al lado de la cara, es lo más cerca que voy a estar de abrazarla—. Dios mío, ¿cómo estás? ¿Qué tal la pequeña Vanessa?

—Es perfecta. Sé que es un tópico, pero es que de verdad lo pienso, Leena —asegura Martha muy seria—. Aunque lo de dar el pecho es mucho menos «Virgen con el niño» de lo que esperaba. Molesta. Es como… si me lo masticara.

Hago una mueca de dolor.

—Pero la matrona dice que va a venir a ayudarme con la posición de lactancia y que lo solucionaremos en un periquete, ¿a que sí, mi bebecito lindo? —Obviamente eso va para Vanessa, no para mí—. ¡Y Yaz ha encontrado un piso precioso en Clapham! ¿A que es un hacha? Pero, en fin, no era de esto de lo que te quería hablar, cariño, quería contarte… Ah, siento que no puedas venir. Te adoro, pero… Yaz acaba de volver y…

—Tranquila. Lo entiendo perfectamente. Necesitáis estar con Vanessa.

—Ya. Gracias, cariño. Pero tampoco era eso lo que te quería decir. ¿Qué iba a decirle, Yaz?

Madre mía, es como si Martha se hubiera tomado cinco copas de vino y no hubiera pegado ojo. Me pregunto si será a eso a lo que se refiere la gente cuando habla de la «amnesia del embarazo». Pero sonrío, porque parece superfeliz y emocionadísima. Es genial volver a oírlas a ella y a Yaz juntas. Siempre me ha encantado Yaz; cuando ella está cerca, Martha se abre como una de esas flores que se ven en la tele a cámara rápida. Solo falta que esté cerca más a menudo.

—Querías decirle que no deje que su abuela vuelva a casa —dice Yaz por detrás.

—¡Eso! Leena, tu abuela no puede volver a casa todavía. Le está viniendo fenomenal estar aquí, en Londres. La he visto a diario durante el último mes y menuda transformación: está muchísimo mejor. Sonríe diez veces más. La semana pasada, cuando entré en casa, ella y Fitz estaban bailando *Good Vibrations*.

Me llevo la mano libre al corazón. Imaginarme a la abuela y a Fitz bailando juntos me parece casi tan tierno como la foto de la pequeña Vanessa que Yaz acaba de mandarme.

—¿Sabes que está saliendo con un actor? ¿Y que nos ha enredado para convertir la planta baja del edificio en un espacio comunitario? —me sigue contando Martha.

—¿En serio? ¿La zona de los sofás desparejados llenos de manchas? —pregunto—. ¿El actor se llama Tod? —añado mientras proceso lo que me ha contado—. ¡Es que no suelta prenda sobre su vida amorosa, me pone mala!

—Eres su nieta, Leena. Es normal que no quiera contarte los detalles de su vida sexual.

—¿Vida sexual? —exclamo, apretando con fuerza la mano sobre el pecho—. Madre mía, esto es demasiado raro.

Martha se ríe.

—Se lo está pasando genial aquí y está trabajando en ese proyecto nuevo del club social para los ancianos de Shoreditch.

—¿Hay ancianos en Shoreditch?

—¿Verdad? ¿Quién lo iba a decir? En fin, que el proyecto aún está despegando y ella está emocionadísima con él. Tienes que dejarle acabar lo que ha empezado.

Pienso en Basil, que se burlaba de que los proyectos de la abuela nunca llegaban a buen puerto, y de repente me siento orgullosísima de ella. Ese plan suena genial. Me encanta que no haya renunciado a cambiar las cosas, ni siquiera después de que hombres como Basil y el abuelo Wade se hayan pasado décadas ninguneándola.

—Decidió que tenía que volver a casa después de hablar con tu madre —me informa Martha—. Por algo de una discusión, ¿puede ser?

—Ah.

—Si le prometes a Eileen que arreglarás las cosas con tu madre, seguro que se queda aquí. Además, también sería bueno para ti, cariño. Hablar con tu madre, quiero decir.

Vuelvo a coger el paño de limpiar y froto con fuerza el hornillo.

—La última vez que hablamos tuvimos una pelea horrible. —Me muerdo el labio—. Y ahora me siento fatal.

—Pues díselo a tu madre —me recomienda Martha con dulzura—. Díselo a ella.

—Cuando estoy con ella, todas las emociones y los recuerdos de la muerte de Carla… Es como si me pasaran por encima como una puñetera apisonadora.

—Dile eso también —me anima Martha—. Venga. Necesitáis empezar a hablar.

—Hace meses que la abuela quiere que hable de mis sentimientos con mi madre —reconozco.

—¿Y cuándo se ha equivocado tu abuela? Para que lo sepas, estamos todos locamente enamorados de Eileen, Fitz incluido —declara Martha—. Estoy pensando en hacerme con una de esas muñequeras que llevaba la gente en los noventa, solo que en la mía pondría: «¿Qué haría Eileen Cotton?».

Doy un largo paseo después de la llamada a Martha, siguiendo una ruta que suelo hacer corriendo. A este ritmo soy consciente de muchas más cosas: de cuántos tonos de verde hay aquí, todos diferentes; de la perfección con la que están construidos los muros de piedra seca, cuyas piedras encajan a la perfección como piezas de un rompecabezas; de que la cara inexpresiva de las ovejas tiene cierto aire acusador.

Finalmente, tras diez desagradables kilómetros de tiempo para pensar, llamo a mi madre desde el tocón de un árbol que está al lado de un arroyo. Es el entorno más tranquilo e idílico imaginable, algo que me parece necesario para lo que promete ser una conversación extremadamente difícil.

—¿Leena?

—Hola, mamá.

Cierro los ojos un momento, mientras se manifiestan las emociones. Aunque esta vez es un poco más fácil, porque estoy preparada y me arrastran un poco menos.

—La abuela quiere volver a Hamleigh.

—Leena, lo siento mucho —dice mi madre de inmediato—. Yo no le he pedido que lo haga, de verdad. Le mandé un mensaje ayer por la noche para decirle que tenía que quedarse en Londres, te lo prometo. Tuve un momento de debilidad al llamarla y ella decidió...

—No pasa nada, mamá. No estoy enfadada.

Se hace el silencio.

—Vale. Sí que estoy enfadada. —Le doy una patada a una piedra con la puntera de la zapatilla de correr y esta cae al arroyo—. Supongo que ya lo sabías.

—Deberíamos haber hablado de esto como es debido mucho antes. Supongo que creí que acabarías comprendiéndolo, con el paso del tiempo, pero... Yo solo apoyé la decisión de Carla, Leena. Sabes que, si ella hubiera querido volver a operarse, someterse a otro ciclo de quimioterapia, o lo que fuera, también la habría apoyado. Pero ella no quería eso, cielo.

Me empiezan a escocer los ojos, señal inequívoca de que las lágrimas se acercan. Supongo que en el fondo sé que lo que está diciendo es verdad. Pero...

—A veces es más fácil estar enfadada que triste —dice mi madre, que es exactamente la idea que yo intentaba verbalizar. Muy propio de ella haberlo adivinado—. Y es más fácil estar enfadada conmigo que con Carla, me imagino.

—Bueno —digo con los ojos llenos de lágrimas—. Carla está muerta, así que a ella no puedo gritarle.

—¿Tú crees? —dice mi madre—. Pues yo a veces lo hago.

Eso me hace reír a medias, entre los sollozos.

—Creo que se sentiría un poco ofendida si supiera que te niegas a gritarle solo porque ha muerto —añade mi madre con dulzura—. Ya sabes cuánto insistía en que había que tratar a todo el mundo por igual.

Vuelvo a reírme. Veo una ramita atrapada tras una piedra, flotando en la corriente del riachuelo, y recuerdo cuando jugaba de niña a tirar palitos al río con Carla y la abuela y cómo me enfadaba si mi rama se quedaba atascada.

—Siento haber llamado a tu abuela —se disculpa mi madre en voz baja—. Fue un momento de debilidad. A veces me siento muy… sola.

Trago saliva.

—No estás sola, mamá.

—Volveré a llamarla —dice mi madre al cabo de un instante—. Le pediré que se quede en Londres. Le diré que quiero que tú sigas aquí y que no aceptaré un no por respuesta.

—Gracias.

—De verdad quiero que te quedes, ¿sabes? Lo deseo más que nada en el mundo, de hecho. El problema no era ese. Es que necesitaba…, necesitaba a mi madre.

Observo los remolinos de agua.

—Ya —digo—. Ya, lo entiendo.

22

Eileen

He de decir que trabajar con Fitz en el espacio para los Maduritos de Shoreditch me está haciendo ver a este hombre desde una nueva perspectiva. Tiene un horario muy raro en su último trabajo (como recepcionista de un hotel elegante), pero cuando está en casa siempre está abajo pintando algo o delante del portátil informándose sobre cómo crear una organización benéfica en internet. Se está ocupando de toda la gestión de los Maduritos de Shoreditch; hasta ha hecho unos carteles para el club, con un pequeño logotipo. Es maravilloso. Llevo semanas insistiéndole para que sea más proactivo con sus aspiraciones laborales, pero, a decir verdad, me sorprende que esté haciendo todo esto.

—¡Listo! —exclama, echándose hacia atrás para admirar una foto enorme que acaba de colgar en la pared.

—Estupendo —digo—. ¡El toque final perfecto!

Se trata de una fotografía ampliada en blanco y negro del edificio en los años cincuenta, cuando aún funcionaba como imprenta. Hay una serie de personas reunidas fuera, hablando y fumando, con el cuello de la bata levantado por el viento. Es un recordatorio de que este lugar no solo es un conjunto de viviendas individuales, sino también un edificio con una historia propia.

Sonrío, observando el espacio que hemos creado. Es precioso. Hay un sofá de color rojo intenso orientado hacia los espectaculares ventanales, una mesa larga de comedor pegada al fondo de la sala y un montón de mesitas pequeñas, con sillas desparejadas que le dan un aspecto acogedor, preparadas y deseando albergar partidas de dominó y de Rummy.

Me alegra mucho estar aquí para ver esto. Y me alegra más aún que la razón por la que no he vuelto a casa sea que Marian me haya pedido que no lo haga. Oírle decir cuánto necesita pasar este tiempo con Leena, las dos solas…, ha sido como quitarme un peso de encima.

Mi teléfono está sonando. Fitz se guía por el sonido y lo saca de un lateral del sofá. Es Betsy. Maldita sea, quería llamarla. Hasta ahora la he llamado todas las semanas, pero he estado tan distraída con esto de la reforma que se me ha pasado.

—¡Betsy, justo acababa de coger el teléfono para llamarte, qué coincidencia! —digo a modo de saludo mientras hago una mueca, avergonzada.

—Hola, Eileen, querida —dice Betsy. Frunzo el ceño. Conozco lo suficiente el tono de alegría falsa de Betsy como para identificar los signos de un mal día. Me siento peor que nunca por haber olvidado comprobar cómo estaba.

—¿Te encuentras bien? —pregunto con cautela.

—Bueno, vamos tirando —responde—. ¡Te llamo porque mi nieto está hoy en Londres!

—¡Qué bien!

El nieto de Betsy es inventor y siempre está ideando artilugios innecesarios y absurdos, pero es el único miembro de la familia que mantiene un contacto regular con ella y eso hace que yo lo tenga en alta estima. Si sabe dónde se encuentra es que la ha llamado hace poco y eso está bien. Ahora solo le falta conseguir que su madre haga lo mismo.

—¿Tu nieto el que inventó el..., el...? —¿Por qué he empezado esta frase?

Betsy deja que me devane los sesos.

—La cuchara para el hummus —dice con gran dignidad—. Sí. Me ha dicho que está en Londres para asistir a una reunión y he pensado: «¡Caray, qué coincidencia tan maravillosa, nuestra Eileen también está en Londres!». Tenéis que quedar para comer.

Frunzo los labios. Me da la sensación de que Betsy ha olvidado que Londres ocupa más de mil quinientos kilómetros cuadrados y que en ella viven más de ocho millones de personas.

—Ya le he dicho que te llame para quedar. He pensado que te sentirías sola ahí y que te vendría bien tener a alguien con quien hablar.

No tengo valor para decirle que no me siento sola en absoluto. Al principio sí, claro, pero ahora es raro que esté sola, entre ver a Tod, planificar lo del Club de Maduritos de Shoreditch, cotillear con Letitia...

—Él también está en eso de las citas, ¿sabes? —señala Betsy—. A lo mejor puede darte algunos consejos sobre el tema.

Me quedo callada.

—¿En lo de las citas?

—¡Sí! O al menos eso me ha dicho. Usa todas esas cosas raras en el móvil —comenta Betsy—. A lo mejor puede hablarte de ellas.

—Ya —digo lentamente—. Sí, eso sería estupendo. Recuérdame cómo era, Betsy… ¿Cómo es tu nieto? ¿Cuál es su historial amoroso? ¿Cuáles son sus aspiraciones y sus sueños? ¿Y sus opiniones políticas? ¿Es alto?

—Bueno… —responde Betsy. Parece bastante sorprendida, pero la abuela que hay en ella toma el control y no puede resistirse a esa oportunidad. Habla sin parar durante veinte minutos. Es perfecto. Exactamente el tipo de hombre inteligente que estoy buscando. E incluso mejor: suena muy prometedor, de hecho.

—¡Qué maravilla de hombre! ¡Es fantástico, Betsy! —digo cuando ella por fin se queda sin aliento—. ¿Y me va a llamar?

—¡Pues sí! —Oigo un ruido sordo a sus espaldas—. Tengo que dejarte —dice. Noto que su voz se tensa—. ¡Hablamos, Eileen! Intenta llamarme pronto, ¿vale?

—Lo haré —prometo—. Cuídate.

Cuando cuelgo, abro el WhatsApp. Ya sé usar mucho mejor este teléfono, gracias a las tutorías de Fitz; él mira satisfecho sobre mi hombro mientras navego por la pantalla. Tengo un mensaje de alguien que no conozco. Fitz se inclina y me enseña cómo añadirlo a mis contactos.

Hola, señora Cotton, soy el nieto de Betsy. ¡Creo que le ha comentado lo de la comida! ¿Qué le parece en el Nopi, mañana a la una? Saludos, Mike.

Selecciono el nombre de Bee antes de responder al mensaje.

Hola, Bee. ¿Estás libre para comer mañana? ¿En el Nopi, a la una y cuarto? Bss, Eileen.

Mike no solo es altísimo, sino también alentadoramente guapo, aunque tiene la nariz de Betsy; pero eso el pobre no puede evitarlo. Lleva gafas de pasta, tiene el pelo castaño medio rizado y va vestido con un traje gris, como si acabara de salir de una reunión muy importante. Intento no emocionarme demasiado mientras nos acomodan en una mesa perfecta: lo suficientemente grande como para meter con calzador a otro comensal y con vistas a la calle, así que podré ver a Bee cuando... ¡Sí! Ahí está. Estupendo.

—¿Eileen? —pregunta esta, sorprendida, mientras se acerca a la mesa.

Bee se queda mirando a Mike. Se da cuenta de lo que sucede y entorna los ojos.

—¡Bee! —exclamo antes de que le dé tiempo a protestar—. Mike, espero que no te importe, iba a quedar con mi amiga Bee para comer hoy, así que la he invitado a unirse a nosotros.

Mike se lo toma con la tranquilidad propia de un hombre acostumbrado a las sorpresas.

—Hola, soy Mike —se presenta, extendiendo la mano.

—Bee —dice ella con su tono más seco, inexpresivo y poco atractivo.

—¡Bueno! —exclamo—. Qué maravilla, ¿verdad? Mike, ¿por qué no empiezas hablándole a Bee de tus estudios?

Mike parece bastante sorprendido.

—Antes pediré otra silla —declara, levantándose galantemente para cederle la suya a Bee.

—Gracias —dice ella—. ¡Eileen! ¡No tienes vergüenza! ¡Acorralar a ese pobre hombre para que tenga una cita a ciegas conmigo!

—Bah, tonterías, a él no le importa —digo mientras echo un vistazo a la carta.

—Ah, ¿no? ¿Y cómo lo sabes?

Levanto la vista.

—Se está arreglando el pelo en el espejo que hay detrás de la barra. Quiere que te guste su aspecto.

Ella se gira y ladea la cabeza.

—La verdad es que tiene un culo bonito —comenta a regañadientes.

—¡Bee!

—¿Qué? Querías que me gustara, ¿no? ¡Y ahora mismo no tengo mucho más que hacer! Ah, hola, Mike —dice Bee mientras este vuelve a la mesa con un camarero que lleva una silla a cuestas—. Lamento todo esto.

—No, por favor —responde él con suavidad—. Muchas gracias —le dice al camarero—. Le agradezco que se haya tomado la molestia.

—Educado con los camareros —le susurro a Bee—. Muy buena señal.

Da la impresión de que Mike se está divirtiendo.

—Eileen, usted juega con ventaja sobre Bee y sobre mí: es la única persona en esta mesa que conoce a las otras dos. Así que... ¿por qué no nos cuenta por qué ha decidido emparejarnos a Bee y a mí?

Me quedo callada, un tanto sorprendida.

—Bueno, pues...

Me fijo en la cara maliciosa de diversión de Bee. Esta mira a Mike, agradecida. Yo los miro a ambos con los ojos entornados.

—He pasado gran parte de los últimos años mordiéndome la lengua por una cosa o por otra —declaro—. Pero últimamente me he dado cuenta de que a veces es mejor meter las narices donde no te llaman, por así decirlo. Así que no intentéis que me avergüence por querer emparejaros.

Como dice Bee, no tengo vergüenza. —Levanto la mano mientras Mike abre la boca para decir algo—. No, no, déjame acabar. Bee es una consultora de gestión muy importante y piensa montar muy pronto su propia empresa. Mike, tú también acabas de montar tu propio negocio de… cucharas para hummus. —Los señalo a ambos, sacudiendo la mano—. Hala. Comentadlo —digo.

Vuelvo a casa más contenta que unas pascuas. He presenciado en su totalidad la cita de Bee y Mike y ha sido todo un éxito. Bueno, al menos se han pasado casi todo el rato riéndose; parte del tiempo de mí, lo reconozco, pero no me ha importado. Siempre me ha dado miedo que se rieran de mí, pero, cuando lo hacen con tu beneplácito y tú también te ríes, la verdad es que puede ser muy divertido.

Me acomodo en la barra de desayuno con el portátil de Leena. Tengo tres mensajes nuevos en la web de citas.

> TodEntreBambalinas: Mañana por la noche en mi casa. Con la ropa interior de encaje negro. Insisto.

Me ruborizo. Dios. Normalmente odio que me digan lo que tengo que hacer, pero cuando lo hace Tod no sé por qué no me importa lo más mínimo. Me aclaro la garganta y le respondo.

> EileenCotton79: Bueno, si insistes…

¡Uf! A ver, seguro que esto logra serenarme: un mensaje de Arnold. ¿No le había dicho que se fuera a freír espárragos y que dejara de mirar mi perfil?

Arnold1234: He visto esto y me he acordado de ti…

Hago clic en el enlace que hay debajo del mensaje. Aparece un vídeo. Es un gato zampándose un parterre enorme de pensamientos.

Sorprendentemente, me da un ataque de risa.

EileenCotton79: ¡Eso no prueba nada, Arnold Macintyre!

Arnold1234: Hay montones de vídeos de este gato en internet. Llevo horas viéndolos.

EileenCotton79: ¿Has visto el del piano?

Arnold1234: ¿A que es genial?

Me río.

EileenCotton79: Creía que no te gustaban los gatos.

Arnold1234: Los odio. Pero creas lo que creas, Eileen, no soy ningún monstruo y hay que ser un monstruo para no reírse viendo a un gato tocar el piano.

EileenCotton79: Yo no creo que seas un monstruo. Solo un viejo cascarrabias.

Los tres puntitos se hacen eternos. Arnold es muy lento escribiendo. Mientras espero, vuelvo a entrar en su perfil. Sigue teniendo muy poca información, pero ha añadido una foto, una imagen de él sonriendo bajo el sol con un sombrero de paja que le tapa la calva. Esbozo una sonrisa. Refleja muy bien a Arnold y me siento un poco culpable por mi foto de hace una década, tomada con una luz muy favorecedora.

Arnold1234: No soy un cascarrabias todo el rato, ¿sabes?

EileenCotton79: Solo cuando yo estoy ahí, entonces…

Arnold1234: Es que ERES desesperante.

EileenCotton79: ¿Quién, yo?

Arnold1234: Y también un poco malvada.

EileenCotton79: ¡Malvada! ¿Cuándo?

Arnold1234: Cuando descubrimos que mi cobertizo pisaba un poco el linde y me hiciste reconstruir todo el puñetero chisme en el otro extremo del jardín.

Hago una mueca. Sí que hice eso, debo admitirlo. Arnold estaba furioso, fue divertidísimo.

EileenCotton79: Hay que respetar las leyes de la propiedad, Arnold. Si no, como dice mi nuevo amigo Fitz…, ¿qué nos diferencia de los animales?

Arnold1234: Conque un nuevo amigo, ¿eh?

EileenCotton79: Sí…

Arnold1234: Conque un nuevo AMIGO, ¿eh?

Me río al caer en la cuenta.

EileenCotton79: ¿Fitz? ¡Si vive con Leena! ¡Es lo suficientemente joven como para ser mi nieto!

Arnold1234: Me alegro.

Arnold1234: Quiero decir que me alegro de que hayas congeniado con su compañero de piso. Dime, ¿cómo es la casa?

Recuerdo con retraso que hay un mensaje más esperándome. Es de Howard.

ViejoHombredeCampo: ¡Hola, mi queridísima Eileen! Acabo de terminar *La Ratonera*, ya que me dijiste que era una de tus favoritas, y he de decir que a mí también me ha encantado. ¡Menudo final!

Noto una sensación cálida en el pecho. Me dispongo a responderle. Howard es siempre tan atento… Es raro encontrar a un hombre más interesado en escuchar que en hablar. Hemos charlado sobre todo tipo de temas en esta web: le he hablado de mi familia, de mis amigos y hasta de mi ex. Tuvo el detalle de decirme que Wade había sido un idiota al dejarme escapar, algo con lo que estoy totalmente de acuerdo, he de decir.

El siguiente mensaje de Arnold aparece en la pantalla, pero pulso «Menos» para volver a cerrarlo.

23

Leena

Justo acabo de salir de la ducha cuando suena el timbre de la puerta; me pongo rápidamente unos vaqueros y una camisa azul vieja de la abuela. Probablemente sea Arnold; ahora se pasa de vez en cuando a tomar una taza de té y, tras mucha insistencia infructuosa por mi parte, por fin ha empezado a llamar a la puerta principal en lugar de al cristal de la ventana. El pelo me chorrea por la espalda mientras cruzo corriendo el pasillo, todavía abrochándome la camisa.

Cuando llego a la puerta, descubro que no es Arnold. Es Hank. O, mejor dicho, son Jackson y Hank, pero Hank es el primero que demanda urgentemente mi atención, al ponerse sobre las patas traseras cuan largo es, intentando desesperadamente llegar hasta mí.

—Hola —digo mientras Jackson hace que Hank vuelva a sentarse. Acabo de abrocharme los botones a marchas forzadas—. ¡Qué sorpresa!

—¿Te apetece dar un paseo con Hank y conmigo? —pregunta Jackson. Se ruboriza un poco—. Es una ofrenda de paz, por si no te has dado cuenta. De Hank, me refiero.

—Pues... ¡sí! —respondo—. Sí, claro. Gracias, Hank. —Hago una especie de reverencia rara delante del perro e intento cambiar de tercio inmediatamente, como si eso no hubiera pasado—. Pero déjame... —Me señalo la cabeza, pero me doy cuenta de que puede que eso no sea suficiente—. Tengo que arreglarme el pelo.

Jackson observa mi melena.

—Ah, vale. Esperaremos.

—Pasa —le digo, volviendo a entrar—. La tetera aún está caliente si te apetece un té. ¿Hank querrá beber? Hay cuencos de plástico debajo del fregadero.

—¡Gracias! —dice Jackson.

Secarme el pelo suele llevarme como mínimo media hora, así que está claro que no es una opción. De modo que, delante del espejo de la sala de estar de la abuela, con Ant/Dec zigzagueando entre los tobillos, me lo recojo en el moño que me pongo para trabajar. Dios, cómo me duele el cuero cabelludo. ¿De verdad lo llevo así todos los días? Es como si alguien me estuviera tirando del pelo todo el rato. Da igual, tendré que aguantarme.

—¿Me he dejado ahí el móvil? —grito. Me he acostumbrado a notar el bulto sólido y pesado del Nokia de la abuela en el bolsillo de atrás de los vaqueros; me pregunto si me llevará un tiempo volver a acostumbrarme a mi iPhone cuando regrese a Londres.

Bajo la barbilla para acabar de hacerme el moño y cuando levanto la cabeza Jackson está ahí. Su cara se ve un poco distinta en el espejo, con la nariz torcida hacia el otro lado.

Me giro hacia él; sonríe y me da el móvil de la abuela.

—Ya te estás acostumbrando a este ladrillo viejo, ¿ver...?

Se oye un ruido en algún lugar, entre un maullido y el sonido que podría hacer una vaca pariendo. Ant/Dec aparece corriendo a toda velocidad y luego, como un rayo negro y peludo, Hank pasa dando saltos entre nosotros con el hocico extendido mientras mira fijamente al gato, atajando directamente por delante de las espinillas de Jackson de manera que la pierna izquierda que este tenía levantada se topa con un cachorro que va a toda pastilla, el móvil que tiene en la mano sale volando y...

Uf. Jackson cae en mis brazos o, mejor dicho, caería en mis brazos si no fuera por el hecho de que probablemente pesa el doble que yo. Es como estar en el lado equivocado de un árbol a punto de desplomarse. La parte de atrás de mi cabeza entra en contacto con el espejo frío, mis talones chocan contra el rodapié y Jackson me empotra contra la pared, sosteniendo la mayor parte de su peso con el brazo derecho mientras la hebilla de su cinturón me presiona el estómago.

Por un instante estamos cuerpo con cuerpo, totalmente pegados el uno al otro. Tengo la cabeza de lado sobre su pectoral, así que puedo oír los latidos de su corazón. Él tiene los brazos a los lados de mi cuerpo y, al apartarse, me roza el pecho con su torso. Inhalo bruscamente al notar esa sensación. Me ruborizo; debería haberme puesto sujetador.

Nos miramos a los ojos mientras él se aleja de la pared y se queda quieto, acorralándome con los brazos. Tiene unas motitas oscuras en el iris y, justo bajo los ojos, unas pecas de color arena que no se aprecian de lejos porque son demasiado claras. Me sorprendo pensando en los prominentes músculos de sus brazos, en la forma en que su camiseta se ciñe sobre sus anchos hombros, en cómo sería...

Hank me lame el pie desnudo. Doy un chillido y la quietud que había entre Jackson y yo se convierte en un torbellino de movimiento incómodo; él se aleja de la pared y retrocede mientras yo me inclino hacia un lado y me concentro en recoger el teléfono de la abuela. Parece que Ant/Dec ha salido ileso; Hank merodea a mi alrededor con la lengua fuera, como si pudiera sacarme de la manga a otro gato para que él lo persiga si se queda el tiempo suficiente.

—¿Estás bien? —le pregunto a Jackson, girando el teléfono entre las manos. Tardo demasiado tiempo en volver a mirarlo a los ojos. Cuando lo hago, veo que está un poco pálido y que mira fijamente un punto que se encuentra a unos centímetros de distancia.

—Sí, sí —dice con voz entrecortada—. Lo siento.

—¡Tranquilo! ¡No te preocupes! —Demasiada efusividad. Deja de gritar—. ¿Nos vamos?

—Sí. Sí. Buena idea.

Salimos de casa y bajamos por Middling Lane. Ambos caminamos rapidísimo. Demasiado rápido como para hablar cómodamente. Perfecto. Estar en silencio es justo lo que necesito ahora mismo.

Parece que la caminata está haciendo desaparecer parte de la tensión incómoda que hay entre nosotros. Hank se lo está pasando pipa: va trotando al lado de Jackson, moviendo el rabo. Respiro profundamente el aire fresco y primaveral mientras los Dales se despliegan ante nosotros. Percibo el olor dulzón de alguna flor que hay en los setos y oigo el trino de los pajarillos que se mueven veloces entre las ramas de los árboles que se ciernen sobre nosotros. El encanto de la naturaleza. Eso. Céntrate en el encanto de la naturaleza, Leena, no en la sensación del cuerpo grande y musculoso de Jackson acariciando tus pezones.

—¿Estás preparada para llevarlo? —pregunta Jackson, señalando a Hank con la cabeza.

Me aclaro la garganta.

—¡Sí! ¡Claro!

—Toma. —Jackson mete la mano en el bolsillo trasero y saca una golosina para perros. Hank la huele al instante, levanta el hocico y nos mira.

—Prueba a decir «Ven» —me dice Jackson.

—Hank, ven —digo.

Hank se detiene y levanta la vista hacia mí con la cara de adoración que creía que reservaba para Jackson. Resulta que el truco son las golosinas de pollo. Eso me anima muchísimo.

—¡Hala, mira! —exclamo, mirando a Jackson.

Él me sonríe, mostrándome sus hoyuelos, y luego aparta la vista, incómodo.

Seguimos andando; ahora solo oigo el sonido de nuestros pasos, aparte del gorjeo de los pájaros. Hank lo está haciendo genial, aunque llevo la correa bien agarrada, por si acaso. Jackson nos lleva de vuelta por un camino que no conozco y que atraviesa un bosque fresco, denso y precioso que hay al este del pueblo, hasta que Hamleigh vuelve a aparecer ante nosotros. Desde allí se ve el pequeño callejón sin salida en el que vive Betsy, cinco o seis casas blancas cuadradas con la fachada orientada hacia nosotros y las ventanas parpadeando bajo la luz.

—Ya estás otra vez dándole vueltas a eso, ¿verdad? —pregunta Jackson, mirándome de reojo.

—¿En serio tú no piensas? Quiero decir, cuando estás paseando, ¿dejas la mente en blanco?

Jackson se encoge de hombros.

—Si no necesito pensar en nada, sí.

Increíble.

—Estaba pensando en Betsy, la verdad —digo—. Me pregunto… Me preocupa un poco.

—Mmm. Como a todos.

—Arnold dice lo mismo, pero, entonces..., ¿por qué nadie hace nada? —pregunto—. ¿Crees que Cliff la trata mal? ¿Deberíamos ayudarla a dejarlo? ¿Ofrecerle una habitación? ¿Hacer algo al respecto?

Jackson niega con la cabeza.

—Lo importante es lo que quiera ella —dice—. Y Betsy no quiere que hagamos nada de eso.

—Lleva décadas viviendo con ese hombre; si la ha estado tratando mal, ¿cómo estás tan seguro de que ella sabe lo que quiere?

Jackson se me queda mirando, digiriendo lo que acabo de decir.

—¿Y tú qué sugieres? —pregunta.

—Quiero ir a verla.

—No te invitará. Ni Eileen ha conseguido entrar nunca en casa de Betsy.

—¡Me tomas el pelo!

Jackson asiente.

—Que yo sepa, no. A Cliff no le gustan las visitas.

Aprieto los dientes.

—Bueno. Vale. ¿Y si le pedimos una ayudita a Hank?

—Betsy, lo siento muchísimo, pero creo que Hank está en tu jardín.

Betsy se me queda mirando a través de una minúscula rendija de la puerta. Su casa no es en absoluto como me esperaba. Creía que la tendría a rebosar de rosas cursis y que la entrada estaría como los chorros del oro, pero los canalones de la casa están sueltos y los alféizares, desconchados. Tiene un aspecto triste y descuidado.

—¿Hank? ¿El perro de Jackson? ¿Cómo diablos ha entrado en nuestro jardín?

Pues, bueno, yo he cogido en brazos a Hank, Jackson me ha levantado y lo he dejado caer desde una altura potencialmente peligrosa para que aterrizara sobre un arbusto enorme y relativamente mullido.

—No tengo ni idea —respondo, abriendo las manos con impotencia—. Ese perro es capaz de colarse o escaparse de cualquier sitio.

Betsy mira hacia atrás. Quién sabe lo que estará haciendo Hank en estos momentos en el jardín.

—Iré a buscarlo —dice antes de cerrarme la puerta en las narices.

Mierda. Giro la cabeza y silbo con discreción; al cabo de un buen rato Jackson aparece al final del camino que conduce a la puerta principal de Betsy.

—¡Ha ido a buscarlo! —susurro.

Jackson agita una mano.

—No podrá cogerlo —dice tranquilamente—. Tú espera ahí.

Vuelvo a girarme hacia la puerta y empiezo a tamborilear con los pies. Al cabo de cinco minutos, la puerta se abre un poco y aparece la cabeza de Betsy. Está un poco más despeinada que antes.

—Tendrás que venir a cogerlo tú —dice en voz baja. Vuelve a mirar hacia atrás. Parece más vieja y más encorvada, aunque puede que sea por el telón de fondo de la casa desvencijada. La moqueta de la entrada está deshilachada y sucia y la pantalla de la lámpara está torcida y proyecta extrañas sombras inclinadas sobre las paredes *beige*.

—¡Betsy! —grita un hombre con rudeza desde el interior de la casa.

Betsy da un salto. No es un salto normal, de los que das cuando te llevas un susto. Es más como si se encogiera de miedo.

—¡Un momento, cielo! —exclama—. ¡Hay un perro suelto en el jardín, pero lo estoy solucionando! Entra —me dice en voz baja. Me hace pasar por delante de una puerta cerrada que hay a nuestra izquierda y me lleva hasta una cocina pequeña y oscura.

Hay una puerta que da al jardín; está abierta de par en par y a través de ella puedo ver a Hank corriendo por encima de los parterres. Me siento un poco culpable. El jardín es la única parte de la casa que de verdad está cuidada: los arbustos están perfectamente podados y hay maceteros colgantes en todos los postes de la cerca, llenos de pensamientos y hiedra de color verde claro.

—¿Cómo está, Betsy? —pregunto, volviéndome para echarle otro vistazo. Nunca me había fijado en lo fino que tiene el pelo ni en el cuero cabelludo de color rosa pálido que asoma entre los mechones. Tiene la parte inferior de los ojos embadurnada de un maquillaje denso de color melocotón que también se le acumula en las arrugas que tiene alrededor de la boca.

—Bien, gracias —responde ella, cerrando la puerta de la cocina con fuerza al salir—. Y ahora, si no te importa, saca a ese perro de mi jardín.

Vuelvo a mirar hacia fuera y hago una mueca; ahora el perro está cavando un agujero en medio del césped de Betsy. Creo que es mejor que lo detenga.

—¡Hank! ¡Hank, ven! —grito. Luego, como Jackson me ha indicado claramente, estrujo el paquete de plástico de las golosinas perrunas que llevo en la mano.

Hank levanta la cabeza de inmediato y deja de escarbar. En medio segundo, ya está corriendo hacia mí. Betsy da un gritito, pero yo estoy preparada: lo agarro antes de que le dé tiempo a cambiar de idea y engancho la correa al collar. Él sigue dando saltos sin parar (después de haber conseguido el tentempié, claro) y me giro para evitar enredarme completamente con la correa.

Creo que ya veo lo que quería decir Jackson: Betsy no está bien, obviamente, pero ¿cómo puedo conseguir que lo reconozca? Puede que mi plan no haya sido muy brillante. Es muy difícil tener una conversación personal con alguien mientras intentas impedir que un labrador le lama la cara.

—¿Seguro que va todo bien? —insisto mientras Hank deja en paz a Betsy para concentrarse en el cubo de basura.

—Todo está bien, gracias, Leena —declara ella.

—Betsy, ¿qué demonios está pasando? —grita una voz masculina con aspereza.

La anciana se pone tensa. Me mira y luego aparta la vista.

—¡Nada, cielo! —asegura a voz en grito—. Ahora voy.

—¿Hay alguien dentro? ¿Has dejado entrar a alguien? —Se hace un breve silencio—. No habrás dejado entrar a nadie, ¿no, Betsy? —pregunta el hombre en voz más baja, como si fuera una advertencia.

—¡No! —grita Betsy, mirándome de nuevo—. Aquí solo estoy yo, Cliff.

El corazón me late con fuerza. Me he quedado helada.

—Betsy —digo en voz baja. Luego le doy a Hank un tirón de correa y le ordeno con autoridad que se siente; por suerte, esta vez lo hace—. Betsy, no debería hablarle así. Ni prohibirle invitar a sus amigos. La casa es tan suya como de él.

Entonces Betsy cruza el jardín para acompañarme hasta el camino que va del jardín delantero al trasero.

—Adiós, Leena —susurra mientras abre el cerrojo de la puerta.

—Betsy, por favor, si puedo hacer algo por usted...

—Betsy... Estoy oyendo voces, Betsy... —dice Cliff desde dentro. Hasta yo me encojo de miedo esta vez.

Betsy me mira fijamente.

—Mira quién habla de necesitar ayuda —murmura—. Arregla tu propia vida antes de venir aquí e intentar solucionar la mía, señorita Cotton.

La mujer se aparta. Hank tira de la correa a mi lado, mirando fijamente el sendero que hay más allá de la puerta abierta.

—Si cambia de opinión, llámeme.

—No sabes captar una indirecta, ¿verdad? Fuera —dice señalando la puerta con la barbilla, como si le estuviera hablando al perro.

—Usted se merece algo mejor que esto. Y nunca es demasiado tarde para tener la vida que debería, Betsy.

Dicho lo cual, me voy. La puerta se cierra silenciosamente detrás de mí.

No soporto no poder hacer nada por Betsy. Al día siguiente, busco información sobre los servicios locales que ofrecen ayuda a las mujeres con parejas controladoras. No encuentro mucha información específica sobre ancianos, pero creo que hay algunos recursos que aun así podrían ayudarla, así que los imprimo y los meto en la mochila siempre que voy al pueblo, por si acaso. Pero durante la semana sigue tan fría como siempre y, cada vez que intento hablar con ella, me esquiva.

No me queda mucho tiempo aquí. El fin de semana que viene es el Primero de Mayo, luego me iré a Londres y la semana siguiente empezaré a trabajar de nuevo. Tengo un correo de Rebecca en el buzón de entrada para hablar del proyecto que me asignará cuando vuelva a la oficina. No paro de abrirlo y mirarlo fijamente; es como si fuera para otra persona.

Por ahora, me estoy centrando en el Primero de Mayo. Estoy finiquitando los últimos detalles del festival. He conseguido que vengan a hacer un cerdo al espeto; se me ha ocurrido cómo sujetar quinientos farolillos a los árboles que hay alrededor del prado donde se hará la hoguera principal, y he llevado personalmente seis sacos de purpurina verde biodegradable al ayuntamiento para que la esparzan por donde va a pasar el desfile. (Resulta que la purpurina de la lista de tareas que Betsy me dio era para eso. Yo protesté porque la purpurina no me parecía muy medieval, pero me respondieron con un firme «Es la tradición»).

No puedo entrometerme e intentar ayudar a Betsy sin su consentimiento, pero sí puedo ayudarla a coordinar un proyecto a gran escala.

Y hay otra cosa que también puedo hacer.

—¿No puede parecer más desvalida? —le pregunto a Nicola mientras le aliso la chaqueta de punto y le quito una pelusa del hombro.

Ella me lanza una mirada que me apunto para la próxima vez que me entren ganas de despellejar a un compañero de trabajo maleducado.

—No, esto es lo que hay —dice Nicola—. Creía que me llevabas a Leeds para ir de compras. ¿Por qué tengo que parecer desvalida?

—Sí, claro, de compras —aseguro—. Pero antes vamos a pasarnos por un par de bufetes de abogados.

—¿Qué?

—¡Solo será un momento! Todas nuestras citas tienen una duración programada de veinte minutos, como mucho.

Nicola está que echa chispas.

—¿Para qué me necesitas?

—Quiero conseguir un patrocinador para el Festival del Primero de Mayo. Pero mi rollo es muy londinense y corporativo —explico, agitando una mano hacia mí—. Usted es la dulce ancianita que me garantizará el voto de simpatía.

—¡Si ni siquiera soy de Hamleigh! ¡Ni dulce ni leches! —protesta Nicola—. Si crees que me voy a quedar ahí sentada, sonriendo con cara de tonta a algún picapleitos ricachón...

—Creo que será mejor que no abra la boca —comento mientras acompaño a Nicola hasta el coche—. Probablemente será más seguro.

Nicola refunfuña durante todo el camino hasta Leeds, pero en cuanto entramos en la primera sala de reuniones se transforma en una ancianita indefensa tan convincente que me cuesta no reírme. «Es una fiesta muy importante para nuestra pequeña aldea», dice Nicola. «Me paso todo el año esperando a que llegue el Primero de Mayo». Han mordido el anzuelo. Los de Port & Morgan Abogados se apuntan de inmediato; el resto dicen que se lo pensarán.

Me ha gustado volver a entrar en una sala de reuniones, la verdad. Y más todavía salir de una de ellas victoriosa, en lugar de hiperventilando. Le mando un mensaje de texto rápido a Bee mientras regresamos al coche.

«No has perdido el don», contesta ella. «ESA es mi Leena Cotton».

En el camino de vuelta a Knargill, Nicola se ríe a carcajadas mientras se toma el café moca enorme que le he comprado como agradecimiento.

—¡No sabía que era tan fácil conseguir que ese tipo de hombres soltaran algo de pasta! —dice—. ¿Qué más podemos pedirles? ¿Que patrocinen la biblioteca itinerante? ¿Un microbús?

Puede que lo que dice no sea ninguna tontería. Pienso en el documento que sigue abierto en el ordenador de la abuela: *Consultora Boutique B&L*. La responsabilidad corporativa es más importante que nunca para los *millennials*: las empresas necesitan que las obras de caridad y el voluntariado formen parte de sus modelos de negocio, necesitan...

—¿Leena? Esa es mi casa —dice Nicola.

Me detengo con un frenazo.

—¡Uy! ¡Perdón! Estaba despistada.

Ella me mira con recelo.

—No sé por qué dejo que me lleves en coche a ningún sitio —murmura mientras se desabrocha el cinturón de seguridad.

A la mañana siguiente me paso por casa de Arnold y llamo a la puerta del invernadero. Suele tomar allí el café sobre las diez y de vez en cuando me uno a él. La verdad es que el café de cafetera tiene mucho tirón, pero no lo hago solo por eso. Arnold es encantador. Es como el abuelo que nunca he tenido. No es que no tuviera uno, pero, bueno, el abuelo Wade no cuenta.

Arnold ya está allí, con una cafetera llena preparada y a la espera. La ha dejado encima del libro que está leyendo y me espanto al entrar y ver el enorme cerco marrón sobre la contraportada. La cambio de sitio y le doy la vuelta a la novela. Se trata de *El cadáver con lentes*, de Dorothy L. Sayers, una de las favoritas de mi abuela. Parece que últimamente a Arnold le ha dado por las novelas de detectives. Descubrir su amor por la lectura ha sido una de mis sorpresas favoritas en el tiempo que he pasado en Hamleigh.

—¿Qué tal tu madre? —pregunta Arnold mientras me sirvo un café.

Asiento para dar el visto bueno y él suspira entre dientes.

—¿Quieres dejar de actuar como si me estuvieras enseñando a mantener una conversación? No me iba tan mal antes de que llegaras. Sé cómo ser educado.

Sí, ya. Arnold insiste en que la decisión de «arreglarse» (comprar algunas camisas nuevas e ir al barbero) y «salir más» (empezar a ir a pilates y pasarse los viernes por el bar) ha sido única y exclusivamente suya, pero yo sé la verdad. Yo soy su Asno y él es mi Shrek.

—Está bien, la verdad —digo, pasándole una taza—. Bueno, o mucho mejor que como estaba últimamente.

Desde que la llamé después de la pelea, mamá y yo nos hemos visto tres veces: una para tomar el té y dos para comer. Me siento rara e insegura, porque estamos reconstruyendo algo inestable y precario. Hablamos de Carla a trompicones, ambas con miedo de acercarnos demasiado. Mi ansiedad es tal que me hace sudar. Me siento como si corriera el peligro de abrir algo que me ha costado muchísimo mantener cerrado. Aunque quiero hacerlo por ella. Puede que no supiera lo que decía cuando le prometí a la abuela que ayudaría a mi madre, pero ahora lo sé. No necesita que le hagan los recados, solo necesita a su familia.

Creo que en cierto modo lo que me hacía estar tan enfadada con mi madre era que yo creía que debería estar cuidando ella de mí, no al revés. Pero mamá no podía ser mi paño de lágrimas porque ella misma estaba destrozada por el dolor. Ese es el problema de las tragedias familiares, supongo. Que tu mayor red de apoyo se viene abajo en un instante.

Se lo estoy explicando a Arnold cuando veo que disimula una sonrisa.

—¿Qué pasa? —pregunto.

—No, nada —responde él con inocencia, cogiendo una galleta.

—Suéltalo —digo.

—Es que me da la sensación de que ayudar a tu madre te ha hecho hablar de Carla por fin. Que es lo que tu madre quería. ¿No?

—¿Qué? —me recuesto en la silla y me río, sorprendida—. Dios mío. ¿Crees que está montando todo este rollo de hablar de Carla por mí? ¿Que no tiene nada que ver con que a ella le venga bien?

—Seguro que a ella también le viene bien —dice Arnold con una galleta en la boca—. Pero serías tonta si creyeras que Marian no se ha salido con la suya.

Aquí estoy yo, convirtiendo a mi madre en mi último proyecto, y ahí está ella, haciendo exactamente lo mismo conmigo.

—Puede que recomponeros la una a la otra sea la forma de la familia Cotton de demostrar su amor —dice Arnold.

Me quedo mirándolo, boquiabierta. Él me mira sonriendo de oreja a oreja.

—Kathleen me ha dejado un libro sobre relaciones —reconoce.

—¡Arnold! ¿Estás pensando en intentar conocer a alguien? —pregunto, inclinándome sobre la mesa.

—Puede que ya lo haya hecho —contesta él, subiendo y bajando las cejas. Pero, para mi exasperación, por mucho que intento acosarlo, engatusarlo o insistir, no suelta prenda, así que no me queda otra que rendirme, de momento. Cojo la última galleta de mantequilla como castigo por su discreción y me suelta una retahíla tan graciosa de antiguos insultos de Yorkshire que casi me atraganto de la risa al salir.

Mi madre me manda un mensaje más tarde para invitarme a pasarme por allí al día siguiente; es la primera vez que me propone que vaya a su casa. Por el camino aprieto y aflojo los puños bajo las mangas de la chaqueta de capucha, más nerviosa que nunca.

En cuanto abre la puerta, me doy cuenta de que esta vez ha ido demasiado lejos.

—No, no, no, no —dice mi madre, agarrándome mientras yo intento salir corriendo—. Entra, Leena.

—No quiero.

La puerta de la sala de estar está abierta. La habitación está exactamente igual que cuando Carla murió, lo único que falta es aquella cama. Hasta está la silla en la que yo me sentaba, agarrándole la mano, y casi puedo ver la cama, o su fantasma, con las mantas y las sábanas invisibles...

—Voy a probar algo nuevo —me informa mi madre—. He estado escuchando un pódcast de una catedrática que dice que ver fotografías es una forma estupenda para intentar procesar recuerdos, así que he pensado que... me gustaría ver unas fotos contigo. Aquí.

Mi madre me coge de la mano con fuerza. Veo que tiene uno de esos sobres viejos de fotos de Boots en la otra mano y me encojo de miedo mientras ella me arrastra hasta el felpudo.

—Intenta entrar, cielo.

—Si casi no puedo soportar ver esa foto —digo, señalando la que está en la mesa de la entrada—. ¿Cómo voy a aguantar un sobre entero?

—Empezaremos poco a poco —dice mi madre—. Pasito a pasito. —Se da la vuelta y ladea la cabeza mientras observa la foto de Carla del día de su graduación como si la estuviera viendo por primera vez—. Esa foto.

Mamá va hacia la consola de la entrada, coge el marco y me mira.

—¿La tiramos a la basura?

—¿Qué? ¡No! —exclamo con los ojos como platos mientras voy hacia ella para coger la fotografía.

Mi madre no suelta el marco.

—Carla la odiaba. Lleva tanto tiempo ahí que he dejado de verla; ni siquiera sé si me gusta mucho. ¿A ti te gusta?

Titubeo, pero acabo soltando la foto.

—Pues no. La verdad es que la odio.

Mi madre entrelaza su brazo con el mío y me hace avanzar por el pasillo. Mientras cruzamos el umbral de la sala de estar, recorro con la mirada el espacio donde estaba la cama y noto la misma sensación de caída libre que cuando pasas volando por un puente en un coche rápido.

—Deberíamos tirarla. Es una foto horrorosa. No es Carla —dice mamá.

Dicho lo cual, la tira al cubo de la basura que hay en un rincón de la sala de estar.

—Ya está. Hala. Ha sido un poco raro —reconoce, llevándose de repente una mano al estómago. Me pregunto si sus emociones suelen arremolinarse ahí, igual que las mías—. ¿He hecho una cosa horrible?

—No —digo, bajando la vista hacia el cubo—. La foto era malísima. Solo has sido un poco… impulsiva. Ha estado bien. Muy propio de ti.

—¿Propio de mí?

—Sí. Propio de ti. Como cuando de pronto un día decidiste que no soportabas más el papel verde de la pared y cuando volvimos del colegio lo habías arrancado.

Mi madre se ríe.

—Bueno. Por si no te has dado cuenta…, estás en la sala de estar —comenta, agarrándome del brazo con más fuerza—. No, no salgas corriendo. Ven. Vamos a sentarnos en el sofá.

La verdad es que no lo estoy pasando tan mal como creía al estar en esta habitación. Tampoco es que haya olvidado cómo era este lugar. Lo tengo grabado en la memoria, hasta la mancha vieja en el rincón de la estantería y esa marca oscura de cuando la abuela se durmió y quemó la mesa de café con una vela.

—¿Te gusta así como está? —le pregunto a mi madre mientras nos sentamos—. Me refiero a la casa. No has cambiado nada desde…

Mamá se muerde el labio.

—Quizá debería hacerlo —reconoce, echando un vistazo a la sala de estar—. No me importaría que fuera un poco más… alegre. —Mi madre abre el sobre de fotografías—. Vale, se supone que ver las fotografías cambiará el recuerdo a un compartimento diferente del cerebro —comenta con imprecisión—. O algo así.

Con un esfuerzo monumental, logro contener el impulso de poner los ojos en blanco. Sabe Dios de qué publicación pseudocientífica habrá sacado eso, pero dudo mucho que haya algún ensayo clínico que demuestre la eficacia de esa técnica.

Pero… mamá cree que le ayudará. Y puede que con eso baste.

—París —digo, señalando la primera foto. Me duele ver la cara sonriente de Carla, pero es algo en lo que voy mejorando: si aceptas el dolor, te resulta un poco más fácil; es como relajar los músculos en lugar de temblar cuando hace frío—. ¿Te acuerdas del chico al que Carla convenció para que la besara en lo alto de la torre Eiffel?

—Creo recordar que no le costó mucho convencerlo —dice mi madre.

—Y nunca reconocía lo mal que hablaba francés.

—Estuviste dándole la lata con la pronunciación toda la semana —dice mi madre—. La sacabas de sus casillas.

Seguimos adelante, foto tras foto. Lloro a moco tendido y mamá también llora lo suyo, pero no con el desconsuelo con el que lloraba al morir Carla, cuando yo tuve que apañármelas sola. Esta vez son de esas lágrimas que puedes secar. Me doy cuenta de que mi madre lo está haciendo muy bien. Ha evolucionado mucho.

Hacemos un descanso para tomar el té y luego acabamos de ver las fotos. No sé yo si algún recuerdo habrá cambiado de compartimento cerebral, pero cuando me levanto a encender la luz veo que he cruzado por donde estaba la cama, como si fuera una zona más de moqueta.

Al principio me siento culpable, como si no rodear esa cama invisible fuera una traición a lo que pasó en esa habitación. Pero luego recuerdo a Carla en todas esas fotografías (sonriente, descarada, con sus piercings reflejando el flash de la cámara…) y sé que ella me diría que estoy siendo una ridícula de campeonato, así que retrocedo y me quedo de pie justo en el punto donde ella solía estar tumbada.

Me quedo quieta y me permito echarla de menos. Dejo que la emoción me invada.

Y no me derrumbo. Siento un dolor agudo y descarnado que duele más que nada en el mundo, pero aquí sigo (sin Ethan estrechándome entre sus brazos y sin ordenador portátil delante), y no estoy corriendo, ni trabajando ni gritando. Y, fuera lo que fuera eso que tanto temía (venirme abajo, perder el control…), no llega a pasar. El dolor de haberla perdido es abrumador, pero lo superaré.

24

Eileen

Ayer Bee me mandó un mensaje de texto para decirme que había visto salir a comer a Ethan y Ceci juntos, a escondidas. Llevo dándole vueltas toda la mañana. Intento distraerme echando una ojeada a los carteles que Fitz ha hecho para poner por Shoreditch: «¿Tienes más de setenta años y quieres conocer a londinenses como tú? ¡Llama a este número para recibir información sobre el Club Social de Maduritos de Shoreditch!». Pero ni siquiera eso funciona.

Pienso en Carla. Ella haría algo al respecto si estuviera aquí. No permitiría que Ethan engañara a Leena. Sería audaz, valiente, ingeniosa y haría algo.

Me pongo de pie y voy hacia el cuarto de Fitz para llamar a su puerta. Carla debería estar aquí para apoyar a su hermana. Es una tragedia que no sea así. Pero yo sí estoy aquí para apoyar a Leena. Y también puedo ser audaz, valiente e ingeniosa.

—Creo que esto es lo más molón que he hecho nunca, Cotton —comenta Fitz justo antes de que se le cale la furgoneta que acaba de pedirle prestada a Sally, la del 6—. Vaya. Un momento. ¡Vale, vale, ya está, allá vamos! No le digas a nadie que ha pasado esto cuando cuentes por ahí lo del espionaje, ¿vale?

—No pienso contárselo a nadie, Fitz —aseguro con suma gravedad—. Esta es una misión secreta.

Eso le encanta.

—¡Una misión! ¡Secreta! Uy, perdón, no me he dado cuenta de que seguía en segunda. Vaya.

Acabamos de entrar en la calle principal y está abarrotada. Observamos el tráfico que se extiende ante nosotros mientras los peatones se cuelan entre los coches.

—Voy a consultar Google Maps —dice Fitz, metiendo la mano en el bolsillo de su cazadora *bomber* para coger el teléfono—. Vale. Pone que tardaremos cuarenta minutos en llegar a las oficinas de Selmount con este tráfico.

Me desmoralizo. Avanzamos muy lentamente. El atasco le quita casi todo el drama al asunto.

Por fin llegamos a las inmediaciones de las oficinas de Selmount y Fitz aparca (muy probablemente de forma ilegal) para que podamos quedarnos en una cafetería que está enfrente del edificio de oficinas. Gracias a Bee, sé que Ethan está teniendo una reunión allí en estos momentos. Es una calle sorprendentemente fea, una carretera ancha con edificios achaparrados a los lados que tienen parte de las ventanas tapiadas con tablas, como si fueran dientes de oro deslucidos. El cristal gris reluciente de las oficinas centrales de Selmount resulta un poco excesivo en medio de todo lo demás.

Me bebo el té y examino los dónuts que Fitz ha insistido en comprar para los dos. Al parecer, cuando estás «espiando» hay que comer dónuts. Tienen una pinta muy grasienta; el mío ya ha dejado un anillo azulado sobre la servilleta.

—¡Ahí está! —exclama Fitz emocionado, señalando hacia el edificio.

Tiene razón: ahí va Ethan, con el maletín en la mano, atusándose el pelo oscuro mientras sale a toda prisa de la oficina. Es muy guapo, todo hay que decirlo.

—¿Y ahora qué, Cotton?

—Ahora usamos el truco de la ancianita —digo—. ¿Serías tan amable de traerme unas cuantas servilletas? No quiero desperdiciar este dónut. Seguro que el gato de Letitia se lo come. Se zampa cualquier cosa.

Cuando consigo salir por la puerta, ya casi no puedo ver a Ethan en la calle. Me pongo a caminar rápido, casi a correr; Fitz tarda un rato en alcanzarme.

—¡Caray, sí que eres rápida para ser de la tercera edad! —exclama, adaptando su paso al mío—. Espera, si atajamos por aquí podemos interceptarlo.

Sigo a Fitz por un callejón, apenas lo suficientemente ancho para dos personas. En él hay un fuerte olor a orina y a otra cosa que tardo un rato en identificar, pero que finalmente recuerdo que era marihuana.

—¡Ahí! —grita Fitz señalando a Ethan, que está al otro lado de la calle—. Uy, perdón, que hay que hablar en voz baja porque estamos en una misión secreta, es verdad.

Pero ya es demasiado tarde: Ethan nos está mirando. Tendré que aprovecharlo a mi favor.

—¡Ethan! ¡Querido! —gorjeo, abriéndome paso entre la marea de peatones para cruzar la calle. Oigo a Fitz inhalar bruscamente detrás de mí, antes de pedirle disculpas a un motorista que tiene que apartarse un poco—. ¡Qué suerte tropezarme contigo aquí!

—Hola, Eileen —dice. Luego me da un beso en la mejilla—. ¿Qué tal está?

—Muy bien, gracias —respondo. Me he quedado sin aliento; miro a mi alrededor con la esperanza de que haya un sitio para sentarme un momento, pero, por supuesto, no hay ningún banco a la vista—. Aunque, a decir verdad, necesito urgentemente ir al baño —digo en tono confidencial—. ¡No creo que aguante hasta llegar a casa! A mi edad, la vejiga ya no es lo que era. Una ya tiene pérdidas, ¿sabes? Ay, las pérdidas.

Ethan pone la misma cara que Fitz cuando mutilan a alguien en las películas policíacas de Martha.

—Mi piso está justo ahí —dice Ethan, señalando un edificio al final de la calle—. ¿Quiere acercarse y…, bueno, usar nuestras instalaciones?

—Ay, eres un encanto —digo—. Te sigo.

Encuentro cuatro pistas en el piso de Ethan:

1. Un recibo sobre la mesa de la entrada de una comida para dos por un valor de doscientas cuarenta y ocho libras. A ver, sé que Londres es caro (lo que cuestan aquí las cosas es inmoral), pero esa es una cantidad demasiado exagerada para gastarse con un amigo o un compañero.

2. Dos cepillos de dientes en el baño, ambos con el cabezal húmedo, lo que sugiere un uso reciente. ¿Por qué iba a usar Ethan dos cepillos de dientes?

3. Además de un par de botes de productos capilares de Leena que reconozco (todos ellos destinados a «evitar el encrespamiento»), hay un botecito de sérum para «proteger el color». Leena nunca se ha teñido el

pelo. Aunque supongo que podría ser de Ethan. Está muy orgulloso de su cabello oscuro.

4. No hay papelera en el baño. Eso no es de por sí una prueba de adulterio, pero a lo largo de mi vida he podido comprobar que pocas veces simpatizo con las personas que no tienen la consideración de poner una papelera en el baño. Siempre se trata de hombres y casi nunca son de fiar.

Cuando Fitz y yo volvemos a casa, comparamos notas. Él no ha encontrado ninguna pista; típico. Ya le había advertido que las ancianas somos las mejores detectives del mundo.

—No le hables de esto a Leena, ¿vale? —le pido muy preocupada. He cogido la mala costumbre de contarle todo a Fitz. Ya sabe un montón de cosas sobre Tod, por ejemplo. Yo me había tomado dos copas de vino y sus preguntas eran tan espontáneas que no pude resistirme. Yo no suelo contarle esas cosas tan personales a nadie, ni siquiera a Betsy. Puede que el hecho de estar aquí, viviendo la vida de otra persona, haya ayudado. Sea cual sea la razón, fue divertidísimo.

—Mis labios están sellados, Cotton —asegura Fitz. Su expresión se vuelve solemne—. Si tú sospechas que Ethan tiene trapos sucios, cuenta conmigo para investigar. Leena se merece lo mejor.

—Sí que se lo merece —digo.

—Y tú también, Cotton.

Fitz empuja el portátil de Leena hacia mí, sobre los cojines del sofá.

Parece que la vida en el piso de Leena gira en torno a este sofá. Comemos aquí, tomamos aquí el té…, hasta fue la oficina de Martha durante un tiempo.

—¿Algún mensaje nuevo? —pregunta Fitz—. ¡Está claro que tienes un mensaje de Howard, mira qué sonrisa! Qué mona.

—Chitón —le digo—. Haz algo útil y lava los platos.

—Vale, vale. Te dejo ahí haciendo *sexting*.

No tengo ni idea de lo que quiere decir eso, pero, como sospecho que es una grosería, lo fulmino con la mirada, por si acaso. Fitz sonríe y desaparece en la cocina y yo me recuesto en el sofá y leo el mensaje de Howard.

> ViejoHombredeCampo: ¡Hola, Eileen! Solo quería decirte que, cuando quieras, estoy listo para diseñar la página web de tu club social. En cuanto me des el visto bueno, solo tardaré un día en hacerla. Bss

Había olvidado por completo el ofrecimiento de Howard de hacernos una página web. Sonrío.

> EileenCotton79: Muchas gracias, Howard. ¿Qué necesitas para empezar? Bss

Me muerdo el labio, pensativa, mientras espero su respuesta. Tener una página web va a ser muy emocionante, pero no nos ayudará a captar miembros para la fiesta de inauguración. Estoy empezando a preocuparme un poco por eso, aunque Fitz ha estado empapelando todo el barrio con sus carteles. No sé yo si el tipo de gente que buscamos leerá los carteles de las paredes de por aquí. Hay muchísimos y la mayoría son de bandas, activismo y cosas por el estilo. En los anuncios hemos puesto que se encuentra disponible un servicio de transporte al lugar del evento (Tod ha tenido el detalle de ofrecernos el autobús que usa para las giras su compañía de teatro), pero es posible que la gente a la que queremos llegar no salga lo suficiente como para ver los carteles, para empezar.

Se me ocurre una idea. Salgo de la conversación con Howard y pulso «Buscar pareja». Relleno todas las casillas, pero esta vez lo hago de forma un poco distinta. Edad: más de 75 años. Ubicación: Londres este, Londres centro. ¿Hombre o mujer? Marco ambas casillas.

Me parece un poco descarado, pero es por una buena causa. Pulso en la primera persona que aparece en la lista: Nancy Miller, setenta y ocho años. Hago clic en el icono del sobrecito para mandarle un mensaje.

> Estimada Nancy:
> Espero que no te moleste que te mande este mensaje, pero estoy formando un club en Shoreditch para personas de más de setenta años y me preguntaba si estarías interesada en asistir a nuestra gran fiesta de inauguración este fin de semana…

Paso horas enviando mensajes. Hay más de cien personas en esta lista. Menos mal que Fitz me ha enseñado a copiar y pegar, si no me habría llevado todo el día; aun así, me duelen los ojos y tengo el cuello agarrotado de estar aquí sentada delante del ordenador durante tanto tiempo.

Estoy empezando a recibir respuestas. Algunas de ellas son un poco desagradables («¡Vete con tus anuncios a otra parte!», «¡Este no es lugar para ese tipo de cosas!») y parece que algunos hombres se están tomando la invitación como excusa para empezar a ligar, algo que no puedo permitirme, porque tengo cosas más importantes que hacer ahora mismo; de todos modos, seguro que ninguno está a la altura de Howard o Tod. Pero ya hay unas cuantas personas interesadas en el Club de Maduritos de Shoreditch. «Me encantaría pasarme», dice Nancy Miller. «¿Habrá juegos?», pregunta Margaret, de Hoxton.

Letitia aparece justo cuando se me está acabando la paciencia para responder mensajes. Dice que me trae una infusión nueva que quiere que pruebe. La invito a beberla conmigo (sospecho que esa era la verdadera intención de la visita) y la pongo al tanto de mi nuevo plan para promocionar nuestro club.

—Ojalá se me dieran tan bien estas cosas como a ti —dice, señalando el portátil con la cabeza.

—¡Seguro que puedes aprender! —digo—. Pídele a Fitz que te enseñe.

—Es un buen chico, Fitz —comenta Letitia—. ¿Ha encontrado ya a alguien para la habitación de Martha? Estaba preocupado por eso la última vez que hablamos.

Sonrío. Letitia se ha estado pasando por la zona comunitaria al menos una vez al día para poner jarrones con flores y ahuecar cojines. Últimamente, cuando alguien pasa por allí, siempre se para a charlar un rato. El lunes por la noche, vi allí abajo a Aurora y a Sally jugando a las cartas con ella. «¡Estamos probando las mesas!», dijo Aurora. Y luego Sally gritó: «¡Toma ya, un *full*!», dando un golpe en la mesa con la mano que casi mata del susto a Letitia.

—Aún no —respondo mientras cojo una galleta—. Creo que va a poner un anuncio en alguna página de internet.

—Venga quien venga, tendrá suerte de vivir aquí.

—Letitia…, ¿alguna vez has pensado en mudarte de piso?

—¿Adónde? —pregunta horrorizada.

—No muy lejos. Aquí. Al antiguo cuarto de Martha.

Es una idea excelente, en mi opinión.

—Ah, no —dice Letitia, escondiéndose tras su taza de té—. No podría dejar mi piso. ¿Y todas mis cosas bonitas? Además, ningún joven querría vivir con un vejestorio como yo.

Empujo la última galleta hacia ella.

—Tonterías —le digo—. Aunque entiendo tu punto de vista sobre esas maravillosas baratijas. Quiero decir, sobre tus preciosas antigüedades —añado al verle la cara.

—No sería capaz de dejar mi piso —dice Letitia, esta vez con más firmeza, para que deje de insistir. Aunque es una lástima, le vendría bien la compañía y me preocupa cómo se las arreglará cuando yo no esté aquí para animarla, aunque consigamos que el Club de Maduritos de Shoreditch funcione con regularidad.

Cuando Letitia se ha ido, sostengo mi taza vacía durante tanto tiempo que la porcelana se enfría entre mis manos. No puedo dejar de pensar en la factura que he visto sobre la mesa de la entrada de Ethan ni en el cepillo de dientes húmedo que había en el baño. Sé que tiendo a pensar que los hombres son infieles; es razonable, dadas las circunstancias, así que no me siento mal por ello. Pero necesito saber si eso me está nublando el juicio.

Cojo el móvil y marco el número de Betsy.

—¡Hola, cielo! ¿Qué tal ese actor tan guapetón? —Lo pronuncia como «ac-tor», lo que hace que suene aún más elegante.

Sonrío.

—Tan impresionante como siempre. ¿Puedo pedirte consejo sobre una cosa, Betsy?

—Claro.

—Es sobre Ethan, el novio de Leena. Supongo que lo habrás conocido, porque habrá ido de visita.

—Alguna que otra vez, sí —dice Betsy.

—¿No ha estado yendo todos los fines de semana?

—Solo uno o dos. Creo que Jackson lo ha espantado.

Parpadeo, sorprendida.

—¿Jackson? ¿Jackson Greenwood?

—No le ha caído muy en gracia tu Ethan.

—Siempre he sabido que Jackson tenía buen ojo para las personas —digo con pesimismo.

—Vaya, ¿así que Ethan no es santo de tu devoción? —pregunta Betsy.

Le cuento lo que he descubierto en mi incursión al piso de Ethan. Betsy inhala entre dientes. Es el mismo sonido que hace cuando regatea algo en el mercado de Knargill.

—Puede que no sea nada —opina ella—. No todos los hombres son como Wade.

—Pero muchos sí.

—Mmm, bueno —dice.

Estoy a punto de sacar el tema de Cliff, pero ella vuelve a hablar antes de que yo tenga la oportunidad. Siempre igual.

—He de reconocer que, antes de saber que tu Leena tenía novio, creía que le había echado el ojo a Jackson.

Qué interesante.

—¿Por qué lo dices?

—Porque se pasa la mitad del tiempo peleándose con él y la otra mitad toqueteándose el pelo cuando él anda cerca. En la última reunión del Comité del Primero de Mayo apenas le quitó ojo. Ah, y hablando del Primero de Mayo: ¿sabes que ha conseguido un patrocinador?

Eso es casi lo único que podría decir Betsy que captaría más mi atención que hablar de Leena haciéndole ojitos a Jackson.

—¿Un patrocinador para el Primero de Mayo?

—Un bufete de abogados importante. Muy refinado. Lo van a pagar casi todo y a ella se le han ocurrido un montón de actividades para recaudar fondos: puestos de venta de repostería, búsquedas del tesoro y rifas.

Sonrío.

—¿A que es extraordinaria?

—Bueno, al menos consigue lo que se propone —dice Betsy—. Eso tengo que reconocerlo.

25

Leena

Vamos a tu casa? —propone por primera vez Nicola cuando la recojo y le pregunto adónde quiere ir.

Es absurdo, pero me siento halagada. Nicola es una de esas personas cuya amistad hay que ganarse a base de palos; es como si yo fuera «la elegida».

Cuando llegamos a Clearwater Cottage, Arnold está arrancando las malas hierbas del jardín delantero.

—¡Te dije que ya lo haría yo! —grito mientras ayudo a Nicola a salir del coche.

—Pues no lo has hecho —señala él, agitando un diente de león hacia mí—. Hola, Nicola, ¿todo bien?

Abro la puerta y los invito a entrar.

—¿Té?

Mientras espero para echar el té en la tetera, pienso en lo raro que es que esta situación no me resulte extraña. La gente suele decirme que soy muy «madura» para tener veintinueve años (a mí siempre me entran ganas de soltarles que es lo que tiene ver morir a tu hermana), pero lo cierto es que nunca antes había tenido amigos que superaran la treintena. Y ahora ni siquiera parpadeo cuando Arnold aparece sin avisar (de hecho, me hace ilusión que lo haga) y estoy realmente encantada de que Nicola haya decidido que le caigo lo suficientemente bien como para pasar la tarde conmigo. Es agradable. Me gusta que me hagan ver las cosas desde un punto de vista distinto, entender lo diferente que es nuestra vida. Echaré de menos esto cuando me vaya; los echaré de menos a ellos.

Llaman a la puerta. Es Betsy.

Parece un poquito cabreada.

—¡Betsy! ¡Hola! ¡Pase! Estábamos tomando el té. ¡Le traeré una taza! ¿Me da su abrigo?

Le cojo el abrigo y lo cuelgo mientras empiezo a darle vueltas al asunto. Betsy no había vuelto a pasar por aquí desde aquel nefasto primer té, cuando dije todo lo que no debía. ¿A qué se deberá esto?

—No voy a quedarme —dice Betsy—. Solo he venido a coger la otra llave. Eileen tiene una en alguna parte.

—¡Sí, claro! —digo antes de echar un vistazo alrededor, como si la llave fuera a estar sobre la mesa del comedor—. ¿Se le han quedado las llaves dentro?

—Sí —responde.

Intento establecer contacto visual con ella, pero aparta la mirada. Es obvio que está mintiendo.

Arnold nos observa unos segundos y se levanta.

—Nicola, tengo que enseñarle la hortensia que tiene Eileen al fondo del jardín —comenta.

—¿La qué? —pregunta Nicola—. Yo no…

Pero él ya la está ayudando a levantarse.

—Bueno, vale —refunfuña ella.

Le doy las gracias a Arnold discretamente y él esboza una sonrisa. Una vez que nos hemos quedado a solas, me giro hacia Betsy, que está abriendo y cerrando los cajones de la cómoda.

—¿Cliff no la deja entrar? —le pregunto con delicadeza.

Betsy no se da la vuelta. Se hace un largo silencio.

—Ha sido Cliff el que me ha dejado fuera.

Tomo aire.

—Pues qué desagradable por su parte —digo con la mayor neutralidad posible—. ¿Quiere quedarse a dormir aquí?

Betsy mira a su alrededor.

—¿Quedarme aquí?

—Sí. Le puedo dejar el cuarto de mi abuela.

—Pues… —Parece un poco confusa por un instante—. Gracias. Eres muy amable. Pero prefiero buscar la llave.

—Vale —digo mientras Arnold y Nicola regresan del jardín—. Entre los cuatro seguro que la localizamos.

Encuentro todo tipo de cosas mientras buscamos la llave. Mi mochila vieja del colegio (¿cómo ha acabado aquí?), una foto de mi madre embarazada de mí, tan guapa como una actriz de cine, y una receta de la tarta de helado y galletas de chocolate escrita con la letra de Carla que hace que se me llenen los ojos de lágrimas. Carla aparece constantemente aquí, en Hamleigh. Puede que no haya vivido mucho tiempo en este pueblo, pero forma parte del espíritu del lugar. Quizá esa sea la razón por la que finalmente he logrado avanzar un poco mientras estoy aquí; o, mejor dicho, dejar de avanzar. Avanzar es mi punto fuerte, lo que no se me da tan bien es quedarme quieta.

Doblo la receta con cuidado y la dejo donde la he encontrado. Puede que algún día, al toparme con uno de estos tesoros, pueda sonreír en vez de echarme a llorar.

Por fin, Nicola encuentra la llave. Está cuidadosamente etiquetada con la letra de la abuela («Copia de la llave de

Betsy») y metida en el fondo de un cajón de la mesa de la entrada, junto con toda una colección de llaves de casas en las que ya hace mucho que no vivimos: el piso de Carla de Bethnal Green, nuestra antigua casa de Leeds y, muy a mi pesar, la llave del candado de la bici que creí haber perdido hace unos diez años. También hay una copia de la llave de la casa de mi madre que cojo para el resto del tiempo que me queda aquí. He estado usando la de la abuela, pero siempre se atasca en la cerradura.

Acompaño a Betsy andando a su casa. No le doy opción a negarse, pero aun así me sorprende que me lo permita. Intento pensar en qué diría la abuela y llego a la conclusión de que no diría nada: le dejaría espacio a Betsy para hablar. Así que, mientras caminamos lentamente por Middling Lane bajo la lluvia, me limito a sujetar el paraguas y a esperar que Betsy se sienta preparada.

—Supongo que ahora crees que lo sabes todo sobre mi situación —dice por fin, mirando al frente.

—No, en absoluto.

—Bien. Porque es… complicada.

—No lo dudo.

Me muerdo el interior de la mejilla. La abuela se habría quedado callada. Lo habría dejado así. Pero…

—Nadie debería tener miedo en su propia casa. Y si quiere dejarlo, Betsy, toda la gente del pueblo la apoyará. Todo el mundo.

Llegamos a su casa. Ella se detiene delante de la puerta del jardín. Se supone que debo marcharme, claro está, pero prefiero quedarme hasta que entre en casa sin problemas.

—A estas alturas ya se habrá calmado —dice Betsy, jugueteando con la llave—. Vete, Leena, no puedes quedarte aquí.

—Se merece algo mejor. Y no pienso dejar de repetír-
selo, me da igual las veces que me eche o que me diga que
deje de darle la lata —declaro con una sonrisa débil—. Siempre estaré aquí.

—Hasta dentro de menos de una semana —puntualiza
Betsy.

—Bueno, sí. —Había olvidado por un momento que me
iba—. Pero después volverá a contar con la auténtica Eileen
Cotton de Clearwater Cottage —digo sonriendo, aunque
noto un nudo en el estómago causado por algo muy similar a
la tristeza—. Y eso es mucho mejor.

26

Eileen

Pi-pi-pi-PIIII-pi-pi-pi. El móvil de Leena suena sobre la mesita de centro.

—Joder, cada vez que recibes un mensaje de texto está a punto de darme un ataque al corazón —dice Bee, llevándose la mano al pecho—. Qué escandalera.

Me dispongo a regañarla por decir palabrotas, pero el mensaje nuevo me distrae.

—¿Quién es esta vez? —pregunta Bee—. ¿ViejoHombredeCampo o tu actorcito sexy?

—Es mi antiguo vecino —digo, negando con la cabeza—. Ha descubierto los vídeos de gatos y lleva semanas mandándomelos.

—¿Te ha enseñado el del gato que empuja al niño a la piscina? —pregunta Bee emocionada—. Jamie y yo lo hemos visto seiscientas veces.

—Veo que tu hija ha heredado tu humor negro —señalo mientras vuelvo a posar el teléfono. Arnold puede esperar. Necesito chismorrear con Bee—. Bueno, ¿qué tal tu tercera cita con Mike?

Bee sacude la cabeza con incredulidad.

—Pues ha ido muy bien, Eileen. Es… Bueno, baila fatal, claramente tiene mucho más dinero y éxito que yo y ni siquiera vive en Londres, así que no cumple prácticamente ninguna de mis condiciones…

—¿Qué te dijo cuando le contaste lo de Jamie?

Su expresión se suaviza. Uy, conozco esa mirada.

—Pues me dijo: «Háblame de ella». Estuvimos hablando de Jamie como cuarenta y cinco minutos seguidos. Y no se echó a temblar, ni le entró pánico ni se escaqueó; simplemente escuchó.

Sonrío.

—Bueno, a lo mejor que sepa escuchar no estaba en tu lista, pero sí estaba en la mía.

—Y también sabe mucho sobre cómo montar una empresa. Me ha dado un montón de ideas, pero no en plan condescendiente, ¿sabes?

—Pues la verdad es que no, pero me alegro —le digo—. ¿Has hablado con Leena sobre esas ideas nuevas?

Bee hace una mueca.

—No quiero presionarla. La última vez que hablamos sobre los planes de B&L me dijo que su confianza se había visto tan afectada por la muerte de Carla que no podía ni pensar en ello. Y lo entiendo. No me importa esperar hasta que se sienta preparada.

—Mmm —digo mientras el camarero nos trae los cafés.

Bee arquea las cejas.

—Suéltalo. ¿Qué es eso que estás intentando callarte?

—Que tú no sueles ser una mujer muy paciente.

Bee remueve la espuma de la parte de arriba del café.

—Si Leena lo necesita, sí —dice sencillamente.

—Eso está muy bien —reconozco—. Pero hasta Leena necesita un empujoncito de vez en cuando. Y ahora más que nunca, la verdad. Se emocionaba muchísimo cuando me hablaba de los planes que teníais en común y me da pena que no haya vuelto a mencionarlos desde hace tanto tiempo. Puede que sea justo lo que necesita para salir adelante.

—Quizá —dice Bee, animándose un poco—. A lo mejor... vuelvo a tantearla de nuevo. No quiero que perdamos la ilusión. A veces me preocupa que sigamos siendo unas «Selmounteras» toda la vida.

—No os llamaréis así, ¿no? Suena a título de novela guarra.

—Por Dios, no digas eso —exclama Bee—. Ahora cada vez que el director general diga «Selmountera» no podré pensar en otra cosa. «Selmountera». Mierda, tienes razón, suena a...

Por la noche me siento al lado de Fitz en la barra de desayuno y reviso las respuestas que he recibido a las invitaciones para el Club de Maduritos de Shoreditch. Hasta ahora hay cinco personas que necesitan servicio de transporte para asistir a la gran inauguración, otras siete que han dicho que lo confirmarán cuando se vaya acercando el día y unas cuantas más que parecen interesadas. No quiero echar las campanas al vuelo, pero estoy muy ilusionada.

De vez en cuando compruebo si Howard está disponible en el chat. Sus ideas para la página web suenan fenomenal; su aspiración es que la usemos para recaudar fondos. Aunque por ahora prefiero que sea una sorpresa, estoy deseando enseñársela a Fitz cuando esté terminada. El único problema es que Howard dice que necesita algo de dinero para empezar.

Él cree que en una semana recaudaremos más del doble de lo necesario, así que lo recuperaré con creces en un santiamén, y desde luego creo que sigue mereciendo la pena tener una página web. Estoy esperando a que me diga cuánto dinero necesita.

Mientras reviso mis mensajes, llego a la conversación con Arnold: una serie de vídeos de gatos con alguna que otra cosilla de por medio sobre Hamleigh y el jardín. Me detengo sobre su nombre y me da por hacer clic para entrar en su perfil.

Ya hay algo escrito, además de la fotografía. «Me llamo Arnold Macintyre y estoy volviendo a empezar de cero», pone en el apartado «Acerca de mí». «¿Hay alguien ahí fuera que esté haciendo lo mismo? Me encantaría charlar con alguna persona que esté en mi misma situación...».

Me froto el cuello. Me pregunto si alguien habrá respondido a la pregunta de Arnold. ¿Habrá alguna señora en su misma situación que esté charlando con él de volver a empezar de cero? La verdad, no había pensado que, igual que Arnold habla conmigo a través de esta página web, seguramente estará también hablando con otras personas.

Me detengo sobre el icono de «Enviar mensaje». Hay un punto verde al lado del nombre de Arnold. Me hace gracia imaginármelo en Hamleigh, sentado delante del ordenador.

EileenCotton79: Hola, Arnold. Necesito preguntarte una cosa. ¿Qué quieres decir con eso de volver a empezar de cero?

Arnold1234: Bueno, la verdad es que me has inspirado mucho.

EileenCotton79: ¿Yo?

Arnold1234: Has vuelto a coger las riendas de tu vida. Yo dejé de hacerlo hace demasiado tiempo. Así que he vuelto a empezar.

Miro fijamente la pantalla durante un rato. Arnold empieza a escribir.

Arnold1234: ¿Sabes que ahora voy a pilates?

—¡Ja!

Fitz aparta la vista de la pantalla de su portátil para mirarme con las cejas levantadas. Sonrío tímidamente.

—Nada interesante —digo de inmediato, girando un poco el portátil de Leena.

EileenCotton79: ¿Y qué más?
Arnold1234: Leena me ha enseñado a hacer *pad thai* para cenar.
EileenCotton79: ¡Si Leena cocina fatal!
Arnold1234: Ahora ya lo sé, ¿no crees?

Me río de nuevo.

EileenCotton79: Y Betsy me ha contado que ahora también estás en el Comité del Primero de Mayo…
Arnold1234: Sí. Aunque tu nieta se niega a preparar tu especialidad para ese día, así que dudo que la jornada esté a la altura de las circunstancias.

Sonrío. Todos los años, el Primero de Mayo, hago manzanas con *toffee* para venderlas en un puesto delante de la puerta del jardín. Arnold siempre compra tres, refunfuña porque le parecen muy caras hasta que le hago un descuento a regañadientes y luego alardea de ello toda la noche. Normalmente, con los dientes manchados de *toffee*.

Mis dedos vuelan sobre las teclas.

EileenCotton79: ¿Y si prometo hacerte unas manzanas con *toffee* cuando vuelva?

La respuesta tarda mucho en llegar.

Arnold1234 dice: ¿Con descuento especial?

Me río, poniendo los ojos en blanco.

EileenCotton79: Gratis, por cuidar de Leena mientras yo no estoy y como agradecimiento por los vídeos de gatos. Me he reído mucho con ellos.
Arnold1234: ¿Cómo voy a rechazar eso?

Yo sonrío.

Arnold1234: ¿Y qué tal el Club Social de Maduritos de Shoreditch? ¿Cómo va la cosa?

Había olvidado por completo que le había hablado de él. Es un detalle que se acuerde.

EileenCotton79: ¡Esta semana es la gran inauguración!
Arnold1234: Ojalá pudiera estar ahí.

Entonces, mientras trato de asimilar esa frase tan sorprendente, añade otra.

Arnold1234: Si me hubieras invitado, claro.
EileenCotton79: Claro que estás invitado, Arnold, no seas bobo.
Arnold1234: Como nunca me has invitado a tu casa, no quería dar por hecho que…

Me quedo mirando el portátil de Leena con el ceño fruncido y me bajo las gafas sobre la nariz.

EileenCotton79: ¿En serio? ¿Nunca?
Arnold1234: Nunca. No me has invitado ni una sola vez.
EileenCotton79: Bueno, creo recordar que sí te invite una vez.
Arnold1234: Sí, bueno, me refiero a después de la primera vez.

Me muerdo el labio y luego, distraídamente, le doy unos toquecitos para arreglar el carmín.

Ahora que estoy lejos, se me ocurre que tal vez no haya sido… muy benévola con Arnold.

Me quedo callada un momento, sin saber qué decir. Al cabo de un rato, Arnold me manda un vídeo de un gato subido a una aspiradora. Me echo a reír.

Arnold1234: Es para relajar los ánimos.
EileenCotton79: Vaya, Arnold, lo siento. Cuando esté en casa, me encantaría invitarte a un té y a una manzana con *toffee*.
Arnold1234: Me parece bien.
Arnold1234: Buena suerte con la gran inauguración, Eileen. Todos estamos deseando que vuelvas a Hamleigh.

Dicho lo cual, el punto verde desaparece.

Hoy es mi última noche con Tod. No me voy hasta el lunes, pero quiero reservar el fin de semana para despedirme de mis nuevos amigos.

Decirle adiós a Tod no me pone especialmente triste. Sabíamos desde el primer momento que este día llegaría y cuándo lo haría. Por eso me sorprende tanto que se siente a mi lado en su cama blanca y mullida y me diga esto:

—Eileen, no estoy preparado para decirte adiós.

Me pilla tan desprevenida que tengo que esperar a que se me ocurran las palabras adecuadas y tardo tanto que a Tod le cambia la cara.

—Lo siento —digo, cogiéndole la mano sin pensar—. Es que estoy sorprendida. Siempre hemos dicho que…

—Lo sé. —Él se lleva mi mano a los labios. Está desaliñado después de haber pasado toda la tarde en la cama y su cabello gris plata está encrespado y revuelto; se lo atuso y se lo peino como a él le gusta llevarlo, hacia atrás, como Donald Sutherland—. Lo cierto es que ha sido maravilloso. No hay otra forma de decirlo. De verdad que eres única, Eileen Cotton.

Sonrío y bajo la vista hacia las sábanas que tengo en el regazo.

—Quedamos en que hoy nos despediríamos.

—Bueno, podemos despedirnos mañana. O pasado. O algún día muy muy lejano. —Él me sonríe con picardía, entrelazando sus dedos con los míos—. Venga. Dame una oportunidad para convencerte. Ven mañana a la fiesta del elenco. Es una barbacoa en una azotea en King's Cross. Buena comida, buena conversación, algún que otro famoso del West End…

—Sáltate la fiesta —digo impulsivamente—. Ven a la inauguración del Club Social de Maduritos de Shoreditch. —Le doy un beso en la mejilla—. Sería maravilloso que estuvieras allí.

Él se queda callado.

—Bueno… Supongo que podría hacerlo.

Yo sonrío. Este proyecto ha sido lo más importante que he hecho mientras he estado en Londres, así que me parece adecuado que Tod esté presente en la gran inauguración. Y quizá tenga razón. Puede que esto no tenga que acabarse solo porque yo vuelva a Yorkshire. Al fin y al cabo, solo está a un par de horas en tren.

Hasta que salgo de su casa, no caigo en la cuenta de que Howard ha dicho que él también irá a la gran inauguración. Madre mía. Supongo que es ahora cuando las citas empiezan a complicarse.

27

Leena

Ni hablar —digo con firmeza.

—¡Pero Vera tiene cagalera! —se lamenta Penelope.

Tengo tantas cosas que hacer que ni siquiera me da tiempo a reírme de eso.

—¡Penelope, tengo que estar por ahí comprobando que todo vaya bien! Seguro que hay alguna chica en este pueblo a la que podáis obligar o sobornar para que haga de Reina de Mayo.

—Bueno… Está Ursula…

Ursula es una chica de dieciséis años cuyos padres son dueños de la tienda del pueblo. Suele estar acurrucada con un libro en la esquina de las verduras frescas. Nunca la he visto cruzar una palabra con nadie.

—Perfecto —digo, volviendo a girarme hacia las preciosas guirnaldas con escudos de armas que están colgando ahora mismo entre las farolas de Peewit Street. Es una mañana fría; las guirnaldas se reflejan en color plata en los charcos del suelo y las banderas que hemos puesto en el monumento a los soldados caídos que está al final de la calle ondean con gracia al viento—. Lo dejo en tus manos expertas, Penelope.

—Esa guirnalda está torcida —dice Roland.

Cierro los ojos y respiro hondo.

—Gracias, Roland.

—De nada —responde él amigablemente, antes de irse zumbando detrás de Penelope.

—Tiene razón —dice Jackson.

Me doy la vuelta. Al final he sido muy benévola con su disfraz de Rey de Mayo. Lleva puestos unos pantalones verdes por dentro de unas botas altas marrones y una camisa blanca floja sujeta con un cinturón, más o menos como me imagino a Robin Hood, pero en formato jugador de rugby cachas en lugar de astuto hombrecillo del bosque. Lleva ya la corona del Primero de Mayo alrededor del cuello. Es preciosa; Kathleen la ha hecho con flores silvestres y hojas de setos.

La guinda del pastel, sin embargo, son los cuernos. Son grandes y verdes, curvados como la cornamenta de los carneros y tan altos como mis orejas de conejo de Pascua.

He sido benévola, pero no iba a desaprovechar la oportunidad de plantarle un complemento ridículo en la cabeza.

—Oye —dice mientras yo disimulo una sonrisa—. Yo no me reí cuando tú te vestiste de Roger Rabbit.

Aprieto los labios y adopto la expresión más solemne que puedo.

—Muy regio —digo. Cuando me vuelvo hacia las guirnaldas, noto que me cuelgan algo del cuello. Miro hacia abajo: es la corona de la Reina de Mayo, igual que la de Jackson, pero con unas cuantas flores de color rosa entre las blancas.

—Ah, no, ni se te ocurra —digo, quitándome la corona.

Jackson me agarra la muñeca.

—Sabes que Ursula no querrá hacerlo. Venga. Espíritu comunitario.

—¡No puedo participar en el desfile, tengo que organizarlo todo! —protesto—. La carroza del Rey y la Reina de Mayo está podrida por el medio, así que ya puedo ir buscando un carpintero con mucho talento u otra carroza y…

—Déjamelo a mí —dice Jackson, dejando entrever un hoyuelo en su mejilla—. Tú sé mi Reina de Mayo y yo encontraré la forma de que te desplaces con estilo, ¿de acuerdo?

Lo miro con los ojos entrecerrados.

—Por si no te has dado cuenta, esta es mi cara de desconfianza.

—Es una cara que ya me resulta bastante familiar, la verdad —dice Jackson.

Todavía me está agarrando de la muñeca; me pregunto si se habrá dado cuenta de que se me ha acelerado el pulso.

—Tú déjamelo a mí —repite; cuando me suelta el brazo casi sigo sintiendo sus dedos cálidos como la luz del sol sobre la piel.

Necesito que venga Ethan. Hace demasiado que no lo veo. El encaprichamiento con Jackson, o sea lo que sea esto, me está volviendo loca e impide que me centre. Esta semana me he sorprendido pensando en él cuando no debo, repasando nuestras conversaciones mientras hago la cena, imaginando lo que pensará él; recordando las pecas de color arena que tiene bajo sus serenos ojos azules y la sensación de su cuerpo pegado al mío cuando me empotró sin querer contra el espejo del salón.

Le echo un vistazo al móvil (estoy esperando a que Ethan me mande un mensaje para decirme cuándo llega), pero no tengo cobertura, para variar. Refunfuño mientras vuelvo a concentrarme en colocar las guirnaldas, al tiempo que repaso mentalmente la lista de tareas pendientes: ver si han llegado los aseos portátiles, solucionar lo de la inundación del prado en el que íbamos a poner el aparcamiento, llamar al hombre que trae el hielo, inspeccionar con Betsy los puestos de comida...

Penelope regresa.

—Ursula ha dicho que prefiere que uno de esos halcones le picoteen los ojos antes que ser la Reina de Mayo —anuncia.

—Caray, qué... gráfico —digo. Está claro que he subestimado a Ursula—. Vale, a ver si se me ocurre alguien más cuando haya solucionado lo de los puestos de comida, el hielo, la inundación y los aseos portátiles.

—Respira, querida —dice Penelope, poniéndome una mano en el hombro—. ¡Ya has hecho muchas cosas! Seguro que a Betsy no le importará que te tomes un descansito.

—Penelope, eso es sin duda lo más divertido que he oído en... Dios, no sé, en siglos. Por favor, no me obligue a tomarme un descanso —le pido, dándole unas palmaditas en la mano.

Ella me mira con sus ojos de búho y parpadea.

—Eres muy rara, cielo —dice.

Yo le sonrío y vuelvo a consultar el móvil: milagrosamente, tengo tres rayas de cobertura, pero todavía no hay ningún mensaje de Ethan. Intento pensar en otra cosa y llamo a Betsy con el sistema de marcación rápida (no es broma, el móvil de la abuela de verdad tiene marcación rápida).

—¡Siento no haber contestado a su última llamada! —me disculpo por el teléfono mientras les hago señales hacia la izquierda a los hombres que están colocando las guirnaldas

(¿Rob y Terry? ¿Eran Rob y Terry? ¿O esos son los que he mandado a cortar el tráfico en Lower Lane?).

—Leena, los puestos de comida… no van a venir.

—¿Qué? ¿Por qué no?

—¡No lo sé! —Betsy parece a punto de echarse a llorar.

—Tranquila, lo solucionaré. —Cuelgo y busco el número de uno de los puestos de comida. Los gestionan todos personas distintas, la mayoría de la zona; el número del tío de los sándwiches de queso fundido es el primero que encuentro.

—Lo siento —dice—. Firs Blandon nos ha ofrecido el doble.

—¿Firs Blandon? —¿El pueblo del que la Guardia Vecinal está siempre echando pestes?—. ¿Para qué?

—También van a celebrar el Primero de Mayo, creo. Han puesto un cartel al lado del suyo en la carretera, para que la gente se desvíe hacia allí. De hecho, el de ellos es mayor —me informa amablemente el hombre de los sándwiches de queso fundido.

—No nos hagan esto —digo—. Ahora mismo estoy de camino a Firs Blandon. —En realidad voy corriendo a por Agatha—. Y pienso hacerles venir a todos a Hamleigh-in-Harksdale, como habíamos acordado, aunque sea a la fuerza, pero le advierto que será mucho mejor que vuelvan por voluntad propia y cumplan con las obligaciones contractuales que tienen aquí en Hamleigh.

Se produce un silencio incómodo.

—Yo no he firmado nada —señala el hombre de los sándwiches de queso fundido.

Mierda, mierda, mierda. Tiene razón. Nosotros simplemente nos pusimos en contacto con los puestos de comida que vienen todos los años, les pedimos que esta vez se adaptaran a la temática medieval y todos dijeron: «¡Claro, allí estaremos!». Debió de haber un contrato en su día, la primera vez que organizaron el Primero de Mayo, pero sabe Dios dónde está.

—Aun así, tenemos derechos legales —le advierto con frialdad, aunque no tengo ni idea de si eso es cierto.

—Ya. Bueno... Lo siento, Leena. Lo de los sándwiches de queso fundido no da mucho dinero y... Lo siento. —Me cuelga.

Abro el coche. Penelope aparece a mi lado, con sus ojos gigantescos abiertos de par en par por la preocupación.

—¡No hay puestos de comida! —dice, agarrándome del brazo.

—¡Es un desastre! —brama Basil mientras se acerca trotando a un ritmo muy lento, pero seguro—. ¡Puñetero Firs Blandon! ¡No sé cómo no se me ocurrió pensar que estaban tramando algo!

—¿Así está bien, Leena? —grita Arnold desde el otro lado de la calle, donde se encuentra comprobando las bombillas de los farolillos.

—Todos adentro —les ordeno, señalando el coche.

Le lanzo las llaves a Penelope, que las coge y se queda sorprendidísima de que sus reflejos hayan estado a la altura.

—Conduce usted —le digo.

—Pero ¿qué dirá el doctor Piotr? —pregunta Basil—. Dijo que Penelope no debía...

A Penelope le brillan los ojos.

—Al diablo el doctor Piotr —dice mientras abre la puerta del conductor—. Qué emocionante es esto.

No diría que me siento segura con Penelope al volante. Pero sin duda estamos avanzando.

—Ese semáforo estaba en rojo —dice Arnold con delicadeza mientras nos lo saltamos olímpicamente.

—Estaba a punto de ponerse en verde —replica Penelope, pisando a fondo el acelerador.

Entretanto, yo sigo pegada al móvil.

—¿Quién controla el cotarro en Firs Blandon? —pregunto—. ¿Hay un alcalde o algo?

—¿Qué? No —responde Arnold—. Supongo que habrá un presidente de la junta parroquial.

—Puede ser —señala Penelope con ironía—, pero lo más probable es que no tenga ni voz ni voto.

Levanto la vista del teléfono.

—¿No?

—Eileen es la presidenta de la Guardia Vecinal —dice Penelope, tomando una curva cerrada a cien por hora—. Pero todos sabemos que es Betsy la que corta el bacalao, ¿no?

—¡Para el carro, que había una señal de cincuenta!

—Pues yo no la he visto —dice Penelope.

Bajo la ventanilla mientras entramos en Firs Blandon. ¡Tienen guirnaldas! ¡Y farolillos! ¡Qué cabrones!

—Disculpe, ¿quién es el encargado de todo esto? —le pregunto a uno de los hombres que están colgando las guirnaldas.

—¡Lléveme con su líder! —brama Basil desde el asiento de atrás, riéndose por lo bajo.

—¿El encargado?

—Sí.

—Pues el presidente de la junta parroquial es...

Sacudo una mano con desdén.

—Me refiero al que manda de verdad. Por ejemplo, cuando alguien aparca demasiado cerca de un cruce o cuando en el bar empiezan a cobrar de más por el pescado rebozado con patatas, ¿quién es el que hace que las aguas vuelvan a su cauce?

—Ah, se refiere a Derek —dice el hombre—. Está allí, decidiendo dónde van a ir los puestos de comida.

—Gracias —digo y suelto un pequeño chillido cuando Penelope vuelve a pisar a fondo el acelerador.

—Nunca me he fiado de los hombres que se llaman Derek —comenta Penelope enigmáticamente mientras llegamos a la calle principal de Firs Blandon, donde ahora se encuentran nuestros puestos de comida.

—Aparquen —les ordeno, ya con la puerta del copiloto abierta—. Yo voy hacia allí.

Derek no es difícil de localizar. Es un hombre de sesenta y muchos años que lleva puesto un casco amarillo muy chillón totalmente innecesario y que tiene un megáfono en la mano.

—¡Un poco a la derecha! ¡Un poco a la izquierda! ¡No, un poco a la izquierda no! ¡A la izquierda no! —grita por el megáfono.

—¿Derek? —pregunto amablemente.

—¿Sí? —responde él, apenas sin mirarme.

—Soy Leena Cotton —me presento, plantándome delante de él con la mano extendida—. Vengo en nombre de Hamleigh-in-Harksdale.

Eso capta su atención.

—Qué rápido ha llegado —comenta, con una sonrisita de superioridad que hace que me hierva la sangre.

—Tengo una chófer de primera. ¿Podemos hablar en privado?

—Estoy muy liado —replica Derek—. Ya sabe, tengo un Festival del Primero de Mayo que organizar. Seguro que me entiende.

—Desde luego —digo sonriendo—. Solo quería desearle suerte.

Él se me queda mirando.

—Bien, cielo —responde, ampliando su sonrisa de superioridad—. Pero no nos hace falta. Hoy tenemos la mejor comida de Yorkshire.

—Ah, no me refería a lo de hoy —digo—, sino al plan de urbanismo.

Derek se queda inmóvil.

—¿Qué?

—¡Firs Blandon tiene unos planes muy ambiciosos! Esa urbanización que hay en las afueras del pueblo, la que se ve desde varias casas de Peewit Street, en Hamleigh, ¿se da cuenta? Podría ser un complemento estupendo para esta zona, o, por supuesto, dependiendo del punto de vista de cada uno, podría ser una monstruosidad con un impacto visual adverso en el paisaje icónico de los Dales.

Ahora sí que Derek me está prestando atención.

—¡Penelope, Basil, Arnold! —grito, haciéndoles un gesto con la mano para que se acerquen—. Vengan a conocer a Derek. Vamos a verlo muy a menudo ahora que estamos mucho más interesados en las solicitudes de planificación que llegan desde Firs Blandon —comento, dedicándole a Derek una sonrisa radiante—. Basil, Penelope y Arnold tienen opiniones muy sólidas sobre asuntos locales, ¿verdad?

—¡Y tanto! —declara Basil, sacando pecho.

—Yo siempre he estado muy implicado en los temas del pueblo —asegura Arnold.

—Yo solo digo que el nombre de Derek no me gusta nada. Nunca he conocido a un Derek que me caiga bien. Nunca —dice Penelope, mirándolo fijamente.

Sonrío encantada y le quito el megáfono de la mano al hombre, que no opone resistencia.

—¡A recoger todo el mundo! —grito por el megáfono—. Volvemos a Hamleigh-in-Harksdale.

Los puestos de comida regresan a Hamleigh con el rabo entre las ruedas de las furgonetas. Penelope nos lleva de vuelta con la despreocupación y el desenfado de un chico de diecisiete años y sorprendentemente consigue que lleguemos al pueblo al mismo tiempo que los puestos de comida, aunque de camino paramos en Knargill para recoger a Nicola. Cuando estamos pasando en coche por delante del cartel del Primero de Mayo de Firs Blandon, Penelope da un volantazo; yo grito y me agarro con fuerza al asa de la puerta mientras ella embiste de lado el cartel y lo lanza a la cuneta, donde aterriza boca abajo.

—¡Uy! —dice Penelope.

—¡Dale también a ese! —exclama Nicola, que es de gatillo fácil, señalando el cartel de una tienda agrícola que hay más adelante.

Nos acercamos a Hamleigh mientras pienso en que tengo el tiempo justo para comprobar si han llegado los aseos portátiles antes de que los fontaneros vengan a solucionar lo de la inundación. Pero, cuando llegamos al prado asignado para los puestos de comida, hay un grupito de gente reunido en la entrada que no nos deja ver nada. Penelope y yo nos miramos frunciendo el ceño; ella aparca en uno de los arcenes y nos bajamos. Me dispongo a ayudar a Nicola, pero Basil se me ha adelantado y le está ofreciendo el brazo con extrema caballerosidad medieval. Arnold le da a Agatha una palmadita al bajar; se ha encariñado mucho con mi coche desde que lo rescatamos del seto de la abuela.

—Pero ¿qué pasa aquí? —pregunta Arnold, señalando la aglomeración.

—Ni idea. —Consulto el móvil mientras nos abrimos paso entre la multitud. Tengo un mensaje de Bee que me levanta el ánimo.

Leena, VAMOS A POR ELLO. Consultora B&L. Le he estado hablando del proyecto a tu abuela y estoy EMOCIONADÍSIMA. Si necesitas más tiempo sabes que te apoyo, pero no me gustaría que nos estancáramos. Yo puedo ocuparme de los preparativos si tú no tienes la cabeza para estas cosas. ¡Pero no podemos renunciar a nuestro sueño, amiga! ¡Vamos a triunfar! Bss

Y otro de Ethan que me hunde en la miseria.

Lo siento, amor, pero por aquí la cosa se ha puesto fea. Voy a tener que quedarme unas horas más en la oficina. Supongo que tú no podrías acercarte, ¿verdad? Bss

Trago saliva y tecleo una respuesta mientras atravesamos el campo.

Ethan, sabes que hoy no puedo irme de Hamleigh, es el Primero de Mayo. Espero que te salga todo bien. ¿Podemos por lo menos intentar hablar por teléfono? Bs

—¿Ethan no va a venir? —pregunta Arnold en voz baja. Yo lo miro.

—Tienes una cara de póker terrible —explica.

Me guardo el móvil en el bolsillo de la sudadera de capucha.

—No es culpa suya. Cosas del trabajo.

Arnold me observa fijamente durante un buen rato.

—Leena —dice—, sé que se portó bien contigo cuando lo necesitabas. Pero no puedes estar con alguien por gratitud. Las cosas no son así.

—¡Yo no estoy con Ethan por gratitud! —exclamo.

—Vale. Como quieras. —Arnold vuelve a darme otro apretoncito en el hombro—. Es que creo que te mereces un hombre que te trate bien, solo es eso.

—Me caías mejor cuando eras un ermitaño —le espeto con los ojos entornados.

Él sonríe y luego se pone serio de repente. Ambos acabamos de oír lo mismo.

—¡Que no se te pase por la puñetera cabeza!

Es Cliff. Me abro paso a empujones entre la multitud, que ahora está en medio del prado, donde él y Betsy se encuentran cara a cara como dos vaqueros a punto de desenfundar. De hecho, Betsy ya ha desenfundado, pero en lugar de empuñar un arma lo que empuña es el mando de la televisión.

—¡Estoy harta! ¿Me has oído? ¡Harta! —Betsy coge el mando con ambas manos como si fuera a romperlo en dos y Cliff se pone como loco.

Es tal y como me lo imaginaba. Colorado, regordete, con calcetines y pantalones cortos de deporte y una sudadera asquerosa ceñida sobre la panza cervecera; contrasta radicalmente con la pulcra y menuda Betsy, con su pañuelo en el cuello y su rebequita rosa. Solo que, en estos momentos, Betsy es sin duda la que tiene más pinta de dura de los dos.

—Cliff Harris. Merezco. Algo. Mejor —dice ella en tono tranquilo y amenazador.

Y con la fuerza sobrehumana de una mujer que ha tragado mucha mierda durante muchísimo tiempo, supongo, parte el mando de la tele en dos.

Cliff va hacia ella, pero Arnold y yo ya vamos para allá y somos más rápidos que él, así que logramos sujetarlo por los brazos antes de que alcance a Betsy.

—Quiero que te vayas de esa casa esta misma semana, ¿me has oído? —chilla Betsy desde el otro extremo del prado.

Cliff se pone a gritar groserías, cosas terribles, tan malas que me escandalizan. Arnold lo arrastra hacia atrás mientras le hace gestos a Basil para que le ayude.

—Ya nos ocupamos nosotros de esto —me tranquiliza Arnold. Yo asiento. Me necesitan en otro sitio.

Betsy se derrumba entre mis brazos en cuanto llego a su lado.

—Vamos —le digo mientras la saco de allí. Fulmino con la mirada a la multitud que se arremolina a la entrada del prado y los mirones se dispersan, avergonzados, para dejarnos pasar—. Has estado magnífica —le aseguro.

Ella intenta dar media vuelta.

—Pero…

La agarro del brazo.

—Ahora solo necesitamos buscarte un sitio donde quedarte. ¿Vale? —Me muerdo el interior de la mejilla. Clearwater Cottage está demasiado cerca. Tiene que alejarse de aquí una semana, hasta que consigamos echar a Cliff.

Penelope y Nicola están esperando al lado del coche. Abren los ojos de par en par al vernos llegar dando tumbos, cogidas del brazo. Ayudo a Betsy a sentarse en el asiento del conductor y para cuando se ha abrochado el cinturón ya se me ha ocurrido una idea.

—Nicola —digo en voz baja, después de cerrar la puerta del coche—, Betsy le ha dado a su marido una semana para buscarse otro sitio donde vivir.

La expresión de Nicola se ablanda. Mira a Betsy, que permanece muda en el asiento delantero. Aún tiene los dos trozos del mando a distancia en la mano y los agarra con fuerza.

—Anda, no me digas.

—¿Crees que…?

—Puede quedarse conmigo todo el tiempo que quiera —asegura Nicola.

—¿Seguro? Sé que es mucho pedir.

—Si una mujer necesita un sitio donde quedarse y yo tengo una cama libre, pues listo. No se hable más.

Nicola ya está abriendo la puerta de atrás. Me dispongo a ayudarla, con el piloto automático puesto.

—Vas a venir conmigo a mi casa, ¿vale, cielo? —le dice a Betsy mientras se acomoda—. Pondré la tetera, nos tomaremos una buena taza de té y luego haré pastel de pescado para cenar.

Me cuesta un triunfo no echarme a llorar mientras le quito las llaves a una Penelope muy preocupada y ocupo el asiento del conductor. Qué gente. Qué fuertes y qué cariñosos son. Cuando llegué aquí, su vida me parecía insignificante y absurda, pero estaba equivocada. Son unas de las mejores personas que conozco.

28

Eileen

La zona común es un hervidero de actividad. Fitz se agacha mientras Martha le lanza a Aurora un paquete de servilletas. Rupert sujeta el extremo del mantel que Letitia está extendiendo, justo a tiempo para que quede liso. Yaz firma la entrega de la comida con una mano mientras sujeta a Vanessa con el otro brazo. Es la primera vez que Yaz y Martha vuelven a la carga tras disfrutar de unas semanas en familia y he de decir que lo están dando todo. Aunque no esperaba menos de ellas.

Queríamos ofrecer a los Maduritos de Shoreditch una comida caliente, pero se complicó todo tanto con las alergias y ese tipo de cosas que por el momento solo habrá algo para picar. Por suerte, me dio tiempo a revisar el pedido del supermercado antes de que Fitz pulsara el botón «Comprar», porque casi todo lo que había pedido habría sido un verdadero reto para cualquier persona sin dientes o con dentadura postiza. Ahora hay muchos menos palitos de zanahorias y patatas fritas y muchos más rollos de salchicha blanditos y taquitos de quiche.

Cojo el móvil. Tod debe de estar al caer con el autobús para recoger a nuestros Maduritos de Shoreditch; ha quedado en llamarme al llegar. Y Howard ha dicho que también estaría aquí a la hora de empezar, así que tampoco debería tardar mucho. Me atuso el pelo con nerviosismo; Martha me ha hecho un recogido y estoy muy elegante, pero me preocupa que sea un poco excesivo.

Tengo dos mensajes. El primero es de Bee:

Estoy reunida con un cliente y no voy a poder ir a la inauguración. Lo siento MUCHÍSIMO. Me siento fatal.

¿Podrías venir a verme mañana por la mañana, antes de irte?

Estaré en Selmount y no tengo ninguna reunión. Las oficinas de Selmount te quedan de camino para ir a King's Cross, ¿no?

Tecleo la respuesta.

Hola, Bee. No te preocupes. ¿Qué tal mañana a las nueve? Si tienes tiempo, podríamos tomarnos un último café con un muffin juntas. Si no puedes, no pasa nada, claro. Con cariño, Eileen. Bss

Ella contesta casi al instante.

Perfecto. Y perdona otra vez, Eileen. Bss

El otro mensaje es de Howard.

ViejoHombredeCampo: Me alegra que te parezcan bien trescientas libras para empezar. ¡Te prometo que conseguiremos el doble con las donaciones en una semana! Bss

EileenCotton79: Te daré el cheque cuando te vea. Qué ganas de ver la página web. ☺

Ahí están los tres puntitos que significan que está escribiendo algo.

ViejoHombredeCampo: Lo siento muchísimo, Eileen, pero no voy a poder ir a la inauguración. ¡Tengo que hacer un montón de cosas para la página web! ¿Podrías hacerme una transferencia por internet?

Se me cae el alma a los pies. Creía… La verdad… En fin. Da igual. De todos modos, Howard no era el protagonista de este evento y tampoco es el fin del mundo que no pueda venir.

EileenCotton79: Lo siento, pero me temo que no sé hacer transacciones por ordenador. Pero puedo enviarte el cheque por correo. Dame tu dirección. Saludos, Eileen. Bss

—¿Eileen? —dice alguien con voz familiar.

Levanto la cabeza y ahí está Tod, el guapo y maravilloso Tod. Vuelvo a animarme. Supongo que esa es la razón por la que viene bien relacionarse con varios hombres a la vez.

—¡Ya has llegado! —Me pongo de puntillas para darle un beso en la mejilla.

Está impresionante con esa camisa con el cuello desabrochado y los pantalones chinos. Observa el avispero de actividad, bastante aturdido.

—¿Has hecho tú todo esto? —pregunta.

—¡Sí! Bueno, lo hemos hecho entre todos, en realidad —respondo sonriente.

—Ah, hola, ¿este es Tod? —pregunta Fitz, que aparece a nuestro lado. Extiende la mano para que Tod se la estreche—. Encantado de conocerlo. Cuando sea mayor, quiero ser como usted.

—¿Actor? —pregunta Tom.

—Un amante sublime a los setenta y pico —lo corrige Fitz—. ¡No, eso no es un jarrón, es para los bastones!

Eso último iba por Letitia. Miro apesadumbrada a Tod, quien, gracias a Dios, parece estar divirtiéndose.

—Perdona por el caos —digo.

—Tengo malas noticias —dice Tod al mismo tiempo.

—¿Qué malas noticias?

—El bus. Me temo que lo necesita la compañía de teatro.

Me llevo la mano al pecho.

—¿Qué? ¿No lo has traído? ¿No tenemos transporte?

Tod pone cara de preocupación.

—Vaya, ¿era muy importante?

—¡Claro que era importante! ¡Hemos prometido recoger a la gente! —exclamo, sacudiendo el móvil hacia él.

—¿No podemos pagarles el taxi? —pregunta desconcertado.

—La extraordinaria gente de este edificio ha pagado este club de su bolsillo —replico con los ojos entornados—. No van a pagar también quién sabe cuántos taxis.

—Ah, vale. —Por un momento creo que Tod va a ofrecerse a pagar, pero no, algo que hace que entorne los ojos aún más.

—Perdona —digo con frialdad—. Será mejor que vaya a solucionar esto.

Hombres. Siempre te dejan tirada, ¿no es cierto?

Sé que a Sally no le gusta la iniciativa de los Maduritos de Shoreditch y seguro que piensa pasar la tarde encerrada a cal y canto en su piso. Pero no tenemos a nadie más a quien recurrir. Espero nerviosa delante de su puerta. Está tardando una eternidad en abrir y como no esté no sé qué vamos a hacer.

Finalmente, Sally abre los tres cerrojos de la puerta, me mira y vuelve a meterse en casa.

—¿Hola? —grito perpleja.

Pero ella vuelve a salir, ahora con las llaves del coche en la mano.

—¿Cuál es la emergencia esta vez? —pregunta mientras cierra la puerta al salir.

Sally abandona el edificio refunfuñando y suspirando, pero a mí no me engaña. Creo que le gusta el papel de heroína.

Cuando ella y Fitz se marchan con la lista de nombres y direcciones, me pongo a colocar los dominós y los mazos de cartas sobre las mesas mientras miro nerviosa hacia la puerta. Me estoy dando tantos golpecitos en el pelo que corro el riesgo de arruinar mi precioso peinado nuevo. No puedo parar de toquetearlo y manosearlo.

Justo cuando me quedo sin tareas que hacer, me pita el teléfono porque me acaba de llegar un mensaje nuevo. Es de Arnold.

Querida Eileen:

He pensado que te gustaría saber que hoy Betsy ha dejado a Cliff. Leena le ha buscado un lugar seguro para quedarse un tiempo, con Nicola, la de Knargill, y le hemos leído la cartilla a Cliff, que ha prometido mudarse a Sheffield con su hermano el fin de semana que viene para que Betsy pueda por fin tener la casa para ella sola.

Siento interrumpir tu gran inauguración, sé que es un día importante, pero creía que querrías saberlo.

Arnold

Estrecho el móvil contra el pecho. Mi primer impulso es llamar a Betsy, pero luego recuerdo cómo me sentía yo justo después de que Wade se marchara, la humillación y la vergüenza. No quería hablar con nadie, al menos al principio.

Así que en lugar de eso le mando un mensaje.

«Te tengo presente», escribo. Y añado, impulsivamente: «Eres una amiga maravillosa y valiente. Te quiero mucho. Bss, Eileen».

Vuelvo a abrir el mensaje de Arnold, pero no tengo muy claro qué contestar. Ha sido muy considerado al contarme lo de Betsy. En cierto modo, Arnold ha sido un bálsamo estas últimas semanas, con sus vídeos absurdos de gatos y sus noticias de Hamleigh.

—¿Eileen? —grita Fitz—. ¡Ya están aquí!

Me vuelvo hacia la puerta. Tiene razón: los Maduritos de Shoreditch están entrando, algunos apoyándose en andadores, otros caminando con energía, pero todos ellos con los ojos brillantes y curiosos, sorprendidos al ver la nueva zona común, mientras Sally y Fitz les ayudan a entrar. Vuelvo a verlo todo con sus ojos, las paredes de color verde salvia y el precioso suelo de madera, y sonrío con orgullo.

—¡Bienvenidos! —exclamo abriendo los brazos—. ¡Pasen, por favor!

Me preguntaba a mí misma, cuando conocí a Letitia, cuántas personas fascinantes más estarían aisladas en su pisito por todo Londres, sin cruzar una palabra con nadie.

Y ahora, aquí estoy, con una habitación llena de Letitias, todas muy diferentes e increíblemente interesantes. Está Nancy, que tocaba la flauta en la Orquesta Sinfónica de Londres. Está Clive, que se ha pasado la vida conduciendo camiones por las noches y que ahora solo puede dormir cuando hay luz. Está Ivy, que le gana a todo el mundo al Scrabble, come rollitos de salchicha a dos carrillos y luego admite con cierta culpa que teóricamente es un genio y que probablemente no deberían permitirle participar en los juegos de mesa.

Rupert da una clase de Arte de media horita; menos mal que ha tenido la previsión de extender una lona, algo muy acertado por su parte, porque hay más pintura en el suelo que en los lienzos. Luego hay comida y después música, idea de Fitz. Ivy y Nancy hasta se levantan a bailar. Es magnífico. No quiero que se acabe nunca.

—Lo que has hecho aquí es maravilloso, Eileen —comenta Martha, dándome un beso en la mejilla al pasar.

Me tomo un respiro en el sofá mientras veo cómo Ivy y Nancy intentan bailar un foxtrot lento, esquivando las mesas de Rummy a su paso. Tod está sentado a mi lado. Me sorprende verlo aquí porque se ha pasado la mayor parte de la tarde arriba, en el piso de Leena, respondiendo llamadas. «Supongo que este no es su ambiente», me ha dicho Martha con diplomacia cuando me he quejado de que no se integraba.

Es cierto que aquí está fuera de lugar. Nancy, Ivy y Clive son personas corrientes, como yo. Caigo en la cuenta de que todo el tiempo que he estado con Tod ha sido en su mundo: en su casa enorme y en sus cafeterías favoritas. Esta es la primera vez que él se adentra en el mío y de pronto resulta demasiado obvio que no es un lugar en el que quiera estar.

Pero entonces Tod me coge la mano y me acaricia la muñeca arriba y abajo con el pulgar, como hizo en nuestra primera cita en el café, y el corazón se me acelera como entonces.

—Hoy es la despedida, ¿no? —pregunta. Su voz es profunda y tranquila; esa voz me ha hecho estremecerme en innumerables ocasiones durante estos últimos dos meses.

—Sí —respondo—. Hoy es la despedida. —Si antes no lo tenía claro, ahora sí.

No quiero pasar el resto de mi vida con un hombre como Tod. Quiero pasarla con alguien que entienda las cosas que me importan, que haya tenido una vida con momentos oscuros, como la mía. No me imagino a Tod cuidando el jardín conmigo, leyendo al lado de la estufa de leña en Clearwater Cottage ni echándome una mano con la Guardia Vecinal. Él es parte de mi aventura londinense y su sitio está en Londres.

—Tengo que volver al teatro —dice Tod en voz tan baja que apenas percibo sus palabras—. Pero podría volver esta noche. Una última noche. Por los viejos tiempos.

La cálida sensación de mariposas revoloteando en mi estómago aumenta y la caricia rítmica de su pulgar sobre la piel de mi muñeca me distrae más que nunca.

Bueno. Una aventura no es una aventura de verdad si no se toma al menos una mala decisión, ¿no?

29

Leena

Nada me gusta más que gestionar una buena crisis, pero cuando vuelvo de casa de Nicola estoy un poco preocupada por todo lo que he desatendido durante mi ausencia. Lo que quiero decir es que la fiesta ya ha empezado oficialmente y no sé si alguien habrá comprobado aún si hay baños.

Pero, cuando me detengo en Peewit Street, oigo que la subasta benéfica ya está en marcha, huelo el cerdo al espeto y veo al cetrero instalándose con sus aves. Está todo precioso. Alguien ha hecho que levantaran el mayo mientras yo no estaba y ha quedado casi recto y todo. También tenemos suerte con el tiempo: hace ese sol pálido de color limón típico de cuando la primavera empieza a ser más cálida y una brisa ligera trae el sonido de la gente hablando y los niños riendo.

Voy directamente a la zona de los aseos portátiles y descubro encantada que, en efecto, hay baños. Menos mal, porque si no tendría que pedir a todo el mundo que dejara la puerta abierta para que los visitantes entraran si necesitaban hacer un pis y sospecho que habría sido difícil vender la idea a la gente del pueblo.

—Qué bien, hay aseos —dice mi madre detrás de mí.

Me doy la vuelta, sorprendida. Tiene buen aspecto; lleva puesta una falda larga suelta y una blusa de manga farol, y cuando se inclina para saludarme con un beso me siento un poco rara. Tardo un poco en darme cuenta de lo que pasa: ninguna emoción se apodera de mí, no me entra pánico ni siento la necesidad de luchar o huir. Me alegro de verla. Eso es todo.

Mamá saca una lista del bolsillo de la falda: es mi lista. Me palpo los bolsillos como si la fuera a encontrar allí, aunque estoy viendo perfectamente que la tiene ella en la mano.

—Basil la ha recogido después de la bronca con Cliff —explica mi madre—. He hecho lo que he podido. Siento que el mayo esté torcido, no conseguía convencer a Roland de que no estaba recto y lo he dejado por imposible.

—Has… Gracias, mamá —digo.

Ella me sonríe. Lleva el pelo recogido en un moño flojo y sus ojos parecen más brillantes. Estoy tan contenta de no estar enfadada con ella, tan feliz de mirarla y no sentir nada más que amor, que la abrazo espontáneamente. Ella se ríe.

—Qué maravilla —dice.

Le doy un beso en la mejilla.

—¿Hola? ¡Me he quedado encerrado! —grita alguien detrás de nosotras mientras golpea la puerta del aseo portátil desde dentro. No cabe duda de que es Basil.

Miro a mi madre haciendo una mueca.

—Hay que volver al tajo —comento—. ¿Vas a estar en el desfile?

—Me han dicho que aún no hay Reina de Mayo —comenta ella, levantando una ceja.

—Dios, voy a tener que hacerlo, ¿no? A no ser que te apetezca a ti —añado esperanzada.

Mamá me dedica una mirada muy de madre, como diciendo: «Buen intento, Leena».

—Después de la catástrofe que has evitado esta mañana… esa corona de Reina de Mayo te pertenece —asegura—. Bueno. ¿Piensas sacar a Basil del baño o tengo que hacerlo yo?

Ahora que lo llevo puesto, este traje del Primero de Mayo no me parece tan de reina Ginebra como de… novia.

Me ajusto el corsé con nerviosismo mientras merodeo por la puerta de Clearwater Cottage. Es un vestido de corte imperio, así que la gasa blanca suave cae desde debajo del pecho y Penelope me ha ayudado a ponerme flores en el pelo, alrededor de la corona de Reina de Mayo. Me siento un poco etérea. Es toda una novedad para mí. Yo no suelo ser una persona etérea.

Saco el teléfono de mi abuela del bolso y le mando a Betsy un mensaje rápido para decirle que todo está yendo bien. Arnold ya se ha llevado a Cliff a casa, con órdenes estrictas de que no vuelva a la fiesta, así que se me ha ocurrido que podríamos volver a traer a Betsy para el desfile. Pero cuando ha llamado para decir que se había instalado ya en casa de Nicola parecía tan afectada que ni se lo he propuesto. Es fácil olvidar que no es como la abuela: para empezar, tiene seis años más y, aunque posee una determinación férrea, no tiene la energía de ella.

De hecho, dudo que alguien más la tenga. Estos últimos dos meses me han recordado lo extraordinaria que es.

Aliso el vestido con las palmas de las manos húmedas. El desfile me espera en Middling Lane. No ha habido proceso de selección para participar en el desfile del Primero de Mayo: básicamente, incluye a todo aquel que no esté ocupado haciendo otra cosa, además de a todos aquellos a los que Betsy condenaría abiertamente al ostracismo si se enterara de que no participan. Está mi madre, riéndose de algo que ha dicho Kathleen, y también puedo ver a la Guardia Vecinal: la cabeza calva del doctor Piotr inclinada mientras habla con Roland y a Penelope con un collar de flores colgado del cuello que le baja por los brazos como una boa de plumas.

Luego están los niños. Los treinta y ocho críos que van a la escuela de primaria de Hamleigh-in-Harksdale están aquí, reunidos en un círculo alrededor de Jackson, levantando la vista hacia él. Llevan bolsas de confeti, preparados para lanzar pétalos al público, y van vestidos de blanco, como yo, aunque está claro que la mayoría de los trajes están hechos con sábanas.

Bueno, van todos vestidos con sábanas menos uno. Hay una niñita muy especial que va disfrazada de mandarina.

—¡La conejita de Pascua! —exclama Samantha, rompiendo filas para venir corriendo a abrazarme las piernas. Choca conmigo con un ¡puf! y rebota; Jackson la sujeta. Luego me mira y me doy cuenta de que se queda perplejo al ver mi vestido blanco y mis hombros desnudos. Abre un poco la boca y me mira fijamente, muy fijamente, como si no pudiera evitarlo. Me muerdo el labio, intentando no sonreír.

—¡Pareces una reina! —dice Samantha.

—¡Vaya, gracias!

—¡O un fantasma! —añade.

Mmm. Prefiero lo primero.

Jackson se aclara la garganta.

—¿Lista para desplazarte con estilo, como te prometí? —pregunta mientras señala con la cabeza algo que hay a mis espaldas.

Me doy la vuelta. Aparcada delante de la casa de Arnold está la camioneta de Jackson, adornada con tal cantidad de lazos y flores que apenas se ve a Arnold en el asiento del conductor. Este baja la ventanilla y decapita un clavel por el camino.

—¡Su carruaje la espera! —grita.

—¿Vas a participar en el desfile del Primero de Mayo? —exclamo—. Pero, Arnold, ¿y tu reputación como ermitaño gruñón del pueblo?

—Déjate de historias y sube a la parte de atrás antes de que cambie de opinión —replica Arnold.

Jackson le da un beso a Samantha y le hace reunirse con los otros niños antes de ayudarme a trepar a la parte trasera de la camioneta. Nos quedamos de pie uno al lado del otro, mirándonos, mientras el viento nos agita el pelo. Básicamente, estoy contenta; contenta por estar aquí, contenta por haber tomado esta decisión disparatada, contenta por haber vivido la vida de mi abuela durante un tiempo y contenta porque Jackson está sonriendo tanto que se le ven los dos hoyuelos. La gente charla nerviosa detrás de nosotros mientras se coloca en sus puestos; Jackson da dos golpes en el techo de la camioneta y arrancamos, avanzando con dificultad por el camino lleno de purpurina, a cinco kilómetros por hora, seguidos por la comitiva alegre y variopinta del Primero de Mayo.

No me emborrachaba desde… No recuerdo cuándo fue la última vez que me emborraché. ¿En la despedida de Mateo, cuando se marchó a McKinsey? Y, aun así, estaba demasiado cansada como para emborracharme como era debido; me pimplé dos tés helados Long Island y me quedé dormida en el metro; nada como una vuelta a casa larga y cara desde High Barnet para que se te pase la borrachera.

Pero ahora estoy piripi por los daiquiris de mango y mareada por bailar de forma muy inexperta alrededor del mayo y me siento feliz. Feliz, feliz, feliz. Según nuestros cálculos, hoy habremos recaudado más de mil libras para fines benéficos, un dinero que servirá para ayudar a gente como Carla, a sus familias y a sus cuidadores. Y ahora mismo eso me parece lo más maravilloso del mundo.

Voy haciendo eses hacia la enorme hoguera que hay en el prado donde paseé a Hank por primera vez. La mayoría de las casetas siguen abiertas y en funcionamiento a mi alrededor, iluminadas por faroles y la luz veteada de la hoguera central; los puestos de cócteles tropicales, de los que salen colas serpenteantes, son los que más éxito tienen. Las colinas de los Dales se alzan oscuras y hermosas como telón de fondo y sé que voy a echar de menos este sitio; Dios, cómo lo voy a echar de menos. No quiero que esta noche acabe nunca.

—Parece que alguien está contenta —comenta Arnold, levantando el vaso hacia mí mientras me acerco a la hoguera.

El fuego cruje y chisporrotea a sus espaldas; sigo avanzando y suspiro sintiendo la calidez de la lumbre al extender las manos hacia ella. Jackson se acerca y le da a Arnold una copa de algo que tiene una rodaja de melón flotando. Permanecen de pie uno al lado del otro, tranquilamente, como padre e hijo. Me gusta que hayan seguido así aun después de que la madre de Jackson dejara a Arnold. La familia puede ser muy complicada, pero si la reinterpretas a tu manera puedes acabar teniendo algo casi perfecto igualmente.

Jackson observa el cielo con los ojos entornados.

—Mañana va a llover —dice.

—Sí, señor, este es mi hijastro: augurando lluvia el día de tu desfile del Primero de Mayo —comenta Arnold—. ¡La muchacha estaba contenta, Jackson! No arruines su buen humor.

Jackson tose.

—Lo siento. —Se inclina para dejar en el suelo el vaso vacío y se tambalea un poco al volver a enderezarse.

—¿Estás borracho? —le pregunto—. Vaya, qué divertido. ¿Cómo es el Jackson borracho?

—Pues la verdad es que el Jackson borracho suele abrirse demasiado —responde él, mientras quita las flores sueltas de su corona.

Arnold señala de forma imprecisa los árboles y se retira. Jackson y yo vamos hacia uno de los bancos improvisados que hay al lado de la hoguera. Está oscuro; la luz del fuego acentúa la masculinidad de su cara, acumulando sombras bajo su frente y su mandíbula. A medida que el corazón se me acelera, sé que no debería estar sentada a solas con él. Pienso demasiado en este hombre, estoy demasiado pendiente de él.

—Samantha te adora —comenta Jackson, quitándose la corona para dejarla a su lado—. Aunque sigue convencida de que eres el conejo de Pascua. Me ha explicado que estás de vacaciones hasta el próximo año.

Me relajo un poco; hablar de su hija no me parece tan peligroso.

—Menudo disfraz. Es una niña encantadora.

Él me mira de reojo.

—¿Sabes que te ha manchado el pelo de glaseado cuando le has dejado subirse a tus hombros?

Me llevo una mano a la cabeza con un gemido.

—Madre mía, va a ser una pesadilla limpiarlo —comento mientas intento quitarlo—. ¿Por qué nadie me ha dicho nada?

—Creo que todos están demasiado achispados para darse cuenta. Menos yo.

—¿Menos tú? —pregunto, levantando las cejas—. Creía que estabas tan borracho que ya ibas por la fase de abrirte demasiado.

—Y lo estoy. —Jackson se gira hacia mí con la mirada brillante e intensa bajo la luz del fuego—. Lo que pasa es que me fijo en ti más que los demás.

Me quedo inmóvil. Noto el corazón en los oídos, en la garganta, en todas partes.

—Leena...

—Tengo que volver a...

Sobre el trozo de banco que nos separa, la mano de Jackson cubre la mía. Cuando me toca, siento una descarga de energía gélida y ardiente a la vez, como cuando te atraen para besarte intensamente, solo que lo único que ha hecho él es posar sus dedos sobre los míos.

—Eres increíble, Leena Cotton. Eres buena y preciosa y absolutamente imparable y, Dios, eso que haces de pasarte la mano por el pelo así me resulta... —Jackson se lleva la mano que tiene libre a la boca mientras aprieta y afloja la mandíbula.

Yo bajo el brazo. Ni siquiera me había dado cuenta de que estaba tocándome el pelo.

—Quiero que sepas que me gustas —continúa diciendo—. De una forma en que no deberías gustarme. Ya me entiendes.

Mi respiración se acelera, entrecortada. Quiero aferrarme a él. Quiero entrelazar mis dedos con los suyos, acercarme a él y besarlo apasionadamente en la boca a la luz de la hoguera, y está muy cerca, más cerca de lo que debería; tan cerca que puedo ver las pecas pálidas que tiene bajo los ojos, la barba incipiente en su mandíbula…

—No sabía qué hacer —reconoce en voz tan baja que casi es un susurro. Sus labios están a unos centímetros de los míos—. Llevo semanas pensando en esto. No quiero romper una relación, no está bien. Pero tampoco quiero que te vayas sin saberlo.

El cerebro me hace clic en cuanto menciona a Ethan. Aparto la mano de la suya y me echo hacia atrás, con un nudo en la garganta. Mi cuerpo tarda en reaccionar; estoy ardiendo de deseo.

—No debería… Lo siento, Jackson, debería haberte cortado en cuanto has empezado a hablar. Yo no te veo así. Tengo novio. Ya lo sabes —digo con la voz más temblorosa de lo que me gustaría. Intento parecer firme y decidida, pero los cócteles tropicales me impiden pensar con claridad y mi pulso sigue acelerado.

—¿Y te hace feliz? —pregunta Jackson, haciendo una pequeña mueca—. Lo siento. Solo voy a preguntártelo una vez.

Respiro hondo. Estamos hablando de Ethan. Sé perfectamente cuál es la respuesta a esa pregunta.

—Sí. Me hace feliz.

Jackson baja la mirada hacia el suelo.

—Vale. Bien. Me alegro. Me alegra que te haga feliz.

Parece que lo dice de corazón, lo que hace que me duela aún más.

—Me voy la semana que viene y… —consigo articular a duras penas—. Te olvidarás de mí. Todo volverá a la normalidad.

Ambos miramos fijamente el fuego y las llamas desgarradas por la brisa.

—Creo que será mejor que me despida ya —dice Jackson.

Mañana tengo una pequeña reunión en el ayuntamiento con la gente de la Guardia Vecinal y puede que también con Nicola y Betsy, si les apetece. Pero supongo que Jackson no irá.

—No hay problema —digo—. Claro. Tengo que… —Me pongo de pie. Noto una parte del cuerpo caliente por la hoguera y otra fría por el viento.

—Perdona —se disculpa Jackson, levantándose también—. Debería haber… Obviamente, ahora me doy cuenta de que no debería haber dicho nada.

—No, lo entiendo —digo.

Es mejor que lo haya dicho. Ahora está claro dónde está el límite.

—Bueno. Adiós —se despide él.

Vacilo, pero no puedo resistirme.

—Ven aquí —digo y lo atraigo hacia mí para abrazarlo. Él me rodea con los brazos y yo apoyo la mejilla en su pecho. Su mano es casi tan larga como el ancho de mi cintura. Huele a fogatas y a flores silvestres y el tejido suave de su camisa aún conserva el olor de su corona. Me separo mientras se me vuelve a acelerar el pulso.

—Que tengas una buena vida, Leena Cotton —dice en el momento en que nos separamos—. Y… asegúrate de que sea la correcta.

30

Eileen

Dejo a Tod en la cama con las sábanas revueltas y el brazo extendido como si me estuviera buscando de nuevo. Me gusta que este sea mi último recuerdo de él y que su último recuerdo de mí sea como estaba anoche: emocionada, un poco juguetona y con el maquillaje perfecto gracias a Martha.

Ya he hecho las maletas y me están esperando abajo, en el pasillo del piso de Rupert y Aurora. Fitz me las ha bajado antes de irse a trabajar. Les he llevado a Aurora y a Rupert un cactus como regalo de despedida; a ella le ha encantado. De verdad, esa mujer cree que cualquier cosa que tenga una forma mínimamente fálica es una obra de arte.

Han prometido seguir adelante con el Club Social de Maduritos de Shoreditch y enviarme fotos de los eventos mensuales. Aunque es Fitz quien está más emocionado con el tema y tiene grandes planes de expansión para el club. Ha sido maravilloso verlo entregarse en cuerpo y alma, me recuerda un poco a mí misma con su edad. Aunque yo tenía bastante más sentido común. El pobre parece que no logra aprender a cuidar de sí mismo; cualquier cosa que tenga que ver con la casa le entra por un oído y le sale por el otro. Aun así, yo he hecho lo que he podido mientras estaba aquí y él ha ido progresando. El otro día lo vi emparejando los calcetines después de hacer la colada.

Paro un taxi negro para que me lleve a las oficinas de Selmount a tomar un café de despedida con Bee. Mientras atravesamos lentamente las calles, recuerdo el miedo que me daba este lugar cuando llegué. Ahora es como mi segundo hogar. Voy a echar de menos al hombre del mercado que me hace un descuento en los crepes porque él también es de Yorkshire y al vendedor de *The Big Issue*, que tiene un pastor alemán que lleva un lazo rosa.

Nos detenemos delante de las oficinas de Selmount; tardo un poco en salir del coche y justo estoy poniendo de lado las piernas para salir por la puerta cuando levanto la vista y me quedo helada.

—¿Se encuentra bien, señora? —pregunta el taxista.

—¡Chist! —replico concentrada. Empiezo a girarme para volver a meter las piernas dentro del coche—. ¡Cierre la puerta! ¡Siga a ese coche!

—¿Perdone? —pregunta el hombre desconcertado.

—¡A ese taxi de ahí! ¡El que va dos coches por delante, con la mujer en ropa interior en un lateral!

—¿Al que se están subiendo el hombre y la chica rubia? —pregunta el taxista, mirándome desconfiado por el espejo retrovisor.

—Es el novio de mi nieta y le apuesto lo que quiera a que esa es su amante —digo—. Encaja perfectamente en el perfil.

El conductor gira la llave de contacto.

—Y que lo diga, señora. Me pegaré a ellos como el pegamento —dicho lo cual, se incorpora al tráfico con la suavidad suficiente para que nadie toque el claxon—. No soporto a los infieles —añade.

—Ni yo —digo con fervor mientras empezamos a seguirlos. Con cierta dificultad, porque no quiero quitarle ojo a ese taxi, le mando un mensaje rápido a Bee:

Estoy siguiendo a Ethan. Siento no poder verte. Con cariño, Eileen. Bss

Ella contesta al instante:

QUÉ INTRIGA.

No tengo tiempo para poner al corriente a Bee. Tendrá que esperar. El taxi de Ethan se ha parado; mi taxista se detiene detrás de ellos, en una parada de autobús, y mira nervioso hacia atrás.

—Me voy a bajar corriendo —digo, aunque más que corriendo lo hago reptando—. Ha estado magnífico. En cuanto descubra cómo hacerlo, le daré cinco estrellas.

Él parece aturdido, pero me ayuda a salir y se despide de mí con un gesto de la mano bastante amistoso mientras yo voy a la caza de Ethan, arrastrando la maleta detrás de mí.

Estoy convencida de que esa es Ceci. Tiene el pelo liso y rubio y las piernas largas, dos cualidades que encajan con su descripción, y además hay algo en ella que dice: «No tendría ningún reparo en robarle el novio a tu nieta».

Aunque me desespero un poco cuando se paran delante de un edificio de oficinas. Solo entonces se me ocurre que a lo mejor Ethan y Ceci solo han salido a una reunión, en cuyo caso habré desperdiciado un montón de dinero en un viaje en taxi a... ¿Dónde estoy exactamente?

Entonces Ethan le acaricia el brazo a Ceci, lo que me hace tener la certeza de que ahí hay algo raro. Él inclina la cabeza para hablar con ella. Y luego, a la velocidad del rayo, visto y no visto... le da un beso en los labios.

Vacilo unos instantes. Me echo atrás. Pero entonces me recuerdo a mí misma lo que dije cuando empecé a sospechar que Ethan engañaba a Leena: Carla nunca se echaría atrás y yo tampoco debería hacerlo. Así que me cuelgo el bolso del brazo y mi maleta de ruedas y yo nos ponemos en marcha.

Ethan y Ceci ni siquiera levantan la vista mientras me acerco. Le doy un golpecito a Ethan en el hombro. Él se gira.

—¡Eileen! ¡Hola! —exclama, retrocediendo un paso—. ¿Qué está haciendo aquí?

—Ceci, supongo, ¿no? —le digo a la mujer.

Ella se limita a levantar las cejas.

—¿Perdone?

—Largo de aquí, muchacha —digo, señalando el edificio—. No tengo nada contra ti. Aunque deberías saber que hay un lugar especial en el infierno para las mujeres que le birlan el novio a otra.

—Un momento, Eileen —dice Ethan.

—Te he visto besarla.

—¿Qué demonios tiene eso que ver con...? —empieza a decir Ceci.

—¿Aún sigues aquí? —le pregunto.

Ceci me mira con desagrado.

—¿Ethan? —pregunta.

—Te veo en la reunión —dice él—. Entretenlos, ¿quieres?

—Vámonos, Ethan. ¿Quién es esta mujer, para empezar?

—Soy la abuela de Leena —declaro.

Ella abre los ojos de par en par.

—Ah.

—Sí. Ah.

—Te… Te veo dentro —le dice Ceci a Ethan antes de escabullirse con sus tacones de aguja. Me recuerda a una mantis religiosa. Aparto la vista. No merece la pena ni pensar en ella.

—¿Y bien? —le digo a Ethan. Me quedo callada.

Él se frota la frente.

—Esto es un malentendido, Eileen.

—No soy idiota, Ethan. Ni se te ocurra pensarlo.

—Oiga. Usted no lo entiende. Se lo digo con todo el cariño del mundo, Eileen, las relaciones modernas no son como…

—No. No vayas por ahí.

Él se pasa los dedos por el pelo.

—Vale. Muy bien. Yo no… No quería que pasara nada con Ceci. Lo último que quiero es hacerle daño a Leena. Pero últimamente está muy rara. No sé qué le pasa. Ni siquiera me siento como si tuviera una relación con ella, es como una persona totalmente distinta que quiere hablar sobre…, sobre las conexiones de transporte en las zonas rurales del norte de Inglaterra, hacer guisos y organizar fiestas de pueblo. Es que… Es que… —De repente, me agarra del brazo—. Por favor, no se lo cuente.

—Cómo no. Suponía que estábamos a punto de llegar ahí. —Me zafo de su mano con determinación.

—Por favor. Lo fastidiará todo. Dejaré a Ceci ahora mismo, después de la reunión. —Ethan está empezando a perder los nervios; veo la desesperación en sus ojos.

—No se lo voy a contar a Leena.

Él se deshincha, aliviado.

—Aún no. Te doy dos días. Aunque bien sabe Dios que no te los mereces.

Me voy y lo dejo allí plantado, porque no puedo controlarme durante mucho más tiempo y no soporto verlo acongojado, autocompadeciéndose y sudando su camisa cara. Una sucesión de amables desconocidos me ayudan con el equipaje hasta que me subo al tren en King's Cross y salgo de la estación al aire libre, bajo el cielo abierto, mientras las grúas giran constantemente de un lado a otro para construir un Londres aún mayor.

Voy a echar de menos esta ciudad, pero no es mi hogar. Mientras el tren se dirige hacia el norte a toda velocidad, me pregunto si es así como se sienten las palomas mensajeras, propulsadas hacia delante, como si alguien estuviera tirando de los hilos que las atan al lugar al que pertenecen.

31

Leena

Me despierto a la mañana siguiente del Primero de Mayo como viene siendo habitual (con un gato en la cara), pero, en lugar de saltar de la cama, vuelvo a dormirme al menos durante otras tres horas. En el segundo despertar, descubro que Ant/Dec se ha instalado sobre mis costillas inferiores y está ronroneando/roncando tan a gustito que me da pena apartarlo. Además, a mí tampoco me apetece nada moverme. Estoy hecha polvo. Y tengo demasiada resaca.

¿Mi madre me acompañó a casa anoche? Tengo el vago recuerdo de haber estado contándole con todo lujo de detalles mi plan de negocio con Bee, de decirle que no quería irme de Yorkshire y de ella diciendo: «¿Por qué no montas el negocio aquí? ¿Por qué tiene que ser en Londres? ¿Qué demonios tiene Londres de especial, a ver?». Creo que luego me puse a despotricar sobre la línea Central y…

Mi teléfono está sonando. Es Ethan. Me froto los ojos y busco a tientas el móvil en la mesilla de noche.

—Hola.

—Hola, Leena —dice. Parece tenso y preocupado—. ¿Cómo estás?

—Con un poco de resaca. ¿Y tú?

—Oye, amor, lo siento mucho, pero tengo que contarte una cosa. Y puede que te siente un poco mal.

Me incorporo y me recuesto sobre las almohadas.

—Vale…

—Esta mañana me he encontrado a tu abuela. Yo iba con Ceci, la del trabajo; íbamos a una reunión con un cliente. Tu abuela… Lo siento, Leena. Se ha puesto hecha una furia. Ha empezado a gritarnos a Ceci y a mí, nos ha dicho cosas feísimas, que yo te estaba engañando; menuda locura, Leena. No sé qué le ha pasado.

—Ay, Dios —digo, estrujando el edredón—. ¿Qué dices?

—¿Crees que está bien, Leena? ¿Últimamente la has notado un poco… ida, o algo así? A su edad…

—¿Qué? ¿Crees que está perdiendo la cabeza? —Me quedo helada. Noto los latidos del corazón en los oídos.

—No, no —responde Ethan de inmediato, pero percibo la preocupación en su voz—. Seguro que solo… tenía un mal día, o algo así, y la ha tomado conmigo.

—¿Te ha dicho que me estabas engañando?

—Sí. —Ethan suelta una risa ahogada—. Leena, sabes que yo nunca…

—Claro —digo sin dejarle acabar, porque no quiero que tenga que decirlo siquiera.

—Creo que… ¿Podrías volver a casa, Leena? —Parece agotado—. Hoy, quiero decir. Necesito verte. Ha sido… Ha sido una mañana de locos.

—¿Hoy? Iba a quedarme hasta mañana a mediodía para ponerme al día con la abuela…

—Ya, claro.

—¿Necesitas que vaya? —Me limpio la cara; he llorado un poco. Esto es terrible. ¿Por qué iba...? ¿Cómo...?—. Volveré ahora mismo. Si me necesitas. Y llamaré a mi abuela para hablar con ella.

—No te enfades con ella. Puede que sea por lo de tu abuelo. Es decir, él la dejó por otra mujer, ¿no? A lo mejor estaba un poco confusa y lo ha echado todo fuera. Puede que este viaje a Londres haya sido demasiado para ella. Seguramente necesita descansar.

—Tengo que llamarla —repito—. Te quiero, Ethan.

—Yo también te quiero, Leena. Vuelve a llamarme luego, ¿vale?

Manipulo con torpeza el puñetero móvil viejo de la abuela; tardo lo que me parece una eternidad en conseguir llamarla.

—¿Sí?

—Abuela, ¿estás bien?

—Sí, estoy bien, cariño, ahora mismo voy hacia ahí en tren. —Se queda callada—. ¿Y tú, estás bien? Pareces un poco...

—Me acaba de llamar Ethan.

—Ah. Leena, cielo, lo siento muchísimo.

—¿Qué mosca te ha picado? ¿Estás bien? Te encuentras bien, ¿no?

Puedo oír el tren de fondo, cómo traquetea y silba mientras se dirige hacia aquí. Me inclino hacia delante y me llevo las rodillas al pecho al tiempo que bajo la vista hacia el pálido estampado de rosas del edredón. El corazón me late tan rápido que puedo notarlo sobre los muslos mientras estoy enroscada sobre mí misma.

—¿Cómo que qué mosca me ha picado? —pregunta.

—Para gritarle a Ethan. Y acusarlo de…, de…, con Ceci. Abuela, ¿en qué estabas pensando?

—Leena, creo que Ethan no te lo ha contado todo.

—¡No, no lo dices en serio, ni se te ocurra decir eso! ¿Por qué dices esas cosas, abuela? —pregunto frotándome las mejillas; ahora estoy llorando a lágrima viva—. No sé qué pensar, no quiero que te estés volviendo loca y tampoco quiero que estés en tu sano juicio.

—No me estoy volviendo loca, Leena. Por el amor de Dios, ¿es eso lo que te ha dicho esa sabandija?

—No hables así de él.

—Vi cómo la besaba, Leena.

Me quedo inmóvil.

—Dijo que las cosas habían cambiado mientras estabas fuera. Dijo que eras una persona diferente y que…

—No. No te creo.

—Lo siento, Leena.

—No quiero que digas que lo sientes porque no lo sientes por lo que deberías.

—¡Leena! Por favor, no me grites. Vamos a hablar de esto de manera civilizada…

—Voy a volver a Londres ahora mismo. Ethan me necesita.

—Leena, no. Quédate en Hamleigh para que podamos hablar.

—Tengo que volver. —Aprieto los ojos con tal fuerza que me duelen—. No estoy… He dejado de lado a Ethan. No estoy siendo su Leena aquí, en Hamleigh. No sé quién estoy siendo. Necesito volver a ser mi verdadera yo. En el trabajo, con Ethan, en mi vida en Londres… No puedo quedarme más tiempo aquí.

—No estás pensando con claridad, cielo.

—No —replico a punto ya de pulsar el botón rojo—. Claro que no. Este... Este intercambio estúpido se suponía que iba a ayudarnos, pero ha estropeado lo único, la única cosa buena que... —Empiezo a sollozar—. No puedo más, abuela. No puedo más.

32

Eileen

Por fin estoy en casa, después de lo que me ha parecido una eternidad. Hasta me cuesta preparar una taza de té. No debí quedarme despierta hasta tan tarde anoche, debería haber tenido más sentido común. Y ahora, después del largo viaje, las despedidas difíciles y esa conversación telefónica horrible con Leena…, me siento pesada y torpe, como si me estuviera moviendo entre melaza.

Leena y yo nos hemos distanciado. Si hubiéramos hablado más de nuestras experiencias durante los dos últimos meses, tal vez habría creído lo que le he contado de Ethan. Yo pensaba que intercambiarnos nos uniría más, pero ha sucedido todo lo contrario. La casa huele a su perfume mezclado con el olor del hogar y se me hace raro.

Llaman a la puerta. Me levanto del sillón con gran esfuerzo, frustrada por el intenso dolor de espalda y el entumecimiento que noto en las extremidades.

Espero ver a Marian, pero es Arnold. Está distinto, pero no sé decir por qué. ¿Lleva una gorra nueva? ¿Una nueva camisa?

—¿Estás bien? —pregunta con la brusquedad habitual—. He visto que has tropezado delante de casa y quería saber si...

Me pongo a la defensiva.

—Estoy perfectamente, gracias.

Él también se pone a la defensiva. Nos quedamos de pie, desafiándonos el uno al otro, como en los viejos tiempos.

Hasta que él deja caer los hombros.

—Te he echado de menos —admite.

—¿Perdona? —digo parpadeando mientras me agarro al marco de la puerta para no caerme.

Él frunce el ceño.

—Tú no estás bien. Necesitas sentarte. Vamos. Déjame entrar para prepararte una taza de té, ¿quieres?

—Bueno, ya que has llamado a la puerta principal... —digo, todavía impresionada por sus últimas declaraciones.

Él me agarra del codo mientras volvemos al salón bastante más lentamente de lo que me gustaría. Es reconfortante verlo, o lo era hasta que ha dicho que me echaba de menos. Eso ha sido un poco inquietante.

—Maldito gato —dice Arnold, echando a Dec del sofá—. Venga, siéntate aquí.

Me abstengo de recordarle que esta es mi casa y que debería ser yo quien lo invitara a sentarse. Está siendo muy buen vecino. De hecho, está...

—¿Esa gorra es nueva? —pregunto con rudeza.

—¿Qué? —Él levanta la mano con timidez—. Ah, sí. ¿Te gusta?

—Sí.

—No sé por qué estás tan sorprendida. Ya te dije que había decidido empezar de cero. Tengo tres gorras nuevas. —Arnold se va a la cocina; oigo el sonido del grifo abierto y de la tetera en marcha—. ¿Con leche y sin azúcar?

—Con una de azúcar —respondo, corrigiéndolo.

—¡Te echará a perder los dientes! —grita él.

—¿Como las manzanas con *toffee*?

—Eso es fruta, ¿no?

Me río, cerrando los ojos y apoyando la cabeza contra el respaldo del sofá. Ya me siento un poco mejor, como si mis extremidades hubieran vuelto a cobrar vida; noto un hormigueo en los dedos de los pies y de las manos, como si viniera del frío.

—Oye, Eileen, los armarios de tu cocina son una mina —comenta Arnold volviendo a la sala con dos tazas grandes de té humeante—. Hay una lata de alubias de 1994.

—Buen año, 1994 —comento cogiendo una de las tazas.

Arnold sonríe.

—¿Qué tal te ha ido en la gran ciudad, entonces? —pregunta, mirándome con malicia—. ¿Has encontrado al amor de tu vida?

—No digas tonterías.

—¿Qué? ¿Entonces no te has traído a ningún hombre? —Arnold mira a su alrededor, como para comprobar si hay algún Romeo en alguna esquina.

—Ya sabes que no —respondo, dándole una palmadita en el brazo—. Aunque sí he tenido una tórrida aventura.

Él vuelve a mirarme inmediatamente.

—¿Tórrida?

—Yo creo que sí. Aunque la verdad es que nunca he tenido muy claro qué significa eso —reconozco, encogiéndome de hombros—. Con un actor del West End. Ambos sabíamos que no duraría, pero fue muy divertido.

De repente, Arnold se pone muy serio. Disimulo una sonrisa. Echaba de menos tomarle el pelo.

—Pero ¿ya se ha acabado? —pregunta—. ¿Y no hubo nadie más?

—Bueno —digo con falsa modestia—. Había otro hombre. Pero solo hablaba con él por internet.

Arnold se sienta un poco más erguido y esboza una sonrisa.

—Ah, ¿sí? —pregunta.

—Es un encanto. Un hombre muy sensible. No ha tenido una vida fácil y tiene sus conflictos, pero es muy atento y amable.

—¿Sensible? —pregunta Arnold, levantando las cejas.

—Ha estado leyendo a Agatha Christie porque sabe que es mi escritora favorita —comento con una sonrisa mientras me imagino a Howard encerrado en su piso, leyendo el final de *El asesinato de Roger Ackroyd*.

—Ah, ¿sí? No me digas. ¿Y cómo lo sabes? ¿Alguien lo pilló in fraganti? —pregunta Arnold, que sigue sonriendo.

Lo miro ladeando la cabeza.

—Me lo dijo él.

La sonrisa de Arnold se desvanece.

—¿Qué? —dice.

—Lo de los libros. Cada vez que acaba uno, me avisa, me dice qué partes le han hecho pensar en mí y...

Arnold se levanta tan de repente que se derrama el té sobre la camisa.

—Mierda —maldice, limpiándolo con la manga.

—¡No lo limpies con eso, lo estás empeorando! —exclamo mientras intento levantarme—. Te traeré un...

—No te molestes —replica él bruscamente—. Tengo que irme —añade, posando la taza de té medio vacía antes de salir a toda prisa del salón. Al cabo de unos segundos, oigo que cierra de un portazo la puerta principal.

Caray. Pero ¿qué demonios le pasa a Arnold?

Cuando tengo la energía suficiente, me levanto, me pongo los zapatos y voy andando más lentamente de lo habitual hasta la casa de Marian. Esto es lo mejor de haber regresado a mi hogar, saber que voy a volver a verla. O al menos espero que sea lo mejor. En el fondo tengo miedo de que haya empeorado, en vez de mejorar, y de darme cuenta de que nunca debería haberme ido de Hamleigh.

Ella sabe que vuelvo hoy a casa, pero cuando llamo a la puerta no me abre. Trago saliva, inquieta, y pruebo a llamarla por teléfono, pero no contesta. Seguramente habrá salido un momento. Veré si está en la tienda del pueblo.

Doy media vuelta en la puerta de la casa de Marian y me quedo parada, observando el móvil que tengo en la mano. No es el mío. Es el de Leena. Se suponía que íbamos a intercambiarlos cuando yo volviera a casa, pero ella se ha ido a Londres.

Por supuesto, informamos a todas las personas con las que hablamos regularmente de que habíamos cambiado el número de teléfono, pero sé de buena tinta que Leena no avisó a Ceci.

Si Leena tuviera una prueba de que Ethan le está siendo infiel…, entonces me creería. Y yo podría conseguir esa prueba. Lo único que tengo que hacer es fingir que soy Leena. Solo durante un mensajito de texto.

Casi seguro que lo que estoy a punto de hacer está mal. Es una intromisión en toda regla. Pero si algo he aprendido estos últimos dos meses es que, a veces, es mejor decir lo que uno piensa y entrometerse, en beneficio de todos.

Hola, Ceci. Ethan me lo ha contado todo. ¿Cómo has podido hacerme esto?

33

Leena

El viaje de vuelta a Londres es difuso, como si se me hubieran taponado los oídos y todo estuviera un poco amortiguado. Voy hacia mi piso con el piloto automático puesto; hasta que entro en el edificio no me doy cuenta realmente de dónde estoy. Todo parece distinto. La planta baja está preciosa: con la madera del suelo a la vista, una zona para sentarse y una mesa de comedor pegada a la pared del fondo de la sala. Esto debe de haber sido obra de la abuela. Hay pinturas alegres hechas por aficionados pegadas a las paredes y un montón de cuencos en un rincón de la mesa de comedor; parece un lugar con vida y bien cuidado.

En cuanto entro en casa, sin embargo, me olvido por completo del piso de abajo. Desde el momento en que abro la puerta y percibo el olor del hogar, solo veo mi vida con Ethan. Hemos cocinado en esta cocina, nos hemos acurrucado en este sofá, nos hemos besado en esta puerta, una y otra vez, al principio y al final de cada noche que hemos pasado juntos… Casi soy capaz de verlo aquí, como las leves marcas que quedan en un cuaderno cuando presionas demasiado al escribir.

Él nunca me haría daño. Nunca lo haría. No me lo creo.

Fitz vuelve a casa media hora después y me encuentra llorando en el suelo, con la espalda apoyada en el sofá. Se sienta a mi lado de inmediato. Me atrae hacia su hombro y yo lloro sobre su jersey de cachemir sin que me regañe siquiera por mojarle un jersey que solo puede lavarse en seco.

—Todo es un desastre —digo entre sollozos.

Fitz me da un beso en la coronilla.

—¿Qué ha pasado?

—Ethan… La abuela… Él… Ella…

—Creo que necesito alguna de las palabras que hay en medio, Leena. Siempre se me ha dado fatal jugar al ahorcado.

No puedo contárselo. Hay una cosa en concreto que ha dicho la abuela que he estado oyendo una y otra vez en bucle por encima de los anuncios de los trenes, del saxofonista de la estación de King's Cross y de las conversaciones de las personas con las que me he cruzado viniendo hacia aquí. «Dijo que eras una persona diferente».

No creo a la abuela. Confío en Ethan. Lo quiero muchísimo, él me hace feliz, es mi refugio, nunca me haría daño de ese modo. Es Ethan.

A lo mejor no tiene importancia. A lo mejor, si es verdad, puedo perdonarlo y podemos volver a estar como antes. Yo también me encapriché de Jackson, ¿no? Eso no significa nada. No quiere decir que tenga que dejar de ser la Leena de Ethan.

Pero incluso mientras lo pienso sé que estoy equivocada. Si Ethan está… Si él está con Ceci…

—Por Dios, Leena, cariño, para; como sigas llorando así te vas a quedar seca —dice Fitz, abrazándome con más fuerza—. Cuéntame. ¿Qué ha pasado?

—No puedo contártelo —consigo decir—. No puedo. Por favor. Distráeme.

Fitz suspira.

—No, Leena, no hagas eso. Vamos a hablar, venga. ¿Ethan ha hecho algo malo?

—No puedo —le digo, esta vez con más firmeza, mientras me aparto. Me limpio la cara con la manga; sigo respirando de forma entrecortada incluso ahora que las lágrimas están remitiendo e intento calmar mi respiración como puedo—. ¿Ese es mi portátil? —pregunto al verlo sobre la mesita de centro, bajo un montón de revistas de interiorismo atrasadas de Martha.

—Sí —responde Fitz en un tono que dice: «Voy a seguirte el rollo porque necesitas cambiar de tema, pero no pienses que he acabado»—. ¿Qué tal el reencuentro? Yo no podría vivir dos meses sin el mío. O sin móvil.

Mierda, el móvil. No se lo he cambiado a la abuela. Niego con la cabeza; ahora mismo no tengo energías para preocuparme por eso. Me pongo el portátil sobre las rodillas y su peso me resulta agradable y familiar.

—¿Y si te preparo un batido? —pregunta Fitz, acariciándome el pelo.

Yo inhalo con fuerza por la nariz mientras me froto las mejillas para secarlas.

—¿Será marrón?

—Sí, como siempre. No he resuelto ese problema en tu ausencia. Siguen saliendo siempre marrones aunque lo que les echo sea verde.

En cierto modo, eso me resulta bastante reconfortante. Al menos hay algo que no ha cambiado.

—Entonces, no, gracias. Mejor un té.

Sé que es una mala idea, pero necesito ver el Facebook de Ethan. Va a venir a casa, pero no llegará hasta dentro de una hora y necesito confirmar que…, que… No sé, que sigue siendo mi Ethan. Y tal vez que no haya ninguna foto de él con Ceci.

Abro el ordenador. El chat de la página de contactos de la abuela está abierto en la pantalla.

> **ViejoHombredeCampo:** Hola, Eileen. Solo quería saber si has podido enviarme el dinero. ¡Estoy deseando ponerme ya con la página web! Bss

—Mierda —susurro. La página ha caducado; consigo volver a entrar después de varios intentos fallidos, tratando de recordar el nombre de usuario y la contraseña que creé para la abuela.

—¿Eso no es… suplantación de identidad? —pregunta Fitz mientras deja una taza de té a mi lado.

—Yo soy Eileen Cotton, ¿no? —le digo mientras reviso los mensajes antiguos leyéndolos por encima. Mierda. Tenía que haberle dicho a la abuela que tuviera cuidado con las estafas por internet. No debí permitir que se las apañara sola en este sitio web, ¿cómo se me ocurre?

Busco el teléfono; cuando me vibra en la mano al cogerlo, no me doy cuenta de que ya está sonando. Es la abuela.

—Abuela, ¿le has hecho una transferencia a un hombre que has conocido por internet? —le pregunto nada más responder. Tengó el corazón desbocado.

—¿Qué? Leena, Leena…, tienes que volver. Vuelve a Hamleigh.

—¿Qué pasa? Abuela, tranquilízate. —Me pongo de pie como puedo, dejando el portátil en el suelo. No oía hablar así a mi abuela desde que Carla estaba enferma y eso hace que se me revuelva el estómago de inmediato.

—Es por Marian. No la encuentro por ninguna parte.

—¿Que no qué?

—No me abre la puerta, no está en ningún sitio del pueblo y nadie la ha visto. Es como la última vez, Leena, debe de estar en casa, pero no me deja entrar y no encuentro mi llave ni la llave de repuesto por ningún sitio para entrar y ver si está... ¿Y si se hace daño ahí dentro, sola?

Vale, paso número uno: calmar a la abuela.

—Abuela, tranquilízate. Mamá no se va a hacer daño.

Vuelvo a ponerme el portátil sobre las rodillas.

Paso número dos: consultar el horario de los trenes, porque acabo de recordar que tengo los dos juegos de llaves de la casa de mi madre en el bolso.

—Vale, estaré ahí sobre las siete con las llaves. Siento mucho habérmelas traído. ¿Seguro que mamá no se ha ido a nadar a Daredale o algo así?

—He llamado a la piscina —dice la abuela. Parece a punto de echarse a llorar—. Dicen que no ha vuelto desde la semana pasada.

Paso número tres: tranquilizarme. Mamá estaba muy pero que muy bien cuando me marché; los antidepresivos la estaban ayudando, hablamos mucho de Carla y todo parecía mucho más sano. Seguro que hay una explicación completamente lógica para todo esto.

Pero... la duda empieza a filtrarse. Al fin y al cabo, subestimé lo mal que estaba la última vez, ¿no? Ni siquiera sabía lo de los episodios depresivos hasta que la abuela me lo contó.

¿Y si de verdad está ahí dentro sola? ¿Le dije algo desagradable el Primero de Mayo, cuando me acompañó a casa porque estaba borracha? ¿Debería haberla apoyado más estos últimos dos meses, como me dijo la abuela desde el principio? Ojalá estuviera aún allí, ojalá hubiera dejado aunque fuera una puñetera llave, por si de verdad está encerrada en esa casa sufriendo algún tipo de crisis nerviosa y yo no puedo hacer nada y no hay tiempo suficiente y…

No, ya está bien. Paso cuatro: identificar el tiempo que tienes y qué cosas puedes hacer con él. Recuerdo un seminario de gestión de cambios en el que el ponente nos contó que los médicos que se ocupan de urgencias de verdad, en las que cada segundo es vital, se mueven con mayor lentitud que cualquier otro médico. Saben cuál es la verdadera capacidad de un minuto, cuántas cosas puedes hacer en ese lapso de tiempo y que puedes abarcar muchas más si estás tranquilo.

—Bueno, abuela. Ya me lo contarás todo cuando llegue. Tú quédate en su casa y sigue llamando a la puerta por si está ahí. Y si oyes algo que te haga pensar que puede correr peligro, ve a buscar al doctor Piotr, ¿vale?

—Vale —responde mi abuela con voz temblorosa.

Trago saliva.

—A ver, abuela, ¿le has enviado una transferencia bancaria a ese hombre?

—Un cheque. ¿Por qué me estás preguntando estas cosas, Leena? ¿Has…? ¿Qué importancia tiene eso? ¿No has oído lo que he dicho? Marian ha tenido otra recaída, se ha ido o está escondida, no me deja entrar, va a…

—Ya lo sé. Pero tengo veinte minutos en los que no puedo hacer nada al respecto. Y puedo invertir ese tiempo en evitar que te timen. Tú céntrate en mamá y yo estaré ahí lo antes posible.

—¿Que me timen? ¿Qué quieres decir?

—Luego te lo cuento —me limito a responder antes de colgar. Ya tengo el número de teléfono del banco de la abuela en la pantalla del portátil.

—Hola —digo cuando me contestan—. Mi nombre es Eileen Cotton, número de cuenta 4599871. Me gustaría anular un cheque.

—No hay problema. Pero necesito hacerle unas cuantas preguntas de seguridad antes de autorizar la operación. ¿Puede decirme su fecha de nacimiento, por favor?

—Dieciocho de octubre de 1939 —digo con toda la confianza que logro reunir.

—Definitivamente, eso sí es suplantación de identidad —dice Fitz.

Por fin estoy viajando hacia el norte. Al otro lado del pasillo del tren, una familia joven está jugando al Scrabble. Siento un pinchazo amargo de nostalgia por los tiempos en que mi familia era así de feliz, ignorando lo que estaba por venir.

No puedo parar de mover las piernas; me muero por correr, pero estoy aquí atrapada en este tren, yendo a paso de tortuga hacia Yorkshire, cien veces más despacio de lo que me gustaría.

Inspiro lentamente. Exhalo lentamente. Bien. Vale, estoy atrapada en este tren, pero eso me da dos horas para intentar gestionar esto. Me fijaré como objetivo conseguir calmarme antes de llegar a Grantham. Mamá está bien. Mamá está bien. Mamá está bien.

Aparece un correo electrónico nuevo en mi buzón de entrada; tengo el portátil abierto delante de mí, más por costumbre que por necesidad de hacer algo con él. Rebecca quiere que me pase a tomar un café el viernes para hablar de mi vuelta al trabajo. Ceci está en copia del correo y me estremezco al ver su nombre, aunque no creo a la abuela, por supuesto que no.

Mierda, un momento. Ethan. No le he dicho que me iba de Londres.

Le mando un mensaje rápido:

He vuelto a Hamleigh, luego te cuento. Bss

Él contesta casi instantáneamente:

Leena, ¿qué pasa? ¿Vuelves a tener este móvil?

Al cabo de un rato, añade:

¿Podemos hablar?

Yo respondo directamente:

Ahora no puedo hablar, estoy en el tren, tengo que volver a Hamleigh, lo siento. No puedo contártelo ahora, es por mi madre. Bss.

Él contesta:

¿Por qué le has mandado ese mensaje a Ceci? Creía que confiabas en mí.

Me quedo helada.

Yo no le he mandado…

Borro esas palabras y hago una pausa. Es como si de repente tuviera el corazón en lo alto del pecho, como si estuviera en la base de la garganta y el aire no pudiera pasar; respiro de forma superficial.

Abro el hilo de mensajes con la abuela. No nos hemos mandado muchos durante estas semanas. No me había dado cuenta de lo poco que habíamos hablado.

Abuela, ¿le has mandado un mensaje a Ceci desde mi teléfono?

Espero. El tren hace una parada en Wakefield; la familia que va a mi lado se baja y la sustituye una pareja de ancianos que se dedica a leer cada uno su periódico en agradable silencio. Todo el mundo se mueve con total normalidad, poniéndose de lado para pasar por el pasillo, levantando los brazos para coger las maletas de la repisa de arriba, pero yo me siento como en el plató de una película. Todas esas personas son extras y alguien está a punto de gritar: «¡Corten!».

La abuela contesta:

Lo siento, Leena. Quería conseguir una prueba. Sé que te va a doler, pero si no lo descubres ahora dolerá más después.

Tomo aire con brusquedad, haciendo un ruido áspero que hace que todo el vagón me mire. Salgo a trompicones de detrás de la mesa para ir al vestíbulo, bajo la vista de nuevo hacia el móvil con los ojos llorosos y escribo como puedo.

Mándame lo que te ha dicho, necesito verlo.

La respuesta tarda una eternidad en llegar. Puedo imaginarme a la abuela intentando descifrar cómo reenviar un mensaje en mi móvil y ya estoy a unos segundos de mandar-le instrucciones cuando finalmente responde con el mensaje de Ceci reescrito por ella:

> Leena, lo siento muchísimo. No era mi intención que pasara esto. Solo puedo decir que ha sido como si me hubiera vuelto loca. No soy capaz de controlarme con Ethan.

Otro de esos jadeos ásperos. Tardo un poco en darme cuenta de que ha salido de mi boca.

> Sé que debes de estar destrozada. Después de la primera vez le dije que no volveríamos a hacerlo, pero... Bueno, no quiero poner excusas. C, Bs

Que es precisamente lo que está haciendo, claro. Por favor, y esa «C, Bs» al final del mensaje, como si estuviéramos hablando de los planes para el fin de semana. Dios, la odio, la odio, la odio; puedo saborear el odio en la boca, puedo sentirlo estrujándome el estómago. De repente entiendo por qué los hombres en las películas golpean la pared cuando están enfadados. Solo la cobardía y el miedo al dolor me impiden hacerlo. En lugar de ello, aprieto el ladrillo que tengo por teléfono en la palma de la mano izquierda hasta que me duele, no tanto como un nudillo roto, pero lo suficiente. Por fin mi respiración empieza a ralentizarse.

Cuando vuelvo a darle la vuelta al teléfono tengo la palma de la mano casi granate y hay un mensaje nuevo de Ethan.

> ¿Leena? Di algo.

Me agacho para sentarme en el suelo y la moqueta me araña los tobillos. Espero que una nueva oleada de emociones contraataque, pero esta nunca llega. Sin embargo, siento una especie de quietud extraña, un distanciamiento, como si estuviera viendo a otra persona descubrir que el hombre al que ama le ha hecho daño de la peor forma posible.

Con todo lo que le he dado. Le he mostrado mi yo más descarnado y vulnerable a ese hombre. Confiaba en él como nunca he confiado en nadie, salvo en mi familia.

No puedo creerlo… No puedo imaginarme a Ethan como un… Trago una bocanada de aire mientras empiezo a sentir un hormigueo en las manos y en los pies. Me fiaba muchísimo de él. Estaba muy segura.

No odio a Ceci, eso no era odio. Esto es odio.

34

Eileen

Me doy cuenta de que Leena sabe la verdad sobre Ethan en cuanto la veo. Parece agotada, encorvada por su peso.

No puedo evitar recordar el día que Wade me dejó. Era un inútil redomado y si yo hubiera tenido algo de sentido común le habría dado la patada hace años, pero, cuando se marchó, al principio la humillación fue muy dolorosa. Eso fue lo que sentí: no odio, sino vergüenza.

—Leena, lo siento muchísimo.

Ella se inclina para darme un beso en la mejilla, pero tiene los ojos clavados en la puerta de Marian, que está a mis espaldas, y lleva la llave en la mano. Las dos nos quedamos paradas un momento, solo un par de segundos, para prepararnos. Tengo el corazón a mil, lleva así toda la tarde. No dejo de llevarme la mano al pecho, como si así pudiera hacer que fuera más lento. Tengo náuseas, hasta tal punto que me sube la bilis por la garganta.

Leena abre la puerta. La casa está a oscuras, en silencio, y me doy cuenta de inmediato de que Marian no está ahí.

Me quedo plantada, intentando asimilarlo, mientras Leena va por las habitaciones encendiendo las luces, demacrada y seria.

Marian no está aquí, pienso con un distanciamiento extraño. Estaba tan segura de que estaría que ni siquiera había pensado en otras alternativas. Pero no está. Está…

—No está aquí. —Leena se detiene en medio del pasillo—. ¿Esto es bueno o malo? ¿O las dos cosas? ¿Dónde estará?

Me recuesto contra la pared y me sobresalto al oír que mi teléfono y el de Leena emiten a la vez una sucesión de pitidos. Ella es más rápida sacando el suyo del bolsillo.

Queridísima mamá y adorada Leena:

Lo siento, pero me ha llevado un poco de tiempo redactar este mensaje. Ahora mismo estoy en el aeropuerto de Heathrow, faltan tres horas para que salga mi vuelo y tengo mucho tiempo para pensar.

Esta mañana, al despertarme, tenía algo en la cabeza que Leena me dijo anoche. Leena, tú me dijiste: «No habría sido capaz de encontrarme a mí misma si no hubiera sido otra persona».

Estas semanas han sido de las más felices de los últimos tiempos. Me ha encantado que volvieras, Leena, más de lo que soy capaz de expresar. Para mí ha sido maravilloso poder volver a cuidar de mi hija. Y a ti, mamá, aunque te he echado de menos, creo que a lo mejor necesitaba que me dejaras un poquito para darme cuenta de que puedo arreglármelas sola, sin que tú me cojas de la mano. Tu ausencia me ha hecho apreciarte aún muchísimo más. Te estoy muy agradecida por todo lo que has hecho por mí.

Pero ya estoy preparada para pasar página. No sé quién soy cuando no estoy llorando a Carla. No puedo ser la mujer que era antes de que mi hija muriera. Ni puedo ni quiero serlo. Así que necesito encontrar a mi nueva yo.

Mi esterilla de yoga y yo nos vamos a Bali. Quiero sentir la paz y la arena entre los dedos de los pies. Quiero una aventura como la que ambas habéis tenido, pero solo mía.

Por favor, cuidaos la una a la otra mientras no estoy y recordad que os quiero muchísimo. Bss

—Bali —digo sorprendida tras un largo silencio.

Leena, que observa impasible la foto que hay en la pared del pasillo, no me responde.

—No lo entiendo —digo, volviendo ansiosamente al principio del mensaje—. Es demasiado frágil para irse sola al extranjero y…

—No lo es, abuela —dice Leena, girándose por fin para mirarme. Exhala lentamente—. Si yo te hubiera mantenido más al tanto, lo sabrías. No es frágil. Durante este último mes ha estado genial.

No puedo creerlo, aunque quiero hacerlo.

—En serio, abuela. Sé que piensas que no me daba cuenta de lo mal que estaba mamá y… —Leena traga saliva—. Tienes razón, durante mucho tiempo no me di cuenta porque no estaba aquí, así que la culpa fue mía. Ojalá te hubiera escuchado cuando me decías que estaba mal, en lugar de pensar que yo tenía la verdad absoluta. Pero te aseguro que mientras yo he estado aquí ha mejorado mucho. Ha estado muy bien.

—Yo no… Pero… ¿Bali? —pregunto con un hilillo de voz—. ¿Sola?

Leena sonríe y señala con la cabeza la foto de la pared.

—Va al lugar que la hace feliz —dice.

Observo la imagen. Es una foto de una mujer haciendo yoga delante de una especie de templo. La verdad es que nunca antes me había fijado en ella, aunque creo recordar que también estaba colgada en su antigua casa de Leeds.

—¿De verdad te parece buena idea que se vaya sola?

—Creo que deberíamos haberla animado a hacerlo hace mucho tiempo. —Leena viene hacia mí y me frota los brazos—. Esto es algo bueno, abuela, como el tiempo que tú has pasado en Londres y yo en Hamleigh. Necesita un cambio.

Vuelvo a leer el mensaje.

—«No habría sido capaz de encontrarme a mí misma si no hubiera sido otra persona».

Leena parece avergonzada.

—Yo no recuerdo haber dicho eso. Estaba un poco borracha, la verdad.

—Pues dijiste algo parecido cuando creías que te estaba mintiendo sobre lo de Ethan. —Levanto la mano para impedir que diga nada—. No, no pasa nada, cielo. Fue un jarro de agua fría, necesitabas tiempo. Pero dijiste que no estabas siendo «su Leena».

—Ah, ¿sí? —Ella baja la vista.

—Yo quiero que seas tu Leena, cielo —digo mientras extiendo las manos hacia las suyas—. Te mereces estar con alguien que te haga sentir más tú misma, no menos.

Entonces ella rompe a llorar y se me encoge el corazón. Ojalá pudiera haberla protegido de eso, ojalá hubiera habido otra forma de hacerlo.

—Yo creía que esa persona era Ethan —dice, apoyando la cabeza en mi hombro—. Pero… estos últimos dos meses… me he sentido… Todo ha sido distinto. —Sus hombros se agitan mientras solloza.

—Ya lo sé, cielo —digo, acariciándole el pelo—. Creo que todas hemos estado un poco perdidas este último año sin Carla, ¿verdad? Y necesitábamos un cambio para darnos cuenta.

Bali, pienso, todavía dándole vueltas, mientras Leena llora entre mis brazos. No tengo muy claro dónde está eso exactamente, pero sí sé que está muy lejos. Marian nunca ha ido más allá del norte de Francia. Es muy...

Es muy valiente por su parte.

Llaman a la puerta. Leena y yo nos quedamos inmóviles. Estamos aquí sentadas, en la casa de Marian, con todas las luces encendidas, ambas llorando como una Magdalena con las mejillas emborronadas de maquillaje. Dios sabe lo que pensará la persona que esté en la puerta.

—Ya voy yo —digo, secándome las mejillas.

Es Betsy.

—Gracias a Dios —exclama, agarrándome las manos—. He venido en cuanto me he enterado de que Marian tenía problemas.

—¿Betsy? —dice Leena, que está detrás de mí—. Un momento, ¿cómo...? ¿Cómo se ha enterado?

Estrecho las manos de mi mejor amiga entre las mías. Está estupenda. No hay ni rastro del pañuelo que suele llevar al cuello y lleva puesta una blusa de lunares amplia que hace que parezca la Betsy Harris que conocí hace veinte años. Quiero decirle tantas cosas que titubeo unos instantes, sin saber por dónde empezar, hasta que ella me aprieta las manos.

—Cómo te he echado de menos, Eileen Cotton —dice.

Así son los viejos amigos. Te entienden perfectamente aunque no haya palabras suficientes para decir todo lo querrías decirles.

—Siento no haber estado cuando más me necesitabas. —Le estrecho las mejillas entre las manos un instante—. Parece que Marian está bien. Entra, ¿quieres?

—Guardia Vecinal —dice alguien detrás de Betsy. Basil y Penelope aparecen en el umbral de la puerta y entran detrás de ella. También está el doctor Piotr, que me da una palmadita suave en el brazo antes de entrar.

—¿Estáis bien? —pregunta Kathleen, que aparece detrás de ellos. Madre mía, ¿están todos aquí? Pues sí, ahí está Roland aparcando su escúter—. He venido en cuanto me he enterado.

—Pero ¿cómo se han enterado? —pregunta Leena otra vez a mis espaldas, absolutamente desconcertada.

Veo cómo desfilan todos por delante de ella y disimulo una sonrisa. Es la Guardia Vecinal. Su trabajo es enterarse de todo.

—¿Todo bien, Eileen? —pregunta una voz familiar. Arnold se queda en la puerta con una inseguridad impropia de él. La última vez que hablamos se marchó indignadísimo, pero me doy cuenta de que no tengo fuerzas para guardarle rencor.

—¡Arnold! Pasa —dice Leena.

Arnold me mira para pedirme permiso.

—Sí, claro, pasa —digo, apartándome.

Observo sorprendida que le da a Leena un beso fugaz en la mejilla al pasar por delante de ella para entrar en la cocina. Él me había contado que quedaban de vez en cuando para tomar un café, pero es curioso verlos comportarse como viejos amigos.

—¿Cómo ha conseguido el resto llegar aquí? —me pregunta Leena mientras cierro la puerta delantera—. ¡Si Betsy está viviendo en Knargill!

—No me extrañaría que se pusiera a hacer autoestop en caso de emergencia grave —comento, esbozando una sonrisa al ver la cara de Leena—. ¿Esto te parece bien, cielo? ¿Que estén todos aquí? —pregunto frotándole el brazo—. Puedo pedirles que se vayan si prefieres que nos quedemos un rato a solas.

—Estoy bien. Creo. —Leena respira hondo, de forma entrecortada—. Pero ¿y tú? Te has llevado un buen susto con lo de mamá y luego… con lo de que ese tal Howard resultara ser…

Me estremezco. Estaba intentando por todos los medios no pensar en eso.

—Entonces…, ¿no era de verdad? —digo, bajando la voz para que no me oiga la Guardia Vecinal. Están trasteando en la cocina de Marian; alguien ha puesto la tetera. Supongo que al final se han dado cuenta de que Marian no está aquí sufriendo una crisis, pero tampoco parece que se vayan a marchar—. Todo lo que dijo que sentía…

—Los timadores hacen siempre lo mismo, abuela —dice Leena con dulzura—. Son encantadores y simpáticos, las cosas van muy rápido y parece que se han enamorado de ti…, y luego te piden dinero. Y vuelven a pedírtelo una y otra vez. Así que hemos tenido suerte de pillarlo a tiempo.

Vuelvo a estremecerme y Leena me coge de la mano.

—Al principio me pareció un poco raro que fuera tan abierto y simpático —reconozco—. Pero luego me acostumbré y me resultaba bastante… agradable —digo con un suspiro—. Soy una vieja tonta.

—¡De eso nada! Lo siento mucho, abuela, es culpa mía. Tenía que haberte prevenido un poco más antes de dejarte sola en el ciberespacio. Pero ese tipo de timadores se la cuelan a cualquiera.

—A mí me gustaba —susurro—. ¿Era real, al menos? ¿Se llamaba Howard?

—No lo sé, abuela. Lo siento. Sé que es horrible que te engañen así. ¿Quieres que le diga a toda la tropa que se vaya para que podamos hablar como es debido de todo esto? —pregunta Leena mirando hacia la cocina.

Niego con la cabeza.

—No, me gusta que estén aquí —respondo, echando los hombros hacia atrás—. Vamos, debería ser yo quien estuviera cuidando de ti, con el día que has tenido. Haré chocolate caliente para que puedas llorar a gusto sobre mi hombro.

—Tú también puedes llorar sobre el mío si lo necesitas, abuela —dice Leena—. Lo he descubierto en estos últimos dos meses —añade antes de darme un abrazo—. Si abrazas a alguien con la fuerza suficiente, puedes poner el hombro y llorar al mismo tiempo. ¿Ves?

Noto en su voz que está sonriendo; se está riendo de sí misma mientras lo dice, pero igualmente lo está diciendo. La Leena de hace dos meses nunca habría dicho algo así.

—Vaya, esto me pasa por estar demasiado tiempo con mi madre —dice Leena, medio riéndose, medio llorando—. Lo siguiente será ponerme a coleccionar esas puñeteras piedras.

—¡Leena! —la regaño, pero la abrazo con más fuerza mientras lo hago y esa extraña distancia que se había interpuesto entre nosotras mientras estábamos lejos desaparece cuando ella apoya la mejilla en mi hombro.

Vuelven a llamar a la puerta.

—Ya voy yo —dice Leena, aclarándose la garganta—. Tú ve a preparar el chocolate.

Miro hacia atrás mientras entro en la cocina.

—Leena, ¿estás bien? —pregunta alguien con voz profunda y firme.

35

Leena

Es Jackson. Se detiene en el umbral; se ha quitado la gorra y la sostiene entre las manos. Levanto la vista hacia él y observo su cara amplia y transparente, esos amables ojos azules y la camisa gastada que le queda demasiado estrecha en los hombros. Quiero derrumbarme sobre él y llorar en su pecho, pero seguramente no sería lo más adecuado.

—Entra —digo, sin embargo, haciéndome a un lado—. Todo el puñetero pueblo está aquí.

Lo acompaño hasta el salón, donde los miembros del Comité de la Guardia Vecinal están ahora reunidos, todos ellos acomodados en los sofás y sillones.

Jackson se queda de pie un rato, observando la sala de estar.

—¿Por qué todos los asientos miran hacia ese lado? —pregunta.

Sigo su mirada hasta el espacio vacío donde en su día estuvo la cama de Carla. La abuela también lo está mirando y veo que cierra los ojos, con el rostro tembloroso por la emoción. Luego echo un vistazo al cubo de basura que hay en un rincón del salón y allí está todavía esa fotografía vieja tan fea de Carla. No sé cómo no me di cuenta entonces de lo desesperada que estaba mamá por vivir un cambio, de cuánto lo necesitaba.

Se apodera de mí esa necesidad imperiosa tan familiar de hacer algo, la misma sensación que me hizo intercambiarme con mi abuela en un principio.

Quizá algo menos drástico esta vez. Pero algo por mamá.

—¿Por qué no redecoramos la casa? —propongo en voz demasiado alta. Me aclaro la garganta—. Mientras ella está fuera. Hace tiempo dijo que quería hacerlo. Podríamos hacerlo por ella, una reforma total, no…, no echando a Carla de la casa, sino… haciendo espacio para mi nueva madre.

La abuela me sonríe.

—Es una idea magnífica. Yo también he estado poniendo en práctica mis dotes como decoradora. Martha me ha enseñado a hacer de todo.

—¿Qué has estado haciendo, Eileen? —pregunta Penelope a media voz—. ¿Ha sido muy emocionante?

La abuela cruza las manos sobre el regazo.

—Bueno. No sé ni por dónde empezar… —responde.

Me quedo en Hamleigh una noche más, planificando el cambio de decoración de la casa de mi madre, poniéndome al día con la abuela, ayudándole a deshacer las maletas… Cualquier cosa menos pensar en Ethan. A la mañana siguiente, me levanto temprano para que me dé tiempo a correr un poco por las colinas con unas zapatillas viejas que me ha prestado Kathleen. No hay nada como correr por aquí. Es impresionante y, mientras doy la curva de mi ruta favorita, la que me ofrece una vista de trescientos sesenta grados de Harksdale, la pena me invade. Me viene un pensamiento a la cabeza que me asusta un poco: *Aquí me siento como en casa*.

Pero esta no es mi casa. Yo tengo una vida en Londres, independientemente de Ethan: tengo un trabajo que conservar, un piso y amigos.

Aquí también tienes amigos, dice la vocecita. Aun así, vuelvo a la estación de Daredale, cojo ese tren de vuelta a Londres y regreso andando a mi piso vacío, donde está mi verdadera vida, porque es lo más sensato.

El dolor se apodera de mí en cuanto vuelvo a entrar en casa. Es peor que la primera vez, porque ahora tengo claro que la vida que tenía con Ethan aquí ha desaparecido. Está el cojín que compré en el mercado de Camden con él un sábado, el sitio en el que se sentaba en la barra de desayuno y el arañazo del parqué de cuando nos pusimos a bailar jazz como locos después de un largo día de trabajo, y todo eso ahora no significa nada. Me siento en el suelo, deslizando la espalda sobre la puerta, y me pongo a llorar.

Sigo ahí cuando Bee viene a visitarme.

—¡Eh! —grita desde el otro lado de la puerta—. ¡Leena, déjame entrar! —Silencio—. Sé que estás ahí, te oigo llorar. ¿Quieres dejarme entrar?

Bee se pone a aporrear la puerta.

—¡Déjame entrar, Leena, te estoy oyendo!

Es como una Arnold londinense en miniatura. Me echo hacia un lado y subo el brazo para abrir la puerta sin levantarme. Ella entra, me mira y saca una botella de vino de la bolsa del supermercado que lleva en la mano.

—Venga, arriba —dice, tirando de mi brazo para levantarme—. Necesitamos empezar a hablar, lo que quiere decir que necesitamos empezar a beber.

Más o menos a la una de la mañana siguiente, Bee y yo por fin completamos nuestro plan de negocio. Esa conversación que nos cambiará la vida se desarrolla más o menos de la siguiente manera:

—Como dice mi madre, ¿por qué todo tiene que ser en Londres, a ver? Por favor, si a mí ni siquiera me gusta esta ciudad, ¿a ti te gusta esta ciudad, Bee?

—Aquí no hay hombres —comenta Bee con voz un poco nasal, porque está tumbada boca arriba en el sofá con las piernas apoyadas sobre el respaldo y barriendo el suelo con el pelo—. Todos los hombres buenos están en Leeds. Todos los hombres buenos… Ay, Dios, ¿tengo canguro? —exclama Bee sentándose, horrorizada, llevándose las manos a la cabeza.

—Jamie está con tu madre —le recuerdo por quinta o sexta vez desde que hemos abierto la segunda botella de vino.

Vuelve a dejarse caer de espaldas.

—Mmm, vale, perfecto.

Bebo otro trago de vino. Estoy sentada en la alfombra, con las piernas abiertas; mi cerebro no deja de darle vueltas al asunto, confuso por el alcohol.

—¿Deberíamos irnos, Bee? ¿Deberíamos largarnos de una puñetera vez? De todos modos, ¿qué hacemos aquí?

—¿Lo preguntas en plan «fisolófico»? —Bee entrecierra los ojos y vuelve a intentarlo—. ¿«Folisófico»? —dice—. ¿«Filosofalamierdatodo»? —añade, partiéndose de risa.

—Me refiero a qué hacemos en Londres. ¿Quién ha dicho que tengamos que montar la empresa aquí? —Me froto la cara con fuerza para intentar serenarme. Tengo la ligera impresión de que esto que estoy diciendo es muy importante y, además, posiblemente, lo más inteligente que nadie haya dicho jamás en la historia de la humanidad—. De todos modos, al final tendremos que movernos por todas partes. Y hay mucho mercado en la zona de Leeds, Hull, Sheffield… Yo quiero estar en Yorkshire, con mi familia. Quiero estar con Hank, el perro, y con toda la tropa, y, Dios, esas colinas hacen que mi corazón salte de alegría, Bee. Podemos montar una oficina en Daredale. Bee, te encantará, Bee. Bee. Bee. Bee.

Le doy un toquecito con un dedo. Se ha quedado muy quieta.

—Ay, Dios —dice de repente, bajando las piernas para rodar sobre sí misma y acabar tirada en el suelo—. Ay, Dios, es tan buena idea que voy a vomitar.

Hablamos sobre los detalles con algo más de profundidad durante los siguientes dos días; hay algunos problemas que solucionar, por no hablar del cambio de vida radical que supondría para Jamie. Pero los vamos resolviendo todos poco a poco, así que, cuando vuelvo a entrar en las oficinas centrales de Selmount por primera vez desde aquel terrible ataque de pánico, lo hago con una carta de renuncia en la mano.

Rebecca me mira en cuanto entro en su despacho y suspira.

—Mierda —dice—. Te marchas, ¿no?

—Lo siento.

—Sabía que era un riesgo mandarte a casa dos meses. —Rebecca me mira fijamente. Necesita gafas, pero nunca se rebajaría a mostrar ese signo de debilidad humana; prefiere entornar los ojos—. Aunque he de decir que ahora tienes mucho mejor aspecto. ¿Puedo hacer algo para que cambies de opinión?

Sonrío.

—Me temo que no.

—Cuéntame, ¿dónde has estado autorrealizándote estos dos meses? ¿En Bali? Tengo entendido que es un clásico.

Intento no reírme.

—Pues en los Yorkshire Dales. Mi familia vive allí. Es a donde me voy a mudar cuando me vaya de aquí; viviré con mi abuela, o esa es la idea, y B… —Me callo justo a tiempo para no revelar los planes de Bee de comprar una casa en Daredale para ella y Jamie. Aún tiene que presentar su carta de renuncia. De hecho, me da la sensación de que estará ahí fuera, rondando la puerta, dispuesta a entrar en cuanto yo salga.

—Vaya. —Rebecca entrecierra los ojos—. Estupendo.

Me ruborizo y ella me mira con complicidad.

—Gracias. De verdad. Gracias por todo.

Rebecca hace un gesto de desdén con la mano.

—Si de verdad quieres agradecérmelo, empléate a fondo durante los próximos dos meses —dice—. Ah, y dile a tu exnovio que deje de merodear por aquí en vez de estar con los clientes.

—¿Ethan?

—Lleva deambulando por tu mesa con cara de pena desde las siete de la mañana.

Yo hago una mueca y ella sonríe.

—Le he dicho que estabas con un proyecto en Milton Keynes. Seguro que mientras hablamos está intentando buscar la dirección para mandarte una caja de bombones.

—Gracias —digo con bastante desgana—. Quiere hacer las paces, creo. Solo que… es algo que unos bombones no pueden arreglar.

Llaman discretamente a la puerta y Ceci asoma la cabeza. Me quedo petrificada. Nos miramos y veo que se le suben los colores desde el cuello hasta las mejillas.

—Qué bien que hayas vuelto, Leena —dice nerviosa—. Siento molestaros. Ya… Ya vendré después.

Me quedo mirándola mientras ella se escabulle. Tengo el corazón a mil, mitad por odio, mitad por adrenalina. Aunque he sentido el instinto primario de arañarle la cara, ahora que se ha ido me alegro de no haberle demostrado el profundo odio que siento por ella. Que huya de mí durante los próximos dos meses con esas piernas ridículamente largas. No se merece que invierta ni un segundo en pensar en ella.

—No sé lo que has hecho finalmente para ganarte su respeto, pero ha funcionado —comenta Rebecca, rebuscando entre un montón de papeles que tiene sobre la mesa.

—Creo que ha conocido a mi abuela —digo—. Seguramente ha sido por eso.

36

Eileen

Por primera vez en más de una década, voy a casa de Betsy.

Al principio, nos enfrentamos al hecho de que haya dejado a Cliff como siempre solemos enfrentarnos a este tipo de cosas.

—¿Té? —pregunta ella antes de comunicarme que ha traído *scones* para darnos un caprichito y hablar de cómo estamos progresando con la casa de Marian.

Pero entonces recuerdo a Martha llorando en el sofá, diciéndome que no se sentía preparada para ser madre. A Bee confesándome lo difícil que le resulta encontrar pareja. A Fitz dejándome escribir sus listas de tareas y enseñarle a cocinar. Lo sinceros y abiertos que eran mis jóvenes amigos de Londres.

—Betsy, ¿cómo te sientes ahora que Cliff se ha ido? —pregunto—. No puedo ni imaginármelo.

Ella me mira un poco sorprendida mientras remueve la leche de los tés.

—Voy tirando —responde finalmente con cautela.

Me quedo callada, cojo la bandeja del té y voy hacia el salón. No había podido venir aquí desde… ¿finales de los noventa? Sigue teniendo la misma alfombra estampada, pero los sillones son nuevos: dos asientos a juego de color rosa claro que no creo que a Cliff le hubieran gustado mucho.

—Lo peor es la culpabilidad —comenta por fin, acomodándose en uno de los sillones—. No dejo de pensar que debería estar cuidando de él —declara, esbozando una sonrisa, mientras coge la mermelada para su *scone*—. Y no paro de darle vueltas a lo horrorizados que estarían mi madre y mi padre si me hubieran visto gritándole a mi marido ahí fuera, delante de todo el mundo.

—Pues a mí me habría encantado estar presente. Te habría jaleado —aseguro con vehemencia.

Betsy sonríe.

—Bueno. Nuestra Leena lo hizo muy bien al tomar cartas en el asunto en tu lugar.

Mordisqueamos los *scones* y sorbemos el té.

—Deberíamos haber hecho más —digo—. La una por la otra, quiero decir. Yo debería haber puesto muchísimo más de mi parte para ayudarte a dejar a Cliff y siento mucho mucho no haberlo hecho.

Betsy se queda callada durante un rato y luego posa su *scone*.

—Y yo debería haberte animado a que dejaras a Wade hace treinta años.

Me quedo pensando. Eso habría cambiado las cosas, seguramente. Siempre había creído que Betsy me diría que debía seguir con mi marido contra viento y marea, como se supone que hay que hacer.

—Aún nos quedan algunos años —declara Betsy al cabo de un rato—. Vamos a prometer entrometernos una en la vida de la otra tanto como consideremos adecuado de ahora en adelante, ¿te parece bien, querida?

—Hecho —respondo mientras ella vuelve a coger el *scone*—. ¿Más té?

A la semana siguiente me tropiezo con Arnold de camino a casa, después de estar pintando la de Marian; Leena ha venido el fin de semana y ya casi hemos pintado todas las habitaciones de abajo, así que hoy solo me faltaba acabar con los retoques. Llevo la ropa de pintar más gastada que tengo, unos pantalones viejos raídos y una camiseta que deja a la vista bastante más parte superior del brazo de lo que me gustaría enseñar a nadie.

Arnold asiente con firmeza.

—¿Qué hay? —dice—. ¿Cómo estás, Eileen?

—Ah, bien, gracias —respondo. La cosa está un poco rara desde que he vuelto a casa. De hecho, sin contar el día que se fue Marian, apenas lo he visto. Después de que Arnold se haya pasado años apareciendo en la ventana de mi cocina y gritándome por encima del seto, no puedo evitar preguntarme si esta ausencia repentina es significativa.

—Vale, vale. Bueno, tengo que irme.

—Arnold —le digo, agarrándolo del brazo—. Quería darte las gracias. Leena me ha dicho que la ayudaste mucho mientras yo estaba en Londres.

—Te ha contado lo del coche, ¿no? —pregunta Arnold, bajando la vista hacia la mano que tengo sobre su brazo. Lleva una camisa de manga corta y noto su piel cálida bajo la palma.

—¿Lo del coche?

—Ah. —Mira hacia la mella que hay en el seto a la que llevo semanas dándole vueltas—. Nada. No hay problema. Tu Leena es de las buenas.

—Pues sí —confirmo sonriendo—. Aun así, gracias.

Él echa a andar de nuevo hacia la puerta de su jardín.

—Venga, hasta que nos veamos —dice y yo frunzo el ceño, porque últimamente parece que eso no sucede casi nunca.

—¿Quieres entrar? —le grito mientras se aleja—. ¿A tomar una taza de té?

—Hoy no. —Ni siquiera se gira; cruza la puerta del jardín y desaparece antes de que me dé cuenta de que me ha dado calabazas.

Esto es exasperante. Aunque Arnold y yo siempre nos hemos tirado los trastos a la cabeza, siempre he creído... Siempre he tenido la impresión... Bueno, nunca lo había invitado a tomar el té, pero sabía que si lo invitaba vendría. Por decirlo de alguna manera.

Pero ahora parece que algo ha cambiado.

Observo su casa con los ojos entornados. Está claro que, si hay algún problema, por ahora Arnold no piensa contármelo.

A veces, cuando una persona es tan obstinada como él, no queda más remedio que forzar la situación.

—Pero ¿qué has hecho? —brama Arnold a través de la ventana de la cocina.

Yo dejo el libro y pongo cuidadosamente el marcador en el lugar adecuado.

—¡Eileen Cotton! ¡Entra aquí ahora mismo!

—¿Dónde? —pregunto con inocencia una vez en la cocina—. Si me pides que entre en algún sitio, Arnold, tú también tienes que estar dentro y por lo que veo estás fuera.

Arnold tiene las mejillas sonrojadas de rabia. Lleva las gafas un poco torcidas; siento la extraña necesidad de abrir la ventana, extender el brazo y volver a ponérselas rectas.

—El seto. No está.

—Ah, ¿el seto que hay entre tu jardín y el mío? —pregunto sin darle importancia mientras cojo el trapo que está al lado del fregadero para darle una pasada al aparador—. Sí. Le pedí al sobrino de Basil que lo cortara.

—¿Cuándo? —pregunta Arnold—. ¡Si ayer estaba ahí!

—Por la noche —respondo—. Dice que trabaja mejor a la luz de la linterna.

—Él nunca ha dicho eso —replica Arnold, con la nariz casi pegada al cristal—. ¡Le pediste que lo hiciera por la noche para que yo no me diera cuenta! ¿En qué estabas pensando, Eileen? ¡No hay linde! ¡Solo hay… un jardín grande!

—¿A que queda bien? —digo. Aparento total indiferencia mientras limpio todas las superficies, pero no puedo evitar echar algún vistazo ocasional a su cara, roja como un tomate—. Hay mucha más luz.

—¿Por qué demonios lo has hecho? —pregunta Arnold, indignado—. Luchaste con uñas y dientes para conservar el seto cuando yo quise sustituirlo por una valla.

—Ya, bueno, los tiempos cambian —comento, escurriendo el trapo y sonriéndole a Arnold—. Como parece que te cuesta tanto pasarte por aquí, he decidido ponértelo más fácil.

Arnold me mira fijamente a través del cristal. Solo estamos a medio metro de distancia; puedo ver sus ojos castaños y lo dilatadas que tiene las pupilas.

—Por Dios —dice, dando un paso atrás—. Por Dios, lo has hecho solo para fastidiarme, ¿verdad? —Arnold se echa a reír—. ¿Sabes, Eileen Cotton? Eres peor que un adolescente enamorado. ¿Qué va a ser lo siguiente? ¿Tirarme del pelo?

Yo me enfurezco.

—¿Perdona? —exclamo—. ¡Además, yo nunca pondría en riesgo el poco pelo que te queda tirándote de él! —añado, sin poder resistirme.

—¡Eres una mujer ridícula!

—Y tú un hombre ridículo. ¿A quién se le ocurre venir aquí, decir que me has echado de menos y luego largarte y no volver a hablarme durante no sé cuántos días? ¿Qué es lo que te pasa?

—¿Que qué me pasa a mí? —Arnold está empañando el cristal con el aliento—. ¡No soy yo el que ha talado un seto en perfecto estado en plena noche!

—¿De verdad quieres saber por qué lo he hecho, Arnold?

—Sí. De verdad.

Tiro el paño húmedo.

—Creí que sería divertido.

Él entorna los ojos.

—¿Divertido?

—Sí. Tú y yo llevamos décadas peleándonos sobre quién es dueño de qué, qué árboles dan sombra a qué parterres y quién es el responsable de la poda de cada arbusto. Tú eres cada vez más gruñón y yo cada vez más sarcástica. Y ¿sabes de qué hemos estado hablando en realidad durante todo este tiempo, Arnold? Hemos estado hablando de lo que pasó la primera vez que nos vimos.

Arnold abre y cierra la boca.

—No me digas que lo has olvidado. Sé que no es verdad.

Finalmente, se queda con la boca cerrada y aprieta los labios.

—No lo he olvidado.

Arnold estaba casado con Regina, la madre de Jackson. Era una mujer rara, siempre llevaba hombreras, como si los años ochenta fueran sus favoritos; tenía el pelo muy rizado y solía ir por ahí con los puños apretados. Y yo estaba casada con Wade.

—No pasó nada —me recuerda Arnold.

Tengo las manos abiertas y apoyadas sobre la encimera, a ambos lados del fregadero. Arnold está enmarcado en uno de los cristales, cortado a la altura de los hombros, como si fuera un retrato.

—No —reconozco—. Eso es lo que yo también me he dicho siempre. No tiene sentido darle vueltas. Y mucho menos hablar de ello. Porque no pasó nada.

—Efectivamente —declara Arnold.

—Pero estuvo a punto de pasar, ¿no, Arnold? —El corazón me late demasiado deprisa.

Él levanta los brazos para colocarse la gorra con sus manos ajadas y encallecidas y las gafas todavía un poco torcidas. *Di algo*, pienso. *Dilo*. Porque ahora sí soy como una adolescente; me siento tremendamente cohibida, aterrorizada por si me dice que me imaginé algo que no existía.

—Estuvo a punto de pasar —reconoce finalmente Arnold.

Cierro los ojos y exhalo.

Estábamos en esta cocina, no muy lejos de donde estoy yo ahora. Él había traído una tarta de manzana que Regina había hecho, con un poco de crema en una lecherita; llevábamos tanto tiempo hablando en el pasillo que me empezaron a doler los brazos de sujetar el plato. Y él era un hombre encantador, atento y simpático.

Wade y yo acabábamos de comprar Clearwater Cottage. La casa apenas tenía muebles y se caía a trozos. Arnold y yo entramos en la cocina (recuerdo que me reía a carcajadas y que tonteaba un poco con él), abrí la nevera nueva para meter dentro la crema y cuando volví a cerrarla él estaba muy cerca, solo a unos cuantos pasos de donde estoy ahora. Nos quedamos quietos. Entonces el corazón también se me aceleró. Hacía tanto tiempo que no tonteaba que simplemente lo consideraba algo que ya no era capaz de hacer, como tocarme los dedos de los pies.

No pasó nada. Pero estuvo a punto de pasar.

Y eso bastó para que me empeñara en mantener a Arnold lo más alejado posible de esta casa. Porque yo había hecho una promesa. Y, aunque al parecer eso para Wade no significaba nada, para mí sí.

—Nos acostumbramos a esto, ¿verdad? —dice Arnold cuando vuelvo a abrir los ojos. Está esbozando una sonrisa—. Nos volvimos unos malditos expertos en odiarnos el uno al otro.

Respiro hondo.

—Arnold —digo—, ¿quieres entrar?

Al final, no es un beso robado entre vecinos nuevos. Es uno lento y prolongado entre amigos de toda la vida que resulta que acaban de darse cuenta de que eso es lo que han sido todo el tiempo.

Es una sensación extraordinaria rodear con los brazos los hombros de Arnold, apoyar la mejilla sobre la cálida piel de su cuello. Inhalar el olor a hierba recién cortada y jabón de su pelo y del cuello de su camisa. Resulta raro y maravilloso. Familiar y nuevo.

Después, con mis labios aún hormigueantes, nos sentamos uno al lado del otro en el sofá y observamos el seto, o lo que queda de él. Arnold sonríe. Parece lleno de energía, casi como si hubiera revivido; tiene la espalda muy recta y sacude la mano que no está encima de la mía sobre su regazo.

—Madre mía, imagina qué dirán Betsy y los demás —comenta. Luego se vuelve hacia mí y sonríe con picardía y malicia, como un niño pequeño.

—Ni se te ocurra decir nada —le advierto muy seria, levantando un dedo amenazador—. Ni una palabra, Arnold.

Él me agarra el dedo tan rápido que doy un chillido.

—Ese tono de voz ya no volverá a funcionar conmigo —dice, llevándose mi mano a los labios para besarla sin dejar de sonreír ni un instante—. Ahora sé lo que quieres decir en realidad cuando me regañas.

—No siempre —protesto—. A veces necesitas de verdad que te eche la bronca. Como cuando lo del conejo.

—¿Otra vez? —Arnold se echa a reír—. Yo no envenené a tu puñetero conejo.

—Entonces, ¿de qué murió? —pregunto desconcertada.

—Eileen, eso fue hace siete años. Creo que es demasiado tarde para averiguar las causas de su muerte.

—Vaya. Odio los misterios sin resolver.

—¿De verdad creías que había sido yo?

—Ni se me pasó por la cabeza que pudiera haber muerto de otra cosa, la verdad.

Él frunce el ceño.

—¿Tan mal concepto tienes de mí?

Acaricio con el pulgar el dorso de su mano, dibujando líneas entre las marcas que la edad ha dejado en su piel.

—Puede que quisiera tenerlo —reconozco—. Para mí era más fácil que fueras un ogro. —Levanto la vista—. E interpretabas el papel a las mil maravillas.

—Bueno, tú también has sido una vieja arpía sublime —dice él.

Me inclino hacia delante y lo beso. Es dulce y cálido y sus labios saben a té sin azúcar. Hasta hoy ni siquiera sabía que lo tomaba así.

Leena

Tú lo tienes claro? —pregunto jadeando.

Bee y yo estamos en las bicis de *spinning*; me he dado cuenta en las últimas seis semanas de que la mejor forma de sobrevivir al estrés de la vida de Selmount es hacer ejercicio intenso a diario. Estar sentada en un gimnasio con aire acondicionado es una mierda después de haber corrido por los Dales (más o menos como tomar pastillas de vitaminas en vez de comer, vaya). Pero por ahora tendrá que valer.

—Estoy harta de que me preguntes si lo tengo claro —replica Bee mirándome—. Nunca he tenido nada tan claro, amiga mía.

Yo sonrío y bajo el ritmo antes de incorporarme para limpiarme la cara con la camiseta. Volvemos juntas a los vestuarios, tambaleándonos y jadeando.

—¿Y a Jamie qué le parece el cambio? —pregunto, yendo hacia mi taquilla.

—Está encantada de la vida. Al parecer en Yorkshire hay un montón de fósiles de dinosaurios o algo así. —Bee pone los ojos en blanco, pero a mí no me engaña.

—¿Ha conocido ya a Mike? —pregunto.

—Qué va —dice Bee frunciendo el ceño—. Ni siquiera sabe que existe un tal Mike.

—¿El hombre por el que te vas a mudar al norte? ¿No sabe que existe?

Ella me da un azote con la toalla. Doy un grito.

—Aunque me alegra que estés saliendo del pozo de desesperación en el que te sumió Ethan y ya puedas meterte conmigo otra vez, ¿te importaría dejarlo, por favor? No me mudo al norte por Mike. Básicamente, me voy a mudar al norte por ti, por si no lo sabías.

Pongo cara de buena.

—Ya. Lo siento.

Vamos hacia las duchas.

—Pero es una feliz coincidencia que Mike también vaya a estar allí —le espeto antes de encerrarme en el cubículo de la ducha.

—¡Eres tan mala como tu abuela! —vocifera Bee desde el otro lado de la pared.

—¡Gracias! —respondo a gritos, sonriendo mientras abro el grifo a tope para que el agua caiga sobre mí con toda su presión.

Cuando vuelvo al piso por la noche me lo encuentro lleno de cajas y la mujer medio calva del gato, que vive en la puerta de al lado, está sentada delante de la televisión viendo un programa de Netflix muy gore sobre crímenes reales.

Me quedo parada en la puerta. Ladeo la cabeza. Me vuelvo y miro a Fitz, que está de pie en la cocina, inclinado sobre un montón de cajas para intentar coger el abrebotellas.

—Ah, ¿Letitia? —dice en respuesta a mi cara de sorpresa—. Ya, ahora somos como uña y carne.

—¿Tú y…? —Vuelvo a rotar sobre mí misma para mirar a Letitia—. Perdón, hola —digo, recordando mis modales.

Ella aparta la vista de la televisión, me sonríe educadamente y vuelve a concentrarse en la historia del descuartizamiento de una chica. Vuelvo a mirar a Fitz.

—¿Y esas cajas? —le pregunto al ver que no me da más información—. Creía que aún no habías encontrado un sitio para mudarte.

Eso me ha causado cierto estrés durante las últimas semanas. Fitz no parecía tener ganas de buscarse nuevos compañeros de piso ni otro sitio para vivir. Ahora que Martha se ha ido y que yo me voy a mudar al norte, es imposible que pueda pagar el alquiler él solo.

—Ah, sí, he hablado del tema con Eileen, por cierto —dice Fitz, abriendo una cerveza.

—¿Con mi abuela Eileen?

—Sí. —Fitz me mira como si fuera tonta de remate—. Claro. Me propuso que me mudara a casa de Letitia. Su piso es alucinante, está lleno de antigüedades y cosas retro. Todos los muebles del Club de Maduritos de Shoreditch los hemos sacado de ahí.

Vi por primera vez en acción el Club Social de Maduritos de Shoreditch hace un par de semanas. Es con diferencia lo más bonito que he presenciado en mi vida y eso que he visto a Samantha Greenwood disfrazada de mandarina. Los artistas ariscos del 11 dieron clases de pintura, la mujer intensa del 6 llevó a la gente en coche y Fitz lo coordinó todo con una eficiencia asombrosa. Lo cierto es que no me había dado cuenta de lo competente que puede llegar a ser cuando trabaja en algo que de verdad le parece importante.

La semana pasada presentó su candidatura a un puesto de organizador de eventos para una importante entidad benéfica. Cuando se lo conté a la abuela, soltó un chillido nada propio de ella y se puso a bailar.

—Entonces…, ¿te mudas al piso de al lado? ¿Con… Letitia? —pregunto, intentando asimilarlo.

—He llegado a la conclusión de que las mujeres mayores son las mejores compañeras de piso —declara Fitz—. Normalmente saben cocinar, porque en los años cincuenta las mujeres tenían que hacer todas esas chorradas y no han perdido la mano. Siempre son directas y me dicen si la ropa no me queda bien, al menos las que he conocido. ¡Y además están en casa todo el día, lo que me viene fenomenal cuando tienen que entregarme algún paquete! —Fitz levanta la botella de cerveza hacia mí—. Gracias por iluminarme, señorita Cotton júnior.

—De nada —digo, intentando todavía hacerme a la idea.

—¿Qué te vas a poner esta noche? —pregunta Fitz.

Hago una mueca.

—Normalmente dejaría que Martha eligiera algo por mí, pero creo que hoy está un poquito liada.

Es la fiesta de compromiso de Martha y Yaz. Al parecer, haber tenido a Vanessa ha hecho que Yaz pase de ser un espíritu libre a una defensora de las relaciones a tiempo completo en cuestión de semanas. Yaz se le declaró a Martha con Vanessa en el regazo y ya nos han contado con pelos y señales lo mono que va a ser su traje de damita.

—¿Sabes que va a ir Ethan? —comenta Fitz.

Me da un vuelco el corazón.

—Mierda. ¿En serio?

Fitz me ofrece una cerveza para que me calme.

—Lo siento. Típico de Yaz. Lo tenía en la lista de invitados antes de que rompierais y le mandó el correo sin querer. Y ese tío no perdería una oportunidad para verte por nada del mundo.

Me froto la cara con fuerza.

—¿No puedo escaquearme?

Fitz resopla con exagerada teatralidad.

—¿De la fiesta de compromiso de Martha y Yaz? ¡Leena Cotton! ¡Si hasta tu abuela va a venir! ¡Desde las tierras salvajes de Yorkshire, ni más ni menos!

—Ya lo sé, ya lo sé… —gruño—. Vale, pues acompáñame. Tenemos que encontrar un modelito que quite el hipo. ¡Chao, Letitia! —digo mientras pasamos por delante de ella—. ¡Me alegro de verte!

—Chist —responde ella, señalando la televisión.

—Lo que te decía —comenta Fitz mientras nos dirigimos a mi armario—. No se puede ser más directa.

38

Eileen

Me voy a la fiesta. Pero antes doy un pequeño rodeo para recoger a alguien.

He descubierto cosas muy sorprendentes sobre Arnold en los últimos dos meses. Duerme con un pijama de seda morado más propio de un conde victoriano. Se pone de mal humor si está demasiado tiempo sin comer y luego me da un beso cada vez que se lo recuerdo. Y le encanta leer a Charles Dickens y a Wilkie Collins, pero nunca había leído a Agatha Christie hasta que empezó a revisar mi lista de libros favoritos en la página web de citas. Cuando me lo contó me pareció tan bonito que me lo llevé directamente a la cama.

Pero lo más interesante de todo es que Arnold Macintyre se sabe todos los cotilleos de Hamleigh. Como resultado de uno de sus chismorreos especialmente jugoso, ahora mismo estoy en la puerta de Jackson Greenwood vestida con mi atuendo londinense: botas de piel, falda pantalón verde botella y un jersey suave de color crema que Tod me compró como regalo de despedida.

—Hola, Eileen —dice Jackson al abrir la puerta. No parece sorprenderle especialmente que aparezca en su casa vestida de punta en blanco; claro que ahora que lo pienso creo que nunca he visto a Jackson sorprenderse con nada.

—¿Puedo pasar? —pregunto. Es un poco directo, pero voy muy justa de tiempo.

Él se aparta.

—Por supuesto. ¿Le apetece un té?

—Sí, por favor. —Voy directa a la sala de estar, que está sorprendentemente ordenada y bien decorada. La mesita de madera de café no existía la última vez que estuve allí; hay un libro abierto sobre ella boca abajo, titulado *Pensar rápido, pensar despacio*. En la galería, tras una barrera de seguridad, Hank mueve el rabo alegremente. Le rasco las orejas con cariño, pero tomo la precaución de no dejar que se acerque a mi precioso jersey de color crema.

—Con leche y una de azúcar —dice Jackson, poniendo la taza sobre un posavasos mientras yo voy hacia el sofá. Reconozco que nunca había creído que Jackson fuera de esos hombres que usan posavasos. Acaricio con el dedo la madera de la mesa y reflexiono sobre lo poco que puedes llegar a saber sobre tus vecinos, por muy cotilla que seas.

—Ethan está fuera de juego —digo, una vez que estoy sentada.

Jackson se detiene a medio camino del sillón. Es solo un titubeo fugaz, pero suficiente para que una gota de té se escurra por el borde de la taza y caiga bajo la mesita de café.

Por fin se sienta.

—Ah —dice.

—Estaba teniendo una aventura con la asistente de la jefa de Leena.

Sus manos se doblan de repente. Esta vez el té se le cae en el regazo. Maldice en voz baja y vuelve a levantarse para ir a buscar un paño a la cocina. Yo me quedo allí, observando su espalda, expectante.

—¿Y Leena lo descubrió? —pregunta finalmente Jackson desde la cocina, aún sin mirarme.

—Lo descubrí yo. Y se lo conté. Ella lo dejó inmediatamente. —Bajo la vista hacia el té—. El adulterio es algo intolerable para Leena.

Entonces él me mira con cara de pena. No me doy por aludida. No he venido a hablar de Wade.

—Me voy a Londres a una fiesta y ella estará allí. He pensado que a lo mejor te apetecía venir.

—¿A mí?

—Sí.

Jackson suspira.

—Arnold te lo ha contado —dice.

—Sí. Aunque he tenido que sacárselo con sacacorchos, así que no se lo tengas en cuenta.

—No pasa nada. De todos modos, medio pueblo sabe lo que siento por ella. Pero… ¿ir a Londres? —dice Jackson, rascándose la cabeza—. ¿No es pasarse un poco?

—Depende. ¿Hay algo que te gustaría haberle dicho?

—Pues, la verdad… —Él vuelve a sentarse, rodeando la taza con sus manos enormes de forma que lo único que veo es la voluta de vapor que sale de ella—. Se lo dije en el Festival del Primero de Mayo. Lo que sentía.

—Ah, ¿sí? —Eso Arnold no me lo había contado—. ¿Y qué te dijo?

—Que ella no me veía así.

Mmm. Pues eso no es lo que dice Betsy y yo confío en su habilidad para identificar un romance en ciernes. Los rumores que salen de ella raras veces son falsos.

—Después me sentí avergonzado —reconoce Jackson—. Tiene... Tenía novio.

—Ya, bueno —digo bruscamente—. Ahora que nos hemos librado de él ya no hay que preocuparse por eso. —Extiendo la mano y le doy unas palmaditas en el brazo—. Si ella no te ve de esa manera, tendrás que hacer que cambie su forma de verte. Ven a Londres. Ponte guapo. ¿Sabes cuando en las películas la chica se arregla para una fiesta y baja las escaleras a cámara lenta sin gafas, con el pelo recogido, enseñando un poco de pierna y el hombre está abajo, con la boca abierta, como si no pudiera creer que no la hubiera visto así antes?

—Sí —responde Jackson.

—Pues tú tienes que ser esa chica. Venga. ¿Tienes algún traje?

—¿Algún traje? Pues... el que llevé al funeral de Davey.

—¿No tienes una opción menos... fúnebre?

—No. Tengo pantalones de vestir y una camisa.

—Eso servirá. Y lávate el pelo, llevas medio árbol encima.

Él se lleva una mano a la cabeza para comprobarlo y saca una ramita de algún árbol perenne.

—Ah —dice.

—Dúchate y vístete que ya es hora de irse. ¿Podemos ir hasta la estación de Daredale en tu camioneta?

—Sí, claro. Pero... —Jackson vacila—. ¿Seguro que es buena idea?

—Es una idea excelente —aseguro con firmeza—. Venga, vamos. Date prisa.

Fritz me da un beso en la mejilla cuando llego y mira sorprendido a Jackson.

—¿Este es Arnold? —pregunta, llevándose una mano al pecho.

Me echo a reír.

—Es Jackson, el hijastro de Arnold —le explico—. Está enamorado de Leena —susurro, aunque puede que no lo haya dicho en voz tan baja como pensaba, porque Martha suelta un «Aahhh» detrás de Fitz y, antes de que me dé cuenta, ha cogido a Jackson del brazo y ha entablado con él una conversación que parece de lo más personal.

En la fiesta hay un montón de gente; no puedo evitar hacer una mueca al entrar y escuchar la música atronadora. Estamos en un bar que hay bajo los arcos de la estación de Waterloo y el ruido rebota en el techo alto abovedado mientras jóvenes modernos van de un lado a otro con botellas de cerveza en la mano.

—Joder —murmura Jackson a mi lado tras haberse zafado de las garras bienintencionadas de Martha—. Esto es…

—Tranquilo —digo, dándole unas palmaditas en el brazo—. Si tú te sientes fuera de lugar, imagínate yo.

Él baja la vista hacia mí.

—Pues la verdad es que usted encaja a la perfección.

—Lo sé —digo despreocupadamente—. Solo intentaba hacerte sentir mejor. Venga, vamos a buscar a Leena.

Formamos una extraña pareja mientras nos abrimos camino entre la multitud: una mujer mayor y un muchacho gigante cogidos del brazo caminando entre el gentío. Me agrada ver lo arreglado que va Jackson. La camisa le queda perfecta de hombros, lleva el cuello desabrochado y, aunque sus zapatos marrones de piel están bastante gastados, en conjunto está realmente impresionante. Si a eso le sumamos el pelo limpio y los pantalones de vestir, no cabe duda de que llamará la atención de Leena.

—¿Eileen?

Me doy la vuelta sorprendida y me topo con la cara atormentada de Ethan Coleman.

—¿Qué demonios haces aquí? —le pregunto entre dientes.

A mi lado, noto a Jackson acercándose, haciéndose aún más alto y más grande. Rezuma masculinidad. Miro alrededor a ver si veo a mi nieta, pero no hay suerte.

—He venido por Leena —declara Ethan—. Eileen, por favor, tiene que entender que…

—No tengo por qué hacer tal cosa —replico, tirando del brazo de Jackson. Es como intentar arrastrar hormigón—. Vamos.

—Has venido para intentar ligarte a Leena, ¿no? —le pregunta Ethan a Jackson, mirándolo con cierto desprecio—. Lo supe en cuanto te vi. Pero ella no es tu tipo, colega. O, mejor dicho, tú no eres el suyo.

Jackson permanece inmóvil. Le tiro del brazo, pero nada… Está firmemente anclado.

—¿Qué quieres decir con eso? —le pregunta Jackson a Ethan.

—Da igual —dice este, disponiéndose a pasar por delante de nosotros—. Ya nos veremos.

Jackson levanta un brazo de repente. Ethan choca contra él con un gemido ahogado.

—Si tienes algo que decir, dilo —dice Jackson. Parece muy tranquilo.

Caray. Todo esto es muy emocionante. ¿Dónde está Leena cuando la necesitas?

—No tengo nada que decirte —declara Ethan alterado—. Déjame pasar. Voy a buscar a Leena.

—¿Para qué quieres hablar con ella?

—¿Tú qué crees? —le espeta Ethan.

—Déjame adivinar —comienza a decir Jackson—. Sigues pensando que aún tienes una oportunidad con ella. Crees que Leena recapacitará y te perdonará, que tiene debilidad por ti y que casi siempre logras salirte con la tuya, ¿no? No ves por qué iba a ser diferente ahora.

—No sabes lo que dices.

Jackson se encoge de hombros.

—Ojalá tengas razón. Buena suerte, colega, pero espero que te mande a tomar viento —dice Jackson antes de girarse hacia mí—. ¿Vamos, Eileen?

—Vamos —digo y nos adentramos en la multitud, dejando a Ethan atrás.

—Bueno, ¿quién cree que encontrará antes a Leena? —pregunta Jackson.

Me da la risa.

—Yo soy Eileen Cotton y ella es Eileen Cotton. Yo he vivido su vida y ella ha vivido la mía. Tengo un sexto sentido, Jackson. No lo entenderías —le explico, dándome unos golpecitos en la sien.

—¿No?

—No. Es un vínculo complejo, como el que hay entre un...

—Parece que vamos hacia el *gin bar* —señala Jackson.

—¿Dónde estarías tú si acabaras de descubrir que tu ex está en la fiesta de compromiso de tu amiga? O aquí o delante del espejo del baño, arreglándote el pelo... Ooh, ¿a que está guapísima? —susurro al ver a Leena en la barra.

Lleva un vestido largo negro que deja sus brazos al descubierto; también un brazalete de plata precioso en la muñeca, aunque es el único adorno que necesita. Tiene el pelo impresionante: lo lleva como tiene que ser, largo, suelto y lleno de vida.

Observo a Jackson. Está mirando fijamente a Leena. Me fijo en que su nuez sube y baja. Habría que ser idiota para no saber lo que está pensando este hombre.

—¡Leena! —grita Ethan a nuestra izquierda, abriéndose paso a empujones entre la gente.

Maldigo entre dientes.

—¡La pequeña sabandija! —murmuro, intentando empujar a Jackson hacia delante—. Rápido, antes de que él...

Jackson se mantiene firme y niega con la cabeza.

—Así no —dice.

Yo resoplo, pero me quedo donde estoy. En la barra, Leena está mandando a paseo a Ethan. Tiene las mejillas encendidas... Se está levantando, intenta marcharse... Viene hacia nosotros...

—Mira, Ethan —dice dando media vuelta sobre sus tacones a poco más de un metro de distancia de nosotros—. Te di carta blanca, ¿verdad? Yo ni siquiera sabía que lo había hecho, pero tú sí. Decidí que eras el tío adecuado para mí y punto. Pues resulta que esa carta tiene fecha de caducidad, Ethan, y hay ciertos límites que no se pueden cruzar, joder.

—Leena, escúchame...

—¡No sé qué ha sido peor! ¡Que te hayas tirado a mi puñetera archienemiga o que me dijeras que mi abuela estaba perdiendo la cabeza! ¿Sabes lo retorcido que fue eso?

—Me entró el pánico. —Ethan intenta engatusarla—. No pretendía…

—¿Sabes qué? ¿Sabes qué? Que casi agradezco que te hayas tirado a Ceci. Hala. Ya lo he dicho. Me alegro de que me hayas engañado, porque gracias a Dios he entrado en razón y me he dado cuenta de que no me convienes en absoluto. No le convienes a esta nueva yo, a la yo que soy ahora, ya no. Se acabó.

Dicho lo cual, da media vuelta echando chispas y se tropieza con Jackson.

Él la sujeta por el brazo mientras ella se tambalea hacia atrás. Se miran a los ojos. Leena tiene las mejillas sonrojadas y la boca entreabierta. A nuestro alrededor la multitud se mueve y oculta a Ethan, dejando un pequeño oasis de tranquilidad justo aquí. Solo para ellos dos.

Bueno, y para mí, supongo.

—¿Jackson? —exclama Leena perpleja. Lo mira de arriba a abajo—. Vaya, estás…

Cojo aire con una mano sobre el corazón. Ahí va.

—… rarísimo —añade.

—¿Rarísimo? —suelto de golpe—. ¡Por el amor de Dios, niña!

Ambos se giran hacia mí.

—¿Abuela? —Leena nos mira a los dos y luego gira la cabeza hacia atrás, como si se hubiera acordado de Ethan. Entorna los ojos—. ¿Qué está pasando aquí?

—Nada —respondo de inmediato—. A Jackson le apetecía venir a Londres y se me ha ocurrido que como esta noche había una fiesta…

Los ojos de Leena parecen dos rendijas.

—Anda, mira —exclamo alegremente mientras un miembro del personal sale del almacén que hay a un lado de la barra—. Venid por aquí un momento. —Agarro de la mano a Leena y a Jackson y tiro de ellos. Menos mal que me siguen. Los meto dentro del almacén.

—¿Qué...? Abuela, ¿adónde...?

Me escabullo y los dejo allí encerrados.

—Así —digo, limpiándome las manos en la falda pantalón—. Aunque está mal que yo lo diga, pocas personas de setenta y nueve años son así de ágiles. —Le doy unos golpecitos en el hombro a un hombre que está ahí al lado—. Perdone —digo—. ¿Le importaría apoyarse en esta puerta, por favor?

—¿Abuela? —grita Leena desde el otro lado de la puerta—. Abuela, ¿qué estás haciendo?

—¡Entrometerme! —grito encantada—. ¡Ahora es lo mío!

39

Leena

Esta despensa es diminuta. Además, está llena de estanterías, así que no hay nada en qué apoyarse; Jackson y yo estamos muy cerca el uno del otro, pero sin tocarnos, como si fuéramos en un vagón del metro.

¿A qué está jugando la abuela? Bajo la mirada, intentando echarme un poco hacia atrás, y mi pelo roza la camisa de Jackson. Él inhala bruscamente, se lleva una mano a la cabeza y me da un codazo en el hombro.

—Perdón —decimos ambos.

Yo me río con una risa demasiado aguda.

—Es culpa mía —reconoce Jackson finalmente. Me arriesgo a levantar la vista hacia él; estamos tan pegados que tengo que echar hacia atrás el cuello para verle la cara—. No debí dejar que me convenciera para venir.

—¿Has venido… a verme?

Él me mira. Estamos tan cerca que nuestra nariz casi se toca. Creo que nunca me había sentido tan cerca de alguien, físicamente, quiero decir. Oigo el ruido que hace al moverse, siento el calor de su cuerpo a solo unos centímetros del mío.

—Pues claro —responde y, de pronto, se me acelera otra vez el corazón.

Jackson tiene algo especial. Aun cuando lleva el pelo encrespado y espuma de afeitar reseca detrás de las orejas, resulta increíblemente atractivo. Es por su confianza natural, como si siempre fuera él mismo y no pudiera ser otra persona aunque quisiera.

—Aunque no imaginé que sería así como nos volveríamos a ver —añade—. Un pequeño cambio de planes de última hora. Creo que me han «Eileenizado».

Me acaricia la mano. Inspiro con brusquedad y él se me queda mirando, pero no es rechazo, sino una reacción al intenso golpe de calor que siento cuando su piel toca la mía. Entrelazo mis dedos con los suyos y me siento como una colegiala encerrada con el chico del que lleva encaprichada todo el curso.

—¿Qué habías planeado antes de esto? —pregunto. Mi otra mano se encuentra con la suya.

—Bueno, no sabía cuánto tendría que esperar hasta que pasaras de tu ex. Pero creía que al final verías la luz y, cuando lo hicieras, esperaría un tiempo prudencial…

Me roza suavemente los labios con los suyos, sin llegar a besarme. Todo mi cuerpo reacciona; noto cómo se me eriza el vello de los brazos.

—¿Como seis semanas? —pregunto.

—Yo había pensado en seis meses. Pero soy un poco impaciente —susurra Jackson.

—Así que esperarías seis meses y luego…

Nuestros labios vuelven a tocarse en otro amago de beso, esta vez un poco más intenso, pero los de Jackson se apartan antes de que yo pueda devolvérselo. Muevo los dedos entre los suyos y me aferro a él con más fuerza, notando las callosidades de las palmas de sus manos.

—Luego iría a por todas; aprovecharía al máximo todos los medios a mi alcance —asegura con voz ronca—. Haría que los niños del colegio te cantaran esa canción de Ed Sheeran, *Thinking Out Loud*; te mandaría a Hank con un ramo de flores en la boca; hornearía para ti *brownies* en forma de corazón… O los quemaría, en caso de que los hagas así porque te gustan más.

Me río. Entonces él me da un beso de los de verdad, con la boca entreabierta, enredando su lengua con la mía. Me fundo con él, todavía con las manos entrelazadas junto a nuestro cuerpo, y me pongo de puntillas para poder besarlo mejor, y entonces, cuando ya no aguanto más, le suelto las manos para meter los brazos por debajo de esos hombros tan anchos y aprieto mi cuerpo contra el suyo.

Jackson exhala.

—No sabes cuántas veces he imaginado cómo sería abrazarte así —dice antes de posar los labios sobre mi cuello.

Suspiro mientras me besa la delicada piel que hay detrás de la oreja.

—Puede que a mí también se me hubiera pasado por la cabeza —confieso.

—¿Sí? —Noto que sonríe—. Así que te gustaba, entonces. Podrías haberme dado alguna pista. Llevo toda la noche cagado de miedo.

Me echo a reír.

—Hace meses que tu atractivo me distrae. Me sorprende que no te dieras cuenta de que estaba loca por ti.

—Ah, ¿así que por eso perdiste a mi perro y estrellaste la furgoneta de la escuela?

Le doy un beso en la mandíbula y siento su barba áspera e incipiente bajo los labios.

—No —digo—. Eso fue porque soy un desastre.

Él retrocede y apoya la frente sobre la mía.

—No eres ningún desastre, Leena Cotton. Nunca he conocido a un ser humano menos desastroso que tú.

Yo me echo un poco hacia atrás para verlo bien.

—¿Qué crees que hace la gente cuando pierde a alguien? ¿Simplemente... seguir adelante? —comenta mientras me aparta el pelo de la cara—. Te estabas recuperando. Aún sigues recuperándote. Puede que te estés recuperando toda la vida. Y no pasa nada. Simplemente eso formará parte de lo que te hace ser tú.

Apoyo la cabeza sobre su pecho. Él me da un beso en la coronilla.

—Oye —dice—. Vuelve a decir eso de que mi atractivo te distrae.

Sonrío. No sé cómo explicar la forma en que Jackson me hace sentir, lo liberador que es estar con alguien tan auténtico, tan absolutamente transparente.

—Cuando tú estás aquí, yo también lo estoy —digo, levantando la cara hacia la suya—. Y eso es increíble, porque la mayor parte del tiempo estoy en otro sitio. Mirando atrás o hacia delante, preocupada, haciendo planes o...

Me besa en la boca hasta que me tiembla todo el cuerpo. Necesito arrancarle la camisa, acariciar el vello de su pecho, los músculos anchos y firmes de sus hombros y contar las pálidas pecas de sus brazos. Pero en lugar de ello vuelvo a besarlo con ardor y avidez y él me hace retroceder medio paso, de forma que mi espalda queda pegada a la puerta de la despensa y su cuerpo se apoya sobre el mío. Nos besamos como adolescentes, él enredando las manos en mi pelo y yo apretando entre los puños la tela de la parte de atrás de su camisa.

Y entonces, puf, la puerta se abre y salimos disparados hacia atrás. Lo único que nos impide caernos es que Jackson extiende el brazo para agarrarse al marco de la puerta. Yo me engancho a él, con el pelo en la cara, mientras la música de la fiesta retumba a nuestro alrededor. Oigo risas y silbidos e incluso cuando recupero el equilibrio sigo con la cara enterrada en el cuello de Jackson.

—¡Leena Cotton! —oigo gritar a Fitz—. ¡Eres tan descarada como tu abuela!

Me río, alejándome un poco y dándome la vuelta para mirar a la gente que nos rodea. Veo la cara de mi abuela, que me está sonriendo con un gran *gin-tonic* en la mano.

—¿Vas a sermonearme por entrometerme? —grita.

Me inclino hacia Jackson y lo abrazo por la cintura, entrelazando las manos.

—¿Sabes qué te digo? Que no puedo regañarte por esto, abuela. Si estuviera en tu lugar, habría hecho exactamente lo mismo.

Epílogo

Eileen

Han pasado casi seis meses desde que Leena se mudó a Hamleigh; ocho desde que Marian se fue. Y hoy hace exactamente dos años que Carla murió.

Estamos en el aeropuerto de Leeds, a la espera de que llegue la última integrante de nuestro grupo. Leena lo ha organizado todo: el ayuntamiento está adornado con margaritas y azucenas, las flores preferidas de Carla, y vamos a cenar pastel de carne con puré de patata y *brownies*. Hasta invitamos a Wade, aunque por suerte se tomó la invitación como lo que era (un mero formalismo) y la declinó.

Samantha acaba de llegar al aeropuerto de Leeds; está doblando una esquina a todo correr y escudriñando el grupo de gente que espera a nuestro alrededor. Al que primero ve es a Jackson y sale disparada hacia él inmediatamente, con su melena rubia dando botes, mientras se abre paso a toda velocidad entre la multitud y se lanza a sus brazos, que la están esperando.

—¡Papi! ¡Papi! —grita.

Marigold llega detrás de su hija, pero con más calma. En su defensa he de decir que nadie sería capaz de andar rápido con esos taconazos.

—Hola, Leena —dice inclinándose para darle un beso en la mejilla a mi nieta. Marigold parece relajada y la sonrisa que le dedica a Leena parece sincera.

El mérito es todo de Leena. Samantha va a pasar las próximas cuatro semanas aquí y volverá a Estados Unidos con Marigold después de Navidad. Leena lleva semanas intentando convencer a Marigold, poquito a poco, apaciguándola, persuadiéndola, apartando todos los obstáculos uno a uno. Yo estaba presente cuando, hace un mes, le contó a Jackson que su ex había accedido a quedarse más tiempo en Navidad. Si es posible que un hombre esté destrozado y radiante al mismo tiempo, así es como estaba Jackson. Abrazó a Leena con tal fuerza que yo creía que la había asfixiado, pero ella reapareció ruborizada y sonriente y luego levantó la cabeza hacia la suya para darle un beso. Nunca me había sentido tan orgullosa.

Regresamos a Hamleigh-in-Harksdale en caravana, Jackson delante en su camioneta y yo en Agatha, el Ford Ka, que ahora, gracias a Arnold, tiene aire acondicionado. Hay nieve en los picos de las montañas, que también empolva las viejas murallas de piedra que atraviesan los campos. Siento un amor profundo e intenso por este lugar, que siempre ha sido mi hogar, y me fijo en que Leena sonríe mirando a los Dales cuando pasamos por delante del cartel de «Bienvenidos a Hamleigh-in-Harksdale». Ahora también es su hogar.

La Guardia Vecinal está organizando todo lo del ayuntamiento cuando llegamos allí. Saludan a Marigold y a Samantha como si fueran heroínas de guerra retornadas, lo que demuestra que la ausencia ablanda los corazones, porque Basil y Betsy solían despotricar sobre Marigold poniéndola a la altura de María Magdalena, antes de que se mudara a Estados Unidos.

—¡Chicos! ¡Ha quedado genial! —exclama Leena dando brincos.

Betsy, Nicola, Penelope, Roland, Piotr, Basil y Kathleen le sonríen y, detrás de ellos, Martha, Yaz, Bee, la pequeña Jamie, Mike y Fitz hacen exactamente lo mismo. Todos están aquí: la hija de Betsy, la exmujer del doctor Piotr y hasta el señor Rogers, el padre del vicario.

Arnold entra detrás de nosotros con un montón de servilletas que hay que distribuir por la larga mesa que hay en medio de la sala.

—Así que ha venido el señor Rogers, ¿eh? —pregunta, siguiendo mi mirada—. Recuerda que tiene pinta de ser muy soso en la cama.

Le doy una palmada en el brazo.

—¿Quieres callarte? ¡No puedo creer que me convencieras para que te enseñara esa lista!

Arnold se ríe y vuelve a ocuparse de las servilletas. Observo cómo se aleja, sonriendo. «Me odia casi tanto como yo lo odio a él», eso fue lo que escribí sobre Arnold en la lista. Bueno, al final no iba tan desencaminada.

—Abuela, ¿quieres decir unas palabras antes de cenar? —pregunta Leena mientras todos se van sentando.

Miro hacia la puerta. Cuando me doy la vuelta, la cara de Leena es un reflejo de la mía, supongo; ambas nos habíamos hecho ilusiones. Pero no podemos esperar más para empezar a comer.

Me aclaro la garganta y voy hacia la cabecera de la mesa. Leena y yo estamos en el centro, con una silla vacía entre nosotras.

—Gracias a todos por estar hoy aquí para homenajear a nuestra Carla. —Vuelvo a aclararme la garganta. Puede que esto sea más duro de lo que creía. Ahora que estoy aquí, hablando de Carla, pienso que va a ser muy complicado no llorar—. No todos la conocíais. Pero aquellos que sí recordaréis lo alegre y apasionada que era, cómo le gustaba que la sorprendieran y cómo adoraba sorprendernos. Creo que a ella le sorprendería vernos tal y como estamos todos aquí ahora. Y eso me gusta.

Me sorbo la nariz y pestañeo con rapidez.

—Carla ha dejado un… No sé cómo llamar al vacío que ha dejado en nuestra vida. Una herida, un cráter, no sé. Parecía… Parecía totalmente imposible que pudiéramos seguir adelante sin ella. —A estas alturas ya estoy llorando y Arnold me pasa una de las servilletas. Hago una breve pausa para serenarme—. Muchos de vosotros sabéis que no hace mucho, este año, Leena y yo nos tomamos unas pequeñas vacaciones de nuestra vida y nos pusimos la una en los zapatos de la otra durante un tiempo. En ese periodo, tanto Leena como yo nos dimos cuenta de que echábamos de menos una parte de nosotras mismas. Puede que esa parte nos dejara cuando Carla se fue o puede que se hubiera ido mucho antes, no lo sé. Pero necesitábamos recuperarnos, no solo la una a la otra, sino a nosotras mismas.

Se oye un ruido procedente de la puerta. Cojo aire. Las cabezas se giran. No puedo mirar, estoy tan esperanzada que creo que me va a dar algo, pero entonces oigo que Leena exhala y se ríe medio jadeando, medio sonriendo, y eso lo dice todo.

Marian está muy distinta. Tiene el pelo corto, teñido de un rubio platino que contrasta con su bronceado; lleva unos pantalones estampados con puños en los tobillos y, aunque tiene los ojos llenos de lágrimas, está sonriendo. Hace tanto tiempo que no veo esa sonrisa (esa, la de verdad) que por un momento me da la sensación de que estoy viendo un fantasma. Está de pie en el umbral, con una mano en el marco de la puerta, esperando.

—Ven, mamá —dice Leena—. Te hemos guardado un sitio.

Estoy buscando a tientas la mano de Arnold, llorando a moco tendido mientras las lágrimas ruedan por mis mejillas y me empañan las gafas, cuando mi hija ocupa la silla vacía que hay a mi lado. Me daba un poco de miedo que no volviera a casa nunca más, pero aquí está, y sonriendo.

Tomo aire entrecortadamente y continúo.

—Cuando la gente habla de la pérdida, siempre dice que nunca vuelves a ser el mismo, que te cambia, que deja un agujero en tu vida —digo con la voz ahogada por las lágrimas—. Y todo eso sin duda es verdad. Pero cuando pierdes a un ser querido no pierdes todo lo que te ha dado. Este te deja algo. A mí me gusta pensar que cuando Carla murió le dejó a cada miembro de su familia un poco de su pasión, de su valentía. ¿Cómo si no habríamos sido capaces de hacer todo lo que hemos hecho este año? —Miro a Leena y a Marian y trago saliva, llorosa—. Mientras intentábamos salir adelante, tratando de aprender a vivir sin ella, he sentido a Carla aquí —declaro, dándome unos golpecitos en el corazón—. Me dio un empujón cuando estaba a punto de perder los nervios. Me dijo que era capaz de hacerlo. Me hizo volver a ser yo misma. Ahora puedo decir con seguridad que soy la mejor Eileen Cotton que he sido nunca. Y espero… Espero…

Entonces Leena se levanta mientras yo me apoyo en la mesa, con las lágrimas fluyendo por las mejillas, y alza la copa.

—Por ser las mejores mujeres que podamos ser —dice—. Y por Carla. Por Carla, siempre.

A nuestro alrededor, todos repiten su nombre al unísono. Me siento con las piernas temblorosas y me giro hacia Marian y Leena. Esos grandes ojos oscuros típicos de las Cotton me devuelven la mirada y me veo reflejada en ellos, en miniatura, mientras Marian extiende las manos y nos vuelve a unir a todas.

Agradecimientos

Es momento de dar las gracias, algo que me resulta muy emocionante, porque significa que ¡he conseguido escribir un segundo libro! Uf. No se lo digáis a Quercus, pero no tenía muy claro que pudiera hacerlo.

Para empezar, no podría haber escrito *En tus zapatos* sin el apoyo de Tanera Simons, mi agente, que tiene la habilidad asombrosa de hacer que las cosas mejoren solo con una llamada telefónica. Tampoco podría haberlo escrito sin Emily Yau, Christine Kopprasch, Cassie Browne y Emma Capron, que han sido mis editoras durante el proceso de creación de esta novela y la han enriquecido en innumerables aspectos. Gracias especialmente a Cassie, que apostó por esta novela cuando aún era un proyecto en ciernes y que la ha mimado muchísimo: tú me has hecho seguir adelante, Cassie.

Para publicar un libro hace falta un pueblo entero y Quercus es un pueblo tan maravilloso que rivaliza con Hamleigh-in-Harksdale. Siempre me sorprenden con su dedicación y creatividad. Me gustaría dar las gracias especial-

423

mente a Hannah Robinson, por ser siempre tan sincera conmigo y por cubrirme las espaldas, y a Bethan Ferguson, por querer que mis libros lleguen tan lejos. En cuanto a las maravillosas Hannah Winter y Ella Patel..., ¿qué puedo decir? Sin vosotras, chicas, estaría perdida. Probablemente de forma literal. Las dos sois mis estrellas.

Muchísimas gracias a los Taverner por acogerme, por reforzar mi escritura y por apoyarme tanto. Peter, gracias por responder a mis infinitas preguntas de trabajo con tanta paciencia; a Amanda, la dragona, y al resto de mis maravillosos amigos consultores: lamento haber cogido algunos aspectos de vuestro trabajo y haberlos tergiversado porque encajaban mejor en la narración. Es el peligro de tener una amiga escritora...

A los voluntarios y comensales del club de comidas Well-Being: es un auténtico placer veros cada lunes. Me habéis inspirado, tanto para este libro como para mi vida en general; soy afortunada por conoceros.

Gracias a mis abuelas, Helena y Jeannine, por demostrarme que las mujeres pueden ser increíblemente valientes y fuertes, sea cual sea su edad. Y gracias a Pat Hodgson por dejar de lado la jardinería para leer una copia de un primer borrador lleno de errores tipográficos y por su entusiasmo al conocer a un personaje «de su añada», como tan acertadamente lo ha calificado. Eres una verdadera inspiración para mí.

Mamá y papá, gracias por recordarme que debo «confiar en mis esquís». Y Sam, gracias por hacer que siga sonriendo. Tengo muchísima suerte por estar casada con un hombre capaz de reírse de una escena divertida aun después de haberla leído cinco veces y que además me ayuda con las cuestiones médicas.

También me gustaría dar las gracias a los blogueros literarios, a los críticos y a los libreros que tanto se esfuerzan en dar a conocer los libros que les encantan. Los autores estaríamos perdidos sin vosotros y agradezco muchísimo vuestro apoyo.

Finalmente, gracias a ti, querido lector, por darle una oportunidad a este libro. Espero que te hayas «Eileenizado» por completo…

«Para viajar lejos no hay mejor nave que un libro».

Emily Dickinson

Gracias por tu lectura de este libro.

En **penguinlibros.club** encontrarás las mejores recomendaciones de lectura.

Únete a nuestra comunidad y viaja con nosotros.

penguinlibros.club

Penguin
Random House
Grupo Editorial

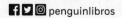 penguinlibros